REDRUM

Das tiefste Schwarz
1. Auflage
(Deutsche Erstausgabe)

Verleger: Michael Merhi
Lektorat: Stefanie Maucher
Korrektorat: Nicole Schumann / Silvia Vogt
Umschlaggestaltung und Konzeption:
MIMO GRAPHICS unter Verwendung einer
Illustration von Shutterstock

ISBN: 978-3-95957-933-9

E-Mail: merhi@gmx.net
www.redrum.de

YouTube: Michael Merhi Books
Facebook-Seite: REDRUM BOOKS
Facebook-Gruppe:
REDRUM BOOKS - Nichts für Pussys!

Simone Trojahn

Das tiefste Schwarz

Zum Buch:

Was würdest du tun, wenn du Macht hättest? Gibt es einen schwarzen Winkel in deinem Herzen, der sie ausnutzen würde?

Bei einem Streifzug durch den Wald stößt die siebzehnjährige Außenseiterin Natalie auf den verurteilten Mörder Sam McIntosh, der nach seiner Flucht aus einem ortsnahen Gefängnis in einen alten Brunnen gestürzt ist. Er ist nur leicht verletzt, kann sich jedoch nicht selbst befreien. Dieses aufregende Geheimnis behält sie für sich. In den nächsten Wochen versorgt sie den gefährlichen Fremden und genießt das Machtgefühl, das damit einhergeht. Die naive und zugleich eiskalt berechnende Teenagerin wird zum Dreh- und Angelpunkt im Leben des hilflosen Sam, der alles tun würde, um endlich frei zu sein. Anfangs glaubt er, ein leichtes Spiel mit ihr zu haben, doch als er erkennt, dass er Natalie unterschätzt hat, hat ihn die Welle der durch sie entfesselten Gewalt bereits mitgerissen.

In Simone Trojahns neuem Psychothriller schafft das Schicksal eine tragische Verbindung zwischen zwei Menschen, deren einzige Gemeinsamkeit die Düsternis in ihrem Inneren ist. Es ist eine Geschichte über Abhängigkeit, Macht, Verzweiflung und das tiefste Schwarz in unseren Herzen. Bist du mutig genug, dich der Dunkelheit zu stellen?

Zur Autorin:

Simone Trojahn schreibt erschreckend realistisch, tiefgründig und absolut schonungslos. Ihre Geschichten sind gnadenlos authentisch. Die Ausnahme-Autorin arbeitete viele Jahre im sozialen Bereich und kennt die Schattenseiten des Lebens. In einzigartiger Weise zeigt sie auf, was mit uns geschieht, wenn wir selbst zu einer Person werden, die wir vielleicht nie sein wollten.

Bisher bei Redrum erschienen:

Blutbrüder, Kellerspiele, Hexensaft
Wutrauschen, Das Kinderspiel
Mörderherz, Bad Family
Sommertränen, Weil ich dich hasse
Road to Death
Road of Pain
Road´s End
Kaltes Lächeln
Das Leben nach dem Sterben
Tod-Sonne
Schicksalshäppchen 1
Schicksalshäppchen 2 – Dark Menu
Selina´s Way
Selina´s Way 2
Schaffenskrise
Giftiges Erbe
Mutterfleisch
Toter Schmetterling
Das tiefste Schwarz

Simone Trojahn

Das tiefste Schwarz

Psychothriller

Freiheit?

Die Longmill-Strafanstalt im Westen von North Carolina war alt, renovierungsbedürftig und heillos überfüllt. In den engen Zellen, die ursprünglich für zwei Insassen konzipiert worden waren, stapelten sich die Männer wie das Geschirr im Schrank eines Messies. In Sams Zelle waren sie zu sechst. Die Wärter hatten die Pritschen aus den Verankerungen gerissen und die Matratzen auf den Boden geworfen. Das musste reichen. Schließlich waren sie keine Menschen, nur Tiere. Oder nicht mal das. Wenn man jetzt auf dem Lokus hockte, hatte man die Füße auf dem Kopfkissen seines Zellennachbarn. Geduscht hatten sie ewig nicht. Dabei wartete Sam sehnsüchtig darauf. Er wäre auch gern zur Arbeit in die Werkstatt gegangen.

Sam vermisste die Beschäftigung. Außerdem wäre dann alles einfacher gewesen. Leider befand sich die Metallwerkstatt in einem anderen Gebäudekomplex, den sie nicht mehr betreten durften, seit dieses verdammte Virus Einzug gehalten hatte. Außerhalb der Zellen konnten sie sich nur noch im Gemeinschaftsbereich aufhalten, wo sie quasi unter sich waren. Eine schwer zu überblickende Schar von Männern diverser Altersgruppen und Ethnien, die einander zunehmend auf den Sack gingen. Sam schätzte, dass sich inzwischen etwa dreimal so viele Gefangene wie vorgesehen in der Abteilung befanden. Und nicht nur hier. In den anderen Trakten sah es nicht besser aus. Die Stimmung war entsprechend aufgeheizt und die Insassen gerieten sich wegen jeder Kleinigkeit in die Haare. Erst gestern hatte einer wegen einer offenen

Zahnpastatube zwei Zähne verloren. Es war das Gesetz der Straße, das sich hinter den Gefängnismauern fortsetzte. Fressen oder gefressen werden. Die Nahrungskette kannte kein Erbarmen. Sam McIntoshs Platz war irgendwo im oberen Drittel, wofür er jahrelang gekämpft hatte. Als Nachkomme irischer Einwanderer mit heller Haut, die keine Sonne vertrug, und einem leichten Rotstich in den Haaren, hatte er es nicht leicht gehabt.

Mit Anfang zwanzig war er zu einer lebenslänglichen Haftstrafe ohne Aussicht auf Bewährung verurteilt worden. Über die Gründe hatte er seit der Gerichtsverhandlung kaum gesprochen. Als man ihn nach seiner Verurteilung ins Staatsgefängnis gebracht hatte, war er noch ein halbes Kind gewesen, nicht ganz trocken hinter den Ohren, naiv und schwach. Er hatte keiner Gang angehört, deren Mitglieder sich hinter Gittern gegenseitigen Schutz gewährten, und war seinen Mithäftlingen somit hilflos ausgeliefert gewesen. In den ersten Jahren hatte er mehr Lektionen gelernt, als sich an einer Hand abzählen ließen. Er hatte jedes Knastklischee am eigenen Leib erfahren, war verprügelt und missbraucht worden, hatte Würde und Menschlichkeit am Gefängniseingang abgegeben wie ein Kleidungsstück an der Garderobe eines schauerlichen Theaters. Die ersten Jahre waren härter gewesen als Sams schlimmste Träume. Mit der Zeit war er stärker geworden. Er fing mit Krafttraining an und ließ sich einen Bart stehen, um älter zu wirken. Irgendwann kam der Moment, an dem er zurückschlug. Er verschaffte sich Respekt, gewann Freunde und lernte alles, was zum Überleben im Gefängnis nötig war. Seine Selbstachtung nahm ebenso zu wie der Umfang seines Bizeps, und er kämpfte hart für einen respektablen Platz in der komplexen Gefängnishierarchie. Es kostete eine Menge Schweiß und Blut, hier drin zu bestehen, ohne den Verstand zu verlieren oder sich aufzugeben.

In den ersten Jahren dachte er manchmal an Suizid. Er fühlte sich von Gott und der Welt verlassen und meinte, die Schmerzen nicht länger ertragen zu können. Mit der Zeit entwickelte Sam allerdings Strategien, um den sexuellen Missbrauch auszuhalten. Er lernte, seinen Körper zu verlassen und alle Sinne auszuschalten. Mit etwas Übung klappte es irgendwann wie von selbst. In seinem Kopf gab es ein paar schöne Orte, an die sein Verstand entschwinden konnte. Einer davon war das Baumhaus im Garten seiner Großeltern, von dem aus man die gesamte Nachbarschaft überblicken konnte.

Einmal war sein Cousin abgestürzt und hatte sich beide Beine gebrochen, woraufhin Grandma ein riesiges Theater veranstaltete, weil sie Grandpa die Schuld an diesem Unglück gab. Ihrer Ansicht nach wäre es nicht passiert, wenn er das verdammte Ding auf einem der unteren Äste errichtet hätte. Fast drei Meter war es hoch gewesen, in Sams Erinnerung locker das Dreifache. Hinzu kam, dass das Grundstück seiner Großeltern auf einer Anhöhe lag, was die Sicht nahezu perfekt machte. Sein Cousin mied das Baumhaus nach dem Unfall wie der Teufel das Weihwasser, was Sam nur recht sein konnte. Grandma forderte, das verfluchte Ding abzureißen, was aber nicht passierte. Bis heute hatte Sam die Freude über sein erstes eigenes Fernglas nicht vergessen, das er von Großvater zum Geburtstag bekam. Die Stunden, die er dort oben verbrachte, während sich ›sein‹ Baum sanft im Wind wiegte und die warme Luft nach Sommer und Abenteuern roch, waren rückblickend die besten seines Lebens.

Manchmal nahm er ein Lunchpaket mit und machte es sich auf dem alten Stuhlpolster bequem, das Grandma zur Fertigstellung des Baumhauses spendiert hatte. Dort oben zu sein bedeutete, die Welt hinter beziehungsweise unter sich zu lassen. Sam konnte seine Nachbarn mit dem Fernglas beobachten, ohne dass sie es mitbekamen. Er konnte sich in fremde Leben hineinträumen und in seiner Fantasie alles sein, was er wollte. Im Baumhaus gab es keine Mutter, die an einer Überdosis gestorben war, keine strenge Großmutter, die etwas aus ihm machen wollte, was er nicht war. Keine Schule mit all den Aufgaben, denen er sich nicht gewachsen fühlte und keine anderen Kinder mit spitzen Zungen und gehässigem Gelächter. Sie nannten ihn Kobold – als Kind waren seine Haare noch einen Tick roter als heute und er hatte Sommersprossen auf der Nase –, bewarfen ihn mit Steinen und spuckten ihm ins Gesicht. So etwas wie Freundschaft kannte er nicht. Da war nur sein Cousin Timmy, mit dem er manchmal spielte. Timmy ging auf die Sonderschule und hatte dicke Brillengläser und eine schlecht operierte Hasenscharte. Ihn mochte auch niemand, weshalb Sam eine Art Notfreundschaft mit ihm schloss, der Timmys Sturz vom Baumhaus allerdings ein abruptes Ende setzte. Der Unglückliche musste den Sommer mit geschienten Beinen im Haus verbringen, während sich Sam zunehmend in seiner eigenen Welt verlor.

Rückblickend beinhaltete auch dieser Abschnitt seines Lebens nicht viel Gutes, doch die Erinnerung daran half dabei, den schmerzhaften Druck in seinem Anus zu ignorieren und sich dem ekelhaften Geschmack der Wichse zu entziehen, die sie ihm in den Rachen spritzten.

Manchmal blieb Sams Verstand so lange im Baumhaus, dass er in Apathie verfiel. Er hörte auf, mit der Außenwelt zu interagieren und stellte die Nahrungsaufnahme ein. Dehydriert und komplett entkräftet landete er ein paarmal auf der Krankenstation. Wenigstens ließ man ihm dort seinen Frieden.

All das lag lange zurück. Heute war Sam kein Opfer mehr. Er hatte Nasen, Kiefer und andere Knochen gebrochen und sich von verängstigtem Frischfleisch den Schwanz lutschen lassen. Früher hatte er geglaubt, man müsse homosexuell sein, um Freude daran zu haben. Inzwischen wusste er, dass die wenigsten Vergewaltiger im Knast schwul waren. Man brauchte nur ein bisschen Fantasie, um die Vorzüge eines jungen Mundes zu schätzen zu wissen. Manche Rosetten waren so zart, dass sie tatsächlich an Muschis erinnerten.

Als Sam mit zweiundzwanzig Jahren in den Knast gekommen war, hatte er kaum sexuelle Erfahrungen gehabt. Drei oder vier Mösen hatte er aus der Nähe gesehen und eine – die letzte – hatte ihn rangelassen. Vierzehn Jahre später hatte sich nichts an diesem Umstand geändert, auch wenn er oft davon träumte. Man musste sich mit der Tatsache arrangieren, dass man hier drin selten Muschis zu sehen bekam.

Manche Häftlinge unterhielten Beziehungen mit Frauen und durften sich bei guter Führung einmal im Monat mit ihren Liebsten vergnügen. Sie telefonierten und schrieben sich Briefe. Erstaunlicherweise schien es da draußen eine Menge Tussis zu geben, die bereit waren, sich mit einem Schwerverbrecher einzulassen. Manche meldeten sich sogar aus dem Ausland. Was mit einer Brieffreundschaft begann, endete im besten Fall vor dem Altar. Sam hatte es miterlebt. Und nicht nur einmal. Für ihn war das leider keine Option, da er an Legasthenie litt und keinen geraden Satz, geschweige denn einen ganzen Brief zustande brachte. Man hätte telefonieren können, doch ohne den Vorlauf einer schriftlichen Kontaktaufnahme war das schier unmöglich. Die meisten Frauen, die etwas mit Strafgefangenen anfingen, litten vermutlich an irgendeiner Art von Beziehungsstörung und hatten nicht die höchsten Ansprüche, doch was sie glücklich machte, waren Aufmerksamkeit, Komplimente und das Gefühl, gebraucht zu werden. Dafür war, vor allem zu Beginn, ein reger Briefwechsel nötig, um die Liebste mit möglichst blumigen Worten zu umgarnen.

Sam hatte einen Zellengenossen – den Kindermörder Floyd –, der seit ein paar Jahren mit einer Frau aus Deutschland zusammen war. Die beiden hätten dieses Jahr geheiratet, wenn die Corona-Pandemie nicht dazwischengekommen wäre. Floyd hatte ihm ein paar der Briefe vorgelesen, die er von seiner Angebeteten bekommen hatte. Seitenlanges Liebesgesülze à la Shakespeare oder so ähnlich. Für Sam war das eine fremde Welt. Floyd schien regelrecht mit Worten zu spielen. Man konnte direkt vor sich sehen, wie die Alte sich an seinem Geschreibsel aufgeilte und die Finger ins feuchte Höschen schob, während sie sich seine geistigen Ergüsse reinzog. Sam musste zugeben, dass er ein bisschen neidisch war. Der Kontakt mit einer echten Frau, die Fotos schickte – sofern diese nicht anzüglich waren, durften die Häftlinge sie behalten, nachdem die Wärter sie kontrolliert hatten, was Sam sich irgendwie unangenehm vorstellte – und die Briefseiten mit blumigen Parfümdüften tränkte, war doch etwas anderes, als die Eier in das Milchgesicht eines eingeschüchterten Neunzehnjährigen zu drücken. Für Sam bestand eine der guten Seiten dieser Pandemie darin, dass nun keiner mehr Besuch empfangen durfte, denn er gehörte zu denjenigen, für die sich da draußen eh kein Schwein interessierte.

Der Corona-Irrsinn war für so manches verantwortlich und das meiste war leider negativ. Hätte Covid-19 sich im letzten Jahr nicht wie ein schlechter Witz auf der Welt ausgebreitet, müsste Sam sich seine Zweierzelle nicht mit fünf anderen teilen. Er dürfte weiterhin in der Werkstatt arbeiten, mindestens zweimal pro Woche duschen und jeden Nachmittag in den Gefängnishof. Dann gäbe es auch noch einen Fernseher in der Zelle – der hatte aus Platzgründen weichen müssen – und die Leute wären weniger gereizt. Wenn man etwas anschauen wollte, musste man das nun im Gemeinschaftsraum tun, wo sich zu viele ungewaschene, nervöse und laute Menschen auf zu wenigen Quadratmetern tummelten. Keiner von ihnen war in den letzten Monaten an der frischen Luft gewesen oder hatte Besuch empfangen. Die Telefonleitungen waren überlastet. Alle machten sich Sorgen. Drinnen wie draußen.

Es waren bereits Häftlinge gestorben. Wie viele sagte man ihnen nicht. In den Fernsehnachrichten wurden die Gefängnisse gar nicht erst erwähnt. Die da draußen hatten genug mit ihren eigenen Problemen zu tun. Für Sam stand fest, dass das Hygienekonzept dieser Hafteinrichtung ein Witz beziehungsweise nicht vorhanden war.

Einmal am Tag desinfizierte ein Wärter die Kontaktflächen und jeder Insasse hatte ein kleines Stück Seife bekommen, um sich die Hände zu waschen. Desinfektionsmittel gab es für sie keine und Masken waren Mangelware. Wer eine hatte, musste sie wie einen Schatz hüten und tragen, bis sie ihm aus dem Gesicht fiel, denn auf Ersatz hoffte man besser nicht. Vielen blieb nichts anderes übrig, als sich mit Socken und Tüchern zu behelfen. Kürzlich hatte Sam einen Mann gesehen, der die eigene Unterhose vor der Fresse trug.

Hier drinnen hatte man nicht das Gefühl, Teil der Gesellschaft zu sein. Im Grunde war man nicht mal Teil der Welt. Immer wieder wurden Leute krank, sie bekamen Husten und Fieber, doch anstatt es den Wärtern zu melden, verkrochen sie sich in einer Ecke und hofften, dass es nur eine normale Erkältung war. Sie hatten Angst, weil sich herumgesprochen hatte, dass Corona-Infizierte nicht – wie von den Wärtern behauptet – auf die Krankenstation verlegt wurden, sondern man sie stattdessen ins Loch warf. Mit ›Loch‹ wurden winzige Einzelzellen im Kellergeschoss bezeichnet, die ihren Namen dem Loch im Boden verdankten, in das die Gefangenen ihre Notdurft verrichteten. Eine Bestrafung für Aufmüpfige. Im Loch gab es kaum Licht und keine Waschgelegenheit, zum Schlafen diente eine dünne Matratze auf dem Boden und manche bekamen nicht mal eine Decke. Jeder Gefängnisinsasse fürchtete sich vor dieser menschenunwürdigen Einzelhaft und wer einmal in den zweifelhaften Genuss gekommen und noch ansatzweise bei Verstand war, tat alles, um nicht noch einmal dort zu landen. Und nun verbreitete sich das Gerücht, Infizierte würden zum

Sterben in den Keller gebracht werden. Die Wärter nannten es *Isolation* oder *Quarantäne*, doch jeder wusste, was diese Begriffe im Knast bedeuteten.

Sam konnte sich gut vorstellen, dass es so lief. Erkrankte, die weggebracht wurden, kehrten auch Wochen später nicht zurück. Manche behaupteten, sie wären entlassen oder verlegt worden, andere waren davon überzeugt, dass sie gestorben waren. Sam gehörte letzterer Gruppe an. Klar, man konnte sich etwas vormachen und so tun, als wäre die Welt ein freundlicher Ort, wenn man sich dann besser fühlte, aber man konnte auch ins fiese Antlitz der Wahrheit blicken und versuchen, irgendwie mit den Schrecken der Realität klarzukommen. Für Sam stand fest, dass er von hier verschwinden musste. Er hatte schon früher darüber nachgedacht, jedoch niemals so konkret wie in den letzten Wochen. Es war die einzige Möglichkeit, um diesem Wahnsinn zu entrinnen.

Wer ein Leben hinter Gittern vor sich hatte, brauchte früher oder später ein Hobby. Viele Häftlinge entwickelten sich zu regelrechten Leseratten, obwohl die meisten in Freiheit nie freiwillig zu einem Buch gegriffen hätten. Manche schrieben Tagebücher oder Briefe an ihre Liebsten – sofern sie welche hatten. Nicht wenige entdeckten Gott und fanden ihr Heil im Studium der Bibel.

Sams Legasthenie stand ihm bei der Bewältigung des Gefängnisalltags beinahe mehr im Weg, als es in der Welt draußen der Fall gewesen war. Obwohl er nicht dumm war, hielten die meisten ihn für zurückgeblieben, sobald sie mitbekamen, dass er nicht richtig schreiben und lesen konnte. Nicht dass er es *gar nicht* konnte, aber es war eben sehr mühsam. Die Schule hatte er deshalb vorzeitig verlassen. Er hätte eine spezielle Förderung benötigt, um die sich nie jemand gekümmert hatte. Mit fünfzehn Jahren war er ohne Abschluss von der Highschool abgegangen und hatte seinen ersten schlecht bezahlten Job auf einer Farm angenommen. Der Vorteil beim Arbeiten in der Landwirtschaft war, dass Kost und Logis inbegriffen waren und man ohne eigene Wohnung und Auto auskam. Sam genoss es außerdem, seine Arbeitstage an der frischen Luft zu verbringen und mehr mit Tieren als mit Menschen zu tun zu haben. Die lachten einen wenigstens nicht aus, wenn man überlegen musste, wie man den eigenen Namen buchstabierte. McIntosh mit oder ohne ›h‹? Und schrieb man das ›a‹ in ›Mac‹ oder sprach man es nur? Sam vergaß es immer wieder. Wenn er etwas unterschreiben sollte, gewöhnte er sich daher an, es mit ›Sam M‹ zu tun, auch wenn das eigentlich nicht korrekt war, weil eine Unterschrift den Nachnamen beinhalten sollte. Auf diese Weise konnte er sich seinen Namen wenigstens einprägen, ohne ihn immer wieder falsch zu schreiben, denn nichts war peinlicher als das. In den sieben Jahren vor seiner Verhaftung arbeitete Sam auf drei verschiedenen Farmen, bis ihm die hübsche Tochter seines dritten Arbeitgebers schließlich zum Verhängnis wurde. In dieser Zeit war seine Schreib- und Leseschwäche kaum aufgefallen. Im Knast änderte sich das schlagartig, weil überall um ihn herum gelesen und geschrieben wurde. Wer hätte das gedacht?

Sam erkannte bald, dass er ohne Hobby verrückt werden würde. Mit geschriebenen Wörtern hatte er es nicht so, dafür liebte er es, zu zeichnen und zu tüfteln. Sein Job in der Werkstatt stellte sich als wahrer Segen heraus. Und wenn Sam nicht arbeitete, malte er. Er wurde so gut darin, dass manche Mithäftlinge ihn um Porträts ihrer Liebsten baten. Mit der Vorlage von Fotos porträtierte er Dutzende Freundinnen, Ehefrauen, Mütter und Kinder und ließ sich seine Werke mit Kippen, Süßigkeiten und Freundschaftsdiensten bezahlen. Er war außerdem ein Bastler, wozu im Knast jedoch meist das nötige Equipment fehlte. Spitze Gegenstände waren verboten und es gab kaum Platz, um Dinge zu bauen. Diese Leidenschaft konnte Sam daher nur in der Metallwerkstatt ausleben, der er nun leider fernbleiben musste.

Eine kleine Sache gab es trotzdem, an der er heimlich arbeitete, und aus der – wenn alles nach Plan lief – vielleicht irgendwann etwas ganz Großes werden würde. In einer Ecke des Gemeinschaftssaals befand sich eine große Metallplatte, die mit Schrauben und Muttern an der Wand befestigt war. Von einem Mithäftling hatte Sam erfahren, dass dahinter ein Leitungsschacht verlief, durch den sich sämtliche Lüftungs- und Versorgungsrohre bis hinauf zum Dach erstreckten. Gemeinsam war es ihnen gelungen, eine der Schrauben zu lösen, die die Platte hielten. Dafür hatten sie mehrere Tage gebraucht, in denen sie sich in unbeobachteten Momenten – von denen gab es mehr, seit die Pandemie Einzug gehalten hatte – abwechselnd an der Schraube zu schaffen machten, bis ihre Finger bluteten und das verdammte Ding sich endlich löste. Leider blieben drei weitere Muttern übrig, die sich ohne Werkzeug keinen Millimeter bewegen ließen. Hätte Sam weiterhin Zugang zur Werkstatt gehabt, wäre es ihm bestimmt gelungen, einen Schraubenzieher herauszuschmuggeln, doch nun musste er sich etwas anderes einfallen lassen. Er versteckte einen der Plastiklöffel, die sie zum Essen bekamen. Mit einem Feuerzeug schmolz er das Plastik und goss es über die Mutter, um ein Werkzeug in der richtigen Form zu erhalten. Am nächsten Tag schraubte er die gelockerte Mutter wieder fest und überprüfte, ob das selbst gebastelte Werkzeug seinen Zweck erfüllte.

Tatsächlich gelang es ihm, mithilfe des umgeformten Plastiklöffels, eine weitere Mutter zu lockern. Zwei Mithäftlinge, denen er sich anvertraut hatte, platzierten sich währenddessen so, dass die Überwachungskamera ihn nicht erfasste, was sich in dem überfüllten Raum als Kinderspiel herausstellte. Den selbst gebastelten Plastikschraubenzieher hielt Sam seitdem in einem Schlitz auf der Unterseite seiner Matratze versteckt. Ein weiterer Vorteil von Corona bestand darin, dass die Wärter weniger Zeit und Motivation für Zellendurchsuchungen hatten. Aus Angst vor einer Ansteckung hielten sie sich möglichst von den Gefangenen fern und vermieden es, die vollgestopften Zellen zu betreten, sofern dies nicht zwingend notwendig war.

Nun warteten Sam und seine Kollegen nur noch auf den richtigen Augenblick, um die Metallplatte zu entfernen und in den Schacht zu klettern. Dies sollte erst einer allein tun, während die anderen Schmiere standen. Schließlich hatten sie keine Ahnung, was sie da drin erwartete und ob sie auf diese Weise wirklich das Dach erreichen würden, ganz zu schweigen davon, wie es danach weitergehen sollte. Die einzelnen Gebäude standen ziemlich nah beieinander, weshalb es möglich sein sollte, von Dach zu Dach zu springen. Werkstatt, Wäscherei und

Büroräume waren in dem Komplex direkt neben ihrem untergebracht, der sich wiederum in unmittelbarer Nähe der Gefängnismauer befand. Vielleicht – hoffentlich – nahe genug, um von dort auf die andere Seite zu gelangen.

Der Plan stand so weit. Einer von Sams Komplizen hatte sogar einen Kontakt, der ihnen helfen würde, sobald der erste Teil ihrer Flucht geglückt war. Leider haperte es bisher an der Umsetzung. Der richtige Moment ließ auf sich warten. Oder waren sie schlichtweg zu feige, um ihn zu ergreifen? Fast ein Monat war vergangen, ohne dass jemandem die lockeren Muttern aufgefallen war. Genauso lange versteckte Sam bereits den selbst gebastelten Schraubenzieher. Er wusste, dass ihnen das Glück nicht ewig hold sein würde und spürte, dass es Zeit für den nächsten Schritt war.

An diesem Morgen war ein Insasse aus der Nachbarzelle mit erhöhter Temperatur und trockenem Husten aufgewacht. Die Aufregung war groß, die Wärter huschten wie aufgescheuchte Hühner herum. Schließlich brachten sie den Kranken weg und erklärten die Zelle zur Sperrzone. Fünf Pechvögel würden die nächsten zwei Wochen auf engstem Raum eingesperrt sein, während sie darauf warteten, ob und wann der nächste von ihnen Symptome zeigte. Sam fragte sich, was er tun würde, falls *er* der Nächste war. Gestern hatten sie sich noch alle zusammen im Gemeinschaftsbereich aufgehalten. Was, wenn morgen er derjenige mit dem Husten war? Falls sie ihn ins Loch warfen, hatte sich sein Fluchtplan erledigt. Vielleicht würden die anderen sogar ohne ihn abhauen. Unvorstellbar, aber leider nicht unrealistisch. Es war an der Zeit, die Zähne zusammenzubeißen und den Arsch zu bewegen, wenn er nicht hier drin verrotten wollte.

Nach dem Mittagessen, das aus geschmacklosem Gemüse und matschigen Kartoffeln bestand, kehrte allmählich Ruhe ein. Seit Stunden hatte sich kein Wärter mehr blicken lassen. Im Vorbeigehen warf Sam einen Blick in die Zelle der fünf Weggesperrten, in deren Haut er nicht stecken wollte. Die Männer hockten mürrisch auf ihren Matratzen. Zwei lasen, drei starrten Löcher in die Luft. Sie nickten Sam zu. Man kannte sich, zeigte Respekt. Für einen kurzen Moment fragte er sich, wie das draußen sein würde. In Freiheit würde er nicht von den Errungenschaften profitieren, die er sich hier drin so hart erkämpft hatte. Und wie würde diese Freiheit überhaupt aussehen, wenn man ein gesuchter Schwerverbrecher war?

Bevor er sein Gehirn unnötig strapazierte, beschloss Sam, sich diese Überlegungen für später aufzuheben und sich beizeiten darum zu kümmern. Dass er nicht im Land bleiben konnte, stand fest. Er würde ziemlich weit in den Norden oder Süden fliehen müssen, um einigermaßen sicher zu sein. Da er kein Fan von Kälte war, stand seine Entscheidung im Grunde fest. Und falls Mexiko nicht weit genug war, gab es immer noch Südamerika. Da würden sie ihn niemals finden.

»Hey, Luke«, sprach er einen untersetzten Typen mit Halbglatze an, der in einer Ecke des Raums mit Liegestützen beschäftigt war. Luke hielt inne und wandte ihm das erhitzte Gesicht zu. »Hey, Mann. Was gibts?«

»Kannst du Enrico und Hank Bescheid sagen? Ich wills heute versuchen.«

Luke machte große Augen. Keuchend kam er auf die Füße und rieb sich die Hände. »Ernsthaft?«

Sam nickte. »Wir sollten keine Zeit mehr verlieren. Ich brauche euch als Deckung. In zehn Minuten. Alles klar?«

Luke nickte und eilte davon, ohne weitere Fragen zu stellen. Er war loyal, gehorsam und nicht besonders clever, ein Mann nach Sams Geschmack. Während Luke die anderen zusammentrommelte, ließ Sam seine Blicke durch den Raum schweifen.

Im Augenblick schienen alle Insassen beschäftigt. Einige trainierten, andere spielten Karten, ein paar hatten sich vor dem Fernseher versammelt. Die Gefahr, verpfiffen zu werden, war ohnehin gering. Kaum einer der Gefangenen würde es wagen, sich gegen Sam und seine Freunde zu stellen. Sie hatten genug Verbündete, die sich an den Verrätern rächen würden. Wärter waren nach wie vor nicht in Sicht. Da sie sich in einem gesicherten Bereich befanden, hielt man eine unmittelbare Überwachung wohl für überflüssig. Corona sei Dank. Sam lebte ohnehin nach der Devise, aus jeder Situation im Leben das Beste zu machen.

Schon sah er sie auf sich zukommen: Den rotgesichtigen Luke, der seine ganze Familie ermordet hatte; den muskulösen Mexikaner Enrico mit dem blauen Kopftuch, der wegen Körperverletzung und Vergewaltigung einsaß; und den großen, schlaksigen Hank, den man wegen Totschlags zu dreißig Jahren verurteilt hatte. Letzterer hatte einen Bruder, mit dem er über ein hereingeschmuggeltes Handy Kontakt hielt und der sie nach der Flucht unterstützen würde. Er wollte hinter der Mauer auf sie warten, um sie in ein vorübergehendes Versteck zu bringen. Die ersten vierundzwanzig Stunden nach einem Ausbruch waren bekanntlich die heikelsten. Wer diese Zeit überstand, ohne geschnappt zu werden, hatte gute Chancen, davonzukommen.

Ohne seinen Komplizen Beachtung zu schenken, schlenderte Sam zu seiner Zelle, um den zum Schraubenzieher umfunktionierten Löffel zu holen. Zu dieser Zeit hielt sich niemand dort auf. Wer wollte schon freiwillig in einer Sardinenbüchse hocken? Nachdem er das kleine Werkzeug in seine Unterhose gesteckt hatte, pinkelte Sam, um im Notfall einen Grund für den Abstecher in die Zelle vorweisen zu können. Als er zurück in den Gemeinschaftsraum kam, hatten die drei anderen sich in der Nähe der Platte positioniert und gaben vor, in ein Gespräch vertieft zu sein. Gemächlich ging Sam auf sie zu, während er sich des unerlaubten Gegenstands in seinen Boxershorts überdeutlich bewusst war. Falls man ihn damit erwischte, würde er auch ohne Virus im Loch landen.

Sie verständigten sich mit Blicken und einem knappen Nicken. Dann ging Sam hinter den drei Männern, die vorgaben, in eine angeregte Diskussion vertieft zu sein, in die Hocke, während sie in Wahrheit voll darauf konzentriert waren, mit ihren Körpern eine Art Wall zu bilden, der Sam vor der Kameralinse schützte. Der spürte seinen rasenden Puls und das viel zu schnelle Hämmern seines Herzens, als er den umfunktionierten Plastiklöffel aus der Hose zog. Trotz der Aufregung waren seine Hände ruhig. Jetzt war er in seinem Element, wo es für Nervosität keinen Platz gab. Sam testete seinen selbst gebastelten Schraubenzieher an der ersten Mutter und hätte am liebsten triumphierend aufgeschrien, als diese sich spielend leicht entfernen ließ.

Gute Arbeit, Junge, lobte er sich grinsend.

Die restlichen Muttern stellten sich als etwas hartnäckiger heraus, doch am Ende waren alle locker. Bevor er die Metallplatte endgültig entfernte, warf Sam einen Blick in die Runde. Seine Komplizen gaben noch immer vor, das aufregendste Gespräch der Weltgeschichte zu führen. Es ging um Baseball, doch Sams Konzentration reichte nicht aus, um dem Inhalt zu folgen. Er schnappte nach Luft, drehte die gelockerten Muttern mit den Fingern heraus, legte sie auf den Boden, entfernte vorsichtig die Platte und balancierte sie auf den Knien, bevor er sie sanft auf den Boden stellte. Das Ding war leichter, als er gedacht hatte. Sam sah noch einmal auf und begegnete Hanks Blick, der ihm aufmunternd zunickte, bevor er sich wieder seinen Gesprächspartnern zuwandte, die wie die Waschweiber palaverten.

Es ist so weit, dachte Sam und wusste nicht, wie er sich fühlen sollte. Falls sich der Schacht als Reinfall herausstellte, konnte er sich seine Fluchtpläne in die Haare schmieren, denn einen Plan B gab es nicht. Bei der Vorstellung, hierbleiben zu müssen und am Ende vielleicht sogar im Loch zu landen, schnürte sich seine Kehle zu. Doch daran durfte er nicht denken! Er musste fokussiert bleiben. Sam zog ein Feuerzeug aus seiner Tasche – was hätte er für eine Taschenlampe gegeben? –, beugte sich nach vorn und leuchtete in den dunklen Schacht. Er sah Staub und Dunkelheit und – tatsächlich! – eine schmale Eisenleiter, die senkrecht in die Schwärze führte. Sams Herz überschlug sich. Er drehte sich um, fing Enricos

Blick ein, nickte seinem Kumpel zu und kletterte in den Schacht.

Gerade hatte er angefangen, die Leiter zu erklimmen, als das letzte bisschen Licht entschwand. Von nun an würde er auf sein Feuerzeug – und jede Menge Glück – angewiesen sein, denn seine Mithäftlinge waren angehalten, die Platte wieder an die Wand zu schrauben, würden die Muttern aber nur locker mit den Fingern eindrehen. Der Plastikschraubenzieher steckte wieder in Sams Unterhose. Das Gefühl von Klaustrophobie, das die klammen Finger um seinen Hals legte, schob er weg wie einen lästigen Verehrer. Während er die rostige Leiter nach oben kletterte, kamen düstere Gedanken auf. Sam sah sich abstürzen und mit zerschmettertem Körper am Schachtboden liegen. Er hörte die imaginären Rufe der Wärter, die ihn aufforderten, sofort da rauszukommen! Sie würden die Scheiße aus ihm herausprügeln, bevor sie ihn ins Loch warfen …

Sam keuchte und schwitzte wie ein Schwein. Die Leitersprossen waren von seinem eigenen Schweiß glitschig. Wenn er jetzt abrutschte … Schon wollte sich das nächste Schreckensszenario aufdrängen, aber er schob es weg, kämpfte dagegen an, zwang sich, sich auf das Wesentliche zu konzentrieren.

Nach einer gefühlten Ewigkeit – Sam hatte jegliches Zeitgefühl verloren – erreichte er das Ende der Leiter. Da war eine Klappe oder eine weitere Platte. Sam leuchtete mit seinem Feuerzeug. Er erblickte weder Schrauben noch einen Griff, aber irgendwie musste das verdammte Ding ja aufgehen! Er stemmte sich mit der Schulter dagegen, rang mit seinem Gleichgewicht. Wieder sah er sich fallen. Die Abdeckung gab ein bisschen nach, aber nicht genug. Sam brauchte mehr Kraft. Ein Stemmeisen wäre hilfreich gewesen, aber wo sollte er das hernehmen? Hier gab es nur Rohre und Leitungen, an denen er sich nicht zu schaffen machen konnte, da die Folgen unabsehbar waren.

Obwohl er längst begriffen hatte, dass es so nicht klappen würde, stemmte Sam sich erneut gegen die Platte, bis seine Schultern vor Schmerz schrien. Keine Chance. Er brauchte ein Werkzeug. Irgendetwas Starkes aus Metall, um die Platte aufzustemmen. Etwas, das sich nicht einfach in die Hose schieben ließ. Frust und Verzweiflung trieben heiße Tränen in Sams Augen, aber hatte er wirklich geglaubt, dass es so easy sein würde? Dann könnte doch jeder Idiot aus dem Knast ausbrechen, oder?

Schließlich gab er auf, bevor seine Arme zu schwach wurden, um den Abstieg zu bewältigen. Sam hatte keine Ahnung, wie lange er sich im Schacht aufgehalten hatte oder was inzwischen dort unten los war. Der Knastalltag lehrte einen, immer mit möglichst allem zu rechnen. Er benutzte seinen Ärmel, um seine Tränen wegzuwischen, bevor er sich an den Abstieg machte. Die Enttäuschung war so groß, dass sie körperliche Schmerzen verursachte, doch die anderen durften nichts davon merken. Ihnen gegenüber wollte Sam sich stark und selbstbewusst zeigen. Er würde das Ding schon irgendwie aufbekommen, auch wenn er im Moment nicht die geringste Ahnung hatte, wie er das bewerkstelligen sollte.

Zumindest blieb ihm ein Teil seines Glücks hold, denn als er vorsichtig gegen die Metallplatte klopfte, wurde die sofort geöffnet und er blickte in Hanks neugieriges

Pferdegesicht. Sam ergriff dessen helfende Hand und kletterte aus dem Schacht. In Sekundenschnelle hatten sie die Platte wieder angebracht und er drehte die Muttern fest, während Hank sich zu den anderen gesellte, die inzwischen über Muschis redeten. Falls die Kamera doch etwas Verdächtiges aufgezeichnet hatte, würden sie das in den nächsten Stunden erfahren, wenn Wärter ihre Zellen stürmten, um sie ins Loch zu zerren. Sam hoffte, dass sie Glück hatten. Nach all den Jahren hatte er das verdient. Er blieb noch kurz in der Hocke, ließ den Schraubenzieher in seinen Boxershorts verschwinden, fuhr sich mit dem Ärmel übers Gesicht und brachte seine verschwitzten Haare in Ordnung, bevor er sich erhob und zu den anderen stellte, deren geweitete Augen an die von Kindern bei einer Märchenstunde erinnerten.

»Und?«, wollte Enrico wissen.

Sam bemerkte den Schweiß auf der Stirn des Mannes und fragte sich, wie er wohl selbst aussah, nachdem er im Schmutz herumgeklettert war und wie ein Schwein geschwitzt hatte. Er antwortete, ohne sein Gegenüber anzusehen. »Da ist noch eine Platte. Eine Art Abdeckung, aber ohne Schrauben. Wir brauchen irgendwas, um sie aufzustemmen. Ich habs nicht geschafft.«

Sie starrten ihn an, fragend, zweifelnd, abschätzig. Das Gespräch über Sport und Weiber war vorbei.

»Bist du sicher?«, fragte Enrico.

»Du kannst gern reinklettern und selbst nachsehen«, giftete Sam. Was dachten die eigentlich, wer er war? Ohne ihn hätten sie nicht mal die erste verfickte Platte aufbekommen!

Enrico hob beschwichtigend die Hände. »Alles easy. Ich hab doch nur gefragt, Mann.«

»Manche Fragen sind überflüssig«, sagte Hank und klopfte Sam auf die Schulter. »Danke für deinen Einsatz, Mann. Wir lassen uns was einfallen.«

Sam nickte, obwohl er sich am liebsten selbst in den Arsch gebissen hätte. Es wäre ja wirklich eine Überraschung gewesen, wenn das Ganze komplikationslos über die Bühne gegangen wäre. Immerhin handelte es sich hier nicht um ein verficktes Sonntagspicknick, sondern um einen Gefängnisausbruch! Über diesen Mist waren ganze Bücher geschrieben und Filme gedreht worden!

»Niemand hat gesagt, dass es einfach wird«, meinte nun auch Hank und klopfte Sam erneut auf die schmerzende Schulter. »Jetzt wissen wir wenigstens, was der nächste Schritt ist.«

Sam seufzte. »Das stimmt. Ich überlege mir was.«

»Na klar!«, sagte Hank mit übertriebener Begeisterung und klopfte Sam – war es zu fassen? – ein drittes Mal auf die empfindliche Schulter. Der schluckte den Schmerz hinunter – sollte sich seine Magensäure darum kümmern – und lächelte seine Verzweiflung weg, so wie er es gelernt hatte.

***

Die nächsten Tage plätscherten so dahin, wie es für die Zeit hinter Gittern üblich war. Ohne einen Zugang zur Werkstatt war der Traum von einer Flucht in unerreichbare Weite gerückt, so nah dieser verdammte Schacht auch war! Ein Stemmeisen bastelte man nicht mal eben so aus Plastikbesteck. Sam und seine Komplizen hielten dennoch die Augen offen. Vielleicht kam einem von ihnen die zündende Idee. In der Zwischenzeit versuchten sie, sich bestmöglich vor dem Virus zu schützen und die Zeit irgendwie herumzubringen, ohne am Rad zu drehen, was Sam zunehmend schwerer fiel.

Einer seiner Zellennachbarn war ein schüchterner Junge um die zwanzig, der in Notwehr seinen gewalttätigen Vater getötet hatte und noch auf seinen Prozess wartete. Der arme Kerl weinte sich jede Nacht in den Schlaf und erinnerte Sam an den Jungen, der er selbst gewesen war. Das hielt ihn allerdings nicht davon ab, eine Art Leibeigenen aus dem Bürschchen zu machen. Der Kleine musste Briefe für ihn schreiben, seine Schuhe sauber halten und ihm den Schwanz lutschen, wann immer Sam ein wenig Entspannung nötig hatte.

An diesem Abend waren sie beide schlecht drauf. Sam war gefrustet, weil ihm noch immer keine Lösung für das Problem mit dieser verdammten Abdeckung eingefallen war, und der Junge – sein Name war Winnie, was seine Eltern sich auch immer dabei gedacht hatten – war besonders weinerlich. Dafür fühlten sich seine Lippen aber weicher denn je an und die Tricks, die er mit seiner Zunge draufhatte, waren eine Sünde wert. Sam versuchte sich zu entspannen, was in Anbetracht des Schnarchens seiner Mithäftlinge ein Ding der Unmöglichkeit war.

Winnie legte sich ordentlich ins Zeug, um seinen Schwanz zum Stehen zu bringen. Die kleine, schleimige Zunge kreiste und leckte, die weichen Lippen saugten und schmatzten. Sams Erektion ließ allerdings auf sich warten, sein Penis stand auf halbmast. Jedes Mal, wenn die Erregung zunahm und das Prickeln in seinen Lenden heftiger wurde, musste er an die verschissene Metallplatte denken! Winnie hielt mit einer Hand Sams Penisschaft umklammert, die andere massierte sein Skrotum. Es fühlte sich gut an, aber Sams Kopf wollte nicht mitspielen. Sein verdammter Schwanz brachte nur halbherzige Zuckungen zustande, die an den Überlebenskampf eines halb toten Wurms erinnerten.

Schließlich hielt Winnie inne, Sams erschlafftes Glied in der Hand, die großen Augen rund wie Murmeln, das Gesicht ein Fragezeichen. Er sah viel jünger aus als dreiundzwanzig, und Sam kam sich plötzlich wie ein Kinderschänder vor. Was brachte Menschen dazu, anderen genau das anzutun, was sie einst selbst zerstört hatte? Ging es dabei um übertragene Rache oder echte Lust? Waren wir am Ende nur ein Abklatsch dessen, was uns ein Leben lang verletzt hatte?

»Lass gut sein, Mann. Liegt nicht an dir«, erklärte er dem Jungen, wohingegen seine einstigen Peiniger in einer ähnlichen Situation die Scheiße aus ihm herausgeprügelt hätten. So wollte Sam nicht sein. Es war nicht Winnies Schuld, dass er keinen hochkriegte. Der war so verunsichert, dass er Sams Penis nun mit der Hand bearbeitete. Sein kleiner nasser Mund stand leicht offen. Mit etwas Farbe hätten es auch die Lippen einer Frau sein können. Waren es aber nicht. Sam legte eine Hand auf Winnies Kopf und drückte ihn von sich weg. »Lass gut sein, hab ich gesagt!«

Ruckartig ließ Winnie ihn los und wich bis ans Fußende der Matratze zurück. Er schien Schläge zu befürchten, von denen er schon eine ganze Menge hatte einstecken müssen. Auch Sam hatte anfangs zugeschlagen. Das war notwendig, um das Frischfleisch auf die richtige Spur zu bringen.

»Verpiss dich!«, fuhr er den Jungen an, was bedeutete, dass Winnie sich auf seine eigene Matratze begeben sollte, die sich nicht mal einen Meter von Sams entfernt befand. In den Nächten wünschte man sich hier nichts sehnlicher als eine offene Zellentür.

Winnie rappelte sich auf und Sam zog die Decke über sein nutzloses Glied. Er schob das Kissen unter seinem Kopf zurecht, drehte sich auf die, seinen Mithäftlingen abgewandte Seite und schloss die Augen. An Schlaf war derzeit kaum zu denken – unter anderem hielt einen das Schnarchen, Husten und Furzen der anderen davon ab –, einen Versuch war es trotzdem wert, es gab ja auch nichts anderes zu tun. Ohne wirkliches Interesse lauschte er dem Rauschen aus dem Wasserhahn, als Winnie sich die Hände wusch oder den Mund ausspülte. Was immer der kleine Scheißer da trieb, Sam hoffte, dass er damit fertig wurde, bevor ihm doch noch die Hand ausrutschte.

»Oh *fuck*!«, drang es an seine Ohren, als er sich schon kurz vorm Wegdriften befand. Sam fuhr hoch.

»Was zum …« Als er sah, was der trottelige Winnie in der Hand hielt, verschlug es ihm die Sprache. Vielleicht war es Zufall oder das Zeichen, dass es doch einen Gott gab. Bisher hatte er nicht mal an die verdammte Waschbeckenhalterung gedacht, doch jetzt hielt Winnie einen Teil davon in der Hand und Sam fragte sich, warum er nicht von allein darauf gekommen war. Dieser Gefängnistrakt war nicht nur heillos überfüllt, sondern auch uralt. Renovierungen wurden nur sporadisch und bei dringender Notwendigkeit durchgeführt. Während es in einigen Zellen bereits modernere Sanitäranlagen aus Stahl gab, die direkt in die Wände eingelassen waren, ›erfreuten‹ sie sich hier noch an den alten Konstruktionen aus den Sechzigerjahren. Ein etwa dreißig Zentimeter langes Relikt aus dieser Zeit befand sich nun in den Händen des ahnungslosen Winnie.

»Ist einfach abgefallen«, bemerkte der mit einem Schulterzucken.

Sam grinste. »Sag bloß.« Plötzlich stand sein Schwanz wie eine Eins. »Komm her mit dem Ding!«

Es gab gute und schlechte Tage, manche waren einfach nur mies, andere absolut grandios. Sam warf die Decke zurück, als Winnie auf seine Matratze kletterte. Bevor er den Kopf des Jungen nach unten drückte, nahm er ihm die Metallstange ab und versteckte sie unter seinem Kissen.

***

Der ungeliebte Ton des Handyweckers riss sie aus dem Schlaf. Vogelgezwitscher. Ekelhaft. Natalie hatte es mit ihren Lieblingssongs versucht, nur um festzustellen, dass sie begann, sie zu hassen, sobald sie das Erste waren, was sie am Morgen hörte. Sie hatte alle möglichen Melodien und Alarmtöne getestet. Das Aufstehen blieb dasselbe. Ekelhaft. Schließlich hatte sie beschlossen, Vögel zu hassen. Das spielte irgendwie keine große Rolle, weil ihr die eh egal waren. Mit tränenden Augen starrte sie auf das viel zu helle Display ihres Smartphones und schaltete den Alarm aus. Zwanzig nach sechs. Wie sehr sie diese

Uhrzeit hasste, ließ sich nicht in Worte fassen. Manchmal hatte sie Albträume davon. Zwanzig nach sechs. Aufstehzeit. *Einen miesen Morgen wünsche ich dir!* Und ja, sie waren mies, jeder einzelne davon, ohne Ausnahme. Natalie konnte sich nicht erinnern, wann sie zuletzt gut gelaunt aufgewacht war. Heutzutage klappte das nicht mal an den Wochenenden, obwohl es da keinen nervigen Wecker gab. Wahrscheinlich war ihr Dad noch hier gewesen, als sie das letzte Mal mit einem Lächeln in den Tag gestartet war. Und das war lange her. Manchmal kam es ihr wie ein ganzes Leben vor, obwohl sie erst siebzehn Jahre alt war.

Die meisten würden sagen, dass sie das Leben noch vor sich hatte und sich auf die Zukunft freuen sollte, doch für Natalie fühlte sich das nicht so an. Vielleicht lag es daran, dass ihr Dad sie verlassen hatte, als sie erst fünf Jahre alt war, oder daran, dass sie keine Freunde hatte – obwohl ihre verdammte Schwester ihr lang genug vorgemacht hatte, wie das ging – oder es hatte etwas mit ihrer schwarzen Seele zu tun. Natalie glaubte, dass ihr Herz ebenfalls schwarz war. Das bedeutete aber nicht, dass sie keins hatte, ganz im Gegenteil. Ihres war einfach nur etwas dunkler, einsamer und trauriger als die Herzen der anderen. Vielleicht war das angeboren. Oder es entstand mit der Zeit. Sie vermutete, dass das Leben ihr Herz schwarz gefärbt hatte. Es fing damit an, dass ihr Daddy starb und wurde schlimmer, als ihre Mom krank wurde. Obwohl ihre zwei Jahre ältere Schwester Natalies Schicksal teilte, war sie kein Teil von ihr, denn Jennifer hatte sich frühzeitig von ihrer traurigen Familie abgewandt. Vor einem Jahr war sie ausgezogen, um auf ein College an der Ostküste zu gehen. Seitdem war sie nur zweimal zu Besuch gekommen. An Thanksgiving und Weihnachten.

Bei ihrem letzten Besuch hatte sie einen hübschen jungen Mann mit runden Brillengläsern mitgebracht, der Natalie ein bisschen an Harry Potter erinnerte. Jennifers neuer Freund hieß aber weder Harry noch Daniel, sondern Michael, und er war kein Zauberlehrling, sondern Collegeschüler und angehender Jurastudent. Die beiden wirkten glücklich. Sie berührten sich ständig und lachten über die blödesten Witze des anderen. Das war wohl Liebe. Natalie konnte das Leben, das ihrer Schwester bevorstand, beinahe vor sich sehen. Sie würde Karriere machen, heiraten und in einem großen hellen Haus leben. Später würde sie Kinder haben, die ebenfalls aufs College gingen und Beziehungen führten, bei denen man den anderen ständig anfassen wollte. Niemand würde mehr an Tante Natalie aus North Carolina denken, die ihr Leben weggeworfen hatte, um sich um ihre psychisch kranke Mutter zu kümmern, während sie sich mit Gelegenheitsjobs und Essensmarken über Wasser hielt und niemals erfahren würde, wie es war, die Hand eines Mannes zu halten, der ihr sein Herz schenken wollte. Es war verrückt! Sie war erst siebzehn Jahre alt und sah sich bereits als alte, frustrierte Jungfer. *Tante Nat mit dem schwarzen Herz.*

Kopfschüttelnd stieg Natalie aus ihrem zerwühlten Bett. Sie musste damit aufhören! Ein für alle Mal! Wie sollte ein Mensch glücklich sein, der sich bereits am frühen Morgen mit solchen Zukunftsszenarien quälte?

Mürrisch watschelte sie in ihr kleines Badezimmer, zog Schlaf-Shirt und Slip aus und stellte sich unter die kalte Dusche, um ihre düsteren Gedanken wegzuspülen. Sie wünschte sich wie immer, dass ein paar davon erfrieren würden, doch so viel Glück hatte sie nicht.

Als Natalie sich wach genug fühlte – sie zitterte und hatte eine Gänsehaut –, stellte sie das Wasser auf warm und griff nach Shampoo und Duschgel.

Ein paar Minuten später stand sie in ein Handtuch gewickelt vor dem Waschbecken und putzte sich die Zähne. Langsam fühlte sie sich in der Lage, in den Spiegel zu sehen. Ihr Gesicht war herzförmig, mit hohen Wangenknochen und mandelförmigen Augen, die so dunkel waren, dass sie schwarz wirkten. Schwarz. Manchmal dachte sie, dass sie hübsch war, doch die meiste Zeit hasste sie dieses kleine, dumme Gesicht. Sich selbst anzusehen, fiel ihr besonders schwer, weil ihr Spiegelbild sie an ihren Vater erinnerte, einen amerikanischen Ureinwohner vom weitverzweigten Stamm der Sioux, der bei den Lumbee in North Carolina aufgewachsen war, dem achtgrößten Indianerstamm der USA. Als Kind hatte Natalie sich gewünscht, bei den Ureinwohnern zu leben, doch ihr Dad hatte das Reservat verlassen, als er achtzehn war und beschlossen, niemals zurückzukehren. Sein Traum war der vom American Way of Life. Mit zarten neunzehn verliebte er sich in Natalies Mutter, die damals noch jung, schön und geistig gesund war und sie gründeten eine Familie. Obwohl sie sich nicht erinnern konnte, hätte Natalie wetten können, dass ihre Eltern ebenfalls über die dümmsten Witze des anderen gelacht und keine Gelegenheit ausgelassen hatten, um sich gegenseitig zu berühren. Zumindest am Anfang. Ihr Leben musste einmal wild, aufregend und glücklich gewesen sein.

Jennifer und Natalie machten die kleine Familie perfekt. Glück hatte die Farbe Orange und duftete nach Pfirsichen. Die Realität tat das leider nicht. Im Falle der Coopers – Natalies Mutter hatte ihren Familiennamen behalten, da sich die Behörden damit leichter taten – verwandelte sich die Farbe des Alltags von einem warmen Orangeton bald in ein stumpfes Grau.

Jacy Cree – den Namen ihres Vaters würde Natalie für immer in ihrem schwarzen Herz tragen – ereilte das Schicksal seiner Vorfahren: Amerika hatte keine Verwendung für ihn. Er fand nur schlecht bezahlte Hilfsjobs und musste sich mit den altbekannten Vorurteilen herumschlagen, denen er schließlich auch erlag. Er trank zu viel und verlor sein Lächeln. Eines Nachts befand er sich auf dem Heimweg von einer Kneipentour. Es war Ende Januar und ungewöhnlich kalt. Die Straßen waren vereist. Auf einer Brücke über dem Yadkin River verlor Jacy bei überhöhter Geschwindigkeit die Kontrolle über seinen Pick-up-Truck, durchbrach das Brückengeländer und stürzte in das eisige Wasser. Vorbei war das Leben des Jacy Cree, der gern alles besser gemacht hätte als seine Vorväter. Und vorbei war auch das Glück der Familie Cooper, zumindest was Natalie und ihre Mom betraf, die in den darauffolgenden Jahren eine schwere Depression entwickelte, aus der schließlich die Psychose entstand, die sie heutzutage quälte.

Aus Gründen, die Natalie nicht nachvollziehen konnte, hatte sich dieses Familiendrama kaum negativ auf Jennifers Entwicklung ausgewirkt. Ihre ältere Schwester hatte trotz aller familiärer Widrigkeiten eine erfolgreiche Highschoolkarriere hingelegt, stets gute Freundschaften und

Beziehungen gepflegt und es am Ende sogar mit einem Stipendium aufs College geschafft. Dad wäre stolz auf sie gewesen. Was er über Natalie gedacht hätte, stand auf einem anderen Blatt. Wahrscheinlich geriet sie mehr nach ihm, als er sich das gewünscht hätte.

Mit einer weniger schwarzen Seele wäre er wahrscheinlich niemals betrunken über diese verdammte Brücke gefahren. Natalie hatte sogar darüber nachgedacht, ob er mit Absicht durch das Geländer gebrochen war, auch wenn sie diese Befürchtung niemals aussprach. Von ihrer Mutter erfuhr sie später, dass man keine Bremsspuren gefunden hatte. Die Polizei ging davon aus, dass Jacy bereits beim Aufprall das Bewusstsein verloren hatte, da er nicht versucht hatte, sich aus dem sinkenden Wrack zu befreien. Das Szenario in Natalies Kopf war schrecklicher als jeder Horrorfilm. Als sie klein war, träumte sie fast jede Nacht davon, wie ihr Daddy im schwarzen Fluss versank. Mit den Jahren wurden diese Träume seltener, jedoch umso drastischer. Jetzt sah sie nicht nur, wie das Auto versank, sondern auch, wie ihr Dad ertrank. Sie hörte seine verzweifelten Schreie und sah die weit aufgerissenen Augen. Dass dieser Horror laut Polizei niemals passiert war, da Jacy angeblich ohnmächtig gewesen war und nichts von seinem Tod mitbekommen hatte, spielte keine Rolle, wenn man in der dunklen Nacht aus einem Albtraum erwachte und das Toben des eigenen Herzens einen beinahe taub machte. Natalie vermisste ihren Daddy, seine schwarzen Augen und sein schwarzes Herz. Sie vermisste ihn so sehr, dass sie nicht verstand, wie ihre Schwester einfach so weitermachen konnte. Als hätte sie nie einen Vater gehabt, der beim Zubettgehen Geschichten aus der

Prärie erzählt und sie lachend auf seinen breiten Schultern getragen hatte, wenn sie zu müde zum Laufen war. Natalie wusste, dass es falsch war, in der Vergangenheit zu leben. Das brachte einen keinen Schritt weiter, sondern immer nur zurück. Jennifer hatte nach vorn geblickt und sich ein Leben aufgebaut, während ihre kleine Schwester jeden Tag mehr von der Schwärze in ihrem Inneren erdrückt wurde. Nur Menschen, die so schwarz wie Natalie waren, würden sie verstehen. Ihr Dad hätte sie verstanden, auch wenn es ihm nicht gefallen hätte. Aus einem tiefen Schwarz ließ sich kein grelles Orange machen. Man konnte es versuchen und kurzzeitig Erfolg haben, doch am Ende würde die Dunkelheit siegen. So wie sie es bei Jacy getan hatte, als ihre erbarmungslosen Hände ihn in die tiefe Kälte des Flusses gezogen hatten. Vielleicht war es wirklich Suizid gewesen, die Verzweiflungstat eines schwarzen Herzens, doch dann hatte er bestimmt nicht anders gekonnt. Nicht jeder Mensch hatte eine Wahl, denn wie sollte man in ein Licht gehen, das nicht existierte?

Wasser konnte keine Gedanken vertreiben, doch Natalie spritzte es sich trotzdem ins Gesicht. Anschließend trug sie Creme und ein leichtes Make-up auf. Sie betonte gern ihre Augen. Während sie auf der Toilette saß, überlegte sie, was sie anziehen sollte. Ende Februar konnten die Tage lang und erstaunlich warm sein. Manchmal wünschte sie sich, wie Jennifer in Neuengland zu sein. Dort würde es noch ein Weilchen dauern, bis der Frühling Einzug hielt. Natalie liebte den Wechsel der Jahreszeiten, der im Westen North Carolinas spürbar, aber weitaus sanfter als in anderen Breitengraden vonstattenging. Extreme Wetterlagen – wie in der Nacht, als ihr Vater gestorben war – waren bei dem hier vorherrschenden, gemäßigten Klima eher selten.

Nachdem sie die Morgentoilette beendet hatte, ging Natalie zurück in ihr Zimmer. Sie war gern nackt, weshalb sie das Anziehen meist bis zum Schluss hinauszögerte. Obwohl sie ihren Körper nicht besonders mochte – sie wünschte sich eine schmalere Taille und schlankere Beine –, genoss sie die Luft auf ihrer Haut.

Nach einem kurzen Blick in den verwilderten Garten, dem die Morgensonne einen trügerischen Glanz verlieh, ging sie zu ihrem Schrank und entschied sich für leichte Baumwollunterwäsche, hautenge Bluejeans und ein schwarzes T-Shirt mit dem Logo der Band Slipknot. Schwarze Seelen liebten düstere Musik. Natalies Wände waren mit Postern diverser Metal-Bands tapeziert: Korn, Slayer, System of a Down, Marilyn Manson, Rammstein und natürlich Slipknot. Dazwischen hingen verschiedene Symbole des Okkultismus, die Natalie zum größten Teil selbst gezeichnet und ausgeschnitten hatte. Pentagramme, gehörnte Hände, das Symbol der Church of Satan, umgekehrte Kreuze und vieles mehr. Natalie hatte viele Stunden in die düstere Gestaltung ihres Zimmers investiert. Noch vor drei Jahren hatte sich hier ein typisches Mädchenparadies befunden, mit viel Kitsch und Plüsch. Heute waren die vorherrschenden Farben Schwarz und Rot. Man blickte in Teufelsfratzen und die grinsenden Gesichter provokativ posierender Bandmitglieder. Anstelle von Einhörnern und bunten Plüschtieren waren teuflisch dreinschauende Ziegenböcke und Fledermäuse getreten. Nach der Schule schloss Natalie sich oft ein, lag auf ihrem Bett, jagte lautdröhnenden Metal durch ihre

AirPods, bis ihre Ohren schmerzten, und betrachtete die schwarze Welt, die sie von ihrem Herzen direkt auf ihre Zimmerwände projiziert hatte.

Manchmal fragte sie sich, was ihr Dad dazu sagen würde, der ein Fan von Countrymusik gewesen war – Natalie hätte wetten können, dass die Klänge von Johnny Cash ihn in den Tod begleitet hatten. Würde er sich erschrecken, wenn er heute in ihr Zimmer käme? Früher hatte sie Poster von Pferden und Hunden gehabt. Die Farben waren hell und freundlich gewesen. Vor dem Schlafengehen hatte Dad an ihrem bunt bezogenen Bett gesessen und Geschichten erzählt oder Lieder gesungen, in denen es um Leben und Freiheit ging. Er hatte stets gegen die Dunkelheit gekämpft und am Ende trotzdem verloren. Was würde er sagen, wenn er wüsste, dass seine Tochter es gar nicht erst versuchte?

Natalie stopfte einen Block und ein paar Bücher in ihren Rucksack, der ebenfalls schwarz und mit Bandlogos geschmückt war. Hinzu kamen ihr Smartphone und die AirPods, die ihr schon durch so manchen hässlichen Tag geholfen hatten. Eine zerrissene schwarze Jeansjacke und gleichfarbige Stiefel mit silbernen Schnallen rundeten ihr Outfit ab. Die nassen Haare blieben ungekämmt. Sie fühlte sich ein bisschen so, als wäre sie einem ihrer Poster entstiegen. All das half ihr dabei, stark zu sein und sich gegen den täglichen Albtraum zu wappnen, der sie außerhalb ihres Zimmers erwartete.

***

Wie immer pochte Natalies Herz, als sie den schmalen Flur betrat. Sie schloss ab und steckte den Schlüssel in ihren Rucksack. In der Luft lag der Geruch von abgestandenem Rauch und verdorbenen Lebensmitteln. Der aufgequollene Teppichboden war mit Müll und Zigarettenkippen übersät. Früher war dieses kleine Haus ein freundlicher Ort gewesen. Man konnte es sich auch ohne viel Geld schön machen. Mom hatte immer frische Blumen besorgt und alles hübsch dekoriert. Rauchen war im Haus verboten gewesen und die Fenster hatten jeden Tag weit offen gestanden, um frische Luft hereinzulassen. Heute gab es keine Blumen und auch keine frische Luft. In der Küche stapelte sich schmutziges Geschirr. Es stank nach Fäulnis und vergorenen Speisen. Vor Jennifers letztem Besuch an Weihnachten hatte Natalie alles sauber gemacht. Sie war zwei Tage mit Staubsauger und Wischmopp herumgelaufen, hatte Geschirr gespült, bis ihre Hände rot waren und alle Fenster aufgerissen. Für die Reinigung des Badezimmers ihrer Mutter hatte sie so viel Bleiche verwendet, dass ihre Lunge brannte und sie die halbe Nacht husten musste. Jenny und ihr Freund sollten möglichst keinen Verdacht schöpfen. Moms Zustand hatte sich verschlechtert, seit Jennifer ausgezogen war, doch Natalie wollte ihre Schwester nicht damit belasten. Jennifer käme sonst vielleicht auf die Idee, Mom in ein Pflegeheim stecken zu wollen, was Natalie um jeden Preis verhindern wollte, denn wohin sollte sie, wenn Mom nicht mehr hier war? Solange sie nicht volljährig war, würde sie im Heim oder auf der Straße landen, wenn herauskam, dass ihre Mutter nicht zurechnungsfähig war. Allein würde man sie nicht hier wohnen lassen. Ohne Moms

Wohlfahrtschecks könnte sie sich das auch gar nicht leisten. Und Natalie war nicht wie ihre Schwester. Sie konnte froh sein, wenn sie den Highschoolabschluss überhaupt schaffte. An ein Stipendium war nicht zu denken. Somit hatte sie keine Möglichkeit, aufs College zu gehen. Stattdessen würde sie sich einen schlecht bezahlten Job suchen müssen und damit in die Fußstapfen ihres Vaters treten. Sie hatte kein Geld, um die Stadt zu verlassen oder irgendetwas anderes zu tun, als weiter in dieser verdammten Bruchbude zu hausen und um den spärlichen Rest geistiger Gesundheit ihrer schizophrenen Mutter zu kämpfen. Die Medikamente, die der Arzt Helen verschrieben hatte, halfen, wenn sie sie regelmäßig nahm, doch war es schlichtweg unmöglich, sie dahingehend zu kontrollieren. Die meiste Zeit wusste Natalie nicht mal, wo die verdammten Pillen waren!

Jetzt lag Mom auf der zerschlissenen Wohnzimmercouch und schnarchte. Das kurze T-Shirt war ihr bis unter die Brüste gerutscht, was den Blick auf einen gelbfleckigen Slip und einen wabbeligen Bauch freigab. Helen Coopers Mund stand offen, sie hatte gelbliche Zähne und einen dicken weißen Belag auf der Zunge und in ihrem Gesicht klebten Spuren getrockneten Speichels. Sie sah wie ein Junkie oder eine Alkoholikerin aus, obwohl ihre einzige Droge der Wahnsinn war. Mit zweiundvierzig Jahren war nicht mehr viel von der Schönheit übrig, in die Jacy sich einst verliebt hatte. Natalie wusste, dass ihre Mutter Hilfe brauchte. Etwas, das sie nicht allein bewerkstelligen konnte. Doch ihre Angst vor den Konsequenzen war größer als die vor Helens Krankheit. Irgendwie würde es schon weitergehen. Hauptsache, sie behielten ein Dach über dem Kopf und schafften es zu überleben. Niemand hatte behauptet, dass Überleben Spaß machte.

Natalie ging an ihrer schlafenden Mutter vorbei und schaltete den Fernseher aus. Die Dauerwerbesendung über ein Küchenset war vermutlich die ganze Nacht gelaufen und wenn sie Pech hatte, würde in den nächsten Tagen ein großes Paket vor der Tür stehen, gefüllt mit einem Sammelsurium der Nutzlosigkeit, für einen angeblichen Spitzenpreis, angesichts dessen nur eine Verrückte nicht den Verstand verlor. Wenn sie Glück im Unglück hatte, konnte sie den Kram kostenlos zurückschicken. Wahrscheinlicher war allerdings, dass sie den Rückversand aus eigener – beziehungsweise Moms – Tasche bezahlen musste. Es wäre nicht das erste Mal, dass sie wegen einer solchen Aktion ein paar Tage hungerten. Natalie hatte keine Ahnung, wie sie ihre wahnhafte Mutter von solchen Irrsinnskäufen – oder sonstigen psychotischen Anwandlungen – abhalten sollte. Helen wollte – oder konnte – nicht auf sie hören, und sie war trotz ihrer Krankheit die Erwachsene. Natalie hatte weder Zugriff auf das Konto ihrer Mutter noch sonstige Befugnisse. Als Minderjährige würde man ihr nichts dergleichen zusprechen. Helen Cooper regelte ihre Angelegenheiten nach wie vor allein, obwohl das bedeutete, dass sie meistens gar nichts regelte.

Natalie war durchaus bewusst, dass sie sich Hilfe von außen holen konnte – und sollte – doch ihre Angst übertraf alle Sorgen. Sie nahm sich vor, etwas zu unternehmen, sobald sie die Schule beendet hatte und auf eigenen Beinen stand. Die unumgängliche Tatsache, dass nichts auf dieser Welt von Dauer war, war manchmal unheimlich, konnte aber auch beruhigend sein. Solange sie sich in ihr Zimmer flüchten konnte und das Elend ihrer Mutter nicht mit ansehen musste, war alles halb so schlimm. Das Zauberwort hieß Verdrängung, und Natalie war eine Meisterin darin. So fest der Schmerz der Vergangenheit und die Panik vor der Zukunft sie auf der einen Seite im Griff hatten, so leicht fiel es ihr, auf der anderen Seite, die Gegenwart zu ignorieren beziehungsweise sie sich entsprechend schönzureden.

Im Kühlschrank fand sie einen Kanister mit Orangensaft, der noch nicht abgelaufen war. Aus einer Blechdose im Schrank über der Spüle nahm sie sich Kleingeld für ihr Schulessen. Für gewöhnlich bewahrten sie in dieser Dose das Geld für die Woche auf. Wenn Mom vergaß, sie aufzufüllen, musste Natalie ihr die Kohle auf andere Weise abschwatzen, was nicht immer einfach war. Helens Geisteszustand war in letzter Zeit starken Schwankungen ausgesetzt. Momente, in denen sie fast die Alte war, wurden von Episoden abgelöst, in denen sie sich nicht mal an den eigenen Namen erinnern konnte. Manchmal erkannte sie ihre eigene Tochter nicht oder verwechselte sie mit anderen Personen: Grandma, Jennifer oder im schlimmsten Fall Jacy. Letzteres war wirklich unheimlich, weil Natalies Vater schon so lange tot war, während Grandma und Jenny wenigstens am Leben waren. Eine Hilfe würden sie Natalie trotzdem nicht sein. Ihre Schwester wollte sie nicht belästigen und Grandma lebte in einem Pflegeheim für Demenzkranke unten in Florida und wusste wahrscheinlich selbst nicht, wer sie war.

Natalie war auf sich allein gestellt. Je eher sie diese Tatsache akzeptierte, desto besser würde sie klarkommen.

Sie trank ihren Orangensaft im Stehen, während sie ihre schlafende Mutter betrachtete, die vermutlich noch genauso daliegen würde, wenn Natalie heute Nachmittag nach Hause käme. Das Leben war ein Hamsterrad, aus dem man nicht ausbrechen konnte, indem man schneller rannte. Die einzige Fluchtmöglichkeit – und gleichzeitig eine der größten Herausforderungen – war der Schritt zur Seite, der Jennifer gelungen war, während Natalie ihn wahrscheinlich nie schaffen würde. Die schwersten Dinge sahen oft besonders leicht aus, doch das war eine fiese Täuschung.

Natalie steckte sich die AirPods in die Ohren – für diese kleinen Dinger hatte sie eine Ewigkeit gespart –, nahm ihr Smartphone in die Hand und den Rucksack auf die Schulter. Jetzt war der Schockrocker Marilyn Manson in ihrem Ohr und erklärte ihr, dass sie Chaos war. Krank, abgefuckt, kompliziert und nicht zu heilen. Genauso fühlte sie sich. Mit einem inneren Seufzen warf Natalie einen letzten Blick auf ihre Mutter, bevor sie das Haus verließ. Die Stimmen ihrer Lieblingsbands gaben ihr das Gefühl, nicht allein zu sein. Sie sangen über Leid, Schmerz und Ungerechtigkeit und brüllten laut, wütend und leidenschaftlich in Natalies Ohr, damit sie wenigstens zeitweise vergessen konnte, wer sie war und welcher Mist ihr Tag für Tag bevorstand.

Weil sie Chaos war – und nicht zu heilen.

***

Es war der zehnte Tag harter Arbeit. Der zehnte Tag in Schmutz und Schweiß. Sie hatten sich abgewechselt und in Schichten gearbeitet, nachdem es Sam gelungen war, die Eisenstange in den Schacht zu schmuggeln. Seither war fast ein Monat vergangen, da es zu auffällig gewesen wäre, die Metallplatte – und den dahinter verborgenen Mann – jeden Tag abzuschirmen. Sie zwangen sich, vorsichtig zu sein, Pausen zu machen, die allgemeine Stimmung zu beachten und keine unnötigen Risiken einzugehen, so sehr es sie auch in den Fingern juckte.

Dank Corona stellten Zellendurchsuchungen nach wie vor eine Ausnahme dar, weshalb die defekte Waschbeckenhalterung bisher niemandem aufgefallen war. Trotzdem durften sie nicht leichtsinnig werden. Ein kleiner Fehler war schnell gemacht, würde sich unter Umständen jedoch niemals ausbügeln lassen. Wer heutzutage im Loch landete, hatte definitiv die Arschkarte gezogen und konnte sich auch gleich von der Welt verabschieden. Sam war sich der Tatsache schmerzhaft bewusst, dass dies vielleicht seine letzte Chance auf ein Leben in Freiheit war. Wer einmal bei einem Ausbruchsversuch erwischt wurde, würde in Zukunft umso härter bewacht und unter Umständen sogar in ein Hochsicherheitsgefängnis verlegt werden – schlimmstenfalls ließen sie ihn im Loch verrecken. Die Pandemie hatte eine ohnehin prekäre Lage weiter verschärft.

Nun war der zehnte Tag angebrochen, an dem sie stundenweise mit dieser verdammt hartnäckigen Platte beschäftigt waren, die sich nicht mal ansatzweise so leicht aufstemmen ließ, wie Sam sich das vorgestellt hatte. Mithilfe der Eisenstange hätte es ein Kinderspiel sein sollen, doch sie hatten es leider mit mehreren Schwierigkeiten auf einmal zu tun. Zum einen bedurfte es eines ziemlich waghalsigen Balanceaktes auf der Leiter, der es einem schier unmöglich machte, seine Kraft gezielt einzusetzen. Nicht auszudenken, welche Folgen es nach sich zöge, wenn einer von ihnen von der Leiter stürzte … Vorsicht war besser als Nachsicht. Sam hatte seinen Männern erklärt, dass sie sich Zeit lassen mussten. Zu schnelles, fahrlässiges Handeln würde im schlimmsten Fall tödlich enden und ihre Chance auf Flucht womöglich für immer zunichtemachen. Ruhe und Besonnenheit waren die Zauberwörter.

Trotz aller Vorsicht war es bereits zu kleinen Unfällen gekommen. Luke hatte sich den Finger verstaucht, Enrico war mit der Stange abgerutscht und hatte sich selbst ein blaues Auge verpasst. Hinzu kamen die Anspannung und die unvorteilhafte Position, aus der heraus sie arbeiten mussten. Alle vier litten inzwischen an Schulter- und Rückenschmerzen. Sam hatte sich den Finger eingequetscht und einen Nagel verloren. Eine sehr schmerzhafte Angelegenheit. Hinzu kam die Sache mit der Zeit. Je mehr davon verstrich, desto frustrierter und unmotivierter wurde die Stimmung. Dabei gab Sam täglich zu bedenken, dass sie sich noch immer in der äußerst glücklichen Lage befanden, nicht entdeckt worden zu sein. Und sie waren alle gesund. Es könnte also schlimmer sein und sie mussten für das dankbar sein, was sie hatten. Verzagen war nicht gestattet, solange es noch Hoffnung gab. Sam würde das erst tun, wenn er im Loch saß oder an Corona verreckte. Noch gab es trotz aller Widrigkeiten zu viel Positives, um die Flinte ins Korn zu werfen. Dennoch waren die Abende schwer zu ertragen, wenn sie mal wieder in ihre Zellen eingeschlossen wurden, ohne diese verdammte Metallplatte aufbekommen zu haben.

Doch nun stand Sam auf der Leiter, klammerte sich mit einer Hand an die oberste Sprosse, hielt die Eisenstange in der anderen, blinzelte gegen den brennenden Schweiß in seinen Augen an und konnte kaum glauben, dass dieses verfickte Teil sich soeben bewegt hatte! *Merklich* bewegt, um es auf den Punkt zu bringen.

Am liebsten hätte Sam einen Jubelschrei ausgestoßen, doch er hielt sich zurück, da er nicht wusste, wie weit der Schall tragen würde. Mehr denn je ging es in diesem Moment darum, Ruhe zu bewahren. Noch einmal wendete er alle Kraft auf, ignorierte die Schmerzen in seinem Finger und seinen Armen und stemmte die Stange gegen die Platte, bis diese ein Stück zur Seite rutschte und die beinah vollständige Dunkelheit des Schachtes mit einem Klecks grauen Tageslichtes erhellte. Sam stieß einen Seufzer aus, sein Herz machte einen Sprung, als sich der Felsbrocken löste, der darauf gelastet hatte. Er drückte noch einmal, mit vor Anspannung zitternden Muskeln und einer Flüssigkeit in den Augen, die mehr aus Tränen als aus Schweiß bestand. Für Sam spielte das keine Rolle. Die Platte ließ sich zur Seite schieben, blendendes Tageslicht umhüllte ihn wie ein Heiligenschein. Da vergaß Sam für den Bruchteil einer Sekunde, dass er auf einer Leiter stand. Er trat mit einem Fuß ins Leere und verlor das Gleichgewicht. Diesmal schrie er, Schall hin oder her, ließ die Stange fallen und klammerte sich mit beiden Händen an die Leiter, bis seine zitternden Beine wieder Halt gefunden hatten. Mit einem dumpfen Scheppern schlug die

Stange auf dem Schachtboden auf und Sam zuckte unwillkürlich zusammen.

Wenn die Wärter das gehört haben … Er wollte nicht daran denken, dass wegen eines einzigen unbedachten Schrittes vielleicht alles umsonst gewesen war. Schwitzend und zitternd, mit geschlossenen Augen und in den Ohren rauschendem Puls, verharrte er auf der Leiter, umhüllt vom trügerischen Licht der Freiheit, die nie so greifbar und gleichzeitig so weit weg gewesen war wie in diesem Moment. Sam wartete auf den Lärm, den Alarm, die Schritte und das Stimmengewirr. Geräusche, die verrieten, dass sie aufgeflogen waren. Sie würden ihn aus dem Schacht zerren und direkt ins Loch werfen. Schon sah er es vor sich, hörte die bellenden Stimmen, die ihm befahlen, aus dem Schacht zu klettern. Seine Mithäftlinge würden vielleicht für ihn einstehen – oder auch nicht. Im Knast gab es keine Sicherheiten, kein echtes Vertrauen. Jeder war sich selbst der Nächste und jede Freundschaft gründete auf einer Gefälligkeit. Für jeden, der ihn hier drinnen schätzte und vielleicht sogar den Kopf für ihn hinhalten würde, gab es einen anderen, der nur darauf wartete, ihn scheitern zu sehen.

Sam dachte an Winnie, der bestimmt nicht zögern würde, ihn dranzuhängen, sofern er keine Konsequenzen zu befürchten hatte. Er ging davon aus, dass der Junge ihn hasste, weil er ihn zwang, seinen Schwanz zu lutschen. Das war auch verständlich. Manchmal hasste Sam sich selbst dafür, genau der Mensch geworden zu sein, den er früher verachtet hätte. Leider gab einem das Knastdasein selten das Gefühl, eine Wahl zu haben. Es waren nicht die *Netten*, die hier drin überlebten. Was all das mit ihm gemacht hatte, würde er wohl erst realisieren, wenn er frei war. *Falls* er je frei sein würde. Noch immer klammerte Sam sich an die Leiter, als ginge es um sein Leben – was genau genommen auch der Fall war –, während er darauf wartete, dass die Stimmen der Wärter zu ihm hinaufdrangen. Doch außer in seinem Kopf, blieb alles still. Irgendwann öffnete er die Augen wieder und blinzelte in das Licht, das seine Rettung bedeutete, wenn das Schicksal es so wollte.

Die Öffnung war zu klein, um durchzuklettern, aber groß genug, um den unwiderstehlichen Duft der Freiheit aufzusaugen und ein Stück des Himmels zu sehen, den Sam so lang vermisst hatte. Er musste nur nach unten klettern und die Stange holen …

Nicht jetzt. Du bist völlig fertig. Gönn dir 'ne Pause, Junge.

Sam hörte nicht gern auf seine innere Stimme, doch in diesem Fall hatte sie recht. Er war sowohl physisch als auch psychisch an seine Grenzen geraten und durfte nicht riskieren, am Ende doch noch von der Leiter zu fallen.

Es ist ohnehin Zeit für einen Schichtwechsel.

Das war es in der Tat, obwohl Sam sich bei der Vorstellung, einem anderen den nächsten Schritt zu überlassen, nicht ganz wohlfühlte. Leider würde ihm aber nichts anderes übrig bleiben.

Als Sam nach unten kletterte, hatte sich sein Puls normalisiert und das Gummigefühl war aus seinen Knien verschwunden. Je ruhiger er wurde, desto klarer sah er, was als Nächstes passieren musste. Wenn alles gut ging, würde er den Himmel bald wieder täglich sehen.

***

Als Sam vorsichtig gegen die Platte klopfte, öffnete Luke sie mit einem fragenden Ausdruck im Gesicht. »Ist alles in Ordnung?«

»Habt ihr was gehört?«

Luke schüttelte den Kopf. Er wirkte verwirrt. »Ist was passiert? Du siehst scheiße aus, Mann, sorry, aber …«

Sam lehnte sich mit dem Rücken an die Wand, nachdem Luke den Schachteingang provisorisch verschlossen hatte. Er musste erst mal zu Atem kommen. Wie immer hatten seine Komplizen sich so platziert, dass die Kamera ihn nicht erfassen konnte. Warum diese wenig kreative Taktik immer wieder funktionierte, war ihm ein Rätsel. Wenn man nicht glauben wollte, dass die meisten Aufseher hier drin komplett gehirnamputiert waren, konnte man es nur mit der Corona-Situation erklären. Nicht dass Sam sich beklagen wollte. Es fiel ihm nur schwer, so viel Glück anzunehmen, ohne dabei nach dem berühmt-berüchtigten Haken zu suchen.

»Die Platte ist fast offen«, erklärte er dem erstaunt dreinschauenden Luke, nachdem er wieder zu Atem gekommen war.

»Enrico soll weitermachen. Der ist am stärksten.«

Luke nickte, wobei sein Mund so weit offen stand, dass Sam ihn am liebsten darauf aufmerksam gemacht hätte. *»Mund zu, es zieht«*, hatten sie sich als Kinder geneckt. Jetzt war aber keine Zeit für irgendwelche Spielchen. Es war zehn Uhr vormittags und wenn sie Glück hatten – und keinen Fehler machten –, würden sie den Abend vielleicht schon in Freiheit verbringen.

Auffällig unauffällig gesellte Luke sich zu den anderen und sprach Enrico direkt an, der sich daraufhin zu Sam umdrehte und gemächlich auf ihn zuging. Sam kam sich wie in einem Schmierentheater vor. Wären die Umstände anders gewesen, hätte man sie längst erwischt, darauf wollte er wetten. Er fragte sich, wer von den Mithäftlingen bereits Verdacht geschöpft hatte. Obwohl sich die meisten loyal verhalten würden – im Knast verpfiff man sich nicht gegenseitig an die Wärter, nicht mal, wenn man sich spinnefeind war –, mussten sie damit rechnen, erpresst oder bedroht zu werden. Der Witz daran war, dass Sam sich wohl eher hätte fragen sollen, wer noch nichts von ihrer Aktion mitbekommen hatte. Schließlich hingen sie vierundzwanzig Stunden aufeinander und hatten nichts zu tun, als zu trainieren, Karten zu spielen oder sich gegenseitig zu beobachten.

Tatsächlich gab es aber niemanden, der das Bedürfnis – oder den Mut – hatte, sie anzuschwärzen. Ohne Corona wäre das vielleicht anders gewesen, doch in diesen Zeiten waren die meisten einfach nur mit sich selbst beschäftigt. Hinzu kam der Umstand, dass Sam und seine Komplizen nicht gerade zu den beliebtesten Insassen zählten. Wenn der Aufenthaltsraum des Gefängnisses ein Schulhof wäre, wären sie die Rowdys, die ihre Mitschüler herumschubsten und drangsalierten. Sie zockten andere ab und bedrohten sie, wenn nötig. Das Frischfleisch musste ihre Schuhe – und Schwänze – sauber halten und den Blick senken, wenn sie den Raum betraten. Es gab Schlimmere als sie, doch die hielten ihnen den Rücken frei. Zum Beispiel die Latinos, deren Gruppe Enrico angehörte. Vor dem riesenhaften Hank hatte man automatisch Respekt und Luke eilte sein Ruf voraus. Er galt als komplett durchgeknallt, weil er seine gesamte Familie, fünf Personen insgesamt, scheinbar grundlos mit einer Heckenschere aufgeschlitzt hatte. Sam interessierte sich nicht für die Motive und Befindlichkeiten seiner Mitmenschen. Er beurteilte die Menschen nur danach, ob sie ihm irgendwie nützlich sein konnten. Luke, Hank und Enrico waren bereit gewesen, den Ausbruch mit ihm durchzuziehen. Sie konnten sich gegenseitig den Rücken freihalten. Genau hier begann und endete Sams Interesse an ihnen. Wer oder was sie sonst im Leben gewesen waren oder sein würden, juckte ihn nicht. Sie waren Komplizen, keine Freunde. Draußen würde es nichts mehr geben, das sie verband. Freiheit bedeutete unter anderem, sich seine Freunde selbst aussuchen zu können und sie nicht unter Menschen finden zu müssen, mit denen einen andere zusammengesperrt hatten.

Diesmal behielt er die Platte im Auge, während Enrico in den Schacht stieg. »Die Stange liegt vor der Leiter«, flüsterte er ihm zu.

Enrico nickte kurz, bevor er verschwand. Er war kein Mann großer Worte; eine Eigenschaft, die Sam schätzte. Dafür würde man Lukes Maul wohl extra erschlagen müssen, der Typ plapperte wie ein Waschweib, wenn man ihn ließ. Sam dachte manchmal, dass dieser Spinner eigentlich gar keine Heckenschere gebraucht hätte, um seine Familie auszulöschen. Er hätte sie auch einfach zu Tode labern können.

Auch jetzt drang seine schrille, viel zu hohe Stimme an Sams Ohr. Ihn hatten sie eigentlich nur im Team, weil er es unbedingt gewollt hatte und sie befürchtet hatten, dass er sonst gegenüber den anderen die Kontrolle über sein loses Mundwerk hätte verlieren können, denn viel war nicht mit ihm anzufangen. Es sei denn, man wollte Wahnsinn als spezielle Eigenschaft bezeichnen. Verrückte Menschen konnten manchmal hilfreich sein, weil sie weder Hemmungen noch Angst vor Konsequenzen hatten, in erster Linie waren sie aber unberechenbar und gefährlich.

Sam gesellte sich zu seinen beiden Komplizen, ohne wirklich an dem Gespräch um eine Pornodarstellerin im BDSM-Bereich teilzunehmen, die es Hank und Luke scheinbar gleichermaßen angetan hatte. Auf dem Smartphone, das Hanks Bruder vor über einem Jahr ins Gefängnis geschmuggelt hatte – und welches derzeit ihre einzige Verbindung zur Außenwelt darstellte – sahen sie sich regelmäßig Videos dieser Dame an, die die Bezeichnung ›Dame‹ eigentlich gar nicht verdient hatte, wenn man die beiden so über sie reden hörte. Zu ihren Spezialitäten gehörte, sich mit verzücktem Lächeln bespucken und anpissen zu lassen. Außerdem verwöhnte sie die Herren der Schöpfung gern mit Rimjobs, was vereinfacht gesagt bedeutete, dass sie ihnen den Arsch ausleckte. Sam wurde schon beim Gedanken daran speiübel.

»Könnten wir vielleicht das Thema wechseln?«, unterbrach er Luke genervt. Der war gerade dabei, von Lady Anal – ja, so nannte die sich wirklich – letzter Foltersession zu schwärmen, bei der sie von einer Horde notgeiler Afrikaner gequält, erniedrigt und vergewaltigt worden war, bevor jeder einzelne dieser Ärsche in den Genuss ihres berühmt-berüchtigten Rimjobs kam. Sam fragte sich ernsthaft, ob er die Bilder in seinem Kopf je wieder loswerden würde. Er war zwar selbst kein Kind von Traurigkeit, derartige Perversionen gingen ihm aber zu weit.

»Warum so ernst, Mann? Sag bloß, du hättest keinen Bock auf diese flinke, feuchte Zunge?«

Sam graute regelrecht davor. Er schüttelte den Kopf. »Nicht, wenn ich daran denke, wo die schon überall gesteckt hat.«

»Mannomann! Wer hätte gedacht, dass du so prüde bist?« Luke streckte nun selbst die Zunge heraus und ließ sie lasziv über seine schwulstigen Lippen gleiten.

Sam hätte beinahe gekotzt. In diesem Moment klopfte es sanft gegen die Platte. Sam fuhr herum und Lady Anal war vergessen. Er ließ Luke und Hank stehen, um Enrico aus dem Schacht zu helfen. Der grinste bis über beide Ohren und hatte ein Leuchten in den Augen, das einem nicht mal der beste Rimjob bescheren könnte.

»Sie ist offen«, sagte er und Sam hätte ihn am liebsten abgeknutscht, denn allmählich glaubte er wirklich daran: Er würde frei sein, vielleicht noch heute Abend, und dann konnte ihn nicht nur Lady Anal, sondern die ganze Welt am Arsch lecken, denn er würde für den Rest seines Lebens nur noch das tun, worauf er Lust hatte!

***

Bei aller Euphorie: Sie durften keinen Verdacht erregen. Sam schraubte die Platte wieder locker an, wie sie es bisher immer getan hatten, nur dass er es heute zum letzten Mal tat. Hoffentlich. Nun saß er vor seinem geschmacksarmen Mittagessen und brachte vor Aufregung keinen Bissen herunter. Seine Komplizen schienen kein Problem damit zu haben, die schaufelten die graue Pampe in sich hinein, als gäbe es kein Morgen.

Und sie haben recht. Wer weiß, wann du das nächste Mal etwas zwischen die Zähne bekommst.

Das stimmte, machte den Fraß aber nicht reizvoller.

Wenn ich das nächste Mal etwas esse, werde ich das auf jeden Fall nicht hinter Gittern, sondern unter freiem Himmel tun, hoffte Sam. *Jetzt muss nur alles gut gehen.*

»Hast du keinen Hunger, Mann?«, erkundigte sich Luke mit vollem Mund. Das Fett an seinen Lippen sah ziemlich eklig aus.

Sam schüttelte den Kopf. Jetzt ruhten auch die Blicke der beiden anderen auf ihm, mit denen er an einem Fünfertisch saß. Um sie herum herrschte die übliche mittägliche Geräuschkulisse schmatzender, rülpsender und tratschender Männer. Wenn sie nicht im Knast wären, wo so gut wie alles aus Plastik bestand, hätte man außerdem das Klappern von Geschirr und das Klirren von Besteck gehört. Ohne es zu wollen, schielte Sam immer wieder in Richtung der lockeren Metallplatte, die sich in den letzten Wochen zum Dreh- und Angelpunkt seines Lebens entwickelt hatte. Wenn er ehrlich war, hatte er eine Scheißangst. Hier und heute ging es um alles oder nichts.

Er fragte sich, ob er wirklich schon bereit dazu war. Immerhin würden sie aufs Dach steigen, ohne dieses zuvor ausgekundschaftet zu haben. Sie hatten keine Ahnung, wo sich dort die Kameras befanden und wie – beziehungsweise ob – sie diesen ausweichen konnten. Dieses Risiko würden sie allerdings in Kauf nehmen müssen, denn sobald sie oben waren, gab es kein Zurück mehr. Darüber hatten sie gesprochen und darin waren sie sich einig. Natürlich könnten sie warten und es weiter hinauszögern. Einen Tag oder eine Woche. Warum nicht gleich einen Monat oder ein Jahr? Doch das würde nichts ändern und ihre Lage eher schlimmer als besser machen. Ihnen war klar, dass sie handeln mussten, wenn sie diese einmalige Chance nicht vertun wollten.

»Willst du's?« Er schob Luke sein Tablett hin. Der zuckte mit den Schultern, bevor er es zu sich zog und weiterschmatzte.

Enrico grinste kopfschüttelnd, während Hank so tat, als hätte er nichts mitbekommen. Alle aßen brav auf. Ihre Mütter wären stolz gewesen.

»Bist du sicher, dass du nichts essen willst?«, fragte Enrico, während er Luke beim Mampfen zusah. Sein eigenes Tablet war bis auf einen Apfel leer, auf den er nun deutete. »Wie wärs damit?«

»Danke, Mann, aber ich komm schon klar. Hab 'nen nervösen Magen und will unterwegs keine Probleme kriegen.« *Unterwegs*. Welch wohlklingendes Wort.

Enrico nickte. »Deine Entscheidung, Alter.« Er nahm den Apfel und biss kräftig hinein.

Sam musste an den alten Zahnpasta-Werbespot denken, bei dem Leute in einen grünen Apfel bissen, um zu beweisen, dass sie kein Zahnfleischbluten hatten. *»Damit Sie auch im Alter noch kraftvoll zubeißen können.«* Enrico schien keine derartigen Probleme zu haben, obwohl seine gelben Beißer bestimmt schon bessere Zeiten gesehen hatten. Der Apfel war schneller weg, als man bis drei zählen konnte – und zwar komplett.

»Wusstest du, dass die meisten Vitamine im Kerngehäuse stecken?«, fragte er mit vollem Mund.

Sam schüttelte den Kopf.

»Hat meine Mutter immer gesagt«, erklärte Enrico.

Sam nickte, obwohl ihn der Vitamingehalt von Kerngehäusen einen Scheiß interessierte. Ihm ging es nur darum, den nächsten Apfel in Freiheit verzehren zu können, mit oder ohne Kerne. »Wann meldest du dich bei deinem Bruder?«, wandte er sich an Hank, um vom Apfelthema abzulenken.

»Nachdem die Wärter abgeräumt haben, wie besprochen. Dann bleibt uns bis zum Abendessen Zeit, um alles in die Wege zu leiten.«

Natürlich hatten sie in den letzten Wochen besprochen, wie der Tag ihrer Flucht ablaufen sollte. Wieder und wieder. Selbst der Dümmste von ihnen wusste, was er in den nächsten Stunden zu tun hatte. Trotzdem würde Sam es gern noch einmal hören. Der Pedant in ihm hätte es am liebsten schriftlich gehabt, sofern er in der Lage gewesen wäre, es zu lesen.

»Bleib locker, Mann.« Hank stieß ihn freundschaftlich mit dem Ellenbogen an. »Wir werden das Kind schon schaukeln.«

Sam zwang sich, seine Bedenken beiseitezuschieben und sich auf das Wesentliche zu konzentrieren. *Alles wird gut.* Er betete es wie ein Mantra: *Alles wird gut. Alles wird gut. Gut, gut, gut.*

Trotzdem fragte er sich, wie die anderen es schafften, so ruhig zu bleiben. Oder täuschte das?

Schließlich war das Mittagessen beendet und zwei Wärter mit medizinischem Mund-Nasen-Schutz und Gummihandschuhen sammelten die Tabletts ein. Beide machten einen nervösen, leicht fahrigen Eindruck und schienen den Aufenthaltsraum gar nicht schnell genug verlassen zu können. In Sachen Fluchtplanung war diese Pandemie ein wahrer Segen. Seit die Häftlinge sich nur noch in diesem einen Raum beziehungsweise ihren Zellen aufhalten durften, erfolgten auch kaum mehr Zählungen. Wohin sollten sie schon verschwinden, wenn sie nicht mal zum Duschen durften? Niemand bedachte lockere Metallplatten und Leitungsschächte, wenn die Sorgen um die eigene Gesundheit das gesamte Denken beherrschten. So vermessen und narzisstisch diese Vorstellung auch sein mochte, aber manchmal kam es Sam tatsächlich so vor, als wäre dieser Virus über die Menschheit gekommen, um ihm zur Freiheit zu verhelfen. Auf die Idee, sich zu fragen, warum ausgerechnet er so verdammt wichtig sein sollte, kam er nicht.

***

Fünf Stunden später lag Sam bäuchlings auf einem flachen Teerdach, spürte kleine Steine, die sich in seine Handflächen bohrten und kühlen Nieselregen, der auf seinen Nacken prasselte. Die Luft war frisch und roch nach Frühling. Sam inhalierte sie wie eine Droge, er konnte gar nicht genug bekommen. Obwohl ihm kalt war – er trug nur einen dünnen Kapuzensweater über seiner Gefängniskluft und orangene Gummischlappen an den Füßen –, fühlte er sich großartig, fantastisch, besser als je zuvor! Ihm war, als hätte er die letzten vierzehn Jahre in einem Sarg tief unter der Erde verbracht, mehr tot als lebendig und wäre nun endlich auferstanden. Freiheit war mehr als ein Gefühl. Sie war Droge und

Lebenselixier, letzte Hoffnung und endloses Glück. Nachdem er nun an ihr geschnuppert hatte, würde Sam sie nur über seine Leiche wieder hergeben. In diesem Moment schwor er sich, niemals zurück ins Gefängnis zu gehen. Lieber würde er sterben.

»Was jetzt?«, riss Hanks heisere Stimme ihn aus seinen Gedanken. Sam drehte den Kopf zur Seite und sah seine durchnässten Kameraden, die er im Rausch des Augenblicks beinahe vergessen hätte. Auch sie waren bemüht, sich so flach wie möglich zu machen und die Köpfe unten zu halten, damit der Regen ihnen nicht die schwarze Tarnfarbe aus dem Gesicht wusch, die aus einem klebrigen Gemisch aus Haargel und Papierasche bestand, mit dem sie auch ihre Hälse und Hände eingerieben hatten. Obwohl sie Sweatshirts über die Gefängniskluft gezogen hatten, blitzte das grelle Orange noch an den Beinen und Füßen hervor.

»Ihr müsst die Köpfe unten lassen!«, forderte Sam seine Komplizen auf. Er war so nervös, dass er sich wie ein Pubertierender im Stimmbruch anhörte. »Wir kriechen bis zum Rand des Dachs. Das sind etwa zwanzig Meter.«

»Und was machen wir dann?«, wollte Luke wissen, der durch seine nassen, verschmierten Brillengläser wahrscheinlich kaum die Hand vor Augen sehen konnte.

»Dann müssen wir irgendwie rüber aufs Werkstattdach«, sagte Sam und betete, dass sie es schaffen würden. Bei einem unsportlichen Typen wie Luke hatte er da Zweifel, doch darauf konnte er keine Rücksicht nehmen. Hauptsache Hank, dessen Bruder auf der anderen Seite der Mauer wartete, blieb bis zum Schluss an seiner Seite.

»Aber zum Springen müssen wir aufstehen. Dabei könnten uns die Kameras erfassen«, gab Luke zu bedenken, ohne zu ahnen, dass die Kameras schon bald sein geringstes Problem sein würden.

»Darüber denken wir nach, wenn es so weit ist«, meinte Sam. »Los gehts, Jungs!« Er ignorierte seine von der Kälte tauben Füße und setzte sich entschlossen in Bewegung. Natürlich wäre er lieber erhobenen Hauptes in die Freiheit geschritten, anstatt ihr wie ein elender Wurm entgegenzukriechen, doch in seiner Welt zählte das Ziel, nicht der Weg, und der Zweck heiligte alle Mittel.

***

Um aufs Dach des Werkstattkomplexes zu gelangen, würden sie mehrere Meter in die Tiefe springen und gleichzeitig den Abstand der Gebäude von etwa drei Metern überwinden müssen. Ohne Anlauf war das unmöglich zu schaffen. Falls sie falsch absprangen oder abrutschten, würde das das Ende ihrer Flucht bedeuten, und vielleicht auch das ihres Lebens. Sam spürte seinen Puls in den Ohren. In seinem leeren Magen saß eine nagende Übelkeit. Mit ein bisschen Pech war es das jetzt. Selbst wenn ihnen der Sprung gelang, würden sie wahrscheinlich von einer der Kameras erfasst werden. Die Frage war, wie aufmerksam deren Aufzeichnungen derzeit beobachtet wurden. Solange sie keinen Alarm auslösten, bestand trotz allem die Möglichkeit, unentdeckt zu bleiben. Zumindest fürs Erste. Die Wärter müssten inzwischen mit der Abendessensausgabe beschäftigt sein. Wenn keiner bemerkte, dass sie weg waren – beziehungsweise sie niemand anschwärzte –, standen ihre Chancen nach wie vor gut. Sie mussten nur den verdammten Sprung schaffen!

Viele Häftlinge nutzten die Zeit in Gefangenschaft, um ihre Muskeln zu trainieren und sich fit zu halten. Mit Ausnahme des verrückten Luke hatten sie das alle getan, weshalb der Sprung auf das gegenüberliegende Dach machbar war. Danach mussten sie nur irgendwie auf die andere Seite der Mauer gelangen, ob oben drüber oder unten durch würden sie entscheiden, wenn sie nah genug dran waren, um die Möglichkeiten abzuwägen.

»Wer will als Erstes?«, fragte Sam, als sie sich kurz vor dem Rand des Flachdachs befanden.

Die Männer reagierten mit angespanntem Schweigen. Noch lagen alle flach auf dem Bauch und konnten nicht sehen, wohin sie gleich springen sollten.

»Ich mach das«, meldete sich schließlich Hank zu Wort. »Soll ich die Stange mit rübernehmen?«

Sam hatte für den Moment vergessen, dass er das Ding noch bei sich hatte. Sie würden es vielleicht brauchen, um ins Innere der Werkstatt zu gelangen. »Schaffst du das?«, fragte er Hank, der soeben an seine Seite gekrochen war, um ihm die Stange abzunehmen.

»Das werden wir gleich sehen«, bemerkte der mit einem humorlosen Grinsen. Seine Zähne und das Weiße seiner Augen bildeten einen scharfen Kontrast zu der dunklen Tarnfarbe in seinem Gesicht. Groß und drahtig, wie er war, sollte der Sprung eigentlich kein Problem für ihn darstellen. Trotzdem konnte immer etwas schiefgehen. Inzwischen schüttete es wie aus Eimern und keiner von ihnen hatte richtige Schuhe. Angespannt sah Sam zu, wie Hank sich aufsetzte und seine Schlappen auszog. Ihnen blieb nichts anderes übrig, als barfuß zu springen.

»Hast du Schiss?«, wollte Sam wissen.

Hank lachte. »Und wie!« Mit diesen Worten erhob er sich, sah sich um, schätzte die Entfernung ab, warf einen Blick auf den sich langsam verdunkelnden Himmel und auf seine flach daliegenden Freunde, trat ein paar Meter vom Rand des Daches zurück und rannte dann direkt darauf zu, die Eisenstange in der rechten Hand, mit über dem Boden fliegenden Füßen und angespannter Miene. Bevor er absprang, schloss Sam die Augen und öffnete sie erst wieder, als er Hank jubeln hörte. Der stand tatsächlich auf dem Werkstattdach und winkte fröhlich mit der Stange. »Na, kommt schon, Leute, das ist ein Klacks!«

Schon sprang Enrico auf die Füße, schüttelte seine Schlappen ab und streckte sich ausgiebig. »Ich bin dran!«

Sam sollte es recht sein.

***

Auch der muskulöse Enrico gelangte ohne Schwierigkeiten auf das andere Dach, wo Hank ihm anerkennend auf die Schulter klopfte.

»Na los, ihr zwei Angsthasen! Hüpft endlich rüber!«

Sam hob den Kopf und sah Luke an, der ein verrücktes Grinsen aufgesetzt hatte.

»Willst du deine Brille abwischen?«

Luke schüttelte den Kopf. »Geht schon.« Er rappelte sich auf und schlüpfte aus seinen Schlappen. Ein bieder anmutender, untersetzter Mann, der gut hinter den Schalter einer Bank gepasst hätte. Sam wusste nicht, womit

Luke sein Geld verdient hatte, bevor ihm in den Sinn gekommen war, seine Familie abzuschlachten. Im Knast spielten Berufe in der Regel keine Rolle. Der kleine Mann schüttelte seine Glieder, bevor er sich in Position begab.

»Nimm mehr Anlauf«, riet Sam. Zum ersten Mal realisierte er, wie kurz die Beine des Mannes waren.

Luke schüttelte den Kopf. »Das passt schon. Mach dir keine Sorgen, *Mom.*« Er grinste provokant und Sam fragte sich, wie durchgeknallt ein Mensch sein konnte. Als Luke zum Sprung ansetzte, schloss er erneut die Augen. Als könnten Dinge, die er nicht sah, auch nicht wirklich passieren. Leider ertönte diesmal kein triumphierendes Rufen, sondern ein dumpfer Knall, gefolgt von einem spitzen Schmerzensschrei.

Fuck! Sam riss die Augen auf. *Fuck, fuck, fuck!* Hank und Enrico waren allein auf dem Werkstattdach und starrten mit viel zu weißen Augen über den Rand. Sam kroch ein Stück vorwärts und blickte selbst nach unten. Luke lag mit gebrochenen Armen und Beinen in der betonierten, etwa eineinhalb Meter breiten Lücke zwischen den beiden Gebäuden und schluchzte. Er hatte seine Brille verloren und seine Gliedmaßen waren so verdreht, dass er Sam an ein kaputtes Windrad mit zerbrochenen Flügeln erinnerte. Blutige Knochenfragmente ragten aus seinen Schienbeinen und Unterarmen. So sah das aus, wenn ein Mensch aus sechs Metern Höhe ungebremst auf harten Untergrund stürzte. Er hätte genauso gut tot sein können, was in dem Fall vielleicht besser gewesen wäre.

»*Fuck*! Was machen wir jetzt?«, fragte Enrico von der anderen Seite. Dabei lag das eigentlich auf der Hand, oder?

Sam zwang sich, den Blick von dem Schwerverletzten loszureißen, dessen gequältes Wimmern im Prasseln des Regens verklang. Er hatte befürchtet, dass das nicht gut gehen würde, hatte diesen dämlichen Idioten sogar noch darauf hingewiesen, seine Brille zu putzen und mehr Anlauf zu nehmen, auch wenn das wahrscheinlich keinen Unterschied gemacht hätte. Der Familienmörder Luke war vermessen – und psychotisch – genug gewesen, um seine körperlichen Fähigkeiten heillos zu überschätzen. Nun hatte er die Quittung und jetzt mal ehrlich, es hätte einen Falscheren treffen können.

»Wir können ihm nicht helfen«, rief Sam zurück, was klar wie Kloßbrühe war. »Ich komm jetzt rüber!«

»Okay!« Hank nickte ihm aufmunternd zu, während Enrico noch immer damit beschäftigt war, offenen Mundes auf den verunglückten Luke hinabzustarren.

Als Sam ein Kind war, hatte er Käfer gefangen und so fest auf den Boden geknallt, dass ihre Panzer aufbrachen und gelblicher Schleim hervorquoll, bevor er diesen armen, zuckenden Wesen beim Sterben zusah. Luke war wie einer dieser Käfer, nur dass er den Tod verdient hatte. Sam empfand kein Mitleid für ihn.

Gemächlich richtete er sich auf, zog seine Schlappen aus und stopfte sie in die Taschen seines Overalls. Später würde er vielleicht froh sein, irgendwas an den Füßen zu haben. Wenn er gleich zum Sprung ansetzte, durfte er nicht nach unten sehen und musste Lukes Jammern ignorieren. Er durfte sich nicht aus der Fassung bringen lassen. Für einen jungen, gesunden Mann war dieser Sprung ein Kinderspiel, das hatten Enrico und Hank vorgemacht, wobei Letzterer schon lange nicht mehr jung war. Sam hörte nicht auf Lukes Wimmern, sondern auf den Rhythmus seines eigenen Herzens, seinen Puls, das sanfte Rauschen des Blutes in seinen Ohren. Er sog die klare, frische Luft in seine Lunge und füllte sie mit dem Aroma der Freiheit.

Dann nahm er Anlauf – und sprang. Es war wie Fliegen.

***

Der Aufprall fuhr schmerzhaft in Sams Zähne. Er biss sich auf die Zunge und schluckte warmes Blut, während er sich umsah. Enrico und Hank zogen ihn an den Armen hoch und halfen ihm auf die wackeligen Beine. Seit wann hatte er denn Gummiknie?

»Alles okay, Mann?«

Das war eine gute Frage. Dickflüssiges Blut flutete Sams Mund. Er schluckte, bis ihm übel wurde. Sonst war alles okay. Oder? Während seine Kumpels ihn weiter festhielten, warf er einen Blick über die Schulter zurück auf das Dach, von dem er soeben gesprungen war. Es schien sich in einer anderen Sphäre zu befinden. Der Regen prasselte so laut, dass man Luke nicht mehr hörte. Oder hatte er aufgegeben? Sam blickte in die ascheverschmierten Gesichter seiner Komplizen. Noch war kein Alarm zu hören, was nur Gutes bedeuten konnte. »Alles okay! Mir gehts gut! Ihr könnt mich loslassen, Jungs.«

Sie gaben seine Arme frei und im ersten Moment befürchtete Sam, doch noch auf die Fresse zu fliegen, bevor er sein Gleichgewicht wiedererlangte. Er konnte stehen, keine Schmerzen, nichts war gebrochen, alles war gut, bestens, fantastisch, weil die süße Freiheit immer näher rückte.

»Wie gehts jetzt weiter?« Enrico sah nicht so euphorisch aus, wie Sam sich gerade fühlte. Dafür war natürlich der Adrenalinrausch verantwortlich, der genauso schnell verschwinden würde, wie er gekommen war.

»Wir steigen in die Werkstatt ein und schauen, welches Werkzeug wir dort finden. Und dann müssen wir entscheiden, ob wir lieber über die Mauer klettern wollen oder unter ihr durch«, sagte Sam.

Gemeinsam blickten sie zur Mauer hinüber, die etwa fünf Meter hoch und mit einem Gewirr aus Stacheldraht gesichert war. Über sie hinwegzuklettern – falls sie das richtige Werkzeug fanden – würde schneller gehen, war aber auch riskanter. Der Wachturm befand sich zwar auf der anderen Seite, doch da war immer noch das Problem mit den Kameras und Scheinwerfern.

»Hast du dein Handy noch?«, wollte Sam von Hank wissen, der sich nickend auf das linke Bein tippte. Er hatte das Smartphone mit Klebeband an seinem Schienbein befestigt. »Mein Bruder ist bereit, sobald wir es sind.«

»Okay. Dann lasst uns zusehen, dass wir runterkommen.«

»Was ist mit Luke?«, fragte Enrico. Je mehr Asche der Regen aus seinem Gesicht wusch, desto blasser sah er aus, trotz seines olivfarbenen Teints.

»Der ist erledigt, Mann!«, rief Hank, bevor er sich mit der Stange in der Hand umdrehte und auf die Metallplatte zulief, die in der Mitte des Daches eingelassen war.

Sam zögerte einen Moment, während Enricos Blick ihn fixierte. »Was schlägst du denn vor?«, erkundigte er sich mit gespieltem Interesse.

Enrico schien die Frage zu überfordern. Er zuckte mit den Schultern.

»Wenn du willst, kannst du zu ihm runterspringen und ein bisschen Händchenhalten, bis die Wärter kommen«, meinte Sam sarkastisch. »Ich frage mich, ob er das auch für seine sterbenden Kinder getan hat. Und ob er es für dich tun würde. Was meinst du, Enrico?«

Der Mexikaner schwieg, doch die Antwort stand ihm ins Gesicht geschrieben.

»Na also!« Sam klopfte ihm auf die Schulter. »Und jetzt lass uns von hier verschwinden, Großer.«

Enrico nickte und folgte ihm ohne ein Widerwort. Endlich hatte er begriffen, dass sie es hier nicht mit einem unglückseligen Käfer zu tun hatten.

***

Die Metallplatte auf dem Werkstattdach ließ sich fast so leicht wie eine Dose Makkaroni öffnen. Ein Vergleich, der Sams Magen zum Knurren brachte. Jetzt bereute er das ausgelassene Mittagessen. Der Einstieg in das Nebengebäude, das neben der Metallwerkstatt auch Wartungsbüros und die Wäscherei beherbergte, gestaltete sich problemlos. Sam war erleichtert, den kalten Regen hinter sich zu lassen. Er war bis auf die Haut durchnässt und seine Glieder fühlten sich klamm an. Auch Enrico und Hank machten einen verfrorenen Eindruck.

»Was meint ihr?«, fragte Letzterer, während er sich in der düsteren Werkstatt umsah – das Licht durften sie leider nicht einschalten. »Wie viel Zeit haben wir?«

Sam zuckte mit den Schultern. Die Frage war unmöglich zu beantworten. »Wir sollten uns in jedem Fall beeilen«, meinte er nur.

Enrico rieb in seinem feisten Gesicht herum, bis kaum Tarnfarbe übrig war. Etwas Konstruktives hatte er leider nicht beizutragen.

»Ich denke, wir sollten graben«, fuhr Sam fort. »Wir können im Keller unter der Wäscherei anfangen.«

»Wird das nicht ewig dauern?« Enrico klang wie ein nörgelndes Kleinkind, das gerade erfahren hatte, dass es auf sein Betthupferl verzichten musste.

»Wir haben die ganze Nacht.« Zumindest hoffte Sam das. Falls man ihre Abwesenheit beim Abendessen nicht bemerkt und sie bisher niemand auf dem Dach gesehen hatte – was zu vermuten war – würden sie mindestens bis morgen Früh Zeit haben.

»Wenn wir Glück haben«, seufzte Hank.

»Ohne Glück wirds leider nicht gehen«, stimmte Sam ihm zu.

Ohne ging im Grunde gar nichts.

***

Innerhalb des Werkstattkomplexes konnten die Häftlinge sich während der Arbeit frei bewegen, da sie sich unter ständiger Aufsicht befanden. Auch hier gab es Kameras, aber Sam bezweifelte, dass sie derzeit gecheckt wurden.

Sie nahmen alles mit, was nützlich aussah, bevor sie sich in den Keller begaben, wo sie eine weitere positive Überraschung erwartete. Enrico entdeckte ein paar Taschenlampen in einem Blechschrank, in dem außerdem Schaufeln und Spitzhacken für die Gartenarbeit aufbewahrt wurden. So fühlte sich das also an, wenn man Glück hatte. Beim Anblick einer großen Heckenschere musste Sam instinktiv an Luke denken. Das hatte allerdings nichts mit Mitleid, sondern nur mit einer nutzlosen Verknüpfung irgendwelcher Gehirnsynapsen zu tun. Kein Grund, sich aus der Bahn werfen zu lassen. Luke hatte das bekommen, was er verdiente. Sie konnten nur hoffen, dass er verreckte, bevor ihn jemand fand.

»Lasst uns loslegen, Jungs!«, forderte Sam seine Kumpane auf.

Obwohl sie erschöpft und hungrig waren, würden sie arbeiten, bis ihre Rücken sie umbrachten und ihre Hände bluteten. Sie würden alles tun, um vor dem Morgengrauen auf die andere Seite der Mauer zu gelangen. Nachdem sie die aus groben Steinen gemauerte Wand am nördlichen Ende des Kellers – welche der Mauer am nächsten war – mit den Spitzhacken durchbrochen hatten, würden sie einen Tunnel auf die andere Seite graben. Covid-19 und einiger Sicherheitslücken zum Dank hatten sie bis zum Morgengrauen Zeit, um sich den etwa sechs Meter langen Weg in die Freiheit zu schaufeln. Vorausgesetzt, das Glück blieb ihnen treu, wovon Sam ausging. Er wollte sich die Möglichkeit, am Ende aller Strapazen doch zu scheitern, gar nicht erst ausmalen.

***

Kaum dreißig Kilometer entfernt und doch in einer völlig anderen Sphäre lag Natalie auf ihrem Bett und hörte kreischende Metal-Musik. Sie hatte so laut aufgedreht, dass es in ihren Ohren und ihrem Kopf wehtat, weil das von den Schmerzen in ihrem Herzen ablenkte. Ihr Tag war wieder einmal schrecklich gewesen. Ihre Mitschüler hatten sie beschimpft, die Lehrer ignoriert. Wenn sie sich wehrte, zog sie den Kürzeren. Das war schon immer so gewesen. Also blieb sie äußerlich ruhig, während es in ihrem Inneren brodelte. Sie steckte ein und schluckte runter, fraß all die Schmach und Scham in sich hinein, bis sie kurz vorm Platzen stand. Und immer, wenn sie dachte, es könnte nicht schlimmer werden, setzte das Schicksal noch eine große stinkende Haube Scheiße drauf. Natalie hatte eine weitere schlechte Zensur kassiert, wodurch ihr Weiterrücken in die nächste Jahrgangsstufe nun stark gefährdet war. Und das ausgerechnet in Biologie, ihrem einstigen Lieblingsfach. Natürlich war es schwierig, sich aufs Lernen zu konzentrieren, wenn das ganze Leben aus Chaos bestand.

Schließlich kam sie am späten Nachmittag völlig erschöpft nach Hause, nur um ihre weinende Mutter inmitten eines Berges schmutziger Wäsche vorzufinden. Helen hatte einen ihrer ›guten‹ Tage, was bedeutete, dass sie versuchte, das Haus in Ordnung zu bringen, auch wenn das regelmäßig zum nächsten großen Zusammenbruch führte.

Natalies schwarzes Herz wurde von Mitleid, Hoffnung und Zuneigung erfasst. Sie nahm ihre zitternde Mutter in den Arm und redete beruhigend auf sie ein. Anstatt sich um ihre Hausaufgaben zu kümmern, half sie Helen dann mit der Wäsche, dem schmutzigen Geschirr und allem, was sonst zu tun war. Am Ende fühlte Natalies Mutter sich so gut, dass sie sogar ein Bad nahm und frische Sachen anzog. Natalie ging in der Zwischenzeit einkaufen und bereitete das Abendessen zu. Als sie gemeinsam am Tisch saßen und Spaghetti Bolognese aßen, fühlte sich das für einen Moment fast normal an. Sie unterhielten sich über Banalitäten und lachten sogar ein bisschen. Das Chaos hatte Pause. Doch dann veränderte sich Helens Miene und die kleine blaue Ader, die Natalie so hasste, tauchte in der Mitte ihrer Stirn auf. Die manischen Episoden kündigten sich stets mit einem düsteren Blick und dieser verfluchten, pulsierenden Vene an.

»Hast du deine Pillen genommen?«, fragte Natalie, obwohl ihr bereits klar war, dass der Zug wieder mal abgefahren war.

Helen starrte die Nudeln auf ihrem Teller an, als würden sie ihr gleich ins Gesicht springen. Ihre Kiefermuskulatur arbeitete, die Ader pochte. Natalie, die sich daran gewöhnt hatte, auf das Schlimmste gefasst zu sein, spannte ihre Muskeln an. Die eben verspeisten Spaghetti lagen wie ein harter Knoten in ihrem Magen.

»Warum machst du das?!«, keifte Helen über den Tisch.

Mit Essensresten vermischter Speichel flog nur knapp an Natalies Gesicht vorbei. Sie rutschte mit ihrem Stuhl nach hinten.

»Warum kochst du Würmer?!«

Die Frage war so verrückt, dass jemand, der Helen nicht kannte, davon ausgegangen wäre, sie nicht richtig verstanden zu haben. Doch Natalies Mutter sprach klar und deutlich, während die Vene auf ihrer Stirn rhythmisch pulsierte. Früher hatte Natalie sich manchmal vorgestellt, ihre Mutter heilen zu können, indem sie ihr dieses verdammte Ding aus dem Kopf riss. Eine verrückte Idee natürlich, doch die kam wie von selbst, wenn das ganze Leben Chaos war.

»Das sind nur Nudeln, Mom«, erklärte Natalie, obwohl sie wusste, dass das keinen Zweck hatte. Nicht wenn man es mit dieser Ader zu tun hatte.

»Willst du mich verarschen?!« Helen griff mit beiden Händen in ihren Teller, hob einen Klumpen Spaghetti mit brauner Soße heraus und schleuderte ihn Natalie ins Gesicht, die diesmal zu spät reagierte und die schleimige Ladung voll abbekam.

»Die kannst du selber fressen!«, brüllte Helen, sprang auf und warf den Tisch samt Gedeck um. Natalie war nun ebenfalls auf den Füßen. Ihr blieb nichts anderes übrig, als vor ihrer tobenden Mutter zurückzuweichen, während ihr warme Nudel-Pampe vom Kinn tropfte und in den Nacken lief.

»Warum tust du mir das an?!«, heulte Helen. Angewidert wischte sie die Hände an ihrer Hose ab, während sie auf Natalie zukam. Plötzlich fing sie zu würgen an, was angesichts des Umstands, dass sie sich einbildete, Würmer gegessen zu haben, nicht weiter verwunderlich war.

»Ich hab nichts getan, Mom! Das sind nur Spaghetti!« Natalie merkte nicht, dass sie weinte. Warum versuchte sie es überhaupt noch? Nichts davon machte Sinn.

Schon spritzte das Erbrochene in hohem Bogen aus Helens Mund. Natalie konnte knapp ausweichen. Sie hatte fast den Flur erreicht und es waren nur noch wenige

Meter bis zu ihrem Zimmer. Mit einer zitternden Hand zog sie den Schlüssel aus der Gesäßtasche, während ihre kotzende Mutter schluchzend auf die Knie fiel. Sie musste so heftig würgen, dass sie die Kontrolle über ihren Körper verlor. Für einen Moment zögerte Natalie, war hin- und hergerissen zwischen Abscheu und Mitleid. Helen war schwer krank, sie konnte nichts für ihre Aussetzer. Leider änderte das nichts an der Tatsache, dass sie völlig unberechenbar und manchmal sogar gefährlich war, sobald die böse Vene in ihrem Kopf die Kontrolle übernahm.

Natalie riss sich von dem makabren Anblick ihrer durchgeknallten Mutter los und schloss ihr Zimmer auf. Ohne diesen Rückzugsort wäre sie längst selbst verrückt geworden. Sie huschte hinein, schloss die Tür, sperrte ab und lehnte sich schwer atmend gegen das Holz. Auf der anderen Seite hörte sie ihre Mutter würgen, schimpfen und weinen. Sie war jetzt allein und musste irgendwie klarkommen. Das mussten sie alle.

***

Nachdem Natalie geduscht hatte – für ihr eigenes kleines Badezimmer konnte sie gar nicht dankbar genug sein –, legte sie sich ins Bett, steckte sich die AirPods in die Ohren und verschwand in der einzigen Welt, in der sie sich willkommen fühlte. Der Sound von echtem Metal war hart, klar und kompromisslos. In den Texten fand sie Trost und Verständnis. Statt vom Prinzen auf dem weißen Ross träumte Natalie vom Metaller mit dem schwarzen Bass. Sie wünschte sich, von jemandem gefunden und gerettet zu werden, der ihre dunkle Seele verstand und sich mit ihrem schwarzen Herzen vereinigen wollte. Jemand, der sie von hier wegbrachte, an einen Ort ohne Schule und fiese Hetze, ohne psychisch kranke Mütter, tote Väter und selbstsüchtige Schwestern. Wie dieser Ort aussah, wusste sie nicht, doch sie würde ihn erkennen, wenn sie dort war, da war sie sich ganz sicher.

Natalie Cooper kümmerte sich an diesem Abend nicht mehr um ihre Schulaufgaben. Sie blieb in ihrem Bett, als wäre es eine sichere Insel, auf der sie niemand erreichen konnte, der nicht willkommen war, während die ohrenbetäubenden Klänge von Slipknot sie in den Schlaf begleiteten und ihre Träume mit dem Sound der Außenseiter und Verstoßenen füllten.

Menschen sind Scheiße.

Ich bin nicht schön und auch nicht cool, sondern fett, hässlich und stolz – also fick dich!

Wir sind der Puls der Maden.

Ich bin deine Krankheit. Du kannst mich nicht stoppen. Ich schwitze durch meine Venen.

Songfragmente in Natalies Kopf. Fragmente ihres Herzens und ihrer Seele. Sie war jetzt an einem Ort, wo man sie kannte und verstand. In ihrem Traum stand sie in der ersten Reihe vor einer riesigen Bühne, auf der maskierte Männer in Overalls im Rhythmus gewaltiger Drum- und Bassklänge eine teuflisch anmutende Performance lieferten.

»*Fuck me! I'm all out of enemies!*«, brüllte die ekstatisch wogende Menge, von der Natalie ein Teil war. Hier gab es keine Individuen, sondern nur die heiße, schwitzende Masse, pulsierend und zuckend, von der sie absorbiert, verschluckt, erstickt und gleichzeitig mit jedem Atemzug wiedergeboren wurde. Der Leadsänger streckte die Arme aus und befahl seinen Anhängern, vor ihm niederzuknien. Natalie wurde mitgezogen, von den Füßen gerissen und zu Boden gedrückt. Sie konnte nicht atmen, was keine Rolle spielte, weil sie schon tot war. Mit geschlossenen Augen ließ sie sich von der Musik und der Masse tragen und war eins mit der tiefen, melodischen Stimme ihres Idols. Das war Liebe, so pur, schwarz und tief wie ein Versprechen an den Tod. Natalie gab sich diesem Gefühl hin, bis es sie ganz und gar erfüllte. Sie schlief, träumte, hoffte und fand Erlösung in dröhnenden Bässen und wuchtigen Trommelschlägen.

Sie spürte Leben, Tod und Liebe, alles auf einmal und nichts umsonst, doch als sie am nächsten Morgen erwachte, war die Musik verstummt und alles fühlte sich genauso leer, traurig und sinnlos an wie zuvor. Sie war nie auf einem Konzert ihrer Lieblingsband gewesen. Vermutlich würde das auch nie passieren.

Nun klingelte ihr Wecker – *diese verfluchten Vögel!* – und es war ein Tag wie jeder andere. Sie war einfach nur sie selbst, inmitten all der Schwärze, allein und wertlos, kein Teil von irgendetwas. Nichts tat so weh, wie aufzustehen und das eigene, nutzlose Gesicht im Spiegel zu sehen. Die Erkenntnis, dass all das Wunderbare wieder nur ein Traum gewesen war, verbrannte ihr Gehirn. Sie wollte das Zimmer nicht verlassen, um ihre Mutter zu sehen, wollte nicht zur Schule gehen, wo man sie wie ein wertloses Stück Scheiße behandelte, wollte nicht der Mensch sein, der sie war, mit dem traurigen Leben, das sie führte.

Alles, was Natalie Cooper wollte, war ein kleines Stück vom schwarzen Glück.

***

Natalie versuchte, es zu ignorieren, doch das Chaos war unübersehbar. Dank der Musik in ihren Ohren hatte sie nichts von den nächtlichen Eskapaden ihrer Mutter mitbekommen, deren Auswirkungen sich ihr nun im erbarmungslosen Licht der Morgensonne offenbarten. All die Arbeit, die sie am Vortag in die Säuberung des Hauses gesteckt hatten, war umsonst gewesen. Sie hätte es sich natürlich denken können, aber manchmal war die Hoffnung mächtiger als jede Vorahnung. Nachdem Helen gestern Abend den Esstisch umgestoßen und Natalie mit Nudeln beworfen hatte, war sie dazu übergegangen, sämtliche Schränke und Schubladen aufzureißen und deren Inhalt im Wohnzimmer zu verteilen. Natalie erblickte durchnässte Aktenordner und Papiere im Spülbecken, angeschmorte Batterien in einer Pfanne auf dem Herd und ein äußerst ekelhaftes Ketchup-Milch-Gemisch, das vom Fernseher tropfte und eine Lache auf dem Boden bildete, in der Helen, nur mit Unterwäsche bekleidet, im Schneidersitz hockte, während sie mit gequälter Konzentration eine Quizshow verfolgte, ohne sich daran zu stören, dass auf dem verschmierten Bildschirm kaum etwas zu erkennen war. Scheinbar hatte sie sich mit derselben Pampe eingeschmiert. Der penetrante Gestank von verbranntem Plastik ließ Natalie würgen. Sie verzichtete darauf, ihre Mutter anzusprechen oder weiter zu beachten.

Am liebsten hätte sie auf dem Absatz kehrtgemacht und wäre zurück in ihr Zimmer geflüchtet, das sie wie immer verschlossen hatte, um ihre Sachen vor Helens wahnwitzigen Attacken zu schützen. Die würde vielleicht irgendwann das ganze Haus niederbrennen, wenn es so weiterging. Aber war das wirklich das Schlimmste, was passieren konnte? Natalie konnte sich Schrecklicheres vorstellen, als im Schlaf an einer Rauchvergiftung zu sterben, während sie sich an dem Ort befand, den sie so sehr liebte. Vielleicht konnte sie dann ja für immer dortbleiben. Angst hatte sie auf jeden Fall keine davor, ganz im Gegenteil.

Was ihr mehr Sorgen machte, war das, was sie erwartete, wenn sie heute Nachmittag aus der Schule kam. Bis dahin hatte Helen sich womöglich wieder gefangen und würde erneut Natalies Hilfe brauchen, um das Chaos zu beseitigen, das sie in der Nacht angerichtet hatte. Und dann würde alles von vorn beginnen. Das passierte nicht jeden Tag, aber oft genug, um sich wie in einem verfluchten Hamsterrad zu fühlen. Natalie fürchtete sich nicht vor dem Tod, hatte aber einen absoluten Horror vor den Persönlichkeitsveränderungen ihrer Mutter. Sie hätte alles – wirklich alles – dafür gegeben, um diese unheilverkündende Vene auf Helens Stirn nicht wieder sehen zu müssen. Sie würde sogar in Kauf nehmen, dass ihre Mutter für immer in jenem Zustand verharrte, in dem sie sich im Moment befand. Immer verrückt zu sein war auf Dauer besser als ständig zwischen den Gemütszuständen hin und her zu springen. Obendrein hatte Natalie gelernt, die Person, die dort vor dem Fernseher hockte, als Ding zu sehen, für das man keine Gefühle hegen musste. Anders verhielt es sich mit der Frau, die gestern Nachmittag weinend um ihre Hilfe gebeten hatte, denn bei ihr handelte es sich um den Menschen, den Natalie einst geliebt hatte – ihre Mom, die sie so sehr vermisste. Würde Helen sich vollständig in dieses verrückte Ding verwandeln, hätte Natalie sich vielleicht damit abgefunden, keine richtige Mom mehr zu haben. Manchmal war es leichter, dem Dämon ins Antlitz zu blicken, anstatt ihn ständig hinter der nächsten Ecke zu vermuten. Doch Helen ließ, trotz all des Wahns, immer wieder die Frau durchblicken, die sie einst gewesen war, wie ein paar hartnäckige Sonnenstrahlen, die sich durch eine schwarze Wolkenfront bohrten und deren temporäre Wärme ausreichte, um die darauffolgende Kälte doppelt so hart erscheinen zu lassen. Am schlimmsten waren die Episoden, in denen es der Sonne zeitweise gelang, die Oberhand zu gewinnen, denn auf diese Phasen des Lichts folgte stets das tiefste Schwarz.

So verließ Natalie das Haus auch an diesem Morgen mit den üblichen düsteren Gedanken, die nur laute Musik übertönen konnte. Von dem Sirenengeheul, das die verschlafene Nachbarschaft kurz darauf zum Leben erweckte, bekam sie nichts mit.

***

Sam wusste nicht, wie viel Zeit vergangen war, als er zum ersten Mal bewusst innehielt und sich die schmerzenden Hände an seinem Overall abwischte. Sein Oberkörper war ein einziger pochender Schmerz. Er drehte den Kopf nach rechts, wo der schwitzende Enrico keuchend Steine aus dem harten Erdreich brach. Hinter ihnen kauerte

Hank und starrte gefrustet auf sein Smartphone. Dass er hier unten keinen Empfang haben würde, hätte Sam ihm gleich sagen können. In den letzten Stunden – waren es zwei, drei oder gar mehr? – hatten sie sich auf allen vieren kriechend und Blut und Wasser schwitzend, Meter für Meter voran gearbeitet. Das steinige Erdreich musste an den meisten Stellen erst mit der Hacke aufgebrochen werden, bevor man mit dem Graben beginnen konnte. Es war die schwerste Arbeit, die sie in den letzten Jahren – vielleicht sogar ein ganzes Leben lang – geleistet hatten.

Sam durchlitt zwischendurch ein paar schreckliche Momente, in denen seine Ängste die Oberhand gewannen und ihn davon überzeugen wollten, dass sie es nicht schaffen würden. Völlig unmöglich. Keine Chance. Sie würden hier unten verrecken oder wie in die Falle gegangene Mäuse herausgezogen und ins Loch geworfen werden. Dass sie es schafften, stand gar nicht erst zur Debatte, da dieses ganze Unterfangen von Anfang an zum Scheitern verurteilt gewesen war. Wie vermessen musste man sein, um ernsthaft zu glauben, dass man sich wie ein verdammter Maulwurf unter einer Gefängnismauer durchgraben konnte, ohne dass es jemand bemerkte? Verrückt und krank. Mehr gab es da nicht zu sagen. Doch je negativer seine Gedanken wurden, desto verbissener grub Sam weiter. Es war schwerer, wenn man kein Ziel vor Augen hatte, kein Licht am Ende des Tunnels und keinen verfickten Silberstreif am Horizont sehen konnte, was aber nicht hieß, dass er aufgeben würde.

»Soll ich noch mal Wasser holen?«, fragte Hank. Er war schon einmal zurück ins Gebäude gekrochen, um einen Eimer mit Wasser zu füllen, der inzwischen fast leer war.

Sam versuchte, darüber nachzudenken. Wenn er nur gewusst hätte, wie weit sie bereits gekommen waren und ob sie sich überhaupt in die richtige Richtung bewegten …

Einerseits war es mit einem gewissen Risiko verbunden, zurück in die Werkstatt zu gehen, andererseits brannte seine Kehle vor Durst und wann diese Nacht vorbei sein würde, stand in den Sternen. »Okay, aber mach schnell!«, rang er sich schließlich zu einer Antwort durch. »Wie spät ist es?«

»Kurz nach eins«, sagte Hank, bevor er das Handy wieder in seinem Overall verschwinden ließ. Das bedeutete, dass sie schon fast drei Stunden gruben. Ob sie ihr Ziel erreicht hatten, würden sie erst im letzten Augenblick erfahren. Ein Umstand, dessen Maß an Motivation und Frust sich in etwa die Waage hielt. Jetzt legte auch Enrico seine Hacke weg und betrachtete seufzend seine schwieligen Handinnenflächen.

»Was glaubst du? Können wir das wirklich schaffen?«, fragte Sam ihn, nachdem Hank mit dem Eimer verschwunden war.

Enrico zuckte mit den Schultern. In seinem mit Asche, Schweiß und Erde verschmierten Gesicht arbeitete es. »Ich weiß es nicht«, gab er zu. »Aber ich werde weitergraben, bis ich eine Antwort habe.«

Sam nickte. Mehr musste er nicht hören. »Wir haben verdammtes Glück, dass unser Verschwinden noch nicht bemerkt wurde. Wir müssen diese Chance einfach nutzen. Aber kannst du dir wirklich vorstellen, dass du das nächste Mal, wenn du dich schlafen legst, ein freier Mann sein wirst?«

Enrico lachte. »Im Augenblick kann ich mir nicht mal vorstellen, dass ich überhaupt wieder schlafen werde, Mann!« Sein Lachen war so ansteckend, dass Sam einstimmte, und als sie sich kurz darauf wieder an die Arbeit machten, hatte er seine Schmerzen fürs Erste vergessen.

***

»Alles okay?«, fragte Sam, als Hank mit dem Wasser zurückkam. Einen Teil hatte er auf dem Weg verloren. Es war nicht ganz einfach, mit einem vollen Eimer durch einen engen Tunnel zu kriechen.

Hank nickte. Er wirkte erschöpft und über alle Maße gestresst, brachte aber trotzdem ein mattes Lächeln zustande. »Die Luft ist rein, alles ruhig.«

»Das ist gut. Glaubst du, dass wir auf dem richtigen Weg sind?«

Hank lachte. »Na, das hoffe ich doch! Ich hab mit meinem Bruder telefoniert, als ich in der Werkstatt war. Der sitzt schon auf heißen Kohlen und ist bereit, sobald wir es sind.«

»Hoffentlich pennt er nicht ein«, meinte Sam mit einem Augenzwinkern.

Hank schüttelte den Kopf. »Keine Sorge, der Typ hat so viel Speed intus, der könnte glatt dem Duracell-Häschen Konkurrenz machen.«

Alle drei lachten über den Scherz, doch Sam dachte noch ein Weilchen darüber nach, ob es wirklich clever war, sein Schicksal in die Hände eines mutmaßlichen Junkies zu legen. Nicht dass er eine Wahl gehabt hätte.

***

Es war fast fünf Uhr morgens und die drei Männer quälten sich seit Stunden durch den anfangs steinigen und inzwischen lehmigen Boden, als Hank die anderen zum Innehalten aufforderte. »Wir müssten jetzt durch sein, Jungs.«

Sam blinzelte ihn durch den Schweiß in seinen Augen an. Im unsteten Licht der Taschenlampen wirkten seine Freunde wie Gespenster und er ahnte, dass sie genau das für ihn sein würden, sobald die Mauern dieses Gefängnisses hinter ihnen lagen. »Bist du sicher?«

Hank nickte. »So ziemlich, ja.«

Dasselbe hatten sie vor über einer Stunde gedacht, nur um festzustellen, dass sich ein massives Betonfundament über ihnen befand. Zumindest hatten sie somit gewusst, dass sie auf dem richtigen Weg waren. Die Mauer war keine zwei Meter breit, weshalb sie sie inzwischen hinter sich haben sollten. An der Stelle, die sie angepeilt hatten, würden sie mitten in der Pampa landen, fernab der Zugangsstraße, die zum Eingang des Gebäudes und auf den großen Parkplatz führte und mindestens einen halben Kilometer vom Freeway entfernt war, dessen Rauschen man an klaren Tagen hinter den Gefängnismauern hören konnte.

Der Gedanke, dem Ziel so nah zu sein, ließ Sams Puls rasen. »Okay«, sagte er mit einem trockenen Mund, der nach Erde und Lehm schmeckte. »Lasst es uns versuchen!«

Endlich ging es aufwärts. Wenn Sam allerdings gewusst hätte, wie bald er schon wieder ganz unten sein würde, hätte er sich die Mühe erspart.

***

Die Erde, die ihnen auf die Köpfe rieselte, war weich und nass und roch nach Frühling und Freiheit. Sie erinnerte Sam an seine Zeit als Farmarbeiter. Er liebte den Duft der Natur. Nun war er der Erste, der den Kopf vorsichtig nach oben streckte und sich mithilfe seiner Kumpels schließlich ganz aus dem Tunnel hievte. Die Luft schien rein zu sein. Sam sah feuchtes Gras und dunkle Bäume. Zu seiner Rechten hörte er das Rauschen der Autos auf dem Freeway und erblickte ein paar vereinzelte Scheinwerferlichter. Zu seiner Linken erkannte er die düsteren Umrisse der Mauer in etwa zwei Metern Entfernung. Sie hatten es tatsächlich geschafft!

Bevor er sich weiter umsah und seine Gefühle ihn vollends übermannten, half er seinen Freunden aus dem Tunnel. Beide hatten ein breites Grinsen auf dem Gesicht. Ihr Anblick erinnerte Sam an verschüttete Minenarbeiter, die soeben aus ihrem vermeintlichen Grab gerettet worden waren. Erleichtert fielen sie sich in die Arme, drückten die klammen, verschwitzten Körper aneinander und rochen den Schweiß der anderen. Das nasse Gras unter ihren nackten Füßen fühlte sich großartig an und die Luft schmeckte nach den beinahe vergessenen Möglichkeiten, die ihnen nun wieder offenstanden.

»Könnt ihr das glauben?«, rief Enrico mit sich überschlagender Stimme. »Wir sind frei!«

Welch großer Satz in einem Augenblick, der nicht denkwürdiger hätte sein können. Hank hatte schon das Smartphone in der Hand und hielt es sich mit großen Augen ans Ohr. »Billy!?« Der Aufschrei kam so plötzlich, dass Sam zusammenzuckte. »Ich bins! Ja! Wir sind durch! Glaubst du das? Wir habens geschafft!«

Wirklich?, dachte Sam, während Hank seinem Bruder, dem Speedhead Billy, weitere Anweisungen gab. *Jetzt muss nur alles gut gehen. Bitte, Gott, lass es gut gehen.* Es war seltsam, mit einem Gott zu sprechen, an den man nicht glaubte, aber irgendwie fühlte es sich trotzdem richtig an.

***

Sie ließen Schaufeln und Hacken zurück und steckten die Taschenlampen weg, um in der Dunkelheit besser getarnt zu sein, bevor sie in gebückter Haltung über das Feld zu einer kleinen Baumgruppe rannten, in deren Schutz sie auf Billys Anruf warten würden. Der wollte sich melden, sobald er in der Nähe war, was nicht länger als dreißig Minuten dauern sollte.

Endlich konnten sie ein wenig aufatmen. Aus der Entfernung wirkte die von hohen Mauern umgebene Haftanstalt wie das böse Omen aus einem wahnhaften Fiebertraum. Ob die Wachtürme besetzt waren, ließ sich von hier nicht erkennen, nur das gleißende Licht der rotierenden Scheinwerfer war zu sehen. Der Bereich hinter dem Werkstatt- und Versorgungsgebäude, wo sie den Tunnel gegraben hatten, war schlechter ausgeleuchtet als der des Hauptgebäudes, in dem die Zellentrakte untergebracht waren. Sie hatten gut daran getan, sich auf dieser Seite durchzugraben. Plötzlich musste Sam wieder an Luke denken, der wohl noch immer zwischen den beiden Gebäuden lag und vermutlich längst verreckt war. Bestimmt nicht die schönste Art, den Löffel abzugeben, aber wer konnte sich das schon aussuchen?

Er schlang die Arme um den Oberkörper, um sich gegen die Kälte zu schützen. Seine Hände und Füße fühlten sich wie Eisklumpen an. Hank und Enrico schien es nicht besser zu gehen. Beide hatten die Arme um die Knie geschlungen und klapperten mit den Zähnen. Mit ihren großen Augen und schmutzigen Gesichtern erinnerten sie Sam an Kinder, die sich im Wald verlaufen hatten. *Wald.* Sam berührte die raue Rinde eines Baumstamms und konnte es noch gar nicht richtig glauben. Langsam schlich sich die purpurfarbene Morgendämmerung in den düsteren Himmel und verlieh den Wolken einen diffusen Schimmer. Früher hatte Sam um diese Zeit mit der Arbeit begonnen. Ställe ausmisten, das Vieh füttern, Melkmaschinen anschließen oder Felder bestellen. Die immer gleiche Routine hatte ihm ein trügerisches Gefühl von Sicherheit verliehen. Dabei war nichts jemals sicher. Mit einem Wimpernschlag konnte alles vorbei sein. Man musste nur daran denken, wie es Luke ergangen war. Ob es sich dabei um Schicksal, Vorsehung oder Pech handelte, spielte keine Rolle. Das Entsetzliche war, dass niemand davor gefeit war und es einen zu jeder Zeit treffen konnte. Umso mehr galt es, das Glück zu schätzen, solange es einem hold war und jeden Moment, der einem auf der Sonnenseite des Lebens vergönnt war, so zu genießen, als wäre es der letzte. Weil es irgendwann tatsächlich der letzte sein würde.

Sam ließ die wunden Hände durch das feuchte Gras gleiten, während er die schutzgebende Massivität des Baumstamms an seinem Rücken genoss. Er versuchte, sich nur auf die positiven Empfindungen zu konzentrieren. Dass er an schrecklichen Rückenschmerzen und quälendem Durst litt, war Nebensache, denn er war endlich frei! Er schloss die Augen, dachte an sein bisheriges Leben, an Glück, Pech, Karma und wie alles zusammenhing – oder auch nicht –, und wäre beinahe eingeschlafen, als ihn das penetrante Vibrieren von Hanks Handy zurück in die Realität holte.

»Hallo?« Hank klang so aufgeregt wie Sam sich fühlte. »Ja, wir sind bei den Bäumen. Okay, das müsste gehen. Alles klar. Bis gleich!« Er ließ das Handy sinken und bedachte seine hibbeligen Komplizen mit einem väterlich anmutenden Blick. »Billy ist da.«

***

Wenig später saß Sam im Laderaum eines Lieferwagens, der in halsbrecherischer Geschwindigkeit über den Freeway raste, und hatte zu viel Angst, um seine Freiheit auszukosten. Hatte er nicht gleich gewusst, dass es keine gute Idee war, einem Junkie zu vertrauen? Nicht dass er eine Wahl gehabt hätte. »Kannst du deinem Bruder sagen, dass er langsamer fahren soll?«, wandte er sich an Hank.

Der zuckte mit den Schultern. »Wir wollen doch schnellstmöglich weg von hier, oder?«

»Ja, aber gern in einem Stück!«, blaffte Sam, worauf Hank mit einem weiteren müden Schulterzucken reagierte. »Sags ihm doch selber.« Er nahm einen Schluck aus einer der Wasserflaschen, die Billy im Laderaum deponiert hatte und lehnte sich mit geschlossenen Augen zurück, um genauso wegzunicken, wie Enrico es bereits getan hatte. Der junge Mexikaner hatte sich sein Sweatshirt wie ein Kissen in den Nacken gestopft und schnarchte lautstark. Wie jemand unter derartigen Umständen schlafen konnte, war Sam ein Rätsel. Er selbst war trotz aller Erschöpfung so angespannt, dass seine Nervenenden beständig vibrierten und jeder Muskel seines Körpers ein eigenes Klagelied sang. Bevor sie den angeblich sicheren Ort nicht erreicht hatten, an den Hanks Bruder sie bringen sollte, würde er sich auch nicht entspannen. Er bezweifelte ohnehin, dass sie je dort ankommen würden, wenn Speedhead Billy weiterhin wie ein Henker fuhr. Dabei musste man Hanks jüngerem Bruder zugutehalten, dass er sich bisher akribisch an die Vereinbarungen gehalten hatte. Er war die ganze Nacht auf Abruf geblieben und sofort losgefahren, als Hank ihn anrief. Außerdem hatte er gewissenhaft alles in den Lieferwagen gepackt, worum er gebeten worden war. Darunter Wasser und Proviant für die nächsten sieben Tage, Wechselkleidung und – ganz wichtig – Schuhe. Hinzu kamen tausend Dollar in kleinen Scheinen und ein durchaus ansehnliches Waffenarsenal, bestehend aus mehreren 38er Colts und AR15-Gewehren. Natürlich hieße Speedhead Billy nicht Speedhead Billy, wenn er nicht auch ein paar Drogen eingepackt hätte, darunter Marihuana, Ecstasy-Pillen und – selbstverständlich – Speed. So ausgestattet würden sie es mindestens eine Woche in ihrem Versteck, einem Wohnwagen in einem verlassenen Trailerpark, aushalten und sich außerdem optimal verteidigen können, falls sich jemand auf das abgelegene Gelände wagen sollte, der dort nichts zu suchen hatte.

Wenn sie die nächsten vierundzwanzig Stunden ohne einen Zwischenfall herumbrachten, war Fortuna zumindest statistisch auf ihrer Seite. Sobald ihre Abwesenheit bemerkt wurde, würden Straßensperren errichtet und Suchtrupps losgeschickt werden. Beruhigend zu wissen, dass sie bis dahin längst die spärlich besiedelten Bergregionen im Nordwesten des Staates erreicht haben würden, wo sich der Wohnwagenpark befand, in dem Hank und Billy einst mit ihren Eltern in einer Kommune für Aussteiger und Alternative gelebt hatten, bevor nach dem Tod des Anführers alles vor die Hunde gegangen war. Die beiden Brüder waren im Sommer regelmäßig an den abgelegenen Ort zurückgekehrt, um ihre Hanfplantage zu pflegen und hatten sich einen alten Wohnwagen hergerichtet. Hank war davon überzeugt, dass es kein perfekteres Versteck gab als dieses von Gott und der Welt verlassene Plätzchen. Bald würden sie herausfinden, ob dem wirklich so war. Verbissen kämpfte Sam gegen die bleierne Müdigkeit an, die seine Augenlider wie mit unsichtbaren Gewichten nach unten zog. Die Strapazen der vergangenen Nacht zehrten an seinen Nerven und wollten seinen überlasteten Körper zu einer Ruhe zwingen, die sein sorgenvoller Geist ihm nicht gönnen konnte. Hinzu kam eine quälende Übelkeit, die vermutlich durch das Ruckeln des Fahrzeugs ausgelöst wurde. Im Gegensatz zu seinen Ex-Mithäftlingen, die sich gleich zu Beginn der Fahrt am Proviant bedient und ihre gierigen Mäuler mit Sandwiches und Müsliriegeln gestopft hatten, hatte Sam nur etwas Wasser getrunken. Er war zu angespannt, um auch nur an Essen zu denken. Seinem verknoteten Magen mehr als ein paar Schlucke Wasser aufzuzwingen, war ein Ding der Unmöglichkeit.

Seufzend beugte Sam sich vor, um das Sichtfenster zur Fahrerkabine zu öffnen. Sofort schlug ihm der süßliche Duft von Marihuana entgegen. Er hustete gekünstelt.

»Hey, Mann, kannst du mal ein bisschen vom Gas gehen und den Scheißjoint ausmachen? Wenn die Bullen dich anhalten, sind wir geliefert!« Vor Wut verkrampfte sein Magen sich noch mehr. »Hörst du mich, Junge?!«, brüllte er gegen die Fahrgeräusche und die dröhnende Countrymusik aus dem Radio an.

Billy, von dem Sam nur die umgedrehte Baseballkappe und einen zerzausten braunen Zopf sah, antwortete nicht. »Billy?«

Der verdammte Wichser reagierte einfach nicht! Wutentbrannt ließ Sam seine Hand auf die knochige Schulter des jungen Mannes fallen. »Hey, Alter!«

Endlich drehte der Idiot sich um und wandte Sam das dummdreiste, bärtige Gesicht zu, in dem ein Fragezeichen von der Größe des Staates North Carolina prangte.

Meine Fresse, dachte Sam genervt, *wie kann man nur* …

Der Gedanke riss ab, als der Wagen ins Schlingern geriet und Sam gegen die Blechwand des Laderaums geschleudert wurde. Er schrie auf, versuchte, sich irgendwo festzuhalten, fand nichts, wurde auf die andere Seite geschleudert, und wieder zurück. Ein Stoß tat mehr weh als der andere. Vage nahm Sam wahr, dass nicht nur er, sondern auch Enrico und Hank, sowie der komplette Inhalt des Laderaums, wild herumgeschleudert wurden. Sie überschlugen sich, stürzten, prallten gegen die

Blechwände und stießen gegeneinander. Sam gab die Suche nach Halt auf und konzentrierte sich nur noch darauf, seinen Kopf zu schützen. Wie das Spielzeug eines wütenden Kindes wurden sie herumgeworfen und durchgeschüttelt, bis es plötzlich vorbei war und Johnny Cashs blecherne Stimme die Leere in Sams Kopf füllte: *»Well, I know I had it coming. I know I can't be free«. Ich weiß, dass es so kommen würde. Ich weiß, dass ich nicht frei sein kann.*

War das die Wirklichkeit oder nur ein Traum? Sam fehlte die Kraft, darüber nachzudenken. Er wollte nicht loslassen, weil es vielleicht sein Ende bedeutete, und tat es trotzdem. Die Dunkelheit kam und glitt über ihn hinweg. Nun war er allein mit Johnny, der nicht müde wurde, ihm zu erklären, dass er nicht frei sein konnte.

Ich weiß, dachte Sam. *Ich habs immer gewusst.*

Und das war irgendwie das Schlimmste.

***

Als er zu sich kam, hätten fünf Minuten vergangen sein können oder fünf Tage. Sam hatte jegliches Zeitgefühl verloren. Johnny Cashs Stimme im Radio war verstummt, doch in seinem Kopf hallte sie wider. Stöhnend setzte er sich auf, versuchte zu begreifen, wo unten und oben war und ob er überhaupt in der Lage war, aufzustehen. Der Schock war eine wunderliche Sache. Es gab Menschen, die erstaunliche Kräfte entwickelten und solche, die mit abgetrennten Gliedmaßen und heraushängenden Eingeweiden herumliefen, ohne den Hauch eines Schmerzes zu verspüren. Aber konnte man wirklich einen Schock haben, während man darüber nachdachte? Dachte man dann überhaupt noch?

Sam wusste es nicht. Er wusste gar nichts mehr. Er hielt sich die schmutzigen Hände vor die Augen. Obwohl Blut daran war, schienen sie in Ordnung zu sein. Über den eingerissenen Fingernagel, den er entdeckte, hätte er lachen können, wenn er nicht so eine Scheißangst gehabt hätte. Vorsichtig tastete er sein Gesicht ab, dann den Oberkörper und die Beine. Die frischen Klamotten, die er gerade erst angezogen hatte, waren schmutzig und zerrissen und er spürte den dumpfen Schmerz der Prellungen, die er sich am ganzen Körper zugezogen hatte. Sonst schien aber alles in Ordnung zu sein. Oder machte ihn der Schock blind für seine wahren Verletzungen?

Anstatt sich weiter mit dieser Frage zu beschäftigen, rappelte Sam sich auf, bis er auf Händen und Knien hockte, und sah sich dann um. Er brauchte einen Moment, um zu realisieren, dass der Lieferwagen auf dem Kopf stand. Die Kisten mit ihrem Proviant und den Waffen waren wild durcheinandergepurzelt und zum Teil aufgeplatzt. Ebenso war es den Schädeln seiner Mitfahrer ergangen. Mit einer Mischung aus Faszination und Ekel starrte Sam auf Enricos halbierten Kopf, aus dem blutige Gehirnmasse quoll. Das Ganze erinnerte ihn an eine Schüssel Milchreis mit Kirschsoße, seine Leibspeise als Kind, und rang seinem Magen einen quälend langsamen Purzelbaum ab. Sam schaute von Enrico zu Hank, der leider nicht besser aussah. Sein Schädel war zwar noch ganz, dafür aber so verformt, dass die matschige Nase sich direkt zwischen die Augen geschoben hatte und der zertrümmerte Kiefer das linke Ohr zu knutschen schien.

Sam presste eine Hand vor seinen Mund und kroch auf die Fahrerkabine zu. Als er das letzte Mal durch das kleine Fenster geblickt hatte, hatte er Speedhead Billys Baseballkappe und seinen Pferdeschwanz gesehen, jetzt erkannte er nur einen zerschnittenen Arm zwischen blutigen Glassplittern.

»Billy?« Jetzt kamen die Tränen und ein heftiges Schluchzen verengte Sams Kehle. »Billy?! Hörst du mich?!«

Billy antwortete nicht. Der Arm blieb reglos. Sam wischte sich die Tränen aus dem Gesicht und versuchte, nachzudenken. Er musste hier weg! Enrico und Hank waren tot und Billy … Na ja, was mit Billy war, spielte im Grunde keine Rolle. Er konnte ihm nicht helfen. Lange würde es wahrscheinlich nicht dauern, bis die Polizei am Unfallort eintraf, er hatte also weder Zeit, um nachzudenken, noch um Billys Vitalwerte zu checken oder sich gar mit seinem vermeintlichen Schock auseinanderzusetzen. Er musste verschwinden! So schnell und weit weg wie möglich! Egal wohin! Endlich geriet Bewegung in Sams steife Glieder. Er krabbelte ans andere Ende des Laderaums, schob alles beiseite, was ihm im Weg war, und steckte eine Pistole ein, die aus einer der Kisten gefallen war. Es war keine Zeit, um zu checken, ob sie geladen war oder mehrere mitzunehmen. Keine Zeit, um sich zu fragen, ob Billy noch lebte oder wie schwer die eigenen Verletzungen waren. Keine Zeit, um über Johnny Cashs Songtext nachzudenken.

Sam stieß die Türen mit den Füßen auf – wenigstens hatte er jetzt richtige Schuhe an – und kroch aus dem Wagen. Er sah einen Abhang, den der Van allen Anschein nach hinuntergestürzt war, feuchtes Gras, Bäume und einen Bach. Keine Straße in Sichtweite. Der Wald seufzte im grauen Morgenlicht, die Baumwipfel bewegten sich im Wind. Der Lieferwagen lag auf dem Dach, die Räder drehten sich noch. Ein Totalschaden. Verbeultes Blech. Glassplitter. Chaos und Tod.

Nichts wie weg. Mehr konnte Sam nicht denken. Er wandte sich von dem nutzlosen Blechhaufen ab, in den ihr Fluchtfahrzeug sich verwandelt hatte, und humpelte Richtung Wald. Er hatte das Gefühl, als befände sich keiner seiner Knochen mehr am rechten Platz und in seinem Fuß explodierte heißer Schmerz, sobald er ihn belastete, doch nichts davon würde ihn aufhalten. Diese Flucht war noch nicht vorbei.

***

Eine halbe Stunde später lehnte Sam sich schwer atmend an einen rauen Baumstamm, versuchte, die kalte Nässe des Bodens zu ignorieren, die ihm bis in die Hoden kroch und verfluchte sich dafür, kein Wasser mitgenommen zu haben. Dieser verdammte Van war voll mit Dingen, die ein Mensch zum Überleben brauchte, doch er hatte sich für das derzeit Unwichtigste entschieden. Die verfickte Pistole würde weder seinen Durst noch seinen Hunger stillen und ihm auch nicht gegen die Schmerzen helfen, die seinen Körper in die Knie zwangen. Er hatte zwar nicht viel Zeit gehabt, hatte unter Panik und Schock gestanden und hatte kaum gewusst, wo ihm der Kopf stand, hätte sich aber trotzdem anders entscheiden müssen. Bis der Moment kam, in dem ihm eine Waffe nützlich war, würden ihm andere Schwierigkeiten wahrscheinlich längst den Garaus gemacht haben. Wasser und Nahrung wären wichtig gewesen – und vielleicht ein paar Pillen, um den Schmerz zu betäuben und seinen rasenden Puls auf ein normales Level zu bringen. Leider hatte Sam nichts dergleichen. Er hatte einfach nicht richtig nachgedacht!

Ihm fiel der Bach ein, in den der Van gestürzt war, und den er *längst* hinter sich gelassen hatte. Er würde seine Seele verkaufen, um jetzt daraus zu trinken. Leider verlief das Bachbett zu nah an der Straße, um sich länger dort aufzuhalten. Inzwischen war es hell. Ein trüber Morgen, der aus grauen Schleiern bestand. Es regnete und war zu kalt für den Vorfrühling in diesem Teil von North Carolina. Sam zog die Pistole heraus und warf einen Blick in die Patronenkammer. Geladen. Ein bisschen Glück war ihm also doch vergönnt. Man konnte das verfluchte Ding nicht essen oder daraus trinken und es war auch keine Medizin, dennoch würde es im Notfall alle Probleme mit einem Knall lösen. Sam war sich nicht sicher, ob ihn diese Vorstellung beruhigen sollte.

Ich will nicht sterben, aber ich geh auch nicht zurück in den Knast, dachte er verbissen.

So war das. Er würde mit allen verfügbaren Mitteln um seine Freiheit kämpfen und falls er sie am Ende doch verlor, wollte er keine Minute länger leben. Die Pistole konnte alles oder nichts für ihn sein. Im Moment war allerdings ersteres der Fall. Seufzend steckte Sam sie wieder unter seinen Sweater. Seine Finger waren von der Kälte steif und die unangenehme Nässe kroch immer tiefer in seinen Körper, ließ seine Muskeln zittern und rief unangenehme Erinnerungen wach, die wie scharfe Lichtblitze durch seinen Verstand zuckten. Doch Sam hatte diese Gedanken nicht jahrelang verdrängt, um ihnen jetzt freie Bahn zu lassen. Er schob sie weg, wie er es immer getan hatte. Stattdessen konzentrierte er sich zwanghaft auf den körperlichen Teil seiner Empfindungen, der für ausreichend Ablenkung sorgte. Er fragte sich, wie lange er in diesem Zustand hier draußen überleben konnte. Im Moment war die Erschöpfung so übermächtig, dass er einfach nur sitzen bleiben und die Augen schließen wollte. Schlaf. Diese süße, kleine Versuchung. Sie würde alles von ihm nehmen: Angst, Durst, Hunger und Schmerz, ja sogar die Erinnerung.

Du kannst alles haben, weil ich es nicht mehr brauche, dachte Sam zusammenhanglos. Für einen kurzen Moment war da wieder einer dieser Lichtblitze. Ein Mädchen ohne Gesicht, Zähne anstelle von Augen und Blut auf einem Stein …

Dann kam der Schlaf, tief und schwarz, und nahm alles von ihm.

***

Als er aufwachte, musste er blinzeln, weil die Welt viel zu hell war. Sam rieb sich die Augen. Er sah Bäume, nichts als Bäume und giftig grünes Moos, das die Stämme und den Boden bedeckte. Es roch nach Erde und Feuchtigkeit. Ein Frühlingsgeruch. Die wenigen Sonnenstrahlen, die seine Haut durch das dichte Blätterdach erreichten, fühlten sich angenehm warm an. Leider herrschte die Kälte weiterhin vor. Sie hatte sogar Sams Eingeweide befallen, sodass er innerlich genauso zitterte wie von außen. Ihm war klar, dass er aus den nassen Klamotten rausmusste, doch das machte derzeit keinen Sinn, da er keine Möglichkeit hatte, sie zu trocknen. Wenn er kein entlaufener Sträfling auf der Flucht wäre, könnte er ein Feuer machen – das hatte ihm einst sein Großvater beigebracht –, um sich aufzuwärmen. Leider würde er ohne auskommen und mit der Sonne vorliebnehmen müssen. Sam rappelte sich auf. Am liebsten wäre er hiergeblieben und hätte weitergeschlafen, im besten Fall für immer. Da er keine Uhr hatte, konnte er nur schätzen, wie spät es war. Das Licht sah nach Morgen aus. Obwohl inzwischen die Sonne schien, tropfte der Regen noch von den Blättern. Er hatte vielleicht eine Stunde geschlafen, die sich wie eine halbe Ewigkeit anfühlte.

Du musst endlich weiter! Wenn du dich bewegst, wird dir auch warm, überlegte Sam, während er seinen Reißverschluss öffnete, um zu pinkeln. Obwohl er in den letzten zwölf Stunden mehr geschwitzt als getrunken hatte, war seine Blase voll. Er stützte sich mit einer Hand an einem Baumstamm ab, ließ den viel zu schweren Kopf hängen und sah zu, wie sein Urin in den Waldboden sickerte, als ihn ein entferntes Bellen aus seiner Lethargie riss.

Sam erstarrte. Aus dem eben noch kräftigen Urinstrahl wurde ein schwaches Tröpfeln. Hektisch stopfte er seinen Penis in die Hose, vergaß den Reißverschluss und presste sich schwer atmend an den Baumstamm, ohne sich darum zu kümmern, dass er in seiner eigenen Pisse stand. Da war es wieder, klar und deutlich. Hundegebell.

Die sind hinter mir her!, dachte er panisch. *Ich hätte nicht einschlafen dürfen! Wie konnte ich so dumm sein?!*

Natürlich hatte das Ganze weniger mit Dummheit als mit schierer Erschöpfung zu tun, doch er hasste sich dafür, nicht vehementer dagegen angekämpft zu haben.

Und jetzt? Mein Scheißfuß ist verletzt! Ich kann nicht rennen!

In diesem Moment fühlte Sam sich wie ein verzweifeltes Kind. Er wollte sich auf den Boden werfen und heulen, bis seine Mutter kam. Bestimmt hatten die Hunde längst seine Fährte aufgenommen! Da fiel ihm die Pistole ein. Wenn sie ihn einholten, würde er schießen, bis er keine Munition mehr hatte oder tot war. Er würde nicht zulassen, dass sie ihn zurück in den Knast brachten, damit er dort im Loch verreckte.

Er beschloss wegzulaufen, solange er konnte und schussbereit zu sein, sobald seine Beine ihn nicht mehr trugen oder die Hunde ihn eingeholt hatten.

Als er losrannte, wurde so viel Adrenalin durch seinen Körper gepumpt, dass er die Schmerzen in seinem Fuß kaum wahrnahm. Noch kam das Bellen von weit weg, also hatte er vielleicht eine Chance, obwohl er in einer Reportage gesehen hatte, dass es im Grunde unmöglich war, einem Bluthund zu entkommen. Im Blindflug hetzte Sam durch den Wald, stolperte über Wurzeln und schob Äste und Zweige beiseite, die ihm Gesicht und Arme zerkratzten. Das Rauschen des Blutes in seinen Ohren war so laut, dass er nicht sicher war, ob er die Hunde noch hörte. Er stieß auf einen kleinen Pfad und folgte ihm, bis sich die Bäume lichteten. Inzwischen brannte seine Lunge wie Feuer und er hatte so starkes Seitenstechen, dass er sich nur noch kraftlos dahinschleppen konnte. Falls die Hunde ihn in diesem Moment einholen sollten, war es um ihn geschehen. Plötzlich stand Sam auf einer Lichtung.

Im hohen Gras waren Überreste menschlichen Lebens zu erkennen: Die verrostete Karosserie eines Pick-up-Trucks ragte wie das Skelett eines Dinosauriers aus dem Gebüsch. Dahinter befand sich eine Scheune mit eingestürztem Dach neben den windschiefen Überresten eines alten Hauses, dessen Veranda von Unkraut überwuchert war. Die Zufahrt war kaum mehr als solche zu erkennen und das Wrack des alten Traktors, das unter dem eingestürzten Scheunendach hervorlugte, kündete von einer Zeit, als hier noch gelebt und gearbeitet worden war, bevor die Natur sich ihr Territorium Stück für Stück zurückerobert hatte. Sam konnte sein Glück kaum fassen. Aus der Ferne vernahm er leises Verkehrsrauschen.

Sam humpelte über das verwilderte Grundstück und sah sich um, ohne auf den Boden zu achten. Wenn er ein gutes Versteck fand, konnte er seine Verfolger vielleicht austricksen. Er kam an einem mit der Erde verwachsenen Leiterwagen vorbei und stolperte über einen verrosteten Blecheimer. Dabei verlor er das Gleichgewicht, taumelte mit rudernden Armen vorwärts und realisierte zu spät, dass er gleich auf ein paar morsche Bretter stürzen würde, die alles andere als stabil aussahen.

Fuck! Sams verzweifelter Versuch, seine Fallrichtung zu ändern, scheiterte kläglich, und er landete mit ausgestreckten Händen auf dem rauen Holz. Erneut dachte er *fuck*, da gaben die Bretter auch schon unter seinem Gewicht nach und er stürzte mit einem gellenden Schrei in die Tiefe.

Ausgeliefert?

Nach einem weiteren stumpfen Schultag fuhr Natalie mit dem Bus nach Hause und staunte über die vielen Polizisten, die seit zwei Tagen in der Gegend unterwegs waren. Auf dem Freeway war sogar eine Straßensperre errichtet worden, an der grimmig dreinschauende Beamte prüfende Blicke ins Innere des Busses geworfen hatten. Auf die Frage der Busfahrerin, was los sei, hatten sie etwas von einem Flüchtigen aus dem Bundesgefängnis gemurmelt. Gestern Nachmittag hatte Natalie es dann in den lokalen Nachrichten gesehen. Vier Häftlinge waren aus der dreißig Kilometer entfernten Longmill-Strafanstalt getürmt. Für einen von ihnen war die Flucht bereits auf dem Gefängnisgelände zu Ende gewesen; er war von einem Dach gestürzt und lag nun im Koma. Den drei anderen war es gelungen, einen Tunnel bis auf die andere Seite der Mauer zu graben, wo sie bereits von einem Komplizen erwartet wurden. Weit kamen sie aber nicht, denn das Fluchtfahrzeug verunglückte nach etwa fünfzehn Kilometern. Der Fahrer und zwei Flüchtige kamen bei dem Unfall ums Leben, nach dem dritten Ausbrecher wurde weiter gefahndet. Vermutlich hatte er sich in die Wälder geschlagen, vielleicht war er auch von jemandem mitgenommen worden. Da der Van eine steile Böschung hinuntergestürzt war, hatte man ihn von der Straße aus nicht sehen können. Das verunglückte Fahrzeug war erst achtundvierzig Stunden nach der Flucht entdeckt worden. In dieser Zeit hatte es fast ununterbrochen geregnet, weshalb nicht mehr genug Spuren vorhanden waren, um den Hunden eine verlässliche Fährte zu bieten. Die Behörden gingen allerdings davon aus, dass der Entflohene schwer verletzt war und im Wald kaum eine Überlebenschance hätte. Er würde gezwungen sein, schnellstmöglich in die Zivilisation zu gelangen. Die Bürger waren gewarnt und auf der Hut, da der Mann als gefährlich galt und außerdem bewaffnet sein könnte. Gesucht wurde nach Samuel McIntosh, einem verurteilten Mörder und Vergewaltiger, sechsunddreißig Jahre alt, einen Meter achtzig groß, kurze rotblonde Haare. Auf dem Fahndungsfoto erinnerte er Natalie an Corey Taylor, den Sänger von Slipknot, was wohl an den Haaren lag. Irgendwie fand sie ihn attraktiv und irgendwie auch nicht. Sein Foto löste ein unangenehmes Gefühl in ihrem Bauch aus, bei dem sie aus einem unerfindlichen Grund an ihren Vater denken musste. Am nächsten Tag verriet das starke Polizeiaufkommen, dass der Mann weiterhin flüchtig war.

Als sie im Bus saß und Musik hörte, sah Natalie aus dem Fenster und fragte sich, was sie tun würde, wenn sie sich hier draußen verstecken müsste. Auf jeden Fall würde sie sich nach einem Unterschlupf umsehen, die letzten Nächte waren kalt und regnerisch gewesen. Ein trockenes Plätzchen war da Gold wert. Sie stellte sich vor, sie wäre allein im Wald, verletzt, hungrig und müde. Nur weil ein Mensch ein Verbrechen begangen hatte, hieß das nicht, dass er keine Gefühle hatte. Natalie war sich sicher, dass dieser Mann eine Scheißangst hatte und sich schrecklich einsam fühlte. Vielleicht bereute er seinen Ausbruch und sehnte sich an den Ort zurück, der ihm zuletzt ein Dach über dem Kopf und ein warmes Bett geboten hatte. Das Knastleben war sicher kein Zuckerschlecken, aber immer noch besser, als allein hier draußen zu sein. Ob Samuel McIntosh inzwischen ans Aufgeben dachte? Vielleicht war er auch tot oder in einen anderen Staat geflüchtet. Die örtliche Polizei genoss nicht den besten Ruf und dieser Fall wäre nicht der erste, den sie in den Sand setzen würden.

Als Natalie zehn Minuten später aus dem Bus stieg, dachte sie nicht mehr an den Gefängnisausbrecher. Sie war wieder an dem Ort, den sie so verabscheute. Von außen machte das Haus einen unscheinbaren Eindruck, doch in seinem Inneren tobte der Wahnsinn. Als Natalie klein war, hatte es in der Nachbarschaft mehrere Kinder gegeben, inzwischen war sie die Einzige, die hier aus dem Bus stieg. Im Laufe der letzten zehn Jahre war die Gegend immer mehr verkommen und wer es sich leisten konnte, war weggezogen. Jetzt standen viele Häuser leer oder wurden von älteren Leuten bewohnt. Der Hauptgrund dafür war die Schließung der Metallfabrik vor elf Jahren gewesen. Heute war das Bundesgefängnis der einzige größere Arbeitgeber in einem Umkreis von hundert Kilometern und die meisten, die dort angestellt waren, lebten in der Wohnsiedlung, die vor fünf Jahren in der Nähe der Haftanstalt errichtet worden war. Fast alle jungen Familien, die Natalie von früher kannte, waren weggezogen. Geblieben waren die Alten und Armen, Sozialhilfeempfänger und Geringverdiener, Menschen am Rande der Gesellschaft wie Natalie und ihre Mutter. Wer clever oder reich genug war, hatte die Gegend verlassen und würde um keinen Preis der Welt zurückkehren. So wie Jennifer. Bei aller Tristesse brachte die Situation allerdings auch ein paar Vorteile mit sich, denn die gottverlassene Nachbarschaft bot viele Rückzugsmöglichkeiten für Menschen, die kein Zuhause hatten oder es dort nicht mehr aushielten. Orte, die still und einsam waren und nur darauf warteten, mit menschlicher Präsenz gefüllt zu werden. An manchen Tagen stieg Natalie in eines der leer stehenden Häuser ein – ein paar davon waren sogar möbliert –, an anderen streifte sie durch die umliegenden Wälder, durch die der Freeway sich wie eine müde Schlange zog.

In den besser erhaltenen Häusern begegnete man ab und zu Obdachlosen oder Jugendlichen aus anderen Teilen der Stadt, die sich zum Feiern trafen, weshalb Natalie nur selten dorthin ging. Sie hatte einen anderen Platz entdeckt, der ihr ganz allein gehörte und den sie gern an Tagen aufsuchte, an denen das Wetter zu schön – oder die Stimmung ihrer Mutter zu grausig – war, um sie in ihrem Zimmer zu verbringen. Sie packte dann etwas Proviant und ihre geliebte Musik ein und wanderte den schmalen Trampelpfad hinter ihrem Haus entlang, der so von Unkraut überwuchert war, dass man ihn an manchen Stellen beinahe aus den Augen verlor. Bis zur Lichtung waren es gute zwanzig Gehminuten. Dort im Wald, in Hörweite des Freeways, befanden sich die Überreste einer Siedlung, die einst ein ähnliches Schicksal wie Natalies Viertel ereilt hatte, nur dass das mindestens ein halbes Jahrhundert zurücklag. Natalie hatte bei Google Informationen über die Vergangenheit ihrer Stadt gefunden, aus denen hervorging, dass diese sich im Laufe der Jahrzehnte in Richtung Westen verlagert hatte, da die Böden dort weniger steinig und besser zu bewirtschaften waren. Auf der Lichtung stand jetzt nur noch ein marodes Farmhaus, der Rest der Gebäude war in sich zusammengefallen. Es war ein unheimlicher, verwunschen wirkender Ort, der seinen eigenen Charme versprühte und in Natalie die Entdeckerlust weckte. Sie war bereits auf unkrautüberwucherte Autowracks, altes Werkzeug und Geschirr sowie Mauern- und Brunnenreste gestoßen und hatte außerdem einen verbogenen Kinderwagen, altertümlich anmutendes Spielzeug und ein paar vermoderte Kleidungsstücke gefunden. Während der Metal in ihren Ohren tobte, verlor sie sich stundenlang im Herumwandern, Stöbern und Fotografieren. Für sie war es eine Art von Meditation, bei der sie alles um sich herum – und in ihr drin – vergessen konnte. Nun war es ein paar Monate her, dass sie das letzte Mal hier gewesen war. Im Winter hatte das kühle, nasse Wetter ihre Lust auf Ausflüge in den Wald geschmälert, doch nun hielt endlich der Frühling Einzug und der kalte Nieselregen der letzten Tage hatte aufgehört.

Mit gerunzelter Stirn stand Natalie vor ihrem Elternhaus und überlegte, ob sie die Sonnenstrahlen des Nachmittags für einen Waldspaziergang nutzen sollte. Sie hatte noch eine Flasche Orangensaft und einen Apfel in ihrem Rucksack und genug Akkulaufzeit auf ihrem Smartphone. Das Haus und Mom konnten warten. Vielleicht hatte sie Glück und Helen schlief bis zum Abend. Dass sie sich Sorgen machen würde, war unwahrscheinlich und Natalie außerdem egal. Sie zog ihren Rucksack fest, warf einen prüfenden Blick in den leicht bewölkten Himmel und marschierte los, mit Marilyn Manson in den Ohren und einem vagen Kitzeln in ihrem schwarzen Herzen.

***

Sam wusste nicht, wie lang er schon in diesem verdammten Loch festsaß. Die ersten Stunden nach seinem Absturz hatte er mit Weinen und Schreien verbracht. Er wollte hier raus, um jeden Preis! Die Schmerzen waren die Hölle. Er vermutete, dass er sich ein paar Rippen gebrochen hatte. Jeder Atemzug war eine Qual. Irgendwann begriff er, dass es weniger schmerzte, wenn er sich beruhigte und so flach wie möglich atmete.

Er quälte sich auf die Füße – wenigstens waren seine Beine nicht gebrochen, allerdings machte ihm sein verstauchter Fuß mehr zu schaffen als vorher – und tastete die glitschige, mit Moos bewachsene Steinmauer ab, die ihn umgab. Er schien sich in einem alten Brunnenschacht zu befinden, der etwa einen Meter breit und bestimmt vier oder fünf Meter tief war. Teile der morschen Bretter, durch die er gestürzt war, lagen um ihn herum verstreut. Der Grund des Brunnens bestand aus matschiger Erde. Es war düster, aber nicht dunkel. Wenn Sam den Kopf in den Nacken legte, sah er ein kleines, trauriges Stück vom Himmel, dessen Anblick sein Herz schwer machte. Er hatte sich nichts sehnlicher gewünscht, als frei zu sein und war stattdessen im schlimmsten Gefängnis aller Zeiten gelandet. Nun saß er in der Falle wie ein Tier und würde jämmerlich verrecken, wenn nicht ein Wunder geschah.

Die Erkenntnis, dass ihn niemand retten würde und er sich auch nicht aus eigener Kraft befreien konnte, traf Sam wie ein Faustschlag in die Magengrube. Er wollte nicht wahrhaben, dass er nach allem, was er durchgemacht hatte, nun hier gelandet war. Das war nicht nur Karma oder Ironie des Schicksals, sondern der Witz des Jahrhunderts, die lächerliche Krönung seines Lebens.

Verzweifelt kämpfte er gegen das Schluchzen an, um seine Rippen zu schonen. Warum war er nicht wie Luke vom Dach gestürzt oder mit den anderen im Van gestorben? Stattdessen war er in dieses verfickte Loch gefallen und immer noch am Leben. Wozu? Wofür? Wer wollte ihn hier verarschen? Gott? Das Universum? Irgendeine höhere Gerechtigkeit, die ihm nicht mal die Butter auf dem Brot gönnte?

Ich habs verstanden, dachte Sam verbittert. *Es sollte nicht sein. Keine Freiheit für mich. Aber warum muss es dieses Loch sein? Womit hab ich dieses Scheißpech verdient?*

Das letzte Stück vom Himmel, das ihm geblieben war, hatte keine Antworten für ihn. Gott und das Universum hatten ebenfalls keine. Vielleicht hätte Sams Herz sie gehabt, doch das hatte gelernt zu schweigen.

***

Als Natalie die Lichtung erreichte, fiel ihr als Erstes auf, dass das Farmhaus über den Winter weiter in sich zusammengefallen war. Die paar Meter, die man sich vor ein paar Monaten noch in die Wohnküche wagen konnte, würden einen nun in Lebensgefahr bringen. Teile des Daches waren auf die Veranda – beziehungsweise das, was davon übrig war – gestürzt und versperrten die Treppe, die letztes Jahr noch frei zugänglich gewesen war. Natalie machte ein paar Fotos mit dem Smartphone. Sie hatte sich angewöhnt, den Verfall des Hauses zu dokumentieren, ohne darüber nachzudenken, warum sie das tat. Der Zustand der Scheune war unverändert und auch der Rest des Grundstücks machte nicht den Eindruck, als hätte sich dort seit letztem Herbst jemand aufgehalten. Nachdem sie sich ausgiebig umgesehen hatte, machte sie es sich auf den Überresten einer efeuüberwucherten Steinmauer bequem und holte ihren Apfel aus der Tasche. Die Sonne lugte zwischen eindrucksvoll aufgetürmten Wolkengebilden hervor und war angenehm warm. Auch die Luft war wunderbar mild. Natalie fielen die ersten Insekten auf, die geschäftig herumschwirrten. Sie beobachtete einen großen schwarzen Käfer, der aus einem Spalt in der Mauer gekrochen kam und sich so ungelenk bewegte, als wäre er gerade aus dem Winterschlaf erwacht. Sie schaltete die Musik aus, als der Sänger von Rammstein soeben das harte deutsche Wort für Mutter in ihr Ohr brüllte. *Mutter.* Natalie hatte die Übersetzungen einiger Songtexte gegoogelt und bei dieser Gelegenheit gleich ein bisschen Deutsch gelernt. Ihr gefiel der schroffe Klang der Sprache. Als würde einem jemand die Worte mit einem Presslufthammer in den Kopf hämmern. Seitdem gehörte Rammstein zu ihren Lieblingsbands, auch wenn sie Slipknot, Natalies Meinung nach, nicht das Wasser reichen konnten.

Nun musste der Metal den Geräuschen der Natur weichen, die ebenso ehrlich und kompromisslos waren. Natalie biss in ihren Apfel und schloss die Augen, genoss die Wärme der Sonnenstrahlen auf ihrem Gesicht, das leicht säuerliche Fruchtaroma in ihrem Mund und das vom Verkehrsrauschen unterlegte Wispern der Natur. Es war sehr befreiend, sich selbst und die Welt um sich herum zu spüren, ohne sich Gedanken um die Meinungen und Befindlichkeiten anderer Menschen machen zu müssen. Natalie war so mit sich selbst beschäftigt, dass sie im ersten

Moment glaubte, die fremde Stimme käme aus ihrem eigenen Kopf. Es hatte Zeiten gegeben, in denen sie davon überzeugt war, dass ihr toter Vater zu ihr sprach, bevor sie realisierte, dass es sich dabei um ihre eigene Stimme in einer tieferen Tonlage handelte. Ähnlich könnte es sich jetzt mit dem leisen Weinen verhalten, das direkt aus dem hohen Gras zu kommen schien.

Natalie öffnete die Augen, hörte auf zu kauen und hielt die Luft an. Da war es wieder. Ein Weinen oder Wimmern, das eindeutig nicht von einem Tier stammte. Oder täuschte das? Wenn nachts Marder oder Beutelratten vor ihrem Fenster kämpften, klang deren Kreischen oft verblüffend menschlich. Wie hysterische Frauen oder panische Kinder. Das hier hörte sich aber anders an. Tiefer, eher verzweifelt als hysterisch, und *männlich.* Natalie schnappte nach Luft und erhob sich. Mit angespannter Haltung folgte sie dem mysteriösen Klang aus dem Gras, ihren Rucksack ließ sie neben der Mauer liegen. Mit kleinen, vorsichtigen Schritten näherte sie sich der Quelle des Geräusches, das kurz aussetzte, bevor es lauter wurde und eindeutig nach einem schluchzenden Menschen klang. Keinem Kind, sondern einem Erwachsenen. Keiner Frau, sondern einem Mann.

Natalies Mund war schlagartig trocken und sie hatte vergessen, dass sie einen Apfel in der Hand hielt. Erstaunt starrte sie auf das Brunnenloch, das scheinbar aus dem Nichts aufgetaucht war. Beim Anblick des danebenliegenden Blecheimers und der Reste von morschen Brettern, erinnerte sie sich an die alten Brunnenschächte, von denen es auf dem Gelände zwei weitere gab. Letztes Jahr hatte sie die Schächte genauer inspiziert, ein paar der

Bretter entfernt und einen vorsichtigen Blick in die Tiefe geworfen. In einem der Brunnen war ein bisschen Wasser gewesen, die anderen waren – zumindest im Sommer – komplett ausgetrocknet. Bei einer geschätzten Tiefe von vier bis fünf Metern tat man gut daran, sich von den Öffnungen fernzuhalten. Ein Sturz endete schlimmstenfalls tödlich. In der Patsche säße man allemal. Kein Wunder, dass der Mann da unten so jämmerlich heulte. An seiner Stelle wäre Natalie total durchgedreht. Bestimmt hatte er Schmerzen. Einen solchen Sturz überstand man nicht ohne Verletzungen.

Das Schluchzen setzte sich indessen fort. Natalie begab sich auf alle viere, legte ihren Apfel ins Gras und kroch möglichst nah heran, während ihr das Herz bis zum Hals klopfte. Als sie die Schachtöffnung erreicht hatte, legte sie sich flach auf den Bauch und lugte über den Rand.

»Hallo?« Die Stimme klang heiser, durch die Tiefe gedämpft und ziemlich mitgenommen. »Ist da jemand?«

Natalie erhaschte einen kurzen Blick auf ein schmutziges Gesicht mit einem rötlichen Bart. Sie zuckte zurück, rollte sich auf den Rücken und starrte in den Himmel. *Ist er das wirklich? Kann das wahr sein?* Plötzlich waren ihre Glieder steif und sie zitterte unkontrolliert.

»Hallo!?«, drang es aus dem Schacht.

Natalie presste die Faust vor den Mund. *O mein Gott, er ist es, oder? Er* muss *es sein!*

»Hey! Ich hab dich gesehen! Geh nicht weg! Bitte geh nicht weg!«

Sie lag schwer atmend auf dem Rücken und konnte sich weder bewegen noch antworten, obwohl sie gern einen zweiten Blick auf den Mann geworfen hätte.

»Hey! Du bist noch da, oder? Bitte sei noch da!«

Natalie hatte bis zu diesem Zeitpunkt nicht gewusst, wie verzweifelt und schmerzvoll ein Mensch klingen konnte. Nicht mal ihre Mom hörte sich so an, wenn sie eine ihrer Episoden hatte. Sie ließ die Faust sinken und atmete tief durch. Ihr Herz fühlte sich an, als wollte es ihre Brust sprengen und davonrennen. *Du musst dich beruhigen. Er kann nicht raus. Dir wird nichts passieren.* Es war wie ein Mantra, das sie in ihrem Kopf rezitierte: *Er kann nicht raus. Dir wird nichts passieren. Nicht raus – nichts passieren.*

»Du bist echt, oder? Bitte sei echt!« Das Schluchzen wurde lauter. »Bitte sei keine Einbildung!«

Natalie konnte hören, wie er sich da unten bewegte. Wahrscheinlich versuchte er aufzustehen. Viel Platz hatte er nicht.

»Kannst du antworten?« Jetzt klang es so, als würde er mit den Fäusten gegen die Mauer schlagen.

Natalie zuckte zusammen. *Nicht raus – nichts passieren!*, dachte sie atemlos.

»Antworte, verdammte Scheiße! Ich brauch Hilfe, du verfickte Schlampe!« Die Stimme wurde lauter, brach und ging in Schluchzen über. »Es tut mir leid! Hörst du? Ich hab das nicht so gemeint! Aber bitte sprich mit mir. Wenn du echt bist, okay?« Ein Scharren war zu hören, gefolgt von heiserem Schluchzen.

»Ich bin echt«, sagte Natalie zu den sich auftürmenden Wolkenbergen am Himmel. Es war, als müsste sie diese Tatsache nicht ihm, sondern sich selbst begreiflich machen.

»Hey, ich hab dich gehört!« Jetzt klang seine Stimme wieder weicher, beinahe, als wollte er mit ihr flirten. »Es tut mir leid, dass ich dich eine Schlampe genannt hab, okay? Ich hatte Angst, dass du weggehst. Ich bin schon ein paar Tage hier unten und halte es nicht mehr aus.«

Natalie starrte in den Himmel und überlegte, ob es wieder regnen würde. Dann hatte er wenigstens was zu trinken.

»Darf ich dich noch mal sehen? Ich will nur sichergehen, dass ich mir das nicht einbilde, verstehst du?«

Dir kann nichts passieren, wenn du dich zeigst! Der Typ sitzt in der Falle! Nicht raus – nichts passieren!

Kurz entschlossen wälzte Natalie sich auf den Bauch, kroch näher an das Loch heran und blickte in Samuel McIntoshs rot geränderte Augen. Er befand sich in einer stehenden Position, mit dem Rücken an der Mauer und dem Kopf im Nacken und erwiderte ihren Blick. Natalie erkannte ihn von den Fahndungsfotos im Fernsehen, auch wenn er jetzt einen Bart trug und sein Gesicht mit Dreck und Blut verschmiert war. Seine Klamotten waren schlammig und sahen nass aus. Als er lächelte, kam das so überraschend, dass sie es automatisch erwiderte.

»Da bist du ja. Hi. Ein hübsches Mädchen wie du muss sich doch nicht verstecken.«

Natalie spürte, wie sie rot wurde, auch wenn es keinen verrückteren Moment für Hitze in den Wangen hätte geben können. Natürlich war ihr klar, dass er sich nur einschleimte, weil er ihre Hilfe brauchte. Sie schluckte und bemühte sich um eine feste Stimme. »Ich weiß, wer Sie sind.«

Er zögerte kurz, schien nachzudenken und nickte schließlich. »Dann darfst du mich duzen. Ich bin Sam.«

Natalie hatte mit vielem gerechnet, aber nicht damit, dass er so schnell einknickte. Warum verleugnete er sich nicht? Wollte er nicht ihr Vertrauen gewinnen? Zu verdutzt, um etwas sagen zu können, starrte sie ihn nur an. Die Ähnlichkeit mit dem Sänger ihrer Lieblingsband, die ihr bereits im Fernsehen aufgefallen war, war tatsächlich verblüffend und brachte sie zusätzlich aus dem Konzept. Wenn sie ihn nicht in diesem Loch, sondern auf irgendeiner Party getroffen hätte, hätte sie ihm ihren Namen gesagt und ihn anschließend gefragt, ob er die Band Slipknot kenne, doch sie ging auf keine Partys und er war zu alt, um auf einer Highschool-Fete abzuhängen.

Was denkst du da für einen Scheiß? Bist du verrückt geworden? Das war eine gute Frage. Die Situation mutete verdächtig surreal an und ein Teil von Natalie fragte sich, ob sie vielleicht wie ihre Mutter wurde. Immerhin waren Geisteskrankheiten vererblich und ein schwerer Ausbruch von Schizophrenie wäre die perfekte Erklärung für dieses Szenario.

»Es ist okay, wenn du deinen Namen nicht sagen willst. Ich kann verstehen, dass du Angst hast …«

»Ich hab keine Angst und mein Name ist Natalie!«, unterbrach sie ihn schroff. Sie wollte nicht, dass er sie für schwach hielt. Er sollte wissen, dass sie nicht vorhatte, ihn zu befreien und es sie deshalb einen Scheiß interessierte, ob er ihren Namen kannte oder nicht. Da unten würde er herzlich wenig damit anfangen können.

»Natalie ist ein schöner Name.«

»Du musst mir nicht schmeicheln! Das zieht bei mir nicht.«

»Okay, entschuldige. So sollte das nicht rüberkommen. Ich will mich nicht einschleimen, Natalie. Wir wissen beide, dass ich hier unten sterben werde, wenn du mir nicht hilfst. Natürlich könntest du auch die Bullen holen, jeder normale Mensch würde das tun, aber irgendwas sagt mir, dass du anders bist.«

»Das ist das einzig Richtige.«

»Ja, das stimmt. Jeder gute Bürger würde so handeln.«

Aus für sie selbst unerfindlichen Gründen fühlte Natalie sich von dieser Aussage persönlich angegriffen. Sie setzte sich auf und griff nach ihrem angebissenen Apfel. »Hast du Hunger?«

Sams erste Reaktion war ein abgehacktes Lachen. »Rate mal.«

»Ich schätze, ja.«

Er lachte wieder. »Ja. Und wie. Also falls du irgendwas Essbares haben solltest ...«

Bevor er ausreden konnte, hatte Natalie den Apfel in den Schacht geworfen und grinste, als er ihn auffing und sofort hineinbiss. Nie zuvor hatte sie jemanden so schnell einen Apfel verschlingen sehen, nicht mal das Kerngehäuse ließ er übrig. Als Sam fertig war, wischte er sich den Mund mit dem Handrücken ab und schenkte Natalie ein Lächeln, bei dem ihr Magen kitzelte.

»Du glaubst mir wahrscheinlich nicht, wenn ich dir sage, dass ein Apfel das Letzte war, das ich vor dem Ausbruch zu essen bekommen habe. Und jetzt wieder einer. Wenn das kein Zeichen ist! Danke dafür.«

»Bist du satt?«

Diesmal musste er richtig lachen, was wehzutun schien. Sam krümmte sich zusammen und drückte die Hände in die Seiten.

»Was hast du?«

»Ich hab mir wohl ein paar Rippen gebrochen.«

»Dagegen kann man nichts machen«, meinte Natalie schulterzuckend. »Das wächst von allein zusammen.«

»Schon klar, aber vielleicht würde es mir besser gehen, wenn ich nicht in einem nassen, kalten Brunnenschacht hocken würde.«

»Sie suchen dich überall.«

»Ich weiß. Ich hab sie gehört. Zumindest glaub ich das. Da waren auch Hunde.«

»Wann war das?«

»Keine Ahnung. Ich weiß nicht mal, wie lange ich schon hier unten bin.«

»Würdest du um Hilfe rufen, falls sie hier auftauchen?«

»Nein«, erwiderte er prompt.

»Das heißt, du würdest lieber sterben als zurück ins Gefängnis zu gehen?« Natalie war überrascht. Natürlich konnte sie sich nicht sicher sein, dass er die Wahrheit sagte.

»Ja, ich würde lieber sterben. Ich will um keinen Preis zurück.«

»Warum?«

»Weil es genug ist. Das ist kein richtiges Leben.«

»Wie lang warst du eingesperrt?«

»Vierzehn Jahre. Hör zu, Natalie, ich unterhalte mich wirklich gern mit dir und ich werde dir alles erzählen, was du wissen möchtest, aber lass uns bitte erst darüber reden, wie du mir hier raushelfen könntest, okay? Ich hab an ein

Seil gedacht. Oder eine Leiter, falls ich zu schwach bin, um am Seil hochzuklettern …«

»Du scheinst nicht verstanden zu haben«, unterbrach Natalie ihn schroff. Als sie zugesehen hatte, wie er, ohne zu zögern, ihren schmutzigen, angebissenen Apfel verschlungen hatte, war ihr etwas klar geworden: Es spielte keine Rolle, wer dieser Mann war, was er getan hatte oder zu tun fähig war, denn solange er sich in diesem Loch befand, war er ihr hilflos ausgeliefert. Er brauchte Nahrung, frisches Wasser, eine Decke, Medikamente und vielleicht ein paar warme Worte. All das konnte sie ihm geben – wenn sie wollte –, weil er auf sie angewiesen war. Alles, was sie tun musste, war dafür zu sorgen, dass ihn niemand fand. »Ich hab nicht vor, dich hier rauszuholen. Zumindest nicht sofort. Und dafür solltest du mir dankbar sein, weil dieser Schacht im Moment der sicherste Ort ist.«

»Was soll das heißen? Du kannst mich nicht hier unten lassen! Ich bin verletzt und es ist kalt! Ich … Ich brauch was zu essen und Medikamente …«

»Okay.«

»Okay?! Was meinst du mit okay? Du kannst mich doch nicht …«

»Soll ich gehen?«

Seine Augen wurden groß wie Murmeln. »Was?! Nein!«

»Es ist deine Entscheidung. Du hast gesagt, dass du lieber sterben würdest als zurück ins Gefängnis zu gehen.«

»Ja! Weil ich frei sein will! Aber das ist doch keine Freiheit, Natalie! So was würdest du nicht mal einem räudigen Köter antun!«

»Natürlich nicht«, gab sie zu. »Kein Tier hat so was verdient und weißt du, warum?«

Er hatte den Kopf gesenkt und war zurück in den Schlamm gesunken. Eine Antwort blieb er ihr schuldig.

»Tiere haben so eine Behandlung nicht verdient, weil sie unschuldig sind. Bist du unschuldig?«

Er hielt sich die Hände vors Gesicht und schwieg.

»Bist du's?«

»Ja!«, schrie er so laut, dass Natalie zurückzuckte, obwohl sie mindestens vier unüberwindbare Meter trennten. Er riss die Hände herunter und starrte sie wild an. »Ich bin unschuldig, aber das wirst du mir genauso wenig glauben wie alle anderen!«

»Ich kann dir nicht vertrauen. Du könntest gefährlich sein, deshalb kann ich dich nicht einfach rauslassen.«

»Ich schwöre bei Gott, dass ich dir nichts tun werde! So ein Schwein bin ich nicht.«

»Ich werde erst mal herausfinden, was du getan haben sollst, das weißt du, oder? Heutzutage kann man sogar mit dem Handy ins Internet gehen.«

»Danke für die Info.« Seine Stimme troff nur so vor Ironie. »Was wirklich passiert ist, weiß aber nur ich.«

»Meinst du, dass mich die offizielle Version beruhigen wird?«

Er schüttelte den Kopf und fuhr sich hektisch durch die strähnigen Haare. Das war nicht der richtige Moment für solche Gedanken, aber mit dieser Geste erinnerte er Natalie noch mehr an Corey Taylor. »Okay, du hast gewonnen. Ich rede, wenn du mir ein paar Sachen bringst. Würdest du das bitte für mich tun? Ich werde auch brav auf dich warten.«

Hatte er sich wirklich so schnell mit der Situation abgefunden? Wollte er nicht kämpfen?

Sieh ihn dir doch an. Er hat keine Kraft zum Kämpfen. Die hättest du an seiner Stelle auch nicht.

»Das mach ich gern«, sagte sie sanft. Sie konnte nicht glauben, was hier passierte. Wenn gestern jemand versucht hätte, ihr weiszumachen, dass sie den Mumm hatte, so mit einem Erwachsenen zu sprechen, hätte sie die Person für verrückt erklärt. Und dieser Mann war nicht irgendein Erwachsener, sondern ein gesuchter Schwerverbrecher. Dennoch – oder gerade deswegen – hatte sie ihm gegenüber weniger Hemmungen. Schließlich hatte sie quasi sein Leben in der Hand, unglaublich, aber wahr.

Auf dem Weg nach Hause ging Natalie im Kopf bereits die Liste der Sachen durch, die sie für Sam einpacken wollte. Wenn sie daran dachte, dass sie schon bald in den Wald zurückkehren würde, wurde ihr ganz schlecht vor Aufregung. Blieb zu hoffen, dass ihre Mutter einen guten Tag hatte.

***

Dieses Miststück!

Als er wieder allein war, versuchte Sam zu begreifen, was soeben geschehen war. Ein Teil von ihm wehrte sich zu glauben, dass das die Realität war. Hatte er halluziniert?

Wenn diese kleine Ratte echt ist, sitze ich ganz schön in der Scheiße.

Genau genommen tat er das auch, falls er sich das Ganze eingebildet hatte. Wenn das Mädchen real war, hatte er wenigstens den Hauch einer Chance. Er musste sie nur irgendwie dazu bewegen, ihm aus diesem verdammten Loch zu helfen.

Wenn sie real ist, wird sie die Bullen rufen. Das ist die einzige logische Konsequenz. Warum sollte sie einem Knacki wie dir helfen? Spätestens wenn sie erfährt, weshalb du eingesessen hast, wird sie gar nicht schnell genug zum Telefon greifen können. Bestimmt wird es auch eine Belohnung geben. Nenn mir einen Grund, warum sie dich nicht verraten sollte?

Sam hockte im kalten Schlamm und versuchte, seine Gedanken zu ordnen, während sich der Himmel über ihm langsam verdunkelte. Der Apfel, den die Kleine ihm zugeworfen hatte – falls es ihn überhaupt gegeben hatte; dieser Zufall war schon mehr als verrückt – hatte seinen Hunger eher angefacht als gestillt. Je länger er darüber nachdachte, desto überzeugter war er, dass das Mädchen ihn nicht ausliefern würde. Für sie schien das alles ein Spiel zu sein. Sam kannte den Ausdruck, den er in ihrem Gesicht gesehen hatte. So konnten nur junge Menschen dreinschauen, die zu wenig vom Leben wussten, um echte Resignation zu kennen. Sie bildeten sich ein, sich mit Verzweiflung und Angst auszukennen, fühlten sich von der Welt missverstanden und hielten sich für Rebellen und Märtyrer. Um ihre spezielle Gesinnung auszudrücken, schlüpften sie in schwarze Klamotten, färbten sich die Haare und ließen sich Piercings und Tattoos stechen, ohne zu begreifen, dass sie damit genau die Erwartungen erfüllten, die die verhassten Erwachsenen an sie hatten. Weil sie genauso gewesen waren und sich alles in einer Endlosschleife wiederholte. Das war der Fluch der Generationen und die Krux des Erwachsenwerdens. Am Ende taten sie eh alle das, wogegen sie sich in der Pubertät noch so dramatisch aufgelehnt hatten.

Für das Mädchen mit dem dunklen Make-up und der aufgesetzten Rocker-Attitüde war Sam nur eine Laborratte, die ihr zur rechten Zeit in die Falle gegangen war. Noch hielt sie sich für etwas Besonderes, anders als der Rest, doch Sam hätte ihr sagen können, dass sie in Wahrheit keinen Deut besser war als die, von denen sie sich um jeden Preis abheben wollte. Immer vorausgesetzt, dass es sich bei ihr nicht um einen Auswurf seiner fiebrigen Fantasie handelte.

Sam fasste mit einer kalten, dreckstarrenden Hand an seine Stirn und fragte sich, ob die Hitze, die er fühlte, echtes Fieber oder eine weitere Einbildung war. Er wollte nicht sterben, verdammt noch mal! Zumindest nicht so.

Wenn die Kleine zurückkommt, muss ich sie unbedingt dazu bringen, mich freizulassen. Ich werde alles sagen, was sie hören will.

Natürlich würde er das.

***

Natalie fand ihre Mutter in einem mittelschweren Chaos vor. Die gute Nachricht war, dass es schlimmer hätte sein können, die schlechte, dass es das werden würde, wenn Helen wieder allein war. Im Moment schlief sie auf der Couch. Heute hatte sie sich immerhin frisiert und frische Klamotten angezogen. Natalie sah ihr einen Moment beim Schlafen zu und wunderte sich nicht über ihre mangelnde Empfindung. Sie war auf dem besten Weg, den emotionalen Bezug zu ihrer Mutter zu verlieren, was in erster Linie dem Selbstschutz diente. Wer nichts fühlte, konnte auch nicht verletzt werden.

An jedem anderen Tag hätte Natalie sich nun in ihr Zimmer und die fantastische Welt des Heavy Metal geflüchtet, doch dieser Tag war nicht wie die anderen. Ihr Herz flatterte wie ein nervöser Vogel, als sie in die Küche ging, um ein Lunchpaket für Sam zusammenzustellen. Zum Glück war sie gestern einkaufen gewesen und Helen schien noch nichts gegessen zu haben. Sie hatte gerade damit begonnen, Erdnussbutter und Marmelade auf zwei Broten zu verteilen, als ihr der Fernseher einfiel. Im Moment lief eine von Moms geliebten Dauerwerbesendungen, dank derer arme, verwirrte Menschen ihr letztes Geld für irgendeinen Dreck aus dem Fenster schmissen. Natalie schnappte sich die Fernbedienung, die vergessen auf dem Küchentresen lag und mit Essensresten verklebt war, und schaltete zu einem lokalen Nachrichtensender. Es lief ein Beitrag über Covid-19. Eine junge Reporterin mit übertrieben gebleichten Haaren stand in der zu einem Impfzentrum umfunktionierten Turnhalle einer Grundschule und berichtete über neue Erfolge in Sachen Immunisierung. Im Hintergrund war eine lange Schlange betagter Rentner mit Gesichtsmasken zu sehen, die sich an Rollatoren, Krückstöcken oder ihren Begleitpersonen festhielten, während sie die erlösende Injektion herbeisehnten.

Natalie hatte sich bisher kaum mit dem Thema befasst und wusste nicht, ob sie sich im Fall der Fälle impfen lassen würde. Siebzehnjährige Außenseiter mit psychisch kranken Müttern hatten andere Probleme.

Sie schaltete den Fernseher lauter und widmete sich wieder ihren Broten. Die Vorstellung, dass Sam diese schon bald genauso gierig in sich hineinstopfen würde, wie er es bei ihrem Apfel getan hatte, ließ ihre Eingeweide kribbeln. Die Erkenntnis, dass er ohne diese Brote – ohne ihre Hilfe – verhungern würde, führte zu einer überraschenden Ausschüttung von Glückshormonen. Nie zuvor hatte Natalie sich so gebraucht gefühlt. Dabei war es nicht seine freie Entscheidung, sich von ihr abhängig zu machen, ihm blieb schlichtweg nichts anderes übrig.

»… auf der Suche nach Samuel McIntosh …« Beim Klang seines Namens ließ Natalie vor Schreck das Messer fallen. Sie sah zum Fernseher, wo das Bild eines umgekippten Lieferwagens gezeigt wurde, gefolgt von den Fahndungsfotos, die Natalie bereits gesehen hatte. Sams Komplizen, die die Flucht nicht überlebt hatten, blickten fies und finster drein. Sie waren genauso, wie Natalie sich Schwerverbrecher vorstellte. Nur Sam war irgendwie anders. Er hatte etwas Verletzliches an sich. Nun wurde sein Foto in Großaufnahme gezeigt. Die Suche sei bisher ergebnislos verlaufen, da seine Fährte sich im Wald verloren habe. Inzwischen gingen die Behörden davon aus, dass ihn jemand mitgenommen hatte. Ob dies freiwillig geschehen sei oder man es mit einer Geiselnahme zu tun habe, sei noch nicht abschließend geklärt. Der Beitrag endete mit einem neuerlichen Hinweis auf die 15.000 Dollar, die als Belohnung für sachdienliche Hinweise zur Ergreifung des Flüchtenden ausgesetzt waren.

15.000 Dollar, mit denen man ins College starten oder sich eine bessere Behandlung für Helen leisten könnte. Geld, mit dem Natalie durchaus etwas anzufangen wüsste.

Im nächsten Beitrag ging es wieder um Corona und sie drehte die Lautstärke herunter, um besser nachdenken zu können. Nichts deutete darauf hin, dass die Polizei Sam finden würde. Dennoch bestand die Gefahr, dass jemand durch Zufall über ihn stolperte, so wie es Natalie passiert war. Diese Person würde dann nicht nur einige Lorbeeren, sondern auch 15.000 Dollar ernten. Ein Risiko, mit dem sie leben müsste.

Natalie klappte die Brote zusammen und leckte Marmelade von ihren Fingern, bevor sie ihr Smartphone aus der Gesäßtasche zog. Im Fernsehen hatten sie erwähnt, dass Sam wegen Mordes verurteilt worden war. Was genau geschehen war, würde Google wissen. Sie tippte seinen Namen ein und stieß zuerst auf ein paar aktuelle Artikel, in denen es um den Gefängnisausbruch ging.

Als Nächstes erschien das Foto einer jungen Frau mit langen dunklen Haaren und einem süßen Lächeln, das vermutlich aus einem Highschool-Jahrbuch stammte. Von Natalie existierten ähnliche Fotos, auch wenn sie sich nicht mal für halb so hübsch hielt wie dieses Mädchen, das vor über zehn Jahren gestorben war. Alice Kruegers Leiche war am 1. November 2007 auf einem Feld der elterlichen Farm im Süden des Staates gefunden worden. Jemand hatte das Mädchen vergewaltigt und mit einem Stein erschlagen. Als die Polizei nach dem Fund der Leiche sämtliche Farmarbeiter, von denen die meisten aus Mexiko stammten, für eine erste Befragung zusammentrommelte, fehlte der zweiundzwanzigjährige Samuel McIntosh, der schon länger auf der Farm arbeitete und in dieser Saison ebenfalls bei der Süßkartoffelernte geholfen hatte. Sofort wurde eine umfassende Fahndung eingeleitet, in deren Zuge man McIntosh zwei Tage später im Nachbarstaat aufgriff. Obwohl seine DNS samt Samenflüssigkeit sichergestellt werden konnte, beteuerte er seine Unschuld. Er behauptete, eine geheime Liebesbeziehung mit der Farmerstochter geführt und in jener Nacht einvernehmlichen Geschlechtsverkehr mit ihr gehabt zu haben, bevor ihre Wege sich trennten. Einen plausiblen Grund für seine Flucht konnte er allerdings nicht nennen. Außerdem wurden bei der Obduktion zahlreiche Verletzungen und Hämatome an Alices Körper entdeckt, die für einen gewaltsamen Übergriff sprachen. Trotz aller Unschuldsbeteuerungen und verzweifelter Versuche, die Tat den mexikanischen Hilfsarbeitern in die Schuhe zu schieben, verurteilte man McIntosh zu einer lebenslangen Haftstrafe.

Und jetzt sitzt der Typ in der Falle, dachte Natalie. *In meiner Falle.*

Tatsächlich schien es sich hier um einen ziemlich gefährlichen Typen zu handeln.

Schon seltsam. So kommt er mir gar nicht vor.

Die Frage, die sie sich stellen musste, war, ob sie wusste, worauf sie sich einließ.

Klar, mir kann ja nichts passieren, solange er da unten hockt.

Aber was, wenn er irgendwie rauskam und sich an ihr rächte? Ein Teil von Natalie wollte sie dazu bewegen, schnellstmöglich das Richtige zu tun. Der Anruf bei der Polizei würde ihr nicht nur etwas Ruhm, sondern auch ordentlich Kohle einbringen. Es gab keinen Grund, diese Entscheidung hinauszuzögern, ganz im Gegenteil. Je schneller sie handelte, desto besser. Die Idee, den Kerl dort unten zu lassen und stattdessen mit Lebensmitteln zu versorgen, war völlig geisteskrank und entbehrte jeglicher Logik. Im schlimmsten Fall machte sie sich sogar selbst strafbar.

Lass die verdammten Sandwiches liegen und ruf 911 an! Denk doch mal an die 15.000! Außerdem ist der Typ ein Mörder und Vergewaltiger, er hat den Knast verdient. Was meinst du würde er dir antun, wenn er dich in die Finger bekäme? Aus welchem Grund solltest du das für dich behalten?

Einen Grund gab es nicht, außer dass es sich verdammt gut anfühlte, ihn dort unten im Schacht zu wissen, während sie hier oben war und all das tun konnte, wonach er sich so verzweifelt sehnte. Erneut musste Natalie daran denken, mit welcher Gier er sich auf den Apfel gestürzt hatte. Auf *ihren* Apfel. Das Kribbeln, das sie bei dieser Erinnerung befiel, kam jenem Gefühl gleich, das sie beim Masturbieren empfand, Sekunden vor dem erlösenden Höhepunkt. Seit sie denken konnte, fühlte sie sich schwach und unbedeutend, doch jetzt, in diesem Moment, verspürte sie einen schwindelerregenden Schub von Macht, der ihre Sinne wie im Rausch vernebelte und normales Denken und Fühlen unmöglich machte.

Die Tatsache, dass es sich bei dem Mann um einen verurteilten Vergewaltiger und Mörder handelte, machte das Ganze nur aufregender. Macht über einen bösen, gefährlichen Menschen zu besitzen, erhöhte den Reiz und steigerte Natalies Erregung ins Unermessliche. Hinzu kam der nicht ganz unwesentliche Aspekt seiner Attraktivität. Unter normalen Umständen hätte Natalie den lieben Sam nicht von der Bettkante gestoßen und die Kombination aus Anziehung, Angst und Macht erregte sie zusätzlich.

Obwohl es sie reizte, das Netz nach weiteren Informationen über Sam und seine Tat zu durchstöbern, zwang sie sich, das Handy wegzulegen. Sie musste sich beeilen, wenn sie ihre Mutter heute nicht mehr im Wachzustand erleben wollte. Eilig wickelte Natalie die Sandwiches in Alufolie ein, füllte ein paar leere Plastikflaschen mit Leitungswasser, steckte Obst aus der Schale auf dem Fensterbrett in eine Tüte, kramte ein paar Müsliriegel und Kekse aus der Schublade und suchte im Vorratsschrank nach einer Tragetasche. Sie entschied sich für eine große Henkeltasche, in der auch die dicke Winterdecke Platz finden würde, die sie im Schrank entdeckte. Als ihr Blick zufällig auf eine Taschenlampe fiel, packte sie diese ebenfalls ein. Im Badezimmer fand sie eine Packung 800 mg Ibuprofen, Verbandzeug und Wunddesinfektionsmittel. Natalie stopfte die Medikamente mitsamt Wasserflaschen und Lebensmitteln in die Tasche, die allmählich schwer wurde. Auf dem Weg nach draußen warf sie einen prüfenden Blick auf ihre schlafende Mutter und schnappte sich kurzerhand eins der Couchkissen, um es ebenfalls in die Tasche zu stecken. Es lag an ihr, ihn mit mehr oder weniger Komfort zu versorgen. Sie würde beizeiten entscheiden, ob sie ihm die Sachen wirklich gab oder ihm erst mal nur zeigte, was er haben *könnte* ... Bei dem Gedanken kribbelte es nicht nur in Natalies Eingeweiden, sondern auch in ihrem Schritt.

Auf der Veranda stapelte sich das Gerümpel. Dinge, die sie vor Jahren aussortiert hatten, ohne sie zu entsorgen. Natalies Blick blieb an einem verblichenen, löchrigen Stuhlpolster hängen. Bestimmt war es unangenehm, die ganze Zeit im nassen Schlamm zu sitzen. Sie hätte sich längst eine Blasenentzündung eingefangen. Wenn man das Polster zusammenfaltete, sollte es dick genug sein, um als bequeme Unterlage zu dienen und Sams Hintern trocken zu halten. In Natalies Vorstellung war Sams Dankbarkeit über diese Geste beinahe greifbar und erfüllte ihren Körper mit einer fiebrigen Hitze. Bestimmt hätte dieser große, gefährliche Mann sich ein solches Szenario nicht mal in seinen schlimmsten Albträumen ausmalen können. Für einen Menschen, der es gewohnt war, andere in Angst und Schrecken zu versetzen, musste es unfassbar erniedrigend sein, einem Mädchen wie Natalie auf Gedeih und Verderb ausgeliefert zu sein. In dieser Situation trotzdem so etwas wie Dankbarkeit zu ernten, war für sie das Höchste aller Gefühle. Und das würde sie nun vielleicht mithilfe eines angeranzten Polsters erreichen. Die Wunder dieses Tages nahmen kein Ende.

Natalie klemmte sich das verblichene Teil unter den freien Arm und marschierte leichtfüßig in Richtung Wald. Mit ihrem Rucksack auf dem Rücken, der großen Einkaufstasche über der Schulter und dem Polster unter dem Arm hätte sie bestimmt Aufmerksamkeit erregt, wenn sie jemand gesehen hätte, doch inzwischen war die Sonne vollends hinter den Wolken verschwunden und leichter Nieselregen leitete einen kühlen Abend ein, den normale Menschen in ihren Wohnzimmern verbringen würden, ohne sich darum zu kümmern, was draußen im Wald vor sich ging.

***

Sam steht auf dem abgeernteten Feld. Über ihm die blasse Fratze des Mondes, unter ihm die harte, trockene Erde. Instinktiv weiß er, dass der Sommer vorbei ist, der Herbst hat Einzug gehalten und bald wird der Winter folgen mit seinen grauen Wolken und der unerbittlichen Kälte. Wird er dann noch hier sein? Er blickt zum sternen-gespickten Himmel empor, als ob der eine Antwort hätte. Dabei spürt er den kühlen Wind auf seiner feuchten Haut. Er denkt, dass das falsch ist. Womit hat er sich da bekleckert? Langsam senkt er den Blick, doch es ist zu dunkel, um viel zu erkennen. Er sieht dunkle Flecken und Spritzer auf seinem Hemd, die von Farbe stammen könnten – oder von etwas anderem …

Sein Nacken ist steif, aber er dreht sich trotzdem um. Da liegt das Mädchen. Ohne Kleider und ohne Gesicht. Genau genommen hat sie auch keinen Kopf. Die Dunkelheit scheint ihn verschluckt zu haben. In Sam verkrampft sich alles, er will weglaufen, aber so geht das nicht! Er kann sie nicht einfach liegen lassen! Verzweifelt blickt er sich um. Warum kann er nicht aufhören, auf diese kopflose Mädchengestalt zu starren? Ihr Körper ist schön, er leuchtet im knochenbleichen Mondlicht und lädt zu etwas ein, das man nicht tun darf. Sam kann nicht glauben, dass sie nie wieder aufstehen wird, obwohl ihr Körper schön wie eh und je ist. Es ist nicht lange her, da hat er sie noch berührt und an den geheimsten Stellen geküsst. Sie haben sich gegenseitig ausgezogen, um den Wind auf ihrer Haut zu spüren. Es ist verrückt! Das hat er ihr gesagt, doch so ist sie gewesen. Ein bisschen verrückt und viel zu leichtsinnig. Es hat ihr nicht gereicht, es im Bett oder hinter der Scheune zu treiben. Sie wollte mehr – mehr und mehr. Mitten im Wald sollte es sein. In einer Mondnacht wie dieser. Unter dem Sternenhimmel und im Dreck, die kleinen Steine und das vermoderte Laub haben sie nicht gestört. Nur ihm ist es unangenehm gewesen und er hat sein Hemd ausgezogen, damit sie darauf liegen kann. Jetzt spürt er es auf seiner Haut, aber es ist so nass, dass er es am liebsten ausziehen würde. Er weiß nicht, was er getan hat oder wie lang er schon hier ist. Sam blickt an sich herab. Er kann sich nicht erinnern, wie das Blut an seine Kleidung gekommen ist. Vielleicht ist er ausgerutscht? Er taumelt zurück und zuckt zusammen, als er über etwas stolpert und beinahe hinfällt. Ein Stein. Stein? Sam bückt sich danach. Der Stein ist groß, schwer und kantig. Blutige Haare kleben daran. Er denkt, dass es dumm war, ihn anzufassen, aber jetzt ist es zu spät. Er sollte den Stein nicht hierlassen. Der Fluss fällt ihm ein. Aber ist der nicht zu weit weg? Egal, der Stein muss auf jeden Fall verschwinden, weil er ein Beweisstück ist. Genau wie jedes Hautschüppchen, das er jetzt und früher am Tag auf ihr hinterlassen hat. Im Grunde ist es sinnlos, seine Spuren zu verwischen. Er war ein schlechter Schüler, weiß aber, was ein DNS-Profil ist und woraus es erstellt wird.

Und warum denkst du über Hautschuppen nach, nachdem du sie ohne Gummi gefickt hast? Das hast du doch, oder?

Hat er? Wenn Sam die Augen schließt, kann er sie vor Lust stöhnen hören, doch das ist früher gewesen. Im Wald. Später wollte sie über das Feld nach Hause laufen und er war nicht bei ihr. Warum? Er kann sich nicht erinnern. Haben sie gestritten oder wollten sie nur nicht zusammen gesehen werden? Er weiß es nicht, bekommt

Kopfschmerzen, wenn er darüber nachdenkt. Seine Erinnerungen enden im Wald, als sie warm und stöhnend unter ihm liegt und ihn mit Augen ansieht, in denen sich die Welt spiegelt, und kommen auf das Feld zurück, wo sie auf einmal tot ist und ihr Blut sein Hemd befleckt. Jemand hat ihr wehgetan und er hat sie gefunden, aber warum erinnert er sich nicht? Wollte er Erste Hilfe leisten und hat sich dabei mit ihrem Blut besudelt?

Schwer atmend wendet er sich der Leiche seiner Freundin zu, die auf einem dummen Süßkartoffelfeld gestorben ist. Sam hat die Dinger nie besonders gemocht, im Gefängnis wird er hungern, wenn er welche vorgesetzt bekommt, aber natürlich weiß er in diesem Moment nicht, dass er dort landen wird. Ihm ist zwar klar, dass man ihn verdächtigen könnte, doch darauf will er es gar nicht erst ankommen lassen. Ohne Erinnerung ist er ein schlechter Zeuge, jedoch der perfekte Täter. In Filmen flüchten die Leute immer nach Mexiko, das kann er auch machen. Für fleißige Menschen gibt es überall Arbeit. Ein letztes Mal blickt er in das zerschmetterte Antlitz seiner Geliebten. Im erbarmungslosen Mondlicht fragt er sich, wo ihre Augen geblieben sind. Es ist seltsam, Zähne an ihrer Stelle zu sehen. Verrückt, was man mit einem einzigen Stein anrichten kann, wo die Dinger doch überall frei herumliegen. Für sie gibt es kein Waffengesetz. Da realisiert Sam, dass er die Mordwaffe in der pochenden Hand hält. Ruckartig zerrt er sich das Hemd vom Leib und wickelt den schmierigen Stoff um den Stein. Dabei löst sich ein Fleischbrocken und fällt zu Boden. Sam stößt einen kurzen, atemlosen Schrei aus, als würde er eben erst begreifen, was wirklich passiert ist. Taumelnd entfernt er sich von dem toten Körper, bis dieser nur ein Schatten unter Schatten ist. Erneut denkt er über den Fluss nach. Wasser ist gut im Spurenvernichten. Ob ihm das letzten Endes helfen wird, weiß er nicht, trotzdem rennt er mit dem blutig umwickelten Stein los, als wäre der Teufel hinter ihm her, der in Wirklichkeit in seinem eigenen Leib steckt …

***

Erschrocken riss Sam die Augen auf und wusste im ersten Moment nicht, wo er war. Er hatte von früher geträumt. Von Alice und der Nacht auf dem Süßkartoffelfeld. Jetzt hallte ihre Stimme in seinem Kopf wider und er hatte das erschreckende Bild ihres zertrümmerten Schädels vor Augen. Bis heute wusste er nicht, wo ihre Augäpfel geblieben waren. Beinahe hätte er damals die Polizei danach gefragt, aber das wäre irgendwie unpassend gewesen …

Stöhnend versuchte er, seine Glieder zu strecken, doch mit den Beinen kam er nicht weit, außerdem war da etwas Kaltes, Nasses unter ihm, das sich von dort in den Rest seines Körpers ausbreitete. Schlagartig kehrte Sams Erinnerung zurück. Der Ausbruch, der Unfall, die Flucht in den Wald, der Sturz in den Schacht – und das Mädchen, das er sich vielleicht nur eingebildet hatte. Dieses verdammte Miststück, das, falls es wirklich existierte, den erbärmlichen Rest seines Lebens in den Händen hielt.

In dem verzweifelten Versuch, sich zu wärmen, schlang Sam die Arme um den Oberkörper. Angesichts der Kälte verblassten sogar die Schmerzen und das ekelhaft nagende Hungergefühl. Er dachte an den Apfel, den die Schlampe ihm zugeworfen hatte und fragte sich, ob der echt gewesen war. Um sicher zu sein, hätte er das Ding noch mal hinaufwürgen müssen, was er tunlichst unterlassen würde. Wenn er sich konzentrierte, konnte er das leicht säuerliche Aroma noch schmecken. Er war sich ziemlich sicher, dass er den Apfel wirklich gegessen hatte, was im Umkehrschluss bedeutete, dass auch das Mädchen real war. Sam bezweifelte außerdem, dass seine Fantasie ihm ausgerechnet sie geschickt hätte. Wenn er an junge Frauen dachte, waren die mädchenhaft und süß, so wie er Alice in Erinnerung hatte – solange er ihr zertrümmertes Gesicht ausblendete –, und hatten nichts mit einer schwarz geschminkten Schlampe im Rockerstyle gemeinsam. Die wäre vielleicht ebenfalls süß, wenn sie sich nicht wie eine Jüngerin Satans gebärden würde, doch um das ans Licht zu bringen, würde man ziemlich tief schürfen müssen.

Sam fragte sich, warum er von allen Menschen auf der Welt genau auf dieses Exemplar gestoßen war. Bestimmt hätte er es schlimmer treffen können, aber eben auch besser. Trotzdem musste er das Beste daraus machen und konnte nur hoffen, dass sie bald zurückkam. Bei aller Attitüde war sie am Ende doch nur ein Teenager, der sich nach Aufmerksamkeit und Anerkennung sehnte. Taten sie das nicht alle? Die einen bettelten offensichtlich danach, während andere es geschickt verbargen, doch am Ende des Tages wünschten sie sich alle jemanden – oder etwas –, der ihrem Leben einen Sinn gab und sie darin bestätigte, ein wertvoller Mensch zu sein. Und sie wollten geliebt werden. So wie Sam damals. Und so wie Alice. Wenn die Kleine wiederkam, durfte er Angst und Wut nicht die Oberhand gewinnen lassen. Er musste herausfinden, was dieses Mädchen brauchte. Seinerzeit war er ziemlich gut darin gewesen, Frauen um den Finger zu wickeln. Ohne dieses Talent hätte er es niemals geschafft, ein Mädchen wie Alice Krueger für sich zu gewinnen. *Never ever.*

Leider brachte einen Charme im Knast nicht weiter. Dort drehte sich alles um Respekt und Angst, was man sich nicht mit einem netten Lächeln verschaffte, sondern mit Willensstärke und Aggressionsbereitschaft. Sam glaubte prinzipiell nicht, dass er verlernt hatte, ein netter Typ zu sein, doch es war eine echte Herausforderung, Mr. Charming unter solchen Umständen aus dem Hut zu zaubern.

Eins nach dem anderen. Ich muss nur ruhig bleiben. Der Rest wird sich ergeben, wenn sie zurückkommt. Falls *sie zurückkommt.*

Das war die Frage. Sam konnte sich allerdings nicht vorstellen, dass sie wegbleiben würde, ohne die Polizei zu verständigen. Solange die nicht auftauchte, bestand also Grund zur Hoffnung. Für heute sollte er diese vielleicht trotzdem begraben, denn der Himmel verdunkelte sich zusehends, was nicht nur am Regen lag. Sam hatte Glück, dass er, aufgrund einer leichten Biegung des Schachts, nicht viel davon abbekam, doch genug, um seinen Flüssigkeitsbedarf zu stillen. Eine oder zwei Wochen ohne Regen würden allerdings genügen, um vollständig zu dehydrieren. *Falls* das Mädchen nicht wiederkam.

Sam lehnte den Kopf an die moosige Wand und versuchte, noch ein bisschen zu dösen. Beim letzten Mal war er dabei in Erinnerungen an Alices Tod versunken, auf die er gut verzichten konnte, wach bleiben war dennoch keine Option, weil er schlichtweg zu erschöpft war.

***

Sam hielt die Stimme, die ihn aus dem fiebrigen Halbschlaf riss, im ersten Moment für die von Alice, die im Tod Zähne statt Augen hatte. Er blinzelte in den Strahl einer Taschenlampe und erblickte eine schwarze Silhouette, die sich gestochen scharf vom Hintergrund des graublauen Abendhimmels abhob.

Sie ist zurückgekommen! Ein Teil von ihm triumphierte, während der andere sich mit Misstrauen und Panik quälte.

»Bist du wach?«, fragte sie zum zweiten Mal.

Jetzt war er es. Sam räusperte sich. »Hey, du bist zurück!«

»Das hab ich doch gesagt. Ich hab dir was mitgebracht.«

Sam kämpfte den Drang nieder, sie anzuflehen. Er wollte nicht irgendwelche Sachen, sondern einfach nur hier raus! Allerdings begriff er instinktiv, dass alles Betteln und Flehen in dieser Situation keinen Sinn machte. »Okay.«

»Ich werfe die Tasche zu dir runter, wenn du bereit bist. Obenauf findest du eine Taschenlampe.«

Sam streckte die Arme aus und versuchte, die Schmerzen in seinen Rippen zu ignorieren. »Ich bin bereit.«

Er fing die Tasche auf, die schwerer als erwartet war, nahm die Stablampe heraus und schaltete sie ein. Sofort erkannte er, dass es nicht nur Vorteile mit sich brachte, seine Umgebung im Licht zu sehen. Täuschte er sich oder waren da gerade ein paar schwarze Käfer davongehuscht? Beleuchtet wirkten die moosbewachsenen Wände besonders glitschig und eklig, und Sam sah, wie braun und trüb das Wasser tatsächlich war, von dem er in der Not getrunken hatte. Obwohl ihm zum Heulen zumute war, beschloss er, sich möglichst nichts anmerken zu lassen und sich stattdessen auf den Inhalt der Tasche zu konzentrieren. Er schraubte eine der Wasserflaschen auf und gönnte sich einen kräftigen Schluck, bevor er ein Sandwich auspackte und sich das weiche Brot gierig in den Mund stopfte. Als er es gegessen hatte, trank er die Flasche leer und leuchtete zu dem Mädchen hinauf, das in der Hocke kauerte und ihn wie ein seltenes Tier bestaunte.

»Alles okay?«, fragte sie.

»Ja. Danke.« Sam fand eigentlich nicht, dass er sich bedanken musste, aber ihr würde es gefallen, also sprang er über seinen Schatten. Was tat man nicht alles für die Freiheit?

»In der Tasche ist auch ein Schmerzmittel. Und Verbandzeug, falls du was brauchst. Wenn du pinkeln musst, kannst du eine leere Flasche benutzen.«

Sam grunzte. Bisher hatte er zu wenig getrunken, um Druck auf der Blase zu spüren, doch das würde sich demnächst ändern. Und nicht nur das. »Du hast an alles gedacht, oder?« Es war unmöglich, sich den Sarkasmus zu verkneifen.

»Ich glaub schon.« Sie klang zögerlich, unsicher. Gut.

»Und was soll ich machen, wenn ich scheißen muss?« Sam drückte sich absichtlich derb aus, um ihr die Lage bewusst zu machen. Für sie war das alles ein Spiel. Sie dachte nicht an Konsequenzen oder Komplikationen. Wahrscheinlich fühlte sie sich wie in einem Film und hielt sich für die Heldin eines spannenden Thrillers, doch die Realität war weniger glamourös. Hier waren alle Gefühle, Gerüche und Geräusche echt, Menschen konnten sich verletzen, krank werden oder gar sterben – und sie mussten ihren Darm entleeren. Je eher sie das begriff, desto besser standen Sams Chancen auf ein Leben in Freiheit. Bestimmt wollte sie nicht, dass er in seinen eigenen Exkrementen saß …

»Oh«, machte sie und Sam empfand einen möglicherweise verfrühten Triumph. »Daran hab ich nicht gedacht.«

Natürlich hatte sie das nicht!

»Ich kann dir einen Eimer bringen, gleich morgen. Das hältst du aus, oder?«

Sam hätte am liebsten gelacht, hielt sich aber zurück. »Bis morgen Früh halte ich es wahrscheinlich aus, aber was soll ich hier unten mit einem verfickten Eimer? Das kannst du unmöglich von mir erwarten.«

Sie zögerte, schien zu überlegen. Sam wünschte, er könnte ihren Gesichtsausdruck sehen. »Vielleicht überlegst du es dir ja und lässt mich raus? Was meinst du? Mir fällt bestimmt was ein, um mich erkenntlich zu zeigen.« Jetzt hatte er es doch versucht. Es war eben schwer, so zu tun, als säße man gern in einem schlammigen Brunnenschacht.

»Könnte schon sein, dass ich es mir überlege.« Ihr Tonfall gefiel ihm gar nicht. »Ich hab dich in den Nachrichten gesehen. Ich würde 15.000 Dollar kassieren, wenn ich die Polizei zu dir führe. Für mich ist das eine Menge Geld.«

Das war es auch für Sam. Er seufzte. »Okay, schon gut, ich hab verstanden. Ich bin hier unten und du da oben, deshalb halte ich von nun an die Fresse und lasse dich entscheiden. Deal?«

Sie schwieg für einen Moment. »Deal«, stimmte sie schließlich zu. »Ich besorge einen Eimer mit Deckel und befestige ihn an einer Schnur. Dann kann ich ihn rausziehen und …«

»Das willst du wirklich machen? Meinst du nicht, dass du dich ekeln wirst?«

»Keine Sorge, das halte ich schon aus.«

Sam fragte sich, ob er es ebenfalls aushalten würde, sein Geschäft in einen Eimer zu verrichten, den er im schlimmsten Fall den ganzen Tag bei sich behalten musste, Deckel hin oder her. Aus dem Gefängnis war er zwar einiges gewöhnt, doch die Vorstellung, genau dort zu scheißen, wo er aß und das Ganze schließlich von einem fremden Mädchen wegmachen zu lassen, gefiel ihm gar nicht. Das hatte etwas Erniedrigendes an sich, das sich schwer in Worte fassen ließ. »Na gut«, gab er dennoch klein bei. »Dann hoffe ich, dass du morgen rechtzeitig hier bist.«

»Ich kann vor der Schule vorbeikommen, wenn ich früh genug aufstehe.«

»Okay.« Was sollte er sonst sagen? Das kleine Biest hatte derzeit nicht vor, ihn aus seiner misslichen Lage zu befreien und es gab nichts, was er dagegen tun konnte, außer weiter an seiner Eloquenz zu feilen.

»Mir ist klar, dass es da unten nicht sonderlich bequem ist, aber ich muss mir erst mal über ein paar Dinge klar werden, verstehst du? Ich will keinen Fehler machen.«

»Wie meinst du das?«

»Ich hab ein paar Artikel über dich gelesen. Alice Krueger war in meinem Alter, als du sie vergewaltigt und umgebracht hast …«

Alices Namen aus ihrem Mund zu hören, fühlte sich falsch und unwirklich an. »Hab ich dir nicht gesagt, dass das so nicht stimmt? Alice war meine Freundin und wir haben uns geliebt. Ich hätte ihr niemals etwas getan. Wir haben kurz vor ihrem Tod miteinander geschlafen und das wurde mir zum Verhängnis, verstehst du? Ich bin mir sicher, dass sie von einem der mexikanischen Saisonarbeiter ermordet wurde, aber das wollte mir niemand glauben, obwohl man den Mexikanern sonst jeden Scheiß in die Schuhe schiebt. Alices Eltern hatten was gegen unsere Beziehung, weil ich ihnen nicht gut genug war. Ich war der perfekte Sündenbock. Kannst du dir vorstellen, wie man sich da fühlt? Der Mensch, den du liebst, ist tot, aber du kannst nicht mal richtig trauern, weil alle dich dafür verantwortlich machen und du unschuldig im Knast sitzt! Das war die Hölle, Natalie. Und es nimmt kein Ende.«

»Warum sollte ich dir glauben?«

»Weil ich dir zu erklären versuche, wie es wirklich war. Ich hatte Sex mit Alice und sie haben meine DNS gefunden. Außerdem war ihr Blut auf meinen Klamotten, weil ich versucht habe, ihr zu helfen. Das sind keine Beweise, sondern Indizien. Kennst du den Unterschied?«

»Natürlich, ich bin ja nicht dumm.«

»Nein, sicher nicht.«

»Ich werde den Fall genauer recherchieren.«

»In den Medien wirst du kaum etwas finden, das mich entlastet. Ich hatte damals einen Blackout. Als ich wieder klar denken konnte, stand ich vor Alices Leiche … Das hört sich natürlich verdächtig an …«

»Und ob!«

»Ich weiß. Aber das klingt nur so verdächtig, weil ich ehrlich bin und nicht versuche, mir eine Lügenstory zusammenzuspinnen, wie es ein echter Täter tun würde.«

»Wie gesagt, ich werde mir eine Meinung bilden und dann entscheiden, ob ich dich ausliefere oder nicht.«

»Dir ist aber schon klar, dass ich bis dahin draufgehen könnte? Ich hab Fieber.«

»Nimm alle vier Stunden zwei von den Tabletten, die ich eingepackt habe.«

»Und woher weiß ich, wann vier Stunden vorbei sind?«

»Das merkst du schon. Ungefähr. Ich hab dir übrigens noch was mitgebracht.«

Im ersten Moment dachte Sam tatsächlich an eine Uhr, doch dann warf Natalie ein Polster in den Schacht. »Versuch es mal.«

Sam fing das Polster auf und faltete es zweimal, bevor er es sich unter den Hintern schob. Es fühlte sich angenehm weich und warm an und würde hoffentlich dabei helfen, ihn trocken zu halten.

»Klappt es?«, wollte die Kleine wissen.

Wenn sie dabei weniger überheblich geklungen hätte, wäre Sam vielleicht wirklich dankbar gewesen. »Ja.«

»Gut. Ganz unten in der Tasche sind eine Decke und ein Kissen. Siehst du sie?«

Tatsächlich! Sam war so mit Essen und Trinken beschäftigt gewesen, dass ihm die anderen Sachen gar nicht aufgefallen waren. Jetzt zog er sie heraus und hielt sie so, dass das Mädchen sie sehen konnte. »Danke.«

»Ich muss gehen, es wird dunkel und meine Mutter … Sie wird sich Sorgen machen.«

Was war los mit der lieben Mutter? Sam hielt sich nicht für besonders empathisch, doch der seltsame Unterton in ihrer Stimme entging ihm nicht.

»Ich komme morgen wieder.«

»Das hoffe ich.«

»Gute Nacht.«

Meinte sie das ernst? *So ein Biest!* Ohne weiter auf Natalie zu achten, wühlte Sam in der Tasche, fand den Tablettenbehälter, steckte sich zwei Pillen in den Mund und spülte sie mit einem Schluck Wasser hinunter, dann stopfte er sich das Kissen in den Nacken und wickelte sich wie eine Mumie in die Decke ein. Zum ersten Mal seit Stunden – oder waren es Tage? – ließ sein Zittern nach. Er schloss die Augen und spürte, dass ihn anstatt ohnmachtsartiger Erschöpfung endlich echter Schlaf erwartete. Das war immerhin mehr, als er zu hoffen gewagt hatte.

***

In dem Moment, als sie die Augen öffnete, fing der Vogel in ihrem Magen zu flattern an. Vor einem Jahr hatte Natalie sich in einen Jungen aus der Parallelklasse verguckt und dasselbe Flattern gespürt, wenn ihre Blicke sich trafen. Manchmal fühlte sie es auch bei ihren Tagträumen. Als sie jünger war, war der muntere Vogel ihr ständiger Begleiter gewesen. Damals hatte es viel gegeben, was das kleine Tier zum Tanzen brachte. Zum Beispiel, wenn Daddy sie unter den Armen packte und hoch in die Luft schleuderte. Kleine Mädchen dachten nicht darüber nach, dass man sie fallen lassen könnte, weil sie niemandem auf der Welt mehr vertrauten als ihrem Vater mit den starken Armen. Nach der ersten Bauchlandung sah das anders aus. Als ihr Daddy gestorben war, hatte Natalie jeden Halt verloren und war so schwer gestürzt, dass sie sich bis heute nicht davon erholt hatte. Das Vögelchen in ihrem Bauch wäre fast gestorben, doch jetzt war es zurück und stärker denn je. Sie sah es direkt vor sich, wie es aufgeregt flatterte, tanzte und wagemutige Pirouetten schlug, ein munteres, kleines Kerlchen, das sich mit seinem bunten Gefieder ganz selbstverständlich von dem alles beherrschenden Schwarz in Natalies Innerem abhob.

Sie konnte sich nicht erinnern, wann sie zum letzten Mal so leichtfüßig aus dem Bett gesprungen war. Dabei hatte der Wecker noch nicht mal geklingelt. Natalie zog die Vorhänge zurück und sah sich einem Tag gegenüber, der bereits in den frühen Morgenstunden strahlte. Während sie in den wolkenlosen Himmel blickte – zum Glück hatte der Regen sich über Nacht verzogen –, fragte sie sich, was Sam gerade machte. Er hatte es da unten natürlich nicht so warm wie sie in ihrem Bett. Ob die Decke und das alte Polster ihm dabei geholfen hatten, in den Schlaf zu finden? Hatte er ihre Pillen genommen und fühlte sich nun besser? Wie gut konnte es einem Menschen in seiner Lage gehen?

Wenn er kacken muss, ist er ganz schön angeschissen, dachte Natalie und schmunzelte. Ihr Humor war nicht der beste, doch dieses Wortspiel war mehr als treffend.

Sie ging unter die Dusche und fragte sich, was sie machen würde, wenn er nicht mehr da wäre. Obwohl sie sich das nicht vorstellen konnte, musste sie sich dennoch mit der Möglichkeit auseinandersetzen. Sie durfte nicht automatisch davon ausgehen, dass sie die Einzige war, die zu dieser Lichtung spazierte.

Falls ihn jemand findet, sehen die meine Sachen. Sam wird ihnen bestimmt von mir erzählen. Oder?

Nun, das war eine gute Frage. Hatte er was davon? Und war das, was sie tat, überhaupt verwerflich oder gar strafbar?

Ist das nicht Beihilfe zu irgendwas?

Ja, aber zu was? Schließlich hatte Natalie ihm nicht bei der Flucht geholfen. Mit den Dingen, die sie ihm gebracht hatte, hatte sie lediglich dafür gesorgt, dass er überlebte. War das nicht eine Art Erste Hilfe?

Das könnte zwar als Erste Hilfe durchgehen, erklärt aber nicht, warum du nicht die Polizei verständigt hast. Wäre das nicht deine Pflicht?

Gestern Abend war Natalie zu müde gewesen, um über diese Dinge nachzudenken. Erleichtert darüber, dass ihre Mutter erneut – oder immer noch? – vor dem Fernseher schlief, hatte sie sich eine Kleinigkeit zu essen gemacht, ihr Abendessen im Bett verspeist und sich danach völlig erschöpft hingelegt. Bevor der Schlaf sie übermannte, hatte sie noch ein bisschen an Sam gedacht, was ein flaues Gefühl in ihrer Magengegend auslöste und den Vogel flattern ließ. Seine Ähnlichkeit mit Corey Taylor war schon ein krasser Zufall. Oder sah sie da etwas, das gar nicht da war? Es mochte am Teint liegen – oder an den rötlichen Haaren. Was immer es war, Natalie konnte nicht leugnen, dass sie den Mann im Schacht attraktiv fand. Er hatte etwas Wildes und Geheimnisvolles an sich, das sie magisch anzog und dafür sorgte, dass sie sich beim Gedanken an ihn grundlos leichtfüßig und hoffnungsvoll fühlte. Dabei war er ein Krimineller, der ins Gefängnis gehörte und sie ein Teenager, der die Realität aus den Augen verloren hatte.

Nichtsdestotrotz war ein neuer Tag angebrochen und sie konnte es nicht erwarten, Sam wiederzusehen. Es kam ihr beinahe so vor, als wäre er kein entflohener Häftling in einem alten Brunnenschacht, sondern ihr Date für den Abschlussball.

Natalie beeilte sich im Bad. Zum ersten Mal seit langer Zeit überfielen sie beim Blick in den Spiegel keine düsteren Gedanken. Nachdem sie sich fertig gemacht hatte, packte sie ihre Schulsachen und verließ das Zimmer.

Wohnzimmer und Küche waren in friedliches Morgenlicht gehüllt, das dem Chaos ein beinahe freundliches Gesicht verlieh. Von Helen war keine Spur zu sehen, was wohl hieß, dass sie gestern Abend – oder irgendwann im Laufe der Nacht – zur Abwechslung in ihrem Schlafzimmer gelandet war. Natalie konnte es nur recht sein. Sie schaltete den Fernseher ein und erfuhr in den Nachrichten, dass es noch immer keine Spur von Samuel McIntosh gab. Inzwischen hatte man die Suche in den umliegenden Wäldern eingestellt und vermutete ihn außerhalb der Staatsgrenzen. Die Existenz eines weiteren Komplizen oder einer Geisel werde nicht ausgeschlossen.

Ihr würdet Augen machen, wenn ihr wüsstet, wer dieser Komplize ist, schoss es Natalie durch den Kopf, während sie sich um Sams Lunchpaket kümmerte. Sie musste unbedingt einkaufen, immerhin galt es nun für drei Personen zu sorgen. Bevor sie das Haus verließ, schaltete Natalie den Fernseher aus, ohne nach ihrer Mutter zu sehen, deren Schnarchen durch die Tür drang. Die Luft war überraschend kühl, was sich im Laufe des Tages bestimmt ändern würde. Aus dem Gerümpel auf der Veranda zog Natalie den alten Eimer, den sie bei ihrem Gespräch mit Sam bereits im Kopf gehabt hatte. Als Kind hatte sie darin alles Mögliche und Unmögliche gesammelt, einmal hatte sogar ein flugunfähiger Vogel darin gewohnt. Länger dauerte es, die Paketschnur wiederzufinden, von der sie ebenfalls wusste, dass sie irgendwo hier draußen herumlag. Früher hatte Mom damit windschiefe Pflanzen festgebunden, heutzutage war *alles*, was hier mal gewachsen war, schief und tot.

Natalie warf die Schnur in den Eimer und wollte losgehen, als ihr im letzten Moment etwas einfiel. Mit einem wohlwissenden Lächeln auf den Lippen ging sie zurück ins Haus und kehrte kurze Zeit später mit einer Rolle Klopapier zurück, die sie ebenfalls in den Eimer legte.

Der kann echt froh sein, dass ich so gut mitdenke, dachte Natalie und stellte sich Sams Gesichtsausdruck beim Anblick des Klopapiers vor. Die Corona-Krise hatte deutlich gezeigt, wie abhängig die westliche Welt von solch alltäglichen Nichtigkeiten war, da stellte auch ein entflohener Sträfling keine Ausnahme dar.

***

Sam schlug die Augen auf und erblickte das von schwarzen Haaren umrahmte Gesicht des Mädchens, das sein Engel hätte sein können, wenn es nicht so teuflisch gewesen wäre.

»Guten Morgen!«

Wie konnte sie so fröhlich klingen, während er da unten im Dreck hockte und Schmerzen hatte?

»Wie gehts dir?«

Vorsichtig bewegte Sam seine steifen Glieder unter der Decke. Der Schmerz, der dabei in seine Rippen schoss, ließ ihn laut aufstöhnen. Er presste eine Hand in die Seite und versuchte, sich aufzurichten. Dabei berührte er etwas Kühles, Hartes, das er – unglaublich, aber wahr – komplett vergessen hatte! »Was glaubst du, wie's mir geht?«

»Okay, blöde Frage«, gab sie zu.

Sam stellte sich vor, wie er ihr das dumme Grinsen aus dem Gesicht wischte. Er würde dafür seine Fäuste benutzen und vielleicht ein bisschen mit den Füßen nachhelfen. Niemand hatte eine Tracht Prügel so verdient wie dieses Biest!

»Haben die Pillen geholfen?«

Sam nahm die Hand von der Waffe unter seinem Sweatshirt und legte sie auf seine Stirn, die sich gestern Abend eindeutig heißer angefühlt hatte. »Ein bisschen«, antwortete er gepresst. »Die Schmerzen sind noch da.«

»Okay.«

Okay?! War das ihr Ernst? *Warte nur ab, du kleine Bitch! Wenn ich dich in die Finger kriege, hast du keine große Klappe mehr.*

»Vielleicht muntert dich das ein bisschen auf.« Sie hielt einen Gegenstand in die Luft, den Sam erst richtig erkannte, als sie ihn an einer Schnur zu ihm herunterließ.

Will die mich verarschen? Es war ein Eimer. Tatsächlich. Ein verfickter Plastikeimer an einer Schnur. Und mit Deckel, wie Sam feststellte, als das Ding bei ihm angekommen war. Das Miststück hatte nicht zu viel versprochen. In diesem Moment schwappte seine Wut über wie Champagner in einem Schnapsglas. Sam packte den Eimer und schleuderte ihn gegen die Mauer. Als wäre die Situation nicht schon makaber genug, fiel dabei eine Rolle Klopapier heraus und landete direkt in seinem Schoß, während der Eimer mit dem aufgesprungenen Deckel auf seinen Füßen zum Liegen kam. Wenn seine gebrochenen Rippen nicht gewesen wären, hätte Sam das verdammte Ding in tausend Stücke geschlagen, doch der stechende Schmerz raubte ihm die Luft. Ihm wurde schwarz vor Augen. Keuchend lehnte er sich an die Mauer und versuchte zu atmen, ohne dabei das Bewusstsein zu verlieren.

»Alles okay?«, wollte die kleine Hure wissen.

Sam musste an die Waffe denken und daran, was ein gezielter Schuss aus der Fresse der Schlampe machen würde. Seine rechte Hand glitt unter seinen Sweater. Natürlich war das völlig verrückt, denn wenn er die Kleine killte, würde er niemals hier rauskommen, zumindest nicht so, wie er sich das vorstellte. *Na und? Eine Kugel für sie und die nächste für mich. Aus die Maus. Hauptsache, ich muss dieses verschissene Grinsen nicht mehr sehen!* Für ein paar Sekunden spielte Sam tatsächlich mit dem Gedanken, den Revolver zu ziehen und dem Ganzen ein Ende zu bereiten. *Scheiß auf die Freiheit! Davon kann ich in der Hölle träumen.*

»Ich habs nur gut gemeint«, jammerte das Mädchen.

Sam wusste nicht, woher er den Rest Vernunft nahm, der ihn im letzten Moment innehalten ließ. Vielleicht hing er an seinem erbärmlichen Leben. Das Gewicht irrwitziger Hoffnung lastete auf seinen Schultern wie ein Betonklotz. Schluss machen konnte man immer, zweite

Chancen waren eine Rarität. *Nur eins steht fest*, dachte er düster. *Falls ich beschließe, in die Hölle zu fahren, werde ich alles daransetzen, diese verdammte Schlampe mitzunehmen. Wenn das Miststück schon die Hundescheiße an meinen Sohlen sein muss, werde ich die Schuhe auch bis zum Schluss anbehalten.*

Er blickte zu dem verhassten Gesicht des Mädchens auf, das immer noch sein Engel sein könnte, wenn er es richtig anstellte, denn war es nicht offensichtlich, dass sie einen Narren an ihm gefressen hatte? Womöglich war er nur eine verschissene Laborratte für sie, aber vielleicht war das ja alles, was nötig war, um die erste Geige in ihrem Leben zu spielen. Eine normale Jugendliche würde sich niemals so verhalten, doch alles, was mit diesem Mädchen nicht stimmte, konnte eine Chance für ihn sein. Rettung und Verderben lagen manchmal näher beieinander als man dachte. Es war an ihm, das Beste daraus zu machen.

»Es tut mir leid, Natalie.« In seinem Kopf war sie nur die Schlampe und das Miststück, im besten Fall das Mädchen, doch ihr würde es gefallen, mit ihrem Namen angesprochen zu werden. »Ich weiß, dass du es gut meinst. Es ist nur … Für mich wäre es das Beste, wenn du mir hier raushilfst. Das verstehst du doch, oder?«

»Natürlich. Aber ich hab dir gesagt, dass ich das im Moment nicht kann. Dafür versuche ich, es dir so angenehm wie möglich zu machen.«

»Ja, ich weiß.« Er nahm das Klopapier in die Hand und nickte. »Ich sehe das und weiß, wie du es meinst.« Er schluckte schwer und zwang sich, die in seinem Körper tobende Pein zu ignorieren. »Danke.«

Juni 2025 Sardinien

Sofort kehrte das Grinsen zurück. »Ich bin froh, dass ich rechtzeitig gekommen bin.«

Sam legte die Klopapierrolle wieder in seinen Schoß und nickte, obwohl ihm das Thema wahnsinnig peinlich war. »Ich auch.«

Natalie lachte verhalten. »Ich hab dir was zu essen mitgebracht.«

Gott sei Dank. »Cool, ich hab echt Kohldampf.«

»Vorsicht!« Sie warf ihm eine verschnürte Plastiktüte zu, in der sich, zu Sams Verzücken, neben Sandwiches, Obst und Süßigkeiten auch eine Thermoskanne mit heißem Kaffee befand.

»Ich hoffe, du magst ihn schwarz«, sagte das Mädchen, als er die Kanne aufschraubte. »Wir hatten keine Milch mehr. Aber ich gehe nach der Schule einkaufen und komm dann wieder her. Falls du einen Wunsch hast …«

»Zigaretten«, unterbrach Sam sie. Inzwischen hatte er sich so weit erholt, dass sich die Sucht zurückmeldete. »Das wäre echt toll.«

»Klar. Welche Sorte?«

»Zur Not nehme ich alle, aber Marlboro wäre perfekt.« Sam goss dampfenden Kaffee in den Becher der Thermoskanne und nippte vorsichtig an dem heißen Getränk. »Schwarzer Kaffee ist übrigens okay. Schmeckt super.«

»Das freut mich.« Sie klang erleichtert. »Brauchst du sonst noch was?«

Sam versuchte darüber nachzudenken, was man dringend benötigte, wenn man in einem kalten Brunnenschacht festsaß. »Vielleicht noch eine Decke? Und etwas Wurst und Käse … Ich mag Erdnussbutter, aber etwas Herzhaftes wäre klasse.«

»Alles klar. Ich bring dir die Sachen heute Nachmittag …« Sie erhob sich.

»Und 'ne Coke! Wenns geht.«

»Sicher. Wasser hast du noch?«

»Für heute reicht es, ja. Wann kommst du denn ungefähr?«

»Keine Ahnung. Irgendwann am späten Nachmittag. Ich hab bis drei Uhr Schule, danach muss ich noch ein paar Sachen zu Hause erledigen, bevor ich zum Supermarkt gehe.«

»Bringst du mir eine Zeitschrift mit? Irgendwas zum Angucken? Es ist ziemlich langweilig hier unten und ich muss mich irgendwie ablenken.«

Sie zögerte. Wahrscheinlich fand sie die Bitte genauso seltsam wie Sam selbst, doch er hatte keine Ahnung, wie er die Zeit sonst rumbringen sollte, und ein bisschen Angst vor den Gedanken, die sich in seinen Kopf schleichen würden, wenn er zu viel Zeit zum Grübeln hatte. Aufgrund seiner Erfahrungen im Gefängnis wusste er, dass das unangenehm werden konnte.

»Mach ich«, sagte sie nach einer kurzen Pause. »Und ich versuche, in Zukunft öfter hier zu sein. Das Wetter wird auch besser.«

Obwohl Sam gern auf ihre Gesellschaft verzichtet hätte, machte er gute Miene zum bösen Spiel. »Super.«

»Jetzt muss ich aber los!« Sie klang atemlos, aufgeregt und so fröhlich wie ein Kind auf einer Geburtstagsparty. Falls er je die Chance bekam, würde Sam sich alle Mühe geben, ihr dieses Gefühl auszutreiben. »Bis später!«

Ja, dachte er böse. *Bis später, du elendes Miststück. Ich überlege mir in der Zwischenzeit, wie schön es wäre, dir den verfickten Hals umzudrehen!*

»Bis dann, Natalie!«

Allmählich begriff er, dass er sie glücklich machen musste, wenn er wollte, dass sie ihn rettete. Sie brauchte das Gefühl, gemocht und bestenfalls begehrt zu werden. Um sie das glauben zu machen, brauchte Sam nichts Geringeres als eine ordentliche Portion Selbstbeherrschung und das schauspielerische Talent eines Oscar-Anwärters. Genug Zeit zum Üben hatte er.

***

Natalie war nicht bei der Sache. Im Unterricht wurde sie ein paarmal aufgerufen, ohne die Fragen des Lehrers zu verstehen, geschweige denn beantworten zu können. Die Blicke ihrer Mitschüler waren heute besonders skeptisch. Wenn sie Freunde gehabt hätte, hätten die bestimmt gefragt, ob alles in Ordnung sei, doch Natalie Cooper hatte keine Freunde. Sie war allein auf der Welt.

Nun ja, fast. Wenn sie an den Mann im Brunnenschacht dachte, schoss Hitze in ihren Kopf und sie spürte ihren Herzschlag. Er war jetzt ihr Geheimnis. Sie stellte sich vor, wie die anderen reagieren würden, wenn sie davon wüssten. Was sie getan hatte, erforderte mehr Mut, als diese Loser in ihrem ganzen Leben aufbringen würden. Diese Tat war so viel bedeutender und tiefgründiger als der langweilige Schulstoff und die substanzlosen Gespräche ihrer Klassenkameraden. Bei den Mädchen drehte sich alles um Klamotten, Make-up und Jungs, und bei den

Jungs ging es immer nur darum, wer beim Sport punktete und die meisten Mädels aufriss. Es war eine große, falsche Welt, die von Arroganz und Stumpfsinn regiert wurde und in der kein Raum für Andersartigkeit blieb. Obwohl sie immer eine Außenseiterin gewesen war, hatte Natalie sich nie so fehl am Platz gefühlt wie jetzt. Ein Teil von ihr sehnte sich danach, dieses kleine düstere Geheimnis für immer behalten zu können, während der andere es lauthals in die Welt schreien wollte. Jedoch gesellte sich zu all der Aufregung allmählich Angst. Was, wenn Sam entdeckt wurde? Dann würde sie nicht nur ihr Geheimnis verlieren, sondern auch leer ausgehen, was die ausgeschriebene Belohnung betraf. Wollte sie das wirklich riskieren oder war es schlauer, die Polizei einzuschalten?

Natalie dachte den ganzen Tag darüber nach, ohne zu einem Ergebnis zu gelangen. Fest stand, dass sie Sam nicht aufgeben wollte. Es fühlte sich viel zu gut an, ihn dort draußen in der Falle zu wissen. Nachdem sie ein paar mündliche Minuspunkte kassierte, eine in die Hose gegangene Biologie-Arbeit zurückbekommen und jede Menge abschätziger Blicke geerntet hatte, endete Natalies Schultag nach einer gefühlten Ewigkeit mit dem lang ersehnten Schlussgong. Hektisch packte sie ihre Sachen zusammen und eilte zum Bus, ohne auf den strafenden Blick des Lehrers und das gehässige Tuscheln ihrer Klassenkameraden zu achten. Aus irgendeinem Grund fiel es ihr plötzlich leichter, ihre Mitmenschen zu ignorieren. Die laute Musik, die von ihren AirPods direkt in ihr Gehirn drang, erledigte den Rest. Es war, als befände sie sich in einer anderen Welt, während ihr Körper als seelenlose Hülle im Hier und Jetzt verharrte.

Den ganzen Tag hatte Natalie darüber sinniert, wie sie Kontakt zu Sam halten könnte – schließlich konnte man nie wissen, was noch passierte –, ohne vierundzwanzig Stunden vor Ort sein zu müssen, als es ihr plötzlich wie Schuppen von den Augen fiel. Verzückt starrte sie auf die Busfahrerin, die soeben ihr Funkgerät zur Hand nahm, um mit einem Kollegen zu sprechen.

Das ist die simpelste Lösung von allen. Warum bin ich nicht schon früher darauf gekommen?

In den Stunden davor hatte sie hin und her überlegt, ob es möglich wäre, Sam ein Handy zu besorgen, mit dem er sich nur bei ihr melden konnte. Natalie hatte null Ahnung von Technik. Zwei Dinge wusste sie: Mit einem Telefon konnte man jede beliebige Nummer wählen, solange einen die Person nicht blockiert hatte. Und: Smartphones waren auf einen Netzempfang angewiesen, der draußen im Wald – sowie in alten Brunnenschächten – eingeschränkt sein könnte. Die Lösung war ebenso plausibel wie genial und eine übergewichtige Busfahrerin zeigte ihr soeben, wie es ging.

Wir brauchen Walkie-Talkies, dachte Natalie aufgeregt. Mit den Dingern hatte man überall Empfang und man konnte bestimmen, mit wem man kommunizieren wollte. Wichtig war die Reichweite. Kostengünstige Kinderspielzeuge fielen damit aus. Sie würde mehr Cash brauchen, als ihr für gewöhnlich zur Verfügung stand, um die Walkie-Talkies zu besorgen.

Natalie fragte Google nach den Preisen bei Walmart, die niedriger als befürchtet waren. Schnell fand sie ein Geräteset, das ihr zusagte, für einen Preis, mit dem sie leben konnte. Für fünfundsiebzig Dollar erhielt man zwei akkubetriebene Walkie-Talkies samt Ladegerät, deren Reichweite mindestens zehn Kilometer betrug, was mehr als ausreichend war. In den Rezensionen berichteten unter anderem Angestellte aus dem Sicherheitsbereich über eine einfache Handhabung, hervorragende Reichweite und lange Akkulaufzeit. Die Geräte waren außerdem wasser- und stoßfest, was keinesfalls schaden konnte. Bei dem Gedanken, wie positiv sich der Einsatz von Walkie-Talkies auf ihre Kommunikation mit Sam auswirken konnte, breitete sich ein warmes Gefühl in Natalies Magengrube aus. Sie würde sich Tag und Nacht nach seinem Befinden erkundigen können und außerdem sofort erfahren, wenn etwas nicht stimmte. Auch Sam würde davon profitieren, sie im Notfall erreichen zu können. Schließlich konnte man nie wissen …

Natalie konnte kaum erwarten, sein Gesicht zu sehen, wenn sie ihm ihren neuesten Geistesblitz präsentierte. Sie beschloss, auf dem Rückweg vom Supermarkt einen Abstecher bei Walmart zu machen, dann konnte sie Sam noch heute Nachmittag mit dem Walkie-Talkie überraschen. Bestimmt würde er ganz aus dem Häuschen sein. Während sie sich imaginär selbst auf die Schulter klopfte, kam Natalie gar nicht in den Sinn, dass der Einsatz von Walkie-Talkies auch negative Folgen haben und Sam mehr schaden als helfen könnte. Vielleicht war sie nicht fähig, sich in ihn hineinzuversetzen oder sie hatte kein Interesse daran. Zum Verhängnis würde es ihr allemal werden.

***

Er drehte das kleine schwarze Gerät in der Hand und betrachtete es von allen Seiten, bevor er mit einem Fragezeichen im Gesicht zu Natalie aufblickte.

»Ist cool, oder?«

Sam zuckte mit den Schultern.

»Hat mich die letzte Kohle für diesen Monat gekostet, aber das ist die Sache echt wert.«

»Welche Sache?«

»Damit können wir uns jederzeit erreichen! Du funkst mich an, wenn du was brauchst oder …«

»Ja, schon klar, aber du könntest mich auch einfach rauslassen, dann brauchen wir die Dinger nicht.«

Jetzt sah sie enttäuscht aus. Ihr kleines dummes Gesicht fiel in sich zusammen wie ein wackeliges Kartenhaus. Sam, der beschlossen hatte, bei Natalies Spiel mitzumachen, bis ihm etwas Besseres einfiel, rang verzweifelt um Fassung. Die Schlampe tat so, als hätte sie das Rad neu erfunden, dabei hatte er längst an Walkie-Talkies gedacht. Er war sich nur nicht sicher, wofür das gut sein sollte. Schließlich hatte er nicht vor, hier unten einzuziehen.

»Solange die Situation so ist, wie sie ist, wird uns das helfen«, sagte sie mit beleidigtem Unterton.

Sam nickte. Irgendwie hatte sie ja recht. Er legte das Walkie-Talkie auf die Tasche neben die Rolle Klopapier, die er bisher nicht gebraucht hatte, und lenkte seine Aufmerksamkeit auf die prall gefüllte Tüte, die Natalie an einem Stück Schnur zu ihm hinuntergelassen hatte. Der Duft, der dieser entströmte, ließ seinen Magen turnen.

»Ist das Hähnchen?«, fragte er, als er an dem in Alufolie gewickelten Sandwich schnupperte.

»Ja.«

»Wow, danke!« In der Tüte befanden sich außerdem zwei Schachteln Zigaretten samt Feuerzeug, ein paar Zeitschriften, eisgekühlte Coladosen und Süßigkeiten. Er hätte es auch schlechter treffen können. Wenn die Kleine nicht aufgekreuzt wäre, befände er sich inzwischen wahrscheinlich kurz vor der Dehydration.

Bevor er sich den Nahrungsmitteln widmete, steckte Sam sich eine Zigarette an und inhalierte so tief, dass seine Lunge sich schmerzhaft zusammenzog und er husten musste. Trotzdem genoss er die Kippe bis zum letzten Zug. Es war die beste Zigarette, die er je geraucht hatte. Als er wieder nach oben sah, hatte Natalie sich ebenfalls eine angezündet. Sie hatte es sich im Schneidersitz bequem gemacht und balancierte eine Coke auf dem Knie, während sie rauchte. Ihr Blick bohrte sich direkt in Sams Herz. *Die ist in mich verknallt*, stellte er trocken fest. Wenn er sich diesen Umstand nicht zunutze machte, war er selbst schuld.

»Leider kann ich nicht bleiben. Der Tag war ziemlich stressig und ich muss noch was für die Schule machen.«

»Oh, okay.« Er wusste nicht, ob er das gut oder schlecht finden sollte.

»Ich melde mich nachher noch mal.« Es war wohl als Versprechen gemeint, hätte aber auch eine Drohung sein können.

Sam beschloss, dass es an der Zeit war, die Bühne zu betreten. »Ich freu mich auf dich.«

Bingo! Natalie machte ein verdutztes Gesicht. »J-Ja«, stammelte sie. »Ich mich auch.«

»Dann bis nachher. Aber lass mich nicht zu lange warten.«

Sie lächelte. »Bestimmt nicht.«

War die Nuss jetzt geknackt? Konnte es so einfach sein? Natalie strahlte bis über beide Ohren, als sie sich erhob und Sam zum Abschied winkte. Er lächelte zurück und hob ebenfalls die Hand.

Und Schnitt! Wenn das kein gelungener Auftritt war, wollte er die verdammte Klopapierrolle fressen!

***

Er behauptete, sich auf sie zu freuen, was eigentlich nur gelogen sein konnte. Immerhin war er so etwas wie ihr Gefangener und es gab keinen Grund, weshalb ihm das gefallen sollte. Natalie war nicht dumm. Ihr war klar, dass Sam alles tun würde, um seiner misslichen Lage zu entkommen.

Trotzdem wollte das liebesbedürftige Kind in ihr glauben, dass er es ernst meinte. Manchmal geschahen eben Wunder. Aus heiterem Himmel liefen sich Menschen über den Weg und merkten, dass sie füreinander geschaffen waren. Einfach so. Wenn sie Sam ansah, spürte sie eine Verbindung, derer sie sich kaum entziehen konnte, auch wenn sie jeglicher Logik entbehrte. Warum sollte er es nicht auch spüren? Die Diskrepanz zwischen den Dingen, die die Medien über ihn verbreiteten, und dem, was er ihr erzählt hatte, zeigte, dass er sich ebenso missverstanden fühlte, wie sie es zeit ihres Lebens getan hatte. Wer, wenn nicht er, verstand, wie es war, in einer Welt zu leben, in der man fremd und unbedeutend war?

Und wenn er diese Alice wirklich ermordet hat?, fragte sich Natalie auf dem Heimweg, während sie gegen den Drang ankämpfte, die Funktionsfähigkeit der Walkie-Talkies auf der Stelle zu testen. Eigentlich wollte sie damit warten, bis sie in ihrem Zimmer war und Ruhe hatte. Der graue Alltagsbrei ließ sich leichter ertragen, wenn man etwas hatte, worauf man sich freuen konnte. Sie kam zu dem Entschluss, dass ihr die Vorstellung, es könne sich bei Sam um einen Killer handeln, nicht so viel Angst machte, wie sie sollte. Falls er Alice Krueger tatsächlich getötet hatte, gab es bestimmt eine Erklärung, vielleicht war es ein Unfall gewesen.

Vielleicht können wir gemeinsam abhauen, schoss ihr ein bisher erfolgreich verdrängter Gedanke durch den Kopf. Verrückt war das, aber trotzdem spannend! Sie könnten über die Grenze nach Kanada flüchten und dort ein neues Leben beginnen. Natalie hatte sich immer eine Farm mit eigenen Ländereien und Tieren gewünscht. Hoch im Norden konnte man diese Dinge zu einem Spottpreis haben. Nicht umsonst floss in ihren Adern das Blut einer Indianerin. Sie würde ihr Glück finden und gleichzeitig das Erbe ihres Dads ehren. Warum sollte ihr das nicht vergönnt sein? Viel zu lang hatte sie sich versteckt und zugelassen, dass die Person, die sie wirklich war, ins Abseits gedrängt wurde.

Als sie durch die Verandatür ins Wohnzimmer trat, war Natalie so in Gedanken versunken, dass sie ihre Mutter gar nicht wahrnahm. Sie ging davon aus, dass Helen wieder mal im Bett lag – als sie nach dem Einkaufen kurz hier gewesen war, war das der Fall gewesen – und marschierte schnurstracks zu ihrem Zimmer, wo sie genug Essen und Getränke gebunkert hatte, um notfalls ein paar Tage durchzuhalten. Sie konnte es kaum erwarten, Sam mit dem Walkie-Talkie zu kontaktieren, während sie bequem eingekuschelt in ihrem Bett lag. Sie hielt das Schicksal eines gefährlichen Kriminellen in ihren Händen, der da draußen in der Falle saß und nur beten konnte, dass sie ihn nicht im Stich ließ. Dieses Gefühl war besser als jeder Orgasmus. Vielleicht würde sie sich sogar selbst befriedigen, während sie mit Sam per Funk verbunden war. Sie wurde schon feucht, wenn sie nur daran dachte.

»Wo bist du gewesen?« Als Helens Stimme erklang, fuhr Natalie erschrocken herum. Sie konnte sich nicht erinnern, wann ihre Mutter sich das letzte Mal nach ihrem Verbleib erkundigt hatte. Auf jeden Fall hätte sie sich keinen ungünstigeren Zeitpunkt aussuchen können.

»Nur … draußen«, antwortete sie abgehackt.

Helen sah für ihre Verhältnisse ziemlich gut aus. Sie trug eine karierte Bluse und saubere Bluejeans und hatte die Haare zu einem Pferdeschwanz zusammengebunden.

»Draußen?«, hakte sie mit hochgezogenen Brauen nach. Heute Abend schien sie ganz sie selbst zu sein. Keine Spur von dem pochenden Wurm, den Natalie so verabscheute, dabei wäre er ihr in diesem Moment fast schon willkommen gewesen.

Sie nickte. »Das Wetter war so schön, dass ich nach dem Einkaufen noch einen Spaziergang gemacht habe.« Sie lachte etwas atemlos. »Jetzt ist es aber spät geworden und ich muss unbedingt noch was für die Schule machen.«

»Wollen wir nicht zusammen essen?«

Verspätet nahm Natalie den Duft aus der Küche wahr. War sie verrückt geworden oder hatte ihre Mutter tatsächlich einen Braten in der Röhre? Auf der Theke standen ein großer Topf mit geschälten Kartoffeln und eine Schüssel mit frischem Salat. »Äh …« Im ersten Moment wollte sie Nein sagen, bevor sie sich eines Besseren besann. Sam würde nachher auch noch da sein, was auf Helens geistige Zurechnungsfähigkeit nicht unbedingt zutraf. »Doch klar, Mom, ich freu mich.« Sie stellte ihren Rucksack ab, in dem das Walkie-Talkie steckte, das sie sicherheitshalber ausgeschaltet hatte.

Bei diesem Abendessen erlebte Natalie ein paar der letzten schönen Momente mit ihrer Mutter. Obwohl sie nervös war und immer wieder an Sam denken musste, der womöglich gerade versuchte, sie zu erreichen, gelang es ihr, das Essen zu genießen und ein anregendes Gespräch mit ihrer Mutter zu führen, die schon lange nicht mehr so positiv gestimmt gewesen war. Sie redeten über Natalies Schwester, die Schule und irgendeinen Quatsch, den sie im Fernsehen gesehen hatten. Zu guter Letzt erwähnte Helen sogar den Gefängnisausbruch, über den in den Nachrichten berichtet wurde.

»Was glaubst du, wohin der Kerl abgehauen ist?«, wollte Helen wissen.

Natalie zuckte mit den Schultern. »Ich würde nach Kanada gehen«, meinte sie, was ihrer Mutter ein herzhaftes Lachen entlockte.

»Meine kleine Träumerin.«

Danach unterhielten sie sich noch eine Weile über die Corona-Pandemie und die in ihren Augen widersprüchlichen Maßnahmen der Regierung.

»Ich werde mich auf jeden Fall impfen lassen«, erklärte Helen, die vor Kurzem nicht mal in der Lage gewesen war, sich die Zähne zu putzen. Unfassbar, was diese verfluchte Schizophrenie aus dem Gehirn eines Menschen machte.

»Ich auch«, stimmte Natalie zu, obwohl sie sich noch gar keine Gedanken über das Thema gemacht hatte.

»Diese verdammten Impfverweigerer gehören alle weggesperrt, wenn du mich fragst«, setzte Helen gleich noch einen drauf.

Natalie nickte und dachte an Sam, der auf gewisse Weise ebenfalls weggesperrt war. Was er wohl von dem ganzen Pandemie-Wahnsinn hielt? Vielleicht konnte sie ihn später fragen.

Dann wechselte Helen das Thema und erkundigte sich nach ihren Fortschritten in der Schule und Natalie musste sich so aufs Lügen konzentrieren, dass sie ihr Geheimnis im Wald vorerst vergaß.

***

In den folgenden Wochen wurde das Wetter warm und feucht, womit es seinem gemäßigt subtropischen Charakter alle Ehre machte. Die Medien waren fleißig mit Covid-19 beschäftigt und berichteten nur noch sporadisch über den flüchtigen Samuel McIntosh. Wenn er demnächst nicht irgendwo auftauchte, würde er bald in Vergessenheit geraten. Zu ihrem eigenen Verdruss verbrachte Natalie immer weniger Zeit im Wald und traute sich oft erst spät abends das Walkie-Talkie einzuschalten, wenn sie sicher sein konnte, dass ihre Mutter schlief. Helen Cooper hätte sich für die Regeneration ihrer geistigen Gesundheit keinen schlechteren Zeitpunkt aussuchen können. Die Krankheit verlief in Schüben, doch so gut wie in den letzten Wochen war es Natalies Mutter lange nicht gegangen. Dies hatte zur Folge, dass sie sich wieder vermehrt um sich selbst, den Haushalt und ihre Tochter kümmerte, die derzeit nicht viel mit elterlicher Fürsorge anfangen konnte. Sie wollte zwar, dass es ihrer Mom gut ging, hatte aber keine Lust auf die Reglementierungen, die mit deren Genesung einhergingen. Helen nahm sogar am Elternsprechtag teil, wo sie all das erfuhr, was Natalie zuvor erfolgreich von ihr ferngehalten hatte. Ihre schulischen Leistungen hatten in den letzten Monaten deutlich nachgelassen. Nun wollte Helen sie beim Lernen unterstützen und hatte damit angefangen, ihre Hausaufgaben zu kontrollieren. Außerdem war sie beim Arzt gewesen, um ihre Medikation neu einstellen zu lassen und hatte sich auf Jobsuche begeben – bisher allerdings erfolglos. Aus der Bruchbude, in die sich ihr Heim verwandelt hatte, wurde Schritt für Schritt ein richtiges Zuhause. Helen schaffte sogar ein paar kleine Reparaturen am Haus, für den Rest wollte sie einen Nachbarn beauftragen.

Nichts davon geschah zum ersten Mal. Natalie hatte ihre Mutter steigen und fallen sehen und war staunend dabeigestanden, wenn Helen ihre Persönlichkeiten wie Kleidungsstücke wechselte. Im Laufe der Zeit waren die guten Episoden allerdings seltener geworden und die schlechten hatten überhandgenommen. Leider trieben ihr plötzliches Interesse am Tagesablauf ihrer Tochter und die zunehmende Kontrollsucht Natalie in den Wahnsinn. Plötzlich musste sie sich für jeden Pups rechtfertigen. Helen wollte wissen, warum sie mehr einkaufte als sie benötigten und wohin die Sachen verschwanden. Das ging so weit, dass sie Natalie eine Bulimie andichtete und an der

Tür lauschte, wenn die zur Toilette ging. Auch ihre Finanzen kontrollierte Helen nun akribisch und bestand immer öfter darauf, Einkäufe selbst zu erledigen. Damit zwang sie Natalie, Sams Rationen von ihren eigenen Mahlzeiten abzuzwacken. Oft hungerte sie in der Schule und gab Sam ihr Mittagessen. Sie verlor an Gewicht, was Helens Verdacht einer Essstörung erhärtete.

All das ging nicht spurlos an Sam vorbei, dessen Misstrauen täglich zu wachsen schien. Er hatte bereits begonnen, sich zu öffnen und ein bisschen mit ihr zu flirten, doch seitdem sie ihn nicht mehr richtig versorgte, rangierte die Stimmung am Nullpunkt. Manchmal sprachen sie kein Wort, wenn Natalie Essen brachte oder den Eimer leerte. Sams Flüche ignorierte sie. Das Walkie-Talkie, über das sie sich in den ersten Nächten stundenlang unterhalten hatten, blieb oft ausgeschaltet in Natalies Schrank liegen. Sie hatte versucht, die Situation zu erklären und ihm versichert, dass diese Phase bald vorbei sein würde. Sobald Helen den nächsten psychotischen Schub erlitt, würde alles wie am Anfang sein. Leider verhielt Sam sich wenig kooperativ und schien sich nicht in ihre Lage hineinversetzen zu wollen. Sobald sie miteinander sprachen, versuchte er Natalie zu seiner Freilassung zu drängen. Andere Unterhaltungen waren kaum möglich, von Flirtversuchen und Komplimenten konnte sie nur noch träumen.

Natalie hatte lange unter der psychischen Erkrankung ihrer Mutter gelitten und jede Nacht für Helens Genesung gebetet, doch als Sam in ihr Leben trat, wurden ihr auch die Vorteile bewusst, die mit dem labilen Geisteszustand ihrer Mutter einhergingen. Im Laufe der Zeit hatte sie sich so daran gewöhnt, ihr eigenes Ding zu machen, dass eine Welt zusammenbrach, als Helen sich plötzlich wieder in ihr Leben einmischte. Die Existenz des Mannes im Brunnenschacht, den sie irgendwie dazu bringen wollte, sich in sie zu verlieben, so wahnsinnig und dumm das klingen mochte, hatte ihr völlig neue Perspektiven eröffnet. Inzwischen gestand sie sich ein, dass sie mehr für Sam empfand als der Rest der Welt es für gut oder normal halten würde. Die Vorstellung, ihn zu ›verlieren‹, jagte ihr eine Heidenangst ein, weshalb sie es tunlichst vermied, darüber nachzudenken, wie es enden könnte. Natürlich war ihr bewusst, dass Sam kein Tier war, das man in einem Käfig hielt und von draußen bestaunte. Er gehörte ihr nicht und sie hatte kein Recht – unabhängig von dem Verbrechen, das er begangen hatte –, ihn dort unten gefangen zu halten. Andererseits gab es inzwischen keine Alternativen mehr. Wenn sie die Polizei verständigte, würden alle erfahren, was sie getan hatte. Sam würde höchstwahrscheinlich gegen sie aussagen und die Umstände sprachen ohnehin für sich. Letztendlich bliebe ihr nur die Option, ihn eigenhändig freizulassen. Dann würde sie ihn wahrscheinlich nie wiedersehen. Sie hatte also gar keine andere Wahl, als ihn im Schacht zu lassen, bis er eingesehen hatte, dass sie zusammengehörten, wozu es mehr als eines kleinen Flirts bedurfte. Im Moment würde Sam ihr alles erzählen, um freizukommen. Ob und wann sie ihm glauben konnte, würde die Zeit zeigen. Niemand konnte sich in einer solchen Extremsituation dauerhaft verstellen. Sams Wut und Frustration waren nachvollziehbar, dennoch musste er sich seine Freiheit an den Hut stecken, solange die negativen

Emotionen überwogen. Natalie kam nicht umhin, beim Erteilen dieser Lektion eine gewisse Befriedigung zu verspüren. Solange sie die Fäden in der Hand hielt, war alles im grünen Bereich.

Vier Wochen, nachdem sie Sam das erste Mal in die Augen geblickt hatte, verbrachte Natalie einen ruhigen Abend mit ihrer Mutter, ohne viel an den gefangenen Sträfling zu denken. Nach dem Abendessen – es hatte Steak mit selbst gemachten Pommes und frischen Prinzessbohnen gegeben – übten sie Französisch. Natalies Leistungen hatten sich leicht verbessert, seit sie sich von ihrer Mutter helfen ließ. Später gab es ein üppiges Dessert mit Sahnetörtchen und Obstsalat. Natalie saß auf der Couch vor dem Fernseher und hatte sich gerade einen großen Löffel Sahne in den Mund geschoben, als sie plötzlich an Sam denken musste. Sie war heute nicht bei ihm gewesen. Keine Zeit. Und gestern? Erschrocken stellte sie fest, dass sie sich nicht erinnern konnte, wann sie das letzte Mal im Wald gewesen war, um ihn mit Lebensmitteln zu versorgen. Bei ihrem letzten ›Besuch‹ war der Schacht ausgetrocknet gewesen. Geregnet hatte es seither nicht. Ob Sam noch genug Wasser hatte? Natalie spürte einen Stich im Magen, plötzlich schmeckte die Sahne so widerlich, dass sie sie am liebsten ausgespuckt hätte.

Der Gedanke, der ihr letzte Nacht im Bett gekommen war – *vielleicht lernt er mich mehr zu schätzen, wenn ich mich zwischendurch etwas rarmache* – erschien ihr nun unmenschlich und übertrieben grausam. Sie war wie ein Kind, das das Interesse an seinem Haustier verlor und den kleinen Hamster schließlich elendig in seinem Käfig verhungern ließ. Nur dass es Natalie keinesfalls an Interesse mangelte, auch wenn sie in den letzten Tagen bestimmt weniger an Sam gedacht hatte als er an sie.

Vielleicht ist es das, überlegte sie, während sie blind auf den Fernsehbildschirm starrte und auf ihrem Essen herumkaute, ohne etwas zu schmecken. *Seine Rolle in deinem Leben wird kleiner, während deine für ihn ins Unermessliche steigt.*

Sie beschloss, ihn nachher anzufunken. Zum Glück war die neue, geistig gesunde Version ihrer Mutter eine Frühaufsteherin und ging dementsprechend zeitig zu Bett. Wenn Sam clever war, hatte er sich in den letzten Tagen geschont und viel geschlafen. Ein Mensch, der unter Nährstoffmangel litt, tat gut daran, seine Reserven zu sammeln, und wer nichts zu trinken hatte, sollte das Schwitzen lassen.

***

Sam ließ die Hand mit dem Walkie-Talkie sinken und kämpfte gegen den übermächtigen Drang, das verfickte Ding gegen die Wand zu schleudern. Er wusste nicht, wie oft er in den letzten Stunden versucht hatte, sie zu erreichen. Wie viele Male waren es gestern oder vor zwei Tagen gewesen? Inzwischen hatte er nicht nur das Wasser leer getrunken, sondern auch seinen gesammelten Urin. Der letzte Rest war bereits mehrfach durch seinen Körper gewandert. Sam hatte ewig nicht pissen müssen, weshalb er sich die letzten bitteren Schlucke gut einteilen musste. Als die kleine Bitch das letzte Mal hier gewesen war, hatte er sie angeschrien und eine verdammte Hure genannt. Da hatte sie ihm etwas Wasser, trockenes Brot und einen halben Apfel gebracht. Inzwischen hatte Sam sich daran gewöhnt, vom Knurren seines Magens geweckt zu werden. Am nächsten Tag war sie gar nicht aufgetaucht, obwohl er längst aufgegessen hatte. Außerdem musste der Eimer geleert werden, worin sie ebenfalls nachlässig geworden war. Sams Darm hatte inzwischen zwar keine Arbeit mehr, die letzten beiden Entleerungen befanden sich aber noch in dem Eimer zwischen seinen Beinen und lockten trotz Deckel die Fliegen an. Letzte Nacht hatte er einen Albtraum gehabt und so wild mit den Füßen gestrampelt, dass er das verdammte Ding umgestoßen und sich mit seiner eigenen Scheiße vollgesaut hatte. Sam hatte Klopapier benutzt, um seine Exkremente zurück in den Eimer zu befördern. Der Gestank blieb. Was hätte er dafür gegeben, sich zu waschen? Dabei hatte er nicht mal Wasser zum Trinken.

Er fragte sich, warum sie ihm das antat. War es Absicht oder war sie verhindert? Vielleicht wollte sie ihn bestrafen. Die letzten Male war er nicht besonders nett gewesen und seine Performance hatte unter dem Niveau eines schlechten Laiendarstellers rangiert. Die Schlampe machte ihn zu wütend, um ihr in den Arsch zu kriechen oder gar Verliebtheit vorzugaukeln. Ihm war bewusst, dass er sich selbst schadete, doch die heroischste Erkenntnis war keinen feuchten Furz wert, wenn man einfach nicht aus seiner Haut konnte.

Nicht mal am Walkie-Talkie war sie erreichbar, dabei hatte sie anfangs so euphorisch mit den Dingern geprahlt. Irgendwann musste sie doch reagieren! Oder nicht? Sam spürte, wie sich Tränen in seinen Augenwinkeln sammelten, als er das nutzlose Teil anstarrte, dessen Existenz die Aussichtslosigkeit seiner Lage zu verschlimmern schien.

Seufzend legte er es auf seinen Schoß. Die Tabletten waren ausgegangen, obwohl seine angebrochenen Rippen nur langsam heilten und ihn noch immer quälten. Trotzdem zwang er sich, regelmäßig aufzustehen, um seine Beinmuskulatur zu trainieren. Immer wieder dachte er an die Waffe, die er in Natalies Tasche aufbewahrte. Er bräuchte die Mündung nur unter sein Kinn zu halten und abzudrücken, um die ewige Erlösung zu erlangen. Es würde keine Sekunde dauern. Was hielt ihn davon ab?

Das Funkgerät in Sams Schoß erwachte so plötzlich zum Leben, dass sein Herz einen Sprung machte. »Sam? Bist du da? Over.«

Wo soll ich sonst sein, du Scheißschlampe! Er riss das Walkie-Talkie an sich und drückte auf den Sende-Knopf. Heiße Tränen liefen über seine Wangen. »Natalie?« *Heul doch nicht, Mann!* Aber genau das tat er. Wie ein gottverdammter Schlosshund! »Natalie?!«

»Ich bin hier … Over.«

Was bildest du dir ein, mich so zu behandeln, du verdammtes Dreckstück!? Im letzten Moment begriff Sam, dass er den Schalter umlegen musste, wenn er hier etwas erreichen wollte. Diese Bitch war so unberechenbar wie ein tollwütiger Wolf in einer Schafsherde. Wenn er sich im Ton vergriff, würde sie ihn weiter schmoren lassen, das war so sicher wie das Amen in der Kirche. Zum Glück hatte er im Knast gelernt, wie man die eigene Würde in den Staub trat. Nichtsdestotrotz bedeutete es den Gipfel der Erniedrigung, dies vor einem Teenie zu tun.

»Gott sei Dank! Ich hab mir Sorgen gemacht. Gehts dir gut? Over.«

Ob sein versöhnlicher Tonfall sie überraschte, ließ sie sich nicht anmerken: »Bei mir ist alles gut. Ich hatte nur viel um die Ohren. Tut mir leid, dass ich mich nicht früher gemeldet habe.« Ein Seufzen. »Over.«

Sam stellte sich vor, wie er die Hände um ihren Hals legte und so lange zudrückte, bis ihre Augen trüb wurden. *Over.* Er wollte die kleine Sau leiden sehen, bevor er ihr endgültig den Garaus machte. Was sie ihm antat, war schlimmer als die Misshandlungen, die er im Knast erlebt hatte. Es war, als hätte sie eine eitrige Wunde an seinem Körper entdeckt, in der sie nun mit fieser Gelassenheit herumstocherte, jede Menge Dreck und Salz hineinrieb und zu guter Letzt noch einen Haufen Scheiße draufsetzte. Um ihr das heimzuzahlen, musste er die Rolle seines Lebens spielen, ohne je zuvor auf einer Bühne gestanden zu haben. Als Kind hatte er Rollenspiele geliebt, doch da war es nicht um Leben und Tod gegangen. *Betrachte es als Motivationshilfe*, dachte Sam entschlossen.

»Schon gut. Ist wirklich alles in Ordnung?« Die Worte fühlten sich wie herausgewürgte Kotzeklumpen an und hinterließen einen ekelhaften Geschmack in Sams Mund. »Over.«

»Na ja …« Sie zögerte, versuchte wahrscheinlich in Gedanken abzuwägen, ob sie ihm vertrauen konnte. »Es ist immer noch schwierig mit meiner Mutter, ich hab dir ja von ihrer psychischen Krankheit erzählt, von der sie sich so plötzlich erholt hat. Als es ihr schlecht ging, hat sie oft nicht mal gemerkt, dass ich da bin, aber jetzt ist sie ständig um mich herum und will wissen, wie es mir geht und was ich mache. Deshalb konnte ich nicht zu dir kommen. Sie kontrolliert sogar meine Einkäufe …«

War das ein Schluchzen? Diesmal wartete Sam nicht auf das Over: »Ich weiß, dass du das nicht mit Absicht machst. Es muss schwer sein, die Launen eines psychotischen Menschen auszuhalten. Und ich …«

… *verrecke hier unten in meinem eigenen Dreck, du elendes Miststück!*

»… hab mir wirklich Sorgen gemacht.«

»Wirklich?« Sie schniefte.

»Wirklich.« In diesem Moment sah er sie überdeutlich vor sich. Mit diesem kleinen dummen Gesicht und den großen braunen Augen. Er wollte es zerquetschen, zertreten und zertrümmern, bis sie genauso aussah wie die tote Alice auf dem Süßkartoffelfeld! Doch erst mal musste er sich um ihr Herz kümmern. Sobald es ihm gehörte, konnte er alles mit ihr tun. »Ich hab dich vermisst, Natalie. Nicht weil ich Hunger habe, obwohl mein Magen schon ziemlich knurrt, sondern weil ich mich danach gesehnt habe, mit dir zu sprechen. Es tut mir leid, dass ich dich angeschrien habe. Ich hatte genug Zeit zum Nachdenken und weiß jetzt, dass du nur das Beste für mich willst. Du hast Angst, mich laufen zu lassen, weil sie mich dann vielleicht erwischen. Und du willst nicht, dass ich zurück in den Knast gehe, nicht wahr? Sonst hättest du längst die Bullen gerufen und die Belohnung kassiert. Ich war wütend, weil ich dachte, du würdest mich absichtlich quälen, aber du willst mich nur nicht verlieren, richtig? Weil du einen Freund brauchst, Natalie, ist es nicht so? Over.«

Geduldig wartete er darauf, dass sie sich sammelte. Vielleicht hatte er sich etwas weit aus dem Fenster gelehnt, ins Schwarze hatte er trotzdem getroffen, da war er sich sicher, denn er hatte diese bestimmte Art von Sehnsucht in ihrem Gesicht gesehen, die sich so schrecklich schwer begreifen ließ, während sie unter der Oberfläche wuchs und in die dunkelsten Winkel des Herzens eindrang. Die Sehnsucht eines jungen Menschen, der sich um sein Leben betrogen fühlte. Sam konnte sich an dieses Gefühl erinnern, doch anstatt sich Natalie tatsächlich verbunden zu fühlen, spürte er Hass. Weil sie ihm die Freiheit, um die er all die Jahre gekämpft hatte, direkt vor der Nase wegschnappte, ohne mit der Wimper zu zucken und weil sie die ihr in den Schoß gefallene Macht ausnutzte, als wäre es ihr gottgegebenes Recht, einen anderen Menschen wie den letzten Dreck zu behandeln.

»Das klingt so, als würdest du mich tatsächlich verstehen«, sagte sie schließlich, ohne ein Over hinzuzufügen.

»Ja, das tue ich, Natalie. Ich sehe deine Verzweiflung und deine Einsamkeit, deine Traurigkeit und deine Wut. Aber ich sehe auch, wie mutig du bist.« Er schluckte. »Und wie wunderschön. Over.«

Als sie nicht antwortete, hob Sam das Funkgerät nah an seine Lippen. »Bist du noch da, Süße?«, hauchte er. »Over.«

»Ja. Over.« Ihre Stimme war jetzt eine Oktave höher. Sam hatte sie am Haken. Es war beinahe zu simpel, um wahr zu sein, doch er wusste aus eigener Erfahrung, wie sich ein verzweifelter Mensch fühlte, der nach Jahren endlich das zu hören bekam, was er sich immer gewünscht hatte. Irgendwann erreichte man den Punkt, an dem man alles Misstrauen beiseiteschieben und nur noch glauben wollte.

»Ich muss dich unbedingt sehen. Over.«

»Jetzt?« Sie klang aufgeregt, überfordert, außer sich.

Jetzt oder nie, dachte Sam. Er hatte ihren wunden Punkt getroffen und durfte nicht lockerlassen. »Ja, sofort! Es ist mir egal, ob du mir was zu essen bringst. Ich will dich auf jeden Fall sehen und mit dir reden. Over!«

»Aber ich …«

»Wenn ich dir nicht egal bin, Natalie, und wenn du nur einmal, seit wir uns kennen, darüber nachgedacht hast, wie es wäre, mich richtig kennenzulernen, dann kommst du jetzt zu mir! Over.«

»Okay.« Sie seufzte. »Ich komme. Over.«

»Ich warte auf dich.« Es sollte ein Scherz sein, doch sie antwortete nicht. »Over!«

Sie war weg. Diesmal hatte Sam alles gegeben. Schwer atmend lehnte er sich zurück, schloss die Augen und hoffte auf den Oscar.

***

Als Natalie ihr Zimmer verließ, schlug ihr Herz so heftig, dass sie es an Stellen ihres Körpers spürte, wo es gar nicht sein durfte. Die Stimme der Vernunft meldete sich aus einem entlegenen Winkel ihres Verstandes und versuchte ihr klarzumachen, dass sie Sam nicht vertrauen konnte. Sie wusste doch, dass er buchstäblich alles tun und sagen würde, um seiner misslichen Lage zu entkommen!

Klar war das so. Trotzdem hatten seine Worte und die ungewohnte Stimmlage etwas in ihr ausgelöst, dem sie sich unmöglich entziehen konnte.

Ich muss ihn ja nicht freilassen, dachte sie entschlossen. *Alles liegt in meiner Hand und das weiß er. Wenn er mich nur vollschleimen will, werde ich es merken und ihn erst recht im Stich lassen. Ich glaube nicht, dass er das riskieren will.*

Das glaubte sie, doch was wusste sie wirklich von dem Mann, den sie da draußen gefangen hielt? Er war ein gesuchter Schwerverbrecher und hatte ein Mädchen in ihrem Alter getötet, was wohl kaum die Grundlage für irgendeine Art von Beziehung war. Sie durfte nicht zulassen, dass er sie manipulierte!

Natürlich nicht, alles gut, versuchte Natalie ihr flatterndes Herz zu beruhigen. Sie schlüpfte aus ihrem Schlafshirt und zog sich rasch an, indem sie wahllos nach Klamotten griff, die auf dem Fußboden herumlagen – Jeans, T-Shirt, Sweater, Sneakers. Dann leerte sie ihren Schulrucksack aus, warf Handy und Funkgerät hinein und schlich in die Küche, um Lebensmittel einzupacken. Kekse, Wasser, Obst. Sie dachte nicht daran, dass ihre Mutter etwas vermissen könnte, sondern nur, dass Sam enttäuscht sein würde, wenn sie mit leeren Händen auftauchte, auch wenn er das Gegenteil behauptet hatte. Solange Helen schlief und Natalie das Haus ungesehen verlassen konnte, war ihre Welt für den Moment in Ordnung, der nächste Morgen war nie weiter weg gewesen. Sie holte die verbliebene Taschenlampe aus dem Schrank, vergewisserte sich, dass sie funktionierte, warf sich den Rucksack über, löschte das Licht in der Küche und lauschte dem beruhigenden Schnarchen ihrer Mutter, das nur eine Nuance lauter als ihr eigener Herzschlag war, bevor sie aus dem Haus huschte.

Alles gut.

***

So spät war Natalie noch nie im Wald gewesen. Sie war überrascht, wie laut es hier um diese Zeit war und wie schwer sich die Geräusche einordnen ließen. War das eine Eule oder schrie eine Frau? Stritten dort drüben im Gebüsch Waschbären oder keifte eine Hexe? Bellte da ein Fuchs oder war es ein kleines Kind? Wenn ihr eigenes Herz nur nicht so laut gewesen wäre! Sie leuchtete auf den Weg, um nicht über Wurzeln oder Steine zu stolpern und lief so schnell sie konnte. Welche Tiere gab es eigentlich hier draußen? Von Waschbären und Stinktieren ging keine Gefahr aus, aber was war mit Bären und Pumas? Oder gab es die nur weiter im Norden?

Jetzt bereute Natalie, selten in Geografie und Biologie aufgepasst zu haben. Bisher hatte sie sich wenig Gedanken über das Waldleben gemacht, aber nun fiel ihr der Waschbär ein, der sich in ihre Waschküche verirrt hatte, als sie fünf war. Mom hatte versucht, das verschreckte Tier mit einem Besen zu vertreiben, während Jennifer hysterisch geschrien hatte. Zum Glück war Dad zur Stelle gewesen, der damals noch nicht so viel getrunken hatte. Er war die Ruhe selbst, als er den zähnefletschenden Waschbären mit einem Wischmopp nach draußen dirigiert hatte. Natalie erinnerte sich an seine Worte, als wäre es gestern gewesen: *»Der arme Kerl hat mehr Angst vor uns als wir vor ihm!«* Jacy Cree hatte natürlich recht. Hatte er das nicht immer? Als Indianer fühlte er sich besonders mit der Natur verbunden und versuchte, dies an seine Kinder weiterzugeben. Natalie konnte sich nicht erinnern, je mit ihrer Mutter im Wald gewesen zu sein, doch Dad hatte sie regelmäßig auf seine Streifzüge mitgenommen. Sie stellte sich vor, wie laut er lachen würde, wenn er sie jetzt sehen könnte. Die mutige Indianertochter, die sich vor ihrem eigenen Schatten fürchtete! Wenn man seinen Vater stolz machen wollte, musste man das anders anstellen. Auf der zweiten Hälfte des Weges riss sie sich zusammen und hielt sich bei jedem verdächtigen Kreischen und Knacken vor Augen, dass es hier draußen nichts gab, das sich weniger vor ihr fürchtete als sie sich vor ihm. Wobei das nicht nur auf die Tiere im Wald, sondern auch auf den Mann im Schacht zutraf. Manchmal vergaß Natalie, welches Blut durch ihre Adern floss, weil ihr Dad nicht mehr hier war, um sie daran zu erinnern. Dabei reichte ein Blick in den Spiegel, um ihr die Wahrheit vor Augen zu führen. Sie stammte von einem Volk ab, das es verstand, sich mit der Natur zu verbünden, ohne gegen sie zu kämpfen. Es gab keinen Grund, Angst zu haben. Weder vor dem Wald noch vor seinen Geschöpfen.

Als sie die Lichtung erreichte, beschleunigte Natalies Herzschlag dennoch, da sie gleich auf ein Geschöpf treffen würde, über das ihr Vater sie nichts hatte lehren können, wenngleich sein Spruch auch in diesem Fall zutreffend war, denn Sam McIntosh hatte bestimmt mehr Angst vor ihr als umgekehrt. Zumindest sollte er das.

Als Natalie bei dem Schacht angekommen war, ging sie in die Hocke und erhellte die Tiefe mit dem Schein ihrer Taschenlampe, wobei sie darauf achtete, Sam nicht direkt ins Gesicht zu leuchten. Der starrte mit fiebrigen Augen zu ihr empor. Er war bis zum Hals in die Decke gewickelt und sah schmutziger aus, als sie ihn in Erinnerung hatte, was an dem struppigen Bart liegen mochte, der den Großteil seines Gesichtes bedeckte. Um ihn nicht zu blenden, leuchtete Natalie auf seine Beine, zwischen denen ein Eimer stand, bei dessen Anblick sich ihr schlechtes Gewissen mit einem spitzen Stich meldete.

»Hi, Natalie.«

Sie war überrascht, wie freundlich er klang. War da ein Lächeln auf seinem Gesicht? »Hey. Tut mir leid, dass ich nicht früher gekommen bin.«

»Schon gut. Jetzt bist du ja hier.«

Die Sanftheit in seiner Stimme irritierte und erfreute sie gleichermaßen. »Ich hab dir was mitgebracht«, erklärte Natalie gönnerhaft. Sie öffnete ihren Rucksack und warf ihm nacheinander zwei Packungen Kekse, vier Wasserflaschen, eine Banane und zwei Äpfel zu. Sam fing die Sachen auf und legte sie sich in den Schoß. Dann öffnete er eine der Flaschen und trank gierig. Natalie setzte sich auf ihren Rucksack und betrachtete seinen hüpfenden Adamsapfel. Als er absetzte, war die Flasche fast leer. Rülpsend und schmatzend schien er ganz vergessen zu haben, dass er wie ein Affe im Zoo beobachtet wurde. Vielleicht war es ihm auch egal. Im Schein der Taschenlampen – seine war ebenfalls eingeschaltet und lag neben dem Eimer – verspeiste er die Banane und ein paar Kekse, bevor er Natalie wieder Beachtung schenkte.

»Das hab ich gebraucht«, bemerkte er mit vollem Mund. »Danke, Baby.«

So hatte er sie noch nie genannt. Obwohl sie das niemals zugegeben hätte, fühlte Natalie sich geschmeichelt. Es war eine milde Nacht und sie dachte, dass sie eine ganze Weile bleiben könnte, sofern sie das wollte. Sie hatte nie ein Date gehabt, doch das hier war so viel aufregender, als seinen Schwarm im Kino oder bei der Eisdiele zu treffen.

»Bitte versteh, dass ich dich nicht einfach freilassen kann.« Sie brachte es nicht über sich, ihn anzusehen und blickte stattdessen zu den schwarzen Bäumen. »Ich hab Angst. Keine Ahnung, warum oder wovor. Das klingt bescheuert, ich weiß, aber seit du hier bist, geht es mir irgendwie besser.« Sie wusste nicht, wie sie es sonst ausdrücken sollte. Vielleicht hatte sie bereits zu viel gesagt. Sie konnte nicht von ihm erwarten, etwas zu verstehen, das ihr selbst ein Rätsel war.

»Ich weiß, und es wird dir noch viel besser gehen, wenn du dir von mir helfen lässt. Du kannst mir vertrauen. Ich bin nicht dieses Schwein, das die Medien aus mir machen. Die haben mir mein Leben weggenommen, nur weil ich zur falschen Zeit am falschen Ort war. Ich hätte Alice nicht anfassen dürfen, als ich sie gefunden habe, aber was hätte ich sonst machen sollen? Ich wollte ihr helfen! Dass sie tot war, hab ich erst gecheckt, als ich ihre kalte Haut berührt habe. Ich wusste vorher nicht, wie kalt der Tod ist.«

Natalie hörte das unterdrückte Schluchzen in seiner Stimme. Während er ihr von jener Nacht auf dem Süßkartoffelfeld erzählte, sah sie alles wie in einem Film vor sich. Sie spürte Sams Schrecken, seine Trauer und die luftraubende Verzweiflung, die ihn dazu getrieben hatte, die Flucht anzutreten, obwohl er tief drinnen wusste, dass er es damit nur schlimmer machte.

Er erzählte auch von seiner Kindheit, und Natalie sah ihn vor sich, diesen kleinen rothaarigen Jungen mit dem schwarzen Herzen, das ihrem eigenen so schrecklich ähnlich war. Ein Teil von ihr hatte diese besondere Verbindung vom ersten Moment an gespürt. Ihn gehen zu lassen käme einem Verrat an der eigenen Seele gleich.

Natalie hörte die lauten, gemeinen Stimmen der Kinder, die Sam einen ›Kobold‹ schimpften. Sie spürte die kleinen, harten Fäuste, die auf ihn eindroschen. Sein Schmerz war ihr Schmerz, seine Verzweiflung brannte in ihrer Seele.

Der Umstand, dass er nicht lesen und schreiben konnte, machte seine Lage noch schlimmer. Natalie hörte sein Stammeln und spürte seine Schweißperlen auf der Stirn, während er sich im Unterricht beim Lesen abmühte und sich nichts sehnlicher wünschte, als auf der Stelle unsichtbar zu werden. Sie fühlte seine Scham, als er die Schule ohne Abschluss verließ und seine Panik, als ihn seine Großeltern auf die Straße setzten, weil sie nicht länger für ihn aufkommen wollten.

Auch er hatte seinen Vater verloren, als er klein war und war von seiner Mutter im Stich gelassen worden, die ihn eines Tages zu ihren Eltern fuhr und nicht mehr abholte. Plötzlich war er erwachsen und musste für sich selbst sorgen. Natalie teilte die Einsamkeit seines schwarzen Herzens und die Pein seiner schwarzen Seele. Er war obdachlos und trank zu viel Alkohol. Die Drogen waren seine einzigen Freunde. Sie spürte die Kälte in seinem Körper und seiner Seele, damals wie heute, und seine Erleichterung, als er endlich einen Job fand.

Die Arbeit auf der Farm stellte sich als wahrer Segen heraus. Sam hatte seine Bestimmung gefunden, sein Glück war das Licht in Natalies Dunkelheit. Er war sich für keine Arbeit zu schade, handwerklich geschickt und gern in der Natur. Endlich hatte er ein eigenes Einkommen und ein Dach über dem Kopf. Andere Menschen akzeptierten ihn und gaben ihm die Chance, sich zu beweisen. Natalie spürte die ungewohnte Wärme und den Jubel in seiner Brust. Sie spürte die Hoffnung, dieses kleine fiese Ding, das sich gern von hinten anschlich, um einem den Boden unter den Füßen wegzuziehen.

Vielleicht würde alles gut werden ... Doch dann passierte es: Die Familie des Farmers wurde bestohlen und der Verdacht fiel auf den fremden rothaarigen Jungen, den man vielleicht doch zu früh ins Haus gelassen hatte und den niemand gut genug kannte, um die Hand für ihn ins Feuer zu legen. Erneut gewannen Verzweiflung und Angst die Oberhand. Was gab es Schlimmeres als zerplatzte Hoffnungen? Wieder landete Sam auf der Straße, doch diesmal wollte er sein Schicksal nicht akzeptieren. Ausnahmsweise war ihm das Glück hold und er fand auch ohne Arbeitszeugnis eine neue Anstellung auf einer Süßkartoffelfarm.

Eine Zeit lang ging alles gut. Sam arbeitete hart, zeigte den Farmleuten, dass sie ihn nicht umsonst eingestellt hatten, und verliebte sich in deren Tochter. Wärme verwandelte sich in Hitze. Es war Liebe auf den ersten Blick. Sam im Glück. Mit seiner Alice schien alles möglich. Er dachte sogar an Heirat und Kinder. Verrückt und fatal. Leider hatten Alices Eltern andere Pläne für ihre Tochter. Sie schätzten Sam als gute Arbeitskraft, würden ihn jedoch niemals als Schwiegersohn akzeptieren. Deshalb wollte Alice die Beziehung geheim halten und Sam spielte mit, ihm blieb nichts anderes übrig. Natalie spürte, wie sein Herz von Liebe und Schmerz zerrissen wurde. Alice war sein Ein und Alles, während er als Affäre herhalten musste.

Anfangs nahm er, was er kriegen konnte, denn wenn einem der Sonnenschein verwehrt blieb, musste man eben mit dem Regen vorliebnehmen, doch irgendwann merkte er, dass sein Herz nur noch aus Splittern bestand und kurz vor dem Zerfall stand. Natalie konnte nichts so sehr nachempfinden wie den bösen, spitzen Schmerz eines zerbrochenen Herzens. Der Drang, Sam in den Arm zu nehmen, wurde übermächtig. Sie musste ihm zeigen, dass sie seinen Schmerz verstand. Sein Leid war ihres, weil ihre Herzen dieselbe Farbe hatten.

Sam berichtete von jener Nacht, als Alice gestorben war. Sie hatten sich heimlich im Wald getroffen und leidenschaftlich geliebt. Dennoch – oder deshalb – kam es im Anschluss zum Streit. Sam wollte, was Alice ihm verwehrte. Respekt, Akzeptanz und eine Zukunft.

Natalie spürte seine Wut als harten schwarzen Klumpen in ihrem Magen. Sam sehnte sich nach Sonne und konnte den Regen nicht länger ertragen, daher forderte er Alice auf, mit offenen Karten zu spielen und ihren Eltern die Wahrheit zu sagen. Natalie wusste, wie verzweifelt er war. Liebe war etwas Wunderbares, doch Gnade Gott all jenen, deren Opfer sie forderte.

Sie sah die beiden Liebenden vor sich, mit geröteten Wangen und zerzausten Haaren. Eben hatten sie sich noch geliebt, doch nun keiften sie wie Straßenköter. Das

Leben war nicht nur schwarz und weiß, sondern auch bunt.

An diesem Abend war es rot. Es begann mit einem hellen Ton, der an den Sonnenaufgang erinnerte, und endete mit der Färbung von dunklem Herzblut. Sie schrien und schimpften und warfen sich Worte an den Kopf, für die sie sich später schämen würden. Schließlich rannte Alice weg, in Tränen aufgelöst und nicht sie selbst. Vielleicht hatte sie an diesem Abend realisiert, dass sie sich zwischen ihrem Liebhaber und ihrer Familie entscheiden musste. Am Ende hatte sie die Entscheidung mit ins Grab genommen.

Natalie bedauerte sie und glaubte, ihre Emotionen nachvollziehen zu können, ohne sie je gekannt zu haben. Noch mehr fühlte sie aber mit Sam, der in dieser Nacht alles verloren hatte. Er würde sich nie verzeihen, dass er Alice gehen ließ. Im entscheidenden Augenblick hatte er gekniffen und sie nicht aufgehalten. Sie war laut und uneinsichtig und vergoss Tränen, die sein Mitgefühl nicht verdienten. Überwältigt von Wut, Enttäuschung und Angst sah er zu, wie sie davonrannte. Ihre schlanke Gestalt wurde von der Dunkelheit verschluckt, bevor ihr Schluchzen verklang. Aus Sams Kopf würde es niemals verschwinden und jetzt hörte Natalie es auch.

Sie sah das hübsche, weinende Mädchen mit den langen braunen Haaren, die wie ein dunkler Schleier hinter ihr her wehten. Bestimmt war ihr die Luft weggeblieben, als sie schluchzend und aufgeregt über das Feld rannte. War der Mond da gewesen oder hatte ihn eine Wolke verdeckt? Hatte Alice genug gesehen, um zu realisieren, wem sie da in die Arme lief? Sie kannte den Weg zu ihrem

Elternhaus, das sich am anderen Ende des Feldes befand. Wie oft hatte sie diese Strecke zurückgelegt als sie ein Kind war? Da hatte es im Wald Geheimnisse und Hexen gegeben, aber keine beleidigten Liebhaber. Hatte sie in ihren letzten Momenten daran gedacht, dass die Kindheit viel zu kurz war, aber nicht während sie passierte, sondern nur danach? Machte das einen Sinn? Hatte sie Sam wirklich geliebt oder war er nur ein Zeitvertreib gewesen, ein Abenteuer, ihr süßes, wildes Geheimnis? Tatsache war, dass sie weggelaufen und nicht zurückgekommen war – weil sie nicht konnte oder weil sie nicht wollte, niemand würde es je erfahren.

Sam brauchte Zeit, um runterzukommen. Er lief in den Wald, rauchte eine Zigarette nach der anderen. Wenn er damals ein Smartphone gehabt hätte, hätte er Alice anrufen oder ihr wenigstens eine Nachricht schicken können. Das hätte alles geändert oder später als Beweis für seine Unschuld gedient. Doch Sam hatte bis heute kein Handy. Er war allein mit seiner Wut und Enttäuschung und hatte keine Möglichkeit, seine Nerven zu beruhigen. Für einen Zeitraum, den er später nicht benennen konnte, saß er auf einem Baumstamm, rauchte und beobachtete das blasse Knochengesicht des Mondes, das zwischen den Zweigen hervorlugte. Die Kippen, die ebenfalls als Beweismittel gedient hätten, waren nie gefunden worden, da Sam sich erst Monate später daran erinnerte. Somit hatten sich die Ermittlungen ausschließlich auf das Feld konzentriert. Zusammen mit Natalie durchlebte er jene Nacht erneut, sah den Mond, lauschte den Geräuschen des Waldes und schmeckte die kratzigen Zigaretten.

Irgendwann stand er auf und ging Richtung Feld. Die Unterkunft, die er sich mit den mexikanischen Saisonarbeitern teilte, befand sich auf dem Farmgelände, etwa hundert Meter vom Haupthaus entfernt. Bevor er dort ankam, entdeckte er ein seltsames Bündel, das mitten auf dem Feld lag und vom Mond beschienen wurde, der just in diesem Moment durch die Wolken brach. Natalie spürte die Enge in Sams Hals, den bitteren Kloß in seiner Kehle und den schweren Klumpen in seinen Eingeweiden, als er Alices Jeansjacke erkannte, die ein paar Meter von ihrem nackten Körper entfernt lag. Er kam außerdem an ihren Schuhen und ihrem Kleid vorbei. Im Gespensterlicht des Mondes wirkte ihre Haut totenbleich und das Blut darauf schwarz wie Pech. Der seidene Slip, den Sam noch kurz zuvor bewundert hatte, hing zerrissen an ihrem Knöchel.

Was mit ihrem Gesicht passiert war, konnte er nicht richtig sehen. Oder wollte er nur nicht wahrhaben, dass sie keins mehr hatte? Natalie spürte die harte Erde, als Sam neben Alice niederkniete. Die Kälte der wächsernen Haut ließ sie schaudern, ihre Eingeweide wurden zu Wasser. Alice gab es nicht mehr. Jemand hatte sie kaputt gemacht und wie Abfall liegen lassen. So etwas konnte man nicht mal dann begreifen, wenn man es direkt vor Augen hatte. Natalie schauderte, als Sams Schilderungen sich wie Fotografien in ihren Verstand gruben.

Obwohl sie nicht begriff, wie ein Mensch Zähne statt Augen haben konnte, setzte sich dieses Bild in ihrem Kopf fest. Es verlieh der Ungeheuerlichkeit, die Alice Krueger widerfahren war, das Gesicht, das das arme Mädchen auf so schreckliche Weise verloren hatte. Natalie hatte dieses Bild noch nicht verarbeitet, als Sam ihr bereits das nächste einpflanzte. Es war der Stein, über den er stolperte und an dem Alices Haare und Hautfetzen klebten. Wer machte so was – und warum? In diesem Moment dachte Sam nicht nach. Der Schock saß zu tief. Warum er die Tatwaffe aufhob, konnte er sich nicht erklären. Vielleicht wollte er den Zusammenhang begreifen, der ebenso logisch wie unfassbar war. Dieser unüberlegte Griff besiegelte sein Schicksal.

Schließlich setzte die Panik ein und er beging den nächsten groben Fehler, indem er den Stein in sein Hemd wickelte und mitnahm, um ihn in den Fluss zu werfen. Niemand sah ihn, als er danach zurück in die Baracke kehrte, wo er sich wusch, seine Sachen packte und sich unverzüglich auf die Flucht begab. Seine blutigen Klamotten verbrannte er unterwegs. Per Anhalter schaffte er es bis Georgia, wo er sich ein Zimmer in einem billigen Motel nahm, um ein paar Stunden zu schlafen. Geweckt wurde er von einem Sondereinsatzkommando.

»Ich ließ mich widerstandslos festnehmen. Eine ordentliche Tracht Prügel hab ich trotzdem kassiert. Dabei war ich nicht mal bewaffnet«, sagte Sam mit einem Schulterzucken.

»Was hast du in dem Moment gedacht?«, wollte Natalie wissen, weil sie es ebenso nachfühlen wollte wie alles andere, was er ihr erzählt hatte.

»In solchen Momenten denkt man nicht. Mir war klar, dass ich geliefert bin, das ist alles.«

»Hattest du Angst vor dem Gefängnis?«

»Klar, wer hat das nicht? Am schlimmsten war aber das Gefühl, für etwas verurteilt zu werden, was ich nicht getan habe.«

»Hat dir wirklich niemand geglaubt?«

»Kein Schwein. Ich wollte denen klarmachen, dass es einer von den Mexikanern gewesen sein muss. Vielleicht auch mehrere. Ein paar der Typen waren kurz darauf verschwunden, doch dieser Spur wurde nie nachgegangen.«

»Sie hatten ja dich.«

»Richtig. Mir wurde unterstellt, ein perverser Rassist zu sein, der seine Tat Unschuldigen in die Schuhe schieben will, aber da ich es nicht war, können es nur die gewesen sein.«

»Warum haben sie nur von dir DNS gefunden?«

Sam lachte traurig. »Die haben doch gar nicht alles ausgewertet. Meine DNS war da, wo sie sie haben wollten, und damit war der Fall erledigt.«

»Du meinst, dein Sperma?«

»Unter anderem, ja.«

»Glaubst du, dass der oder die Täter ein Kondom benutzt haben? Oder wurde sie gar nicht vergewaltigt?«

»Natürlich wurde sie vergewaltigt! Oder denkst du, dass *ich* sie so zugerichtet habe?«

Natalie schüttelte den Kopf. Zumindest hoffte sie, dass Sam nichts dergleichen getan hatte. Sie konnte sich ja nicht in einen Mörder verlieben! Und da war es plötzlich: dieses kleine große Wort, bei dem ein Schwall heißer Lava durch ihr Inneres schwappte. Sie konnte sich nicht erinnern, je zuvor jemanden so sehr gewollt zu haben, außer vielleicht ihren Vater, aber das war etwas anderes, denn sie wollte Sam nicht nur in den Arm nehmen. Wenn sie ihn ansah, kamen Gefühle und Bedürfnisse in ihr auf, die sie bisher nur aus ihrer dröhnenden Metal-Traumwelt kannte. Und plötzlich war da noch ein anderes Gefühl, mit dem sie ähnlich wenig Erfahrung hatte: Mitleid. Sams erbärmlicher Anblick, wie er dort unten im Dreck saß und mit rot geränderten Augen zu ihr aufsah, machte ihr das Herz schwer. Er erinnerte sie an den weggeworfenen Teddybären eines zornigen Kindes, das nicht gelernt hatte, seine Sachen wertzuschätzen. Es tat ihr unendlich leid, dass sie bisher keine Lösung gefunden hatte, die es ihr möglich machte, ihn aus dieser misslichen Lage zu befreien.

»Vielleicht wurde ein Kondom benutzt oder es hat sich einfach niemand die Mühe gemacht, die Leiche richtig zu untersuchen. Heute spielt das keine Rolle mehr …«

Da fiel Natalie etwas ein. »Man könnte sie doch erneut obduzieren, oder? Das machen sie, um *Cold Cases* aufzuklären. Das sind alte Fälle, die …«

»Ich weiß, was ein *Cold Case* ist«, fiel Sam ihr ins Wort. »Leider habe ich niemanden, der mich unterstützt und einen teuren Anwalt kann ich mir nicht leisten.«

»Den brauchst du nicht unbedingt. In einer Doku hab ich gesehen, dass es Organisationen gibt, die sich für zu Unrecht Verurteilte einsetzen. Zum Beispiel Jurastudenten oder pensionierte Anwälte.«

Er ließ ein deprimiertes Lachen hören und schob sich einen Keks in den Mund. »Man merkt, wie jung du bist, Natalie. Ich war genauso. Jung, naiv und voller Hoffnung. Irgendwie kann man sich nicht vorstellen, dass das Leben nur dafür da ist, einen zu ficken, aber manchmal ist es genau so, weißt du? Es gibt Menschen, denen zeitlebens die Sonne aus dem Arsch scheint und dann gibt es Leute wie uns, die froh sein können, wenn sie einen einzigen Strahl abbekommen.«

»Wenn man nichts versucht, kann man auch nichts erreichen«, erklärte Natalie. Dass Sam sie mit sich verglich, verletzte und erfreute sie gleichzeitig.

»Das stimmt, aber man braucht ziemlich viel Kraft, um Dinge zu versuchen, die so aussichtslos sind wie meine Revision. Außerdem müsste ich zurück in den Knast, um das alles anzugehen.«

»Ich würde dir helfen«, sagte Natalie schnell. Tatsächlich gefiel ihr die Vorstellung, mit Sam in Kontakt zu bleiben, während er im Gefängnis saß. Vielleicht könnten sie dann eine Beziehung führen. Auch darüber hatte sie eine Dokumentation gesehen. Manche Frauen heirateten Häftlinge und bekamen sogar Kinder von ihnen.

»Deine Hilfsbereitschaft in Ehren, Süße, aber wie wärs, wenn du damit anfangen würdest, mich aus diesem Loch zu holen?«

»Du glaubst nicht, wie gern ich das tun würde …«

»Was soll ich sagen, damit du dich sicher fühlst? Am Ende sind das alles bloß Worte.«

»Das ist das Problem.«

»Die Frage ist: Was willst *du*? Hast du dir das überlegt, Natalie? Was muss passieren, damit du zufrieden bist?«

Natalie würde in ihr Herz hineinhorchen müssen, um die Antwort darauf zu finden, das wusste sie und konnte es doch nicht tun. Sam hatte recht. Er konnte ihr das Blaue vom Himmel versprechen, ob es der Wahrheit entsprach, würde sie erst herausfinden, wenn es zu spät war.

»Sei ehrlich zu dir, Kleine, das haben wir beide verdient.« Er steckte sich noch einen Keks in den Mund und spülte mit ein paar Schlucken Wasser nach, während Natalie versuchte, ihre Gedanken zu ordnen. War sie schon bereit, ihre Deckung fallen zu lassen? Plötzlich schauderte sie, obwohl die Nacht angenehm mild war. Warum ging sie überhaupt davon aus, dass Sam die Wahrheit sagte, obwohl die Medien das Gegenteil behaupteten? Wenn er Alice getötet hatte, war er auch für sie gefährlich. Und falls er unschuldig war, gab es trotzdem keine Garantie für seine Harmlosigkeit. Niemand konnte absehen, was so viele Jahre hinter Gittern aus einem Menschen machten. Die wenigsten Verbrecher wurden als solche geboren. Andererseits konnte man nicht gewinnen, indem man jedem Risiko aus dem Weg ging.

Und dann tat sie es einfach. Scheiß aufs Risiko! Was hatte sie schon zu verlieren? »Ich will, dass du mich mitnimmst.«

Er sah sie so lange und intensiv an, dass es, trotz der Entfernung zwischen ihnen, unangenehm wurde. »Ist das dein Ernst?«

»Sieht so aus«, sagte sie, obwohl sie es selbst nicht fassen konnte.

»Ich hab keine Ahnung, wie es weitergehen soll. Außerdem könnte es gefährlich werden. Die werden nicht zögern, auf mich zu schießen. Dir muss außerdem klar sein, dass ich überhaupt nichts besitze. Keine versteckte Beute oder so was. Ich muss bei null anfangen.«

»Das ist mir klar. Ich will dir helfen. So gut ich kann. Viel Geld hab ich nicht, aber für den Anfang ist es besser als nichts. Und wir können das Auto meiner Mutter nehmen. Die darf eh nicht mehr fahren wegen ihrer Medikamente.«

»Du meinst das wirklich ernst, oder?«, fragte er mit hochgezogenen Brauen.

Natalie nickte, obwohl sie selbst nicht verstand, was da aus ihrem Mund kam. Auf jeden Fall fühlte es sich richtig an und sie war erleichtert, es endlich ausgesprochen zu haben. Sie hatte die Karten auf den Tisch gelegt. Was er daraus machte, lag nicht in ihrer Hand. »Du hast keine Ahnung, wie lang ich mich schon danach sehne, von hier wegzukommen. Seit mein Dad tot ist, fühle ich mich falsch in der Welt. Na ja, ein bisschen falsch war ich wohl schon immer. Für jeden, den ich kenne, scheint es irgendeine Schublade zu geben. Sogar für meine Mom mit ihrer Schizophrenie. Nur für mich nicht. Ich hab noch nie irgendwo reingepasst. Schau nur, was ich hier mache. Falscher gehts nicht, oder?«

Plötzlich lächelte er und es war, als würde ein zentnerschwerer Betonklotz von Natalies Schultern fallen. Sie wusste, dass sie ihm nicht vertrauen konnte, er würde alles sagen, um aus diesem Loch zu kommen und bla, bla, bla … *No risk, no fun.* Sie würde es nie erfahren, wenn sie es nicht darauf ankommen ließ.

Sam war verdammt attraktiv, wenn er lächelte. Die Idee war natürlich verrückt, aber vielleicht würden sie tatsächlich zusammenbleiben. Oder sie starben auf der Flucht. Wie Bonnie und Clyde. Die meisten würden wohl sagen, dass der Anblick zerschossener Leichen nichts Romantisches an sich habe, doch Natalie hatte sich die Bilder des toten Gaunerpärchens im Netz angesehen und fand, dass es auf dieser Welt nichts Erstrebenswerteres gab, als die

Ewigkeit mit seinem Liebsten zu teilen. Weil es dem Leben Sinn einhauchte und den Tod relativierte.

»Okay«, sagte Sam. »Du hast dir das wohl gut überlegt, also lass es uns zusammen machen. Und wenn wir es über die Grenze nach Mexiko schaffen, spendiere ich dir einen Tequila.« Sein Lachen ging in einen schmerzhaft klingenden Hustenanfall über. Natalie schwankte zwischen irrer Freude und leichter Enttäuschung, weil sie lieber in den Norden geflüchtet wäre, um Jacy Crees Traum einer eigenen Ranch zu leben. Andererseits war Mexiko bestimmt auch eine Reise wert. Während sie darauf wartete, dass Sams Husten nachließ, betrachtete sie sein bärtiges Gesicht und die hagere Gestalt mit den Knast-Tattoos und fragte sich, was eigentlich in sie gefahren war.

Die Antwort blieb sie sich schuldig.

***

Es dämmerte bereits, als sie sich verabschiedeten. Bevor Natalie ging, leerte sie noch den Eimer und Sam tat so, als würde er ihr Würgen nicht hören.

»Bis später.« Sie klang so nervös wie er sich fühlte. Nach Einbruch der Dunkelheit wollte sie mit einem Seil zurückkehren. Sie sollte ein möglichst langes besorgen, damit sie es an einem Baumstamm befestigen konnte, denn aus eigener Kraft würde sie sein Gewicht unmöglich halten können. Sam hoffte inständig, dass er nicht zu geschwächt war, um daran aus dem Schacht zu klettern. Er würde sich in den nächsten Stunden schonen und seine verbliebenen Kräfte bündeln. Wenigstens konnte er seinen Fuß inzwischen wieder belasten und seinen Rippen ging es besser, auch wenn die Schmerzen beim Klettern wahrscheinlich neu aufflammen würden. Als Natalie weg war – Sam hatte ihr an der Nasenspitze angesehen, dass sie lieber geblieben wäre – lehnte er sich zurück und versuchte, ein wenig zu entspannen. Sein Hals und Nacken schmerzten vom stundenlangen Reden und nach oben Schauen. Wenigstens waren seine Mühen nicht umsonst gewesen. Endlich war es ihm gelungen, Natalies Vertrauen zu gewinnen und wenn alles gut ging, würde er heute Nacht ein freier Mann sein!

Bei aller Euphorie durfte er allerdings nicht vergessen, wohin ihn sein letzter Ausflug in die Freiheit gebracht hatte. Weder konnte er Natalie blind vertrauen noch die Lage abschätzen, in der er sich befinden würde, sobald er den verdammten Schacht verlassen hatte. Gott allein wusste, wer oder was ihn als Nächstes erwartete. Ganz zu schweigen von der Schwierigkeit, sich überhaupt aus diesem verfluchten Loch zu befreien! Bei seiner Flucht aus dem Gefängnis war Sam gut in Form gewesen, doch das war über einen Monat her und seitdem hatte er keine Möglichkeit gehabt, seine Muskeln zu trainieren, von seinen Verletzungen und der Unterernährung einmal abgesehen. Eine Fehleinschätzung seiner körperlichen Fähigkeiten könnte ihm ebenso zum Verhängnis werden, wie es bei Luke der Fall gewesen war. Außerdem würde er sich zu jeder Zeit vor Natalie in Acht nehmen müssen, schließlich gab es nichts Unberechenbareres als eine verliebte Teenagerin.

Eine gemeinsame Flucht stand für ihn nicht zur Debatte, auch wenn sein Auftritt diesmal so gut gewesen war, dass er sich den Scheiß fast selbst abgekauft hätte. Er musste also davon ausgehen, dass sie ziemlich sauer sein und kein gutes Haar an ihm lassen würde. Im Extremfall würde ihm vielleicht nichts anderes übrig bleiben, als sie aus dem Weg zu räumen. Er tat das nicht gern, befürchtete jedoch, dass sie ihm keine Wahl lassen würde.

Dieses verfluchte Gedankenkarussell machte Sam so müde, dass er einnickte und für ein paar Stunden vergaß, dass er noch immer in der Falle saß.

***

Das Letzte, womit Natalie rechnete, als sie durch die Verandatür ins Haus trat, war die Stimme ihrer Mutter: »Wo warst du?«

Ruckartig drehte Natalie den Kopf nach links, wo Helens schattenhafte Gestalt hinter der Küchentheke auszumachen war. Hier hatte sie gewartet, hatte im Dunkeln auf der Lauer gelegen wie ein Raubtier auf Beutefang. Warum konnte sie nicht wieder krank und verrückt sein? Ihre Psychosen hatten Natalies Leben so viel einfacher gemacht. Jetzt schaltete sie das Licht ein und stand da in ihrem mintgrünen Morgenmantel und den ordentlich zurückgekämmten Haaren. Das Gesicht glänzte von ihrer Nachtcreme und der Blick war so eisig und klar wie der Himmel an einem Wintermorgen. Plötzlich konnte Natalie sich nicht erinnern, diese Frau je geliebt oder auch nur gemocht zu haben. Wenn sie an die guten Zeiten ihrer Kindheit zurückdachte, tauchten viele Bilder von Dad auf, jedoch keins von Mom. Die war einfach nur da gewesen. Ohne Sinn und Zweck. Als Dad starb, musste Natalie sich mit ihr arrangieren, obwohl auf der Hand lag, dass

Jennifer Helens Lieblingskind war. Gegen ihre große Schwester kam Natalie nicht an, da konnte sie sich noch so bemühen und zum Affen machen. Zwischen Jennifer und ihr würden immer Welten liegen.

Hatte sie immer so empfunden oder konnte sie nicht mehr richtig denken, seit Sam in ihrem Leben war?

Wie kam Helen überhaupt dazu, plötzlich einen auf Mutter zu machen?

»Geht dich nichts an!«, giftete sie in Richtung des Muttertiers, das die Nase ein paarmal zu oft in Angelegenheiten gesteckt hatte, die es nichts angingen.

»Und ob mich das was angeht!« Mit wildem Blick und wehenden Mantelschößen kam es auf sie zu.

Natalie wich zurück. Das Muttertier drängte sie mit dem Hintern gegen die Couch. Es fasste sie nicht an – noch nicht – dafür spürte sie seinen warmen Atem im Gesicht. Da war ein Hauch von Knoblauch, der auf übelkeiterregende Weise von einer Schicht Pfefferminz überlagert wurde. Das Muttertier stieß eine unangenehme Hitze aus und aus seinen Augen sprühten Funken. Eigentlich war es noch immer verrückt, nur anders als früher. Schlimmer.

»Mit wem hast du dich getroffen? Ist das Rauch?« Es schnüffelte an Natalies Jacke. »Hast du *geraucht*?«

Natalie erinnerte sich an den Geschmack der Zigarette und den Duft der Nacht, der sie umhüllt hatte, während sie Sams Stimme gelauscht hatte. Tatsächlich hatte sie geraucht, aber es war nur eine einzige Zigarette gewesen. Den Rest hatte sie ihm gelassen, weil er noch ein paar Stunden da unten aushalten musste. Heute Abend wollte sie mit dem rettenden Seil zurückkommen, von dem sie derzeit nicht mal wusste, wie sie es beschaffen sollte. Wenn Helen weiter wie eine brütende Henne auf ihrem Geld hockte, würde sie es vielleicht stehlen müssen.

Das Muttertier. Der Begriff war so passend, dass Natalie sich fragte, warum er ihr nicht schon früher eingefallen war. Jetzt war er da und fraß sich wie Säure in ihr Gehirn. *Muttertier*. Ihr fiel kein Wort ein, das mehr Hass hervorrief.

»Wie lang geht das schon?«, wollte das Muttertier wissen. »Wer ist es?« Plötzlich war der Venenwurm wieder da, den Natalie fast vermisst hatte, nur dass er diesmal nicht von Wahnsinn, sondern von Wut kündete.

»Niemand«, stieß Natalie hervor. Dieses eine Wort erschöpfte sie über alle Maße. Es war umsonst und verschenkt. So wie jeder Aufwand von Energie, den sie ihrer Mutter je entgegengebracht hatte. »Ich war einfach nur draußen.«

»Einfach nur draußen!«, höhnte das Muttertier mit der pochenden Stirnvene. »Das glaubst du doch selber nicht!«

»Ich hab mich an Dad erinnert. Im Wald.« Kaum dass die Worte heraus waren, erschienen sie Natalie schon wieder sinnlos. Trotzdem setzte sie noch einen drauf: »Weil ich ihn nicht vergessen habe, wie du.«

Für einen Moment wurde der Blick des Muttertiers weicher und die Vene entspannte sich. Erinnerte es sich? Fühlte es etwas? Reines Wunschdenken!

»Halte deinen Vater da raus! Der Name eines Toten sollte einem Flittchen nicht als Alibi dienen!«

»Was?!« Natalies Unterkiefer klappte herunter. Sie sah wie ein kleines Mädchen aus, das gerade erfahren hatte, dass es verboten war, von den Brombeeren vom Strauch des Nachbarn zu naschen.

Das Muttertier schnaubte und schwitzte. Sein glänzendes Gesicht erinnerte Natalie an das überdimensionierte Antlitz der bösen Königin in der Filmversion von Alice im Wunderland. *»Kopf ab!«*, hatte die gebrüllt, wenn jemand nicht nach ihrer Pfeife tanzte. Dabei war sie diejenige, die man gern einen Kopf kürzer gesehen hätte …

Fair war das nicht! Ein Leben lang hatte Natalie um die Aufmerksamkeit ihrer Mutter – oder irgendeiner anderen Person – geheischt und nun bekam sie sie genau zum falschen Zeitpunkt. Wenn sie es richtig anstellte, würde Sam ihre Fahrkarte in ein neues Leben sein. Sie würde ihm die Freiheit schenken, während er den Ritter in der schimmernden Rüstung mimte. Vielleicht machte sie sich aber auch etwas vor und ihre Hoffnung auf ein besseres Leben war nur eine riesengroße Seifenblase, deren Platzen ihre ganze Welt in den Abgrund stürzen würde.

Das war ihre Chance! Die erste, einzige und letzte. Wenn sie das Muttertier gewinnen ließ, blieb ihr nur das, was sie schon hatte, mit einem kleinen Häubchen Scheiße obendrauf, falls Helen ihre Psychose im Griff behielt. Sie würde jede Menge kostbare Lebenszeit verlieren, bis alle Chancen endgültig ausgemerzt waren. Und sie würde niemals hier rauskommen. *Never ever.*

Plötzlich sah Natalie ihr vierzigjähriges Ich überdeutlich vor sich: Mit einem schlecht bezahlten Fabrik- oder Supermarktjob, der sie für immer an das Muttertier und dieses Haus fesseln würde. Vielleicht würde sie am Wochenende in der örtlichen Kneipe abhängen, sich volllaufen und von Typen aufreißen lassen, die sie unter normalen Umständen nicht mal mit dem Arsch angeschaut hätte. Vielleicht würde sie mit dem Muttertier zu Hause hocken und alte Folgen von *Criminal Minds* in Dauerschleife gucken, während sie sich jeden Tag fragte, ob die Alte – und sie selbst – nun eigentlich mit oder ohne Medikamente besser dran wären, und dabei niemals die Möglichkeit außer Acht ließ, dass man genauso gut *zu viele* Tabletten schlucken könnte. Vielleicht würde sie auch das ganz große Los ziehen, einen bierbäuchigen Bauerntrampel heiraten und mit einer Schar plärrender Bälger samt Hängetitten und ausgeleierter Muschi enden, während das Muttertier sie tagtäglich daran erinnerte, dass sie es auch schlimmer hätte treffen können. Jennifer hingegen würde in der Zwischenzeit Karriere machen und eine hübsche Vorzeigefamilie gründen. Die karge Realität bot mehr Möglichkeiten, als sie sich der verquerste Verstand auszumalen vermochte.

Tatsache war, dass Natalie dieses Leben in keiner Variante fortführen wollte. Die winzigste Idee von dem, was sie stattdessen haben könnte, reichte aus, um Sehnsucht und Hoffnung zu entflammen. Natalie fühlte sich vor Glück beschwipst, wenn sie sich das Leben ausmalte, das sie an Sams Seite führen könnte. Er war so anders als alle Menschen, die sie kannte und was sie verband, war stärker als alle Unterschiede. Dank ihr war er unentdeckt und am Leben geblieben. Sie hatte ihm dabei geholfen, wieder gesund zu werden und seine Fäkalien entsorgt, ohne sich zu beschweren. Seit einem Monat war sie der Mittelpunkt seines Lebens. Ohne sie würde er niemals frei sein, nein, nicht mal leben würde er ohne ihre Hilfe. Und jetzt kam dieses spätberufene Muttertier an, um ihr alles kaputt zu machen! Wollte sie das wirklich zulassen?

Mit einem Ruck riss Natalie die Arme hoch und stieß die Frau im Morgenmantel von sich. Helen kämpfte um ihr Gleichgewicht und konnte sich gerade noch an der Küchentheke festhalten. Ihre geweiteten Augen erinnerten an weich gekochte Eier. »Spinnst du?«

Darüber wollte Natalie gar nicht erst nachdenken. Sie eilte zu ihrem Zimmer, doch Helen war ihr dicht auf den Fersen und packte sie kurz vor der Tür an der Schulter.

»So einfach kommst du mir nicht davon, Madame! Du konntest viel zu lange machen, was du willst. Aber ich nehme jetzt meine Medikamente und so etwas wird nicht wieder passieren, das verspreche ich dir.«

Für Natalie war das kein Versprechen, sondern eine Drohung. Sie versuchte, ihre Mutter abzuschütteln. Dabei landete ihr Ellenbogen in Helens Gesicht, die mit einem überraschten Aufschrei gegen die Wand taumelte.

»Ich blute!«

Tatsächlich tropfte es rot aus ihrer Nase. Natalie hatte die Alte voll erwischt und spürte irrsinnigen Triumph wie heißes Öl in sich hochschwappen.

Das Muttertier war noch mit seiner blutenden Nase beschäftigt, als sie zum zweiten Schlag ausholte und ihre Faust in der Fratze der bösen Königin vergrub. Natalie spürte Blut und Rotz auf ihrer Haut.

Das Muttertier jaulte wie ein geprügelter Hund.

Du darfst nicht zulassen, dass sie dir dein neues Leben kaputt macht! Sie hat dir schon genug kostbare Zeit gestohlen! Dies war Natalies letzter, bewusster Gedanke, bevor der Schalter in ihrem Inneren sich endgültig umlegte. Wie von Sinnen schlug sie mit geballten Fäusten auf ihre Mutter ein, die zu überrumpelt war, um sich zu wehren, und schließlich zu Boden ging.

Natalies Arme fühlten sich taub an, aber sie hatte ja noch Füße. Es überraschte sie, wie weich und nachgiebig Helens Körper war. Als der Morgenmantel hinunterrutschte, gab er den Blick auf bleiche rotfleckige Haut frei. Die knochigen Hände versuchten, den viel zu großen Königinnenkopf zu schützen. Natalie trat sie weg. Dann rammte sie den Fuß gegen das Kinn des Muttertieres, bis der Kiefer mit einem lauten Knacken brach.

Das Geheule war ziemlich nervig.

Natalie trat den Schädel ein paarmal gegen die Wand und widmete sich dann dem knochigen Arsch, bis Kacke an ihrem Schuh war. Zu guter Letzt hob sie das Knie und ließ ihren Fuß auf Helens Rücken niedersausen. Das Knirschen erinnerte an berstendes Holz. Je öfter sie zutrat, desto geringer wurde der Widerstand, bis er sich vollständig auflöste und Natalie sich so fühlte, als würde sie auf einem Sack mit faulem Obst herumtrampeln. Aus Knirschen wurde Schmatzen. Trotzdem machte sie weiter, bis ihr schwarz vor Augen wurde und sie innehalten musste, um nicht in Ohnmacht zu fallen. Keuchend senkte sie den Blick.

***

Natalie brauchte einen Moment, um zu realisieren, was sie getan hatte. Erst jetzt bemerkte sie das Blut. Es war gegen die Wand gespritzt und bildete eine Lache unter Helens verkrümmtem Körper. Man musste ihr Gesicht nicht sehen, um zu wissen, dass sie tot war. Wie in Trance hob Natalie die Hände, die ebenso blutig waren wie ihre Schuhe und die Beine ihrer Jeans. Die Luft im Flur roch nach Kupfer und Scheiße. Ein Geruch, den sie nicht mehr loswerden würde. Während ihre Augen auf dem zertrümmerten, mit Hämatomen übersäten Rücken ihrer Mutter ruhten, wartete sie darauf, wieder klar denken zu können. Irgendwie wollte ihr Gehirn nicht richtig funktionieren. Ihre Gedanken geisterten in ausgefransten Fetzen durch ihren Kopf und ließen sich weder greifen noch halten. Dass sie soeben die eigene Mutter totgeschlagen hatte, kam ihr seltsam und unrealistisch vor. Wie die Szene in einem schlechten Film. Doch was ihr Verstand nicht begreifen konnte, sprach aus jeder Faser ihres Körpers. Ihre Schultern und Arme schmerzten, die Füße waren nahezu gefühllos, Lunge und Hals brannten. Erst später würde sie begreifen, dass sie wie am Spieß geschrien hatte, während sie auf ihre Mutter eingeprügelt hatte. Sie hatte sich die Lunge aus dem Leib gebrüllt – und vielleicht auch Teile ihres Herzens und ihrer Seele. Warum sie das getan hatte, ließ sich nicht erklären. Nichts davon. Fest stand, dass Helen nun kein Muttertier mehr war, sondern eine kaputte Hülle. Mit hervorquellenden Augen stand Natalie über der Leiche und wartete darauf, etwas zu fühlen.

Da war nichts.

Bestimmt hatte sie ihre Mom geliebt. Alle Kinder taten das. Doch als Helen immer kränker und verrückter geworden war, hatte Natalie begonnen, sich innerlich von ihr zu distanzieren. Die plötzliche – und reichlich verspätete – Wandlung zum Muttertier hatte sie dementsprechend verwirrt und überfordert. Wenn es zu einem früheren Zeitpunkt geschehen wäre, hätte sie besser damit umgehen und vielleicht sogar davon profitieren können, doch so war Helen einfach nur ein Störfaktor gewesen, den es zu eliminieren galt, bevor er zu einer ernsthaften Gefahr wurde.

Nun war nur ein verdrehtes, blau angelaufenes und blutverschmiertes Stück Fleisch von ihr übrig, das nach Scheiße stank. Kein Mensch, um den man trauerte, sondern Müll, der entsorgt werden musste.

Endlich konnte Natalie sich wieder bewegen. Sie wich ein paar Schritte zurück. Ihr Blick glitt von der Leiche weg und blieb an einem Pantoffel hängen, den Helen verloren hatte. Der zweite steckte wahrscheinlich noch an ihrem Fuß. Natalie wollte nicht nachsehen. Das würde sie früh genug tun müssen, wenn es darum ging, die Leiche wegzuschaffen.

Aber wohin?

Leider klappte das mit dem Denken immer noch nicht. Vielleicht lag es am Schlafmangel. Immerhin war sie die ganze Nacht auf den Beinen gewesen. Langsam ging Natalie auf ihre Zimmertür zu. Da drin würde sie nichts an die tote Frau im Flur erinnern. Dort würde alles wie immer sein. Ihr sicherer Hafen war von den Ungeheuerlichkeiten, die direkt vor seiner Tür stattgefunden hatten, unberührt geblieben.

Auf Beinen, die ihr nicht zu gehören schienen, schlurfte sie hinein und schloss die Tür. Und tatsächlich! Alles wie immer! Natalie starrte auf ihre Poster, als würde sie sie zum ersten Mal sehen. Die wilden Fratzen und teuflischen Posen wirkten auf makabre Art beruhigend. Verblüfft realisierte sie, dass sie noch immer ihren

Rucksack trug. Sie nahm ihn ab und zog ihr Handy heraus. Die AirPods waren in ihrer Hosentasche.

Natalie legte sich in voller Montur aufs Bett und steckte sie sich in die Ohren, das Smartphone legte sie auf ihren Bauch. Sekunden später dröhnte ein tiefer Bass in ihrem Kopf und als Corey Taylor zu singen begann – andere hätten es *schreien* genannt – sah sie Sams Lächeln und das Blitzen in seinen Augen vor sich. Sie malte sich aus, wie sie im Kugelhagel vor der Polizei flohen und schließlich in einem Motel landeten. Dort, unter der Dusche, liebten sie sich zum ersten Mal. Sie spürte seine weiche Haut, die darunterliegende feste Muskulatur, schmeckte das Salz auf seinen Lippen und den Zigarettenrauch auf seiner Zunge. Als seine Hände über ihren Körper glitten und an den Pobacken verharrten, rasten ihre Emotionen auf einen Höhepunkt zu, für den sie bereitwillig gestorben wäre.

***

Natalie erwachte in einer Mischung aus Schweiß und Blut. Die Sonne schien durchs Fenster und offenbarte das ganze Schlamassel, das sich auf ihren Klamotten und dem Bettzeug ausgebreitet hatte. Stöhnend richtete sie sich auf und nahm die AirPods heraus. Die plötzliche Stille hatte etwas Beunruhigendes an sich. Natalie lugte zu ihrem Rucksack und fragte sich, ob sie das Walkie-Talkie herausholen und Sam anfunken sollte. Für einen irrwitzigen Moment dachte sie sogar daran, ihm vom Tod des Muttertiers zu erzählen. Wer würde sie verstehen, wenn nicht er? Doch dann fiel ihr ein, dass Sam selbst – sofern man ihm glauben wollte – kein Mörder, sondern ein zu Unrecht Verurteilter war. Es gab also keinen Grund, weshalb er Verständnis für ihre Tat aufbringen sollte.

Aber ich hab es für ihn getan! Um ihn zu retten! Das muss er doch verstehen!

Leider konnte sie sich da nicht sicher sein. Sie kannte Sam zu wenig, auch wenn sie sich etwas anderes wünschte.

Als sie sich gerade aus dem Bett gequält hatte, ließ das plötzliche Schellen des Telefons sie mitten in der Bewegung erstarren. Der altmodische Apparat hing an der Wand in der Küche und wurde nur selten benutzt. Natalie machte alles mit dem Handy. Sie wusste, dass ihre Mutter manchmal Arzttermine über das Festnetz buchte. Wenn es klingelte, waren das meistens nervige Werbeanrufe. Natalie konnte sich nicht erinnern, wann sie zuletzt drangegangen war. Fest stand, dass sie es auch jetzt nicht tun würde. Das Klingeln verstummte und ließ sie nervös und verstört zurück. Als hätte jemand durch das Telefon direkt in den Flur und zur Leiche dort blicken können. Plötzlich konnte Natalie ihr Zimmer gar nicht schnell genug verlassen.

***

Das Erste, was sie erwischte, war der Gestank, auf den sie nicht vorbereitet gewesen war. Der Tag war heiß und die Luft dick wie Sirup. Natalie schluckte ein Würgen hinunter und hielt sich die Hand vor Mund und Nase. Ein paar dicke schwarze Fliegen hatten den Weg in den engen Flur gefunden und schwirrten geschäftig um Helens Körper herum. Immer wieder ließen sie sich auf der eingetrockneten Blutlache nieder, hoben ab und landeten erneut. Das Brummen penetrierte Natalie genauso wie der süßlich-faule Verwesungsgeruch, der den sterblichen Überresten ihrer Mutter entströmte. *Warum geht das so schnell?*, fragte sie sich, bevor ihr bewusst wurde, dass Helen seit mindestens sieben Stunden tot war, in denen die Temperatur stetig gestiegen war. Seltsam war hier nicht der Beginn des Zersetzungsprozesses, sondern dass dieser nur wenige Meter von ihr entfernt stattgefunden hatte, während sie wie ein Baby schlief.

Ich muss was tun! Irgendwas!

Im Moment konnte sie nur dastehen, den mit Hämatomen und Leichenflecken verunstalteten Körper ihrer Mutter anstarren und sich fragen, warum sie nicht wenigstens den verrutschten Morgenmantel über die Leiche gezogen hatte, bevor sie in ihr Zimmer geflüchtet war. Ob das viel geändert hätte, blieb dahingestellt.

Was mache ich jetzt? Ich kann sie unmöglich anfassen! Das schaffe ich nicht!

Natürlich würde sie es schaffen *müssen*. Das hatte sie sich selbst eingebrockt.

Wozu soll ich sie anfassen, wenn ich nicht mal weiß, wohin mit ihr?, jammerte Natalies Verstand. Dabei stand eine Sache fest: Die Leiche konnte auf keinen Fall liegen bleiben. Der Gestank würde schlimmer werden, sich im ganzen Haus ausbreiten und Tausende von Fliegen anlocken. Und dabei würde es nicht bleiben, denn jedes Kind wusste, was passierte, wenn diese Mistviecher ihre Eier ablegten. Ein grauenhaftes Bild erschien in Natalies Kopf: Maden! Die plumpen weißen Dinger waren überall. Sie krochen in Helens zerzausten Haaren herum, badeten in ihrem klebrigen Blut und gruben sich in ihr fauliges Fleisch. Die Frage war, was sie tun würden, wenn sie mit Helen fertig waren, wenn nichts mehr von ihr übrig war … Natalie sah sich nachts im Bett liegen und selig schlafen, während ein Bataillon zuckender Würmer über ihren Körper kroch, auf der Suche nach Öffnungen, um ihre ekelhaften Leiber hineinzuzwängen und zu fressen, fressen, fressen … Öffnungen hatte der menschliche Körper genug!

Wieder würgte sie und wandte sich angewidert vom Leichnam ihrer Mutter ab. Sie musste etwas gegen den Geruch und die Fliegen unternehmen.

Um besser denken zu können, eilte Natalie in die Küche, wo sie einen Kanister mit Orangensaft aus dem Kühlschrank nahm und sich damit an den Tisch setzte. Der kalte Saft war eine angenehme Erfrischung für ihre Kehle, auch wenn er ein bisschen in ihrem Hals brannte. Sie nahm große, gierige Schlucke und hörte erst auf, als ihr Magen zu krampfen begann. Plötzlich musste sie so dringend zur Toilette, dass sie auf dem Weg dorthin nicht mal auf die Leiche achtete. Natalie riss sich die Hose runter und landete so unsanft auf der Klobrille, dass sie sich die Schenkel stieß. Für einen Moment glaubte sie, sich übergeben zu müssen. Ihr Mund füllte sich mit dickem Speichel. Am Ende spritzte es aber nur hinten heraus.

Als Natalie fertig war, blieb sie zitternd sitzen. Sie war sich nicht sicher, ob es schon vorbei war, da sich ihr Magen-Darm-Trakt noch immer heiß und verknotet anfühlte. Allmählich ging es ihr besser. Sie putzte sich ab und stand vorsichtig auf. Die Spülung betätigte sie, ohne einen Blick in die Kloschüssel zu werfen. Erst jetzt fiel ihr auf, dass das Fenster über der Badewanne offen stand. Auch hier schwirrten Fliegen herum, die sich demnächst auf den Weg in den Flur machen würden. Natalie zog die Hose hoch und beugte sich über die Wanne, um das Fenster zu schließen, obwohl der Raum eine Lüftung bitter nötig gehabt hätte. Die verdammten Maden gingen ihr nicht mehr aus dem Kopf!

Als sie wieder in der Küche war, stellte sie den Saft zurück in den Kühlschrank, ohne erneut davon zu trinken, da sie ihrem Magen noch nicht über den Weg traute.

Wieder klingelte das Telefon und sie realisierte in einem erschrockenen Moment, dass sie der Schule ferngeblieben war, ohne sich zu entschuldigen. Vielleicht rief ihre Klassenlehrerin an. Vielleicht war die Polizei bereits auf dem Weg! Panisch eilte Natalie durch den Raum, ohne einen Plan zu haben, wohin sie überhaupt wollte, bevor es ihr wie Schuppen von den Augen fiel: Samstag! Heute war Samstag! Keine Schule, keine Lehrerin und keine Polizei! Außerdem starteten am Montag die Frühlingsferien.

Die Erleichterung übermannte sie ohnmachtsartig. Halb lachend, halb schluchzend fiel sie zu Boden, raufte sich die Haare und hielt sich den schmerzenden Bauch. Wie hatte sie das nur vergessen können?

Das Telefon hörte auf zu läuten. Bestimmt war es nur einer dieser nervigen Werbeanrufe, bei denen unrealistische Gewinne zu haarsträubenden Konditionen versprochen wurden. Während einer schizophrenen Episode hatte Helen sich zu einigen Zeitschriftenabonnements überreden lassen, um ein paar billige Plastikschüsseln zu erhalten, die sich bis heute ungenutzt im Küchenschrank stapelten. Doch diese Zeiten waren ein für alle Mal vorbei.

Alles gut, wunderbar, sie musste sich keinen Stress machen. Niemand würde sie heute vermissen. Niemand würde anrufen oder gar vorbeikommen. Nicht heute, nicht morgen und nicht nächste Woche. Der einzige Mensch, der auf sie wartete, war Sam, für den sie bald alle Zeit der Welt haben würde.

***

Der Tag war heiß und schien mehr Stunden zu haben als alle anderen, die Sam bereits im Brunnenschacht verbracht hatte.

Immer wieder zwang er sich zum Aufstehen, um seine Muskeln aufzuwärmen, und machte die Übungen, die in den letzten Wochen zu einer stumpfen Routine geworden waren. Das alte Sitzpolster hatte er zur Trainingsmatte umfunktioniert. Kniebeugen funktionierten am besten. Seine Liegestütze musste Sam in die Senkrechte verlagern. Wenn er sich Natalies Tasche umhängte und den verhassten Eimer hochhob, hatte er genug Platz, um auf der Stelle zu laufen. Besser als nichts. Jede Art von Bewegung war wichtig, um dem Einrosten entgegenzuwirken. Die Schmerzen ignorierte er, so gut es ging, bis sie endlich nachließen. Wie im Knast diente das Training auch hier dem Zeitvertreib und half ihm, fokussiert zu bleiben. Zum Glück hatten ihn die vielen Jahre in Haft gelehrt, sogar aus den aussichtslosesten Situationen das Beste herauszuholen.

Dabei war dieser Tag alles andere als aussichtslos. Vor etwa einer Stunde hatte Natalie sich per Funk gemeldet, um ihm mitzuteilen, dass sie nun das Seil kaufen würde. Sie wollte wissen, ob er sonst noch etwas brauche. Sam verneinte. Falls sein derzeitiger Plan scheitern sollte, würde er sich etwas komplett Neues einfallen lassen müssen. Viel konnte aber nicht schiefgehen. Vorausgesetzt, das Seil war lang genug und Natalie fand etwas, woran sie es befestigen konnte. Die größte Herausforderung bestand darin, ihr bei dieser Aktion zu vertrauen. Sie musste das passende Seil besorgen und es sicher verknoten. Jeder Fehler ihrerseits könnte ihn das Leben kosten. Wenn ihm früher jemand gesagt hätte, dass dieses eines Tages in den Händen einer Teenie-Göre liegen würde, hätte er sich kaputtgelacht. Das setzte der Ironie des Schicksals die Krone auf.

Natalies Stimme hatte verändert geklungen, was zum einen daran lag, dass sie heiser war – sie hatte sich wohl erkältet, was schon mal passieren konnte, wenn man die ganze Nacht draußen im Wald verbrachte –, zum anderen hatte sie sich seltsam bedrückt angehört. Sam hatte sich erkundigt, ob alles in Ordnung sei. In der Schule, zu Hause und wo immer Teenager sonst Probleme hatten. Sie hatte behauptet, dass alles in Butter sei. Kein Grund zur Sorge. Alles würde perfekt über die Bühne gehen. Sam hatte ihr daraufhin erklärt, welche Art von Seil er benötigte. Am besten wäre ein Kletterseil. »Kein Problem«, hatte sie gesagt, doch unterschwellig war da etwas, das nicht stimmte. Log sie ihn an? Würde sie am Ende doch die Polizei einschalten oder ihn gar im Stich lassen? Das passte zwar nicht zu der Art, wie sie ihn letzte Nacht angesehen hatte, aber wissen konnte man es nie. Die Launen von Teenagern waren so fragil wie die Selbstbeherrschung eines Alkoholikers in der Spirituosenabteilung. Sam war den ganzen Tag über angespannt gewesen und nun machte der ersehnte Funkspruch es nicht besser, ganz im Gegenteil. Es war gut, dass sie das Seil besorgen würde, aber es war nicht gut, dass sie sich dabei so anhörte, als stellte sie das gesamte Universum infrage.

Vielleicht ist es die Aufregung. Immerhin hat sie vor, mit mir durchzubrennen, versuchte Sam sich zu beruhigen. Das machte Sinn. Die durchgeknallte Bitch plante, ihr bisheriges Leben für immer hinter sich zu lassen. Würde ihm da nicht auch der Arsch auf Grundeis gehen?

Die Erklärung erschien plausibel genug, um Sams Herzschlag zu normalisieren. Er beschloss, sich nun vor allem auf die körperlichen Aspekte zu konzentrieren. Im Moment war nur wichtig, dass er genug Kraft hatte, um aus diesem verdammten Loch zu klettern. Über den Rest würde er sich Gedanken machen, wenn er sich endlich *auf* statt *unter* der Erde befand.

Er schloss die Augen, während er auf der Stelle joggte, und versuchte, sich den Ort vorzustellen, an dem er morgen sein würde, doch alles, was er sah, war Natalies Gesicht mit den verstörenden Mandelaugen.

***

Er hatte die Hoffnung für diese Nacht beinahe aufgegeben, als Natalies vertraute Stimme aus dem Walkie-Talkie drang. »Sam? Bist du da? Over.« Sie war immer noch heiser.

Sam riss das Funkgerät an sich. »Ich bin hier. Over.«

»Heute schaffe ich es nicht mehr, aber ich komme morgen. Sorry. Over.«

Was? Will die Schlampe mich verarschen? »Warum? Was soll der Scheiß? Du hast es versprochen!«

Stille.

»Du hast es versprochen! Over!«

»Ich weiß. Es tut mir leid …«

»Ist irgendwas passiert? Over!«

Keine Antwort.

»Natalie? Was ist los, verdammte Scheiße! Over!«

»Es hat nichts mit dir zu tun, aber ich musste was Wichtiges erledigen. Dafür wird morgen alles klappen, vertrau mir. Ich komme, sobald es dunkel ist. Over.«

»Warum machst du das? Warum tust du mir diese Scheiße an?«, schluchzte er. »Was hab ich dir getan?«

Schweigen.

»Natalie? Bist du noch da? Over!«

»Ich mache das doch nicht mit Absicht. Es ist nur was dazwischengekommen. Over.«

»Wenn du gar nicht vorhast, mich hier rauszulassen, dann sag es gleich!«

Diesmal wartete sie nicht auf das Over. »Was? Wie kommst du darauf? Natürlich hab ich vor, dich rauszulassen. Wir wollen doch gemeinsam abhauen …«

»Wenn du morgen nicht kommst, ist die Sache für mich erledigt. Over!«

»Was meinst du mit *erledigt*? Over.«

»Das wirst du dann schon sehen. Over.«

»Okay, Sam, du bist sauer und aufgeregt, das verstehe ich, und es tut mir wirklich leid, dass ich mein Wort nicht halten konnte. Das Seil hab ich aber schon besorgt und morgen Abend werde ich da sein, das schwöre ich bei allem, was mir heilig ist. Over.«

»Gibt es da überhaupt was?«

»Was?«

»Ist dir überhaupt irgendwas heilig? Over.«

Sie seufzte. »Morgen wirst du sehen, dass ich ehrlich mit dir war. Gute Nacht. Over.«

»Natalie? Warte! Bitte!«

Sie antwortete nicht.

»Natalie?!« *Wenn ich dich in die Finger kriege ...* »Natalie!« *Du verdammtes Miststück! Ich reiß dir dein Scheißherz raus!*

Ob sie überhaupt eins hatte?

***

Nichts hatte sie je so viel Überwindung gekostet, doch Sam zuliebe hielt sie durch.

Natalie schlüpfte in Helens Putzhandschuhe, bevor sie, bewaffnet mit ein paar großen Mülltüten und dem Rest der Schnur, die sie für Sams Toiletteneimer benutzt hatte, in den Flur zurückkehrte und sich neben der Leiche in die Hocke begab. Inzwischen nahm sie den unangenehmen Geruch kaum mehr wahr, was nichts an der Notwendigkeit änderte, die Leiche wegzuschaffen.

Sie hatte zwar nicht vor, länger als nötig hierzubleiben, sobald sie Sam befreit hatte, doch der würde sich bestimmt ausruhen wollen. Er musste essen, duschen und endlich wieder in einem richtigen Bett schlafen und sollte dabei nicht mit den stinkenden Überresten des Muttertiers konfrontiert werden. Natalie hatte nicht vor, ihm davon zu erzählen. Er könnte ihre Beweggründe missverstehen und sie für etwas halten, das sie nicht war. Verrückt war das schon. Da hatte die jugendliche Helferin bereits mehr Dreck am Stecken als der verurteilte Mörder. Allerdings hatte Natalie kein Interesse daran, diesen Gedanken weiterzuverfolgen. Viel lieber stellte sie sich die ersten Stunden vor, die sie hier mit Sam verbringen würde. Es musste alles perfekt sein! Sie wollte sich schick machen und ihn nach allen Regeln der Kunst verwöhnen. Erst würde sie ihm ein Bad einlassen und für ihn kochen, während er entspannte. Nach dem Essen könnten sie sich auf die Couch kuscheln und einen Film anschauen. Danach würden sie zu Bett gehen …

Natalies Herz raste, wenn sie daran dachte, wie nah sie Sam dann sein würde. Bisher war er nur der Typ im Loch gewesen, von dem sie locker fünf Höhenmeter trennten, doch bald würde er der Mann an ihrer Seite sein, den sie anfassen und küssen konnte.

Hoffentlich würde alles glattgehen. Hoffentlich …

»Erst die Arbeit, dann das Vergnügen«, das hatte Helen immer gesagt. Heute war *sie* die Arbeit.

Ihre Glieder waren aufgrund der Leichenstarre so steif, dass Natalie sie nur mit roher Gewalt in Position bringen konnte. Sie fühlte sich kalt und hart an, nicht menschlich, sondern mehr wie eine Schaufensterpuppe. Eine *hässliche* Schaufensterpuppe.

Am schlimmsten war das Herumdrehen. Natalie hatte es vermeiden wollen, am Ende starrte sie doch in die milchigen Augen. Ein Schwarm aufgeschreckter Fliegen stob in die Luft und aus dem verzerrten Mundloch der Toten drang ein rülpsender Laut, gefolgt von einem Hauch des schlimmsten Mundgeruchs, den man sich vorstellen konnte.

Würgend wich Natalie zurück und landete prompt auf ihrem Hintern. Gut, dass sie sich noch nicht umgezogen hatte. Ihre Klamotten würden nach dieser Aktion reif für die Tonne sein. Egal. Sauber machen, duschen, umziehen – das kam alles später.

Sie würde außerdem das Bett frisch beziehen und das gesamte Haus grundreinigen müssen. Schließlich sollte Sam sich wohlfühlen. Im Kopf ging Natalie die Besorgungen durch, die sie im Anschluss machen wollte. Sie würde Sam anfunken und fragen, ob er außer dem Seil noch einen Wunsch hatte. Auf jeden Fall wollte sie ihm Shampoo und Duschgel besorgen. Irgendwas Duftiges. Bei dem Gedanken musste sie grinsen. Und Rasierzeug. Das durfte sie auf keinen Fall vergessen. Sie überlegte, was sie selbst anziehen würde, während sie einen Müllsack über den Kopf ihrer Mutter zog. Vielleicht fand sie ja ein hübsches Kleid. Das würde Sam gefallen. Mit ihren Metal-Outfits konnte sie ihn jedenfalls nicht bezirzen, schließlich hatte sie Alice Kruegers Foto gesehen. Bestimmt hatte Sams verstorbene Freundin gern Schmuck und schicke Kleider getragen. Wenn Natalie seinen Geschmack treffen wollte, würde sie ein bisschen an ihrem Styling feilen müssen, um ihm zu zeigen, wer sich unter all dem Schwarz verbarg. Für ihn wollte sie die Frau in sich herausholen, die sie bisher vor der Welt versteckt hatte, damit er sie begehren und nie mehr loslassen würde.

Natalie hörte Musik, während sie ihre tote Mutter in Müllsäcke packte und wie ein grauenhaftes Paket mit Schnur umwickelte. Manchmal vergaß sie, dass der

Slipknot-Frontmann und Sam verschiedene Personen waren. In ihrer Fantasie verschmolzen sie zu dem Mann, den sie sich für immer an ihrer Seite wünschte. Sie schwitzte und musste ein paarmal würgen, doch als der Körper ihrer Mutter vollständig in Plastik gehüllt war und wie eine Bockwurst in der Pelle aussah, fühlte sie sich gleich wieder besser. Jetzt waren nur noch der blutige Morgenmantel und die Schlappen übrig, um die Natalie sich später kümmern würde. Sie strich mit beiden Händen über die Tüten – es fühlte sich wirklich so an, als hätte sie eine Schaufensterpuppe eingepackt – und entdeckte ein paar Löcher, durch die Fliegen kriechen könnten. Zum Glück hatten sie Klebeband da. Mit schweißtreibender Anstrengung dichtete Natalie die Risse ab und umwickelte den toten Körper mit dem restlichen Band. Doppelt gemoppelt hielt bekanntlich besser. Ob es gegen den Gestank helfen würde, wusste sie nicht, aber Fliegen dürften nun kein Problem mehr sein. Die Müllsäcke wurden als luft- und wasserdicht beworben. Ob sie das wirklich waren, würde sich in den nächsten Tagen herausstellen. Natalie glaubte eh nicht, dass sie dann noch hier sein würde.

Zu dumpfen Bass- und harten Gitarrentönen schleppte sie die Leiche ihrer Mutter in deren Schlafzimmer, das sich glücklicherweise nur wenige Meter von ihrem Todesort entfernt befand. Jetzt kam es ihr gar nicht mehr so vor, als hätte sie es mit einem menschlichen Körper zu tun. Die tote Helen war wie eine Salami, die man nicht mit dem darin steckenden Rind in Verbindung brachte, solange man nicht daran dachte, dass man beim Genuss des geliebten Sandwiches auf einem toten Tier herumkaute.

Unterschätze niemals die Macht der Verdrängung.

Nachdem sie den ›Müll‹ neben das Doppelbett im Schlafzimmer geschoben hatte, wo einst Jacy Cree von seinem vergeudeten Leben geträumt hatte, schloss Natalie die Jalousien, übersah aber, dass eins der Fenster auf Kipp stand. Helens Morgenmantel und Pantoffeln landeten in einem weiteren Müllsack. Es gelang ihr, die gerahmten Fotos auf dem Nachttisch zu ignorieren, die eine Familie zeigten, die genauso tot war wie das Bündel neben dem Bett. Auf einem davon war sie Arm in Arm mit ihrer lachenden Mutter zu sehen, die Haare vom Wind verweht. Die Aufnahme war an einem Sommernachmittag vor vier Jahren von ihrer Schwester gemacht worden. Am Strand, mit dem Meer als Hintergrund. An einem Tag, als Natalie ihre Mom geliebt hatte und an den sie sich besser nicht erinnerte, wenn sie die Fassung bewahren wollte.

Als Nächstes stand Putzen auf dem Programm und Natalie fand heraus, dass sich dabei komplett aufs Denken verzichten ließ, wenn die Musik laut genug aufgedreht war.

Mit Metal im Kopf und Schwärze im Herzen konnte man sogar Blut wegschrubben, ohne an etwas Böses zu denken.

***

Das Haus war sauber und Natalie auch – zumindest äußerlich –, als sie sich mit dem Walkie-Talkie auf ihr frisch gemachtes Bett setzte. Das schmutzige Bettzeug hatte sie samt ihrer blutigen Klamotten und der Putzlappen in die Waschmaschine gestopft und auf Kochwäsche gestellt.

Nach dem Duschen war sie in saubere Bluejeans und ein – zur Abwechslung – weißes Top geschlüpft. Die nassen Haare hingen ihr über die Schultern und tropften auf das frische Laken, als sie Sam mit klopfendem Herzen anfunkte. Beim Sprechen wurde sie vom Klang ihrer eigenen Stimme überrascht, da ihr nicht klar gewesen war, dass sie heiser war. Sie war viel zu aufgeregt, um die eigene Erschöpfung wahrzunehmen, weshalb sie ihm versprach, das Seil zu besorgen und gleich anschließend zu ihm zu kommen. Sie bildete sich tatsächlich ein, es bis zum Abend schaffen zu können. Gleich würde sie losgehen und einkaufen, damit später alles bereit war. Sie hoffte nur, dass sie genug Zeit hatte, um ein hübsches Kleid und neue Unterwäsche zu kaufen. Hoffentlich reichte Moms Notgroschen dafür. Sam würde enttäuscht sein, wenn am Ende kein Geld für die Flucht übrig blieb.

Nachdem sie sich verabschiedet hatten, legte Natalie sich hin. Nur kurz. Sie wollte ein bisschen ausruhen, bevor sie aufbrach. An Samstagen war das Einkaufszentrum in der Regel überfüllt, für diesen Ausflug würde sie gute Nerven brauchen, vor allem, weil sie sich gerade so fühlte, als könne man ihr an der Nasenspitze ansehen, was sie getan hatte.

Wie spät ist es? Schon fast Abend? Ist das möglich?

Möglich oder nicht, Natalie war fix und fertig. Wahrscheinlich bekam sie einen Muskelkater. Sie schloss die Augen und driftete weg.

***

Als sie die Augen aufschlug, hatte sich das Licht verändert und die Schatten der Möbel waren länger geworden. Natalie setzte sich auf und rieb ihre Augen. Plötzlich wurde sie von einer Kindheitserinnerung übermannt. Früher hatte sie viele lange Stunden in diesem Zimmer verbracht und abends die wachsenden Schatten und orangefarbenen Sonnenstreifen auf dem Teppichboden beobachtet, während sie mit ihren Barbies und Playmobilfiguren spielte und darauf wartete, dass Mom sie zum Essen rief. Manchmal war Jennifer bei ihr gewesen, doch sie waren schon als Kinder so verschieden, dass sie mehr Zeit getrennt als miteinander verbrachten. Nach achtzehn Uhr durften sie nicht mehr draußen sein und mussten sich bis zum Abendessen in ihren Zimmern aufhalten, weil die Wohngegend nicht die beste war und ihre Eltern lieber auf Nummer sicher gingen. Natalie erinnerte sich, dass sich im Wald einst ein Mann herumgetrieben hatte, der Kindern sein Geschlechtsteil zeigte und versuchte, sie unsittlich zu berühren. Er hatte in einem der Abrisshäuser am Waldrand gehaust und für sie den Inbegriff des Schwarzen Mannes dargestellt, obwohl sie ihn nie selbst zu Gesicht bekommen hatte. Die Erzählungen der anderen hatten ihr gereicht, um sich ein gruseliges Bild von dem Obdachlosen zu machen. Trotz all der Schauergeschichten, die man sich über den Mann erzählte, war er nie für sein Verhalten zur Rechenschaft gezogen worden und irgendwann einfach verschwunden. Natalie vermutete, dass er vielleicht nur eine Legende war, die Eltern ihren Kindern erzählten, um sie vom Wald und den leer stehenden Häusern fernzuhalten …

Sie zuckte zusammen und riss den Blick gewaltsam von den Schattenmustern auf dem Teppich los, als ihr klar wurde, dass ihre Gedanken abdrifteten. Warum musste sie gerade jetzt an diese alten Sachen denken? Der mysteriöse Fremde war ebenso unwiederbringlich verschwunden wie ihre Kindheit und die Familie, deren Teil sie einst gewesen war. Geblieben waren Schatten und diffuses Licht. Nichts, das Sinn ergab und womit sie sich weiter befassen sollte.

Was ist nur mit meinem Kopf los?

Wenn alles wie früher wäre, würde sie längst Moms Eintopf oder ihre berühmt-berüchtigte Lasagne riechen. Jetzt steckte Helen in einer Plastiktüte und verströmte ihr eigenes unnachahmliches Aroma.

Fuck! Ich muss damit aufhören!

Eines stand fest: Sie würde heute nicht ins Einkaufszentrum gehen, auch wenn dieses bis Mitternacht geöffnet hatte. In ihrem derzeitigen Zustand konnte sie kaum einen klaren Gedanken fassen und würde am Ende noch die Hälfte vergessen. Außerdem fühlte sie sich weder mental noch körperlich in der Lage, sich auf Sams ›Freigang‹ vorzubereiten. Schließlich sollte für seine Ankunft alles perfekt sein. *Sie* wollte perfekt sein!

Natalie ging ins Bad, um ihr erhitztes Gesicht mit kaltem Wasser abzukühlen. Sie fühlte sich wie nach einem Marathonlauf, bei dem sie alles gegeben und trotzdem verloren hatte. Dieses erschöpfte Mädchen war nur mit einer ordentlichen Portion Make-up und einem besonders hübschen Kleid zu retten. Und Schlaf. Der konnte nie schaden.

Beim Zähneputzen – sie musste unbedingt diesen ekelhaften Geschmack loswerden, der sie aus irgendeinem Grund an faules Fleisch erinnerte – beschloss Natalie, Sam auf morgen Abend zu vertrösten. Ob ihm das gefiel oder nicht. Er hatte keine Ahnung, was sie in den letzten Stunden durchgemacht hatte! Sie würde ihm ohnehin keinen Gefallen tun, wenn sie in diesem Zustand einen Rettungsversuch startete. Als Natalie zurück in ihr Zimmer ging, um Sam anzufunken, schrillte in der Küche das Telefon.

Schon wieder? Diese Werbefuzzis werden immer aufdringlicher!

Auf die Idee, dass es sich bei dem Anrufer vielleicht gar nicht um einen Werbefuzzi handelte, kam sie nicht und ihr Handy hatte sie auf Flugmodus gestellt, da sie die belanglosen Nachrichten der sozialen Medien satthatte und ihre Playlist auch ohne Netz funktionierte. Wenn sie es eingeschaltet hätte, wäre die nächste Katastrophe vielleicht noch abzuwenden gewesen.

Gerettet?

Seit Jennifer Cooper auf dem College war, hielt sie sporadischen Kontakt zu ihrer Mutter, wann immer deren Erkrankung eine halbwegs normale Kommunikation zuließ. Als sie letztes Jahr an Weihnachten zu Hause gewesen war, war es ihrer Mom nicht gut gegangen und Jennifer war mit dem unguten Gefühl ans College zurückgefahren, dass sie etwas tun sollte. Irgendwas. Es war verantwortungslos, ihre jüngere Schwester damit allein zu lassen. Andererseits war sie selbst kaum älter und hatte lange dafür gekämpft, dieses verschissene Kaff samt allem Ballast hinter sich zu lassen. Sie wünschte sich ein eigenes Leben, das möglichst wenig – am besten gar nichts – mit jenem zu tun hatte, das sie in North Carolina geführt hatte. Mom war krank und benötigte professionelle Hilfe, die sie teilweise auch in Anspruch nahm. Zumindest soweit Jennifer wusste und bereit war, sich damit auseinanderzusetzen. Natalie war nicht zu beneiden und Jennifer hätte um nichts in der Welt mit ihrer Schwester tauschen wollen. Man musste allerdings bedenken, dass dieses Mädchen schon immer ein Freak gewesen war. Jennifer hatte nie einen richtigen Draht zu ihrer kleinen Schwester gehabt. Sie wusste nicht, wie sie Natalie oder Mom helfen sollte und hatte außerdem genug damit zu tun, sich selbst zu retten. Seit ihr Freund Michael sie im letzten Jahr zum ersten Mal nach North Carolina begleitet hatte, bestärkte er sie in ihrem Vorhaben, sich schnellst- und bestmöglich von ihrer Familie zu distanzieren.

»Du darfst nicht zulassen, dass sie dich runterziehen«, sagte er und Jennifer fand, dass er recht hatte. Sie hatte es immerhin versucht. Als Kind war sie bemüht gewesen, Natalie in ihre Spiele mit einzubeziehen. Zwei Jahre waren der perfekte Altersunterschied für eine solide Schwesternfreundschaft, doch mit Natalie war das nicht möglich. Sie hing die meiste Zeit in ihrer eigenen Welt fest und die anderen Kinder fanden sie seltsam. Um nicht selbst verstoßen zu werden, blieb Jennifer nichts anderes übrig, als ihre kleine Schwester zu verleugnen. Sie konnte es den anderen Kindern nicht verdenken, dass sie nicht mit Natalie befreundet sein wollten. Sie war immer seltsam gewesen, doch als sie mit dreizehn Jahren anfing, als durchgeknallter Gothic herumzulaufen und Heavy Metal zu hören, war es noch schlimmer geworden. Manche behaupteten, sie würde Satan huldigen und Tiere opfern. Obwohl Jennifer wusste, dass das nicht stimmte, unternahm sie keinen Versuch, ihre Schwester zu verteidigen. Im Gegenteil. Manchmal log sie sogar, um sich noch mehr von Natalie zu distanzieren und selbst in einem besseren Licht dazustehen. Anfangs machte ihr das ein schlechtes Gewissen, aber mit der Zeit gewöhnte sie sich daran und irgendwann kam es ihr beinahe wie die Wahrheit vor. Schließlich sah jeder, was für ein Freak Natalie war! Der Einzige, der sie vielleicht ein bisschen verstanden hatte, war Dad. Er hatte so viel Zeit mit ihr verbracht, dass Jennifer sich oft ausgeschlossen fühlte. Mom liebte beide Kinder. Zumindest behauptete sie das. Sie tat alles für Natalie, was man von der Mutter eines Freaks erwarten konnte. Bis sie krank wurde. Jennifer ging davon aus, dass Natalies Psyche inzwischen ebenfalls einen Knacks hatte. Vielleicht hatte sie sogar dasselbe wie Mom. Umso unverantwortlicher war es natürlich, die beiden sich selbst zu überlassen. Einerseits. Andererseits sah Jennifer nicht ein, warum sie dafür büßen sollte, dass ihre Familie nicht richtig tickte! Sie wollte sich ein glückliches, möglichst unbeflecktes Leben aufbauen, weit weg von ihrer Heimatstadt und allem, was sie mit diesem Ort verband. Mom und Natalie war vielleicht genauso wenig zu helfen wie Dad, dessen Niedergang ebenfalls nicht aufzuhalten gewesen war. Manchmal musste man loslassen, um nicht selbst in den Abgrund zu stürzen.

Mit Michael hatte Jennifer ihren Seelenverwandten gefunden. Nach knapp einem Jahr Beziehung sprachen sie bereits über Heirat und Kinder. Nach dem College wollten sie auf der gleichen Uni Jura studieren und dann in die Kanzlei seines Vaters einsteigen, die Michael irgendwann übernehmen würde. Jennifers Plan war, etwa zehn Jahre als Anwältin zu arbeiten, bevor sie ihr erstes Kind bekam. Bis dahin würden sie finanziell gut dastehen und ihren Kindern alles bieten können, wovon die kleine Jennifer früher geträumt hatte. Wenn sie ihre Mutter und Schwester ausblendete, sah ihre Zukunft so rosig wie ein frisch gepuderter Babypopo aus.

Doch nun ging es Mom plötzlich besser. Sie hatten in den letzten Wochen ein paarmal telefoniert und Helen wirkte klar und aufgeräumt wie lange nicht mehr. Sie erzählte, dass sie während einer guten Phase bei ihrem Therapeuten gewesen sei, um ihre Medikamente neu einstellen zu lassen. Endlich schlug die Therapie an und Helen war wieder in der Lage, sich angemessen um sich selbst und Natalie zu kümmern. Bei ihrem letzten Telefonat hatte sie stolz von ihrer Jobsuche berichtet und von ihren ambitionierten Plänen, das Haus auf Vordermann zu bringen. Erleichtert über die guten Nachrichten und vielleicht ein wenig leichtsinnig hatte Jennifer spontan vorgeschlagen, sie in den Frühlingsferien zu besuchen. Dabei folgte sie einer Laune, indem sie sich an Michaels Vorschlag, in den Ferien einen Trip runter nach Florida zu machen, erinnerte. Ursprünglich hätten sie dort mit Tausenden anderen Studenten *Spring Break* gefeiert, doch wegen der Corona-Pandemie fiel die Party dieses Jahr ins Wasser. Ein paar relaxte Tage am Strand sollten dennoch drin sein. Jennifer zog sogar kurz in Erwägung, Natalie mitzunehmen, bis sie sich die irritierten Blicke der Leute vorstellte, wenn ihre Schwester in schwarzer Kluft mit dunkel umrandeten Augen neben ihnen am Strand lag. Das war echt zu krass.

Jennifer hatte lange dunkelblonde Haare und ein freundliches Lächeln. Sie achtete auf ihre Figur, indem sie viel Wasser trank und Sport trieb. Wenn sie kurze Kleider und enge Röcke trug, drehten sich bewundernde Jungs und neidische Mädels nach ihr um. Ihre Attraktivität war von einer natürlichen Selbstverständlichkeit, die ohne aufwendiges Styling und Make-up auskam. Ihr Lachen war ansteckend und die perfekten Zahnreihen, die sie dabei zur Schau stellte, hätten zu einem Hollywoodstar gehören können. Sie hatte einen guten Geschmack und verstand es, sich sexy zu kleiden und mehr von sich zu zeigen, ohne dass es billig wirkte, was schon eine Kunst für sich darstellte. Neben ihr wirkte der etwas zugeknöpfte Michael eher blass, was völlig in Ordnung war, weil das Strahlen einer Frau neben einem unscheinbaren Mann umso heller war. Dabei mangelte es ihrem Freund nicht an Attraktivität, er achtete nur stets auf das nötige Maß an Seriosität.

Manchmal dachte Jennifer an die Kinder, die sie mit diesem Mann haben würde. Ihr Nachwuchs sollte die Sonnenseiten des Lebens genießen und niemals erfahren, wie übel es im Schatten sein konnte. Ihre Tante Natalie sollten sie dann vielleicht lieber nicht kennenlernen.

Solange es diese Kinder noch nicht gab, konnte sie aber ruhig mal wieder in North Carolina vorbeischauen. Sie war es ihrer Mutter schuldig. Außerdem würde Jennifer ihre Fortschritte gern mit eigenen Augen sehen. Vielleicht konnte auch Natalie von Moms positiver Entwicklung profitieren und würde endlich mit dem schwarzen Scheiß aufhören. Ein Blinder konnte sehen, dass es sich bei all dem düsteren Gehabe nur um einen verzweifelten Schrei nach Aufmerksamkeit handelte.

Jennifers Plan stand bereits, als sie ihrer Mutter eine Nachricht schrieb. Dass Mom sich über den Besuch freuen würde, stand außer Frage. Natalie würde wie immer die Unnahbare spielen und sich jegliche Gemütsregung verkneifen, doch damit konnte Jennifer umgehen. Sie wusste gar nicht, wann sie sich das letzte Mal bei ihrer Schwester gemeldet hatte oder umgekehrt. Der Kontakt lief seit Jahren nur über Mom.

Zu ihrer Verwunderung meldete die sich aber nicht zurück. Weder an diesem Tag noch am nächsten. Ging es ihr wieder schlechter?

»Hast du es schon am Festnetz versucht?«, wollte Michael wissen.

»Nicht nur einmal«, antwortete Jennifer. Schließlich gab sie sich einen Ruck und versuchte es auch bei Natalie, deren Handy allerdings ausgeschaltet war.

»Machst du dir Sorgen?«, fragte Michael.

Sie lagen nackt in seinem Wasserbett in dem kleinen, aber feinen Appartement mit Seeblick, das er sich von seinem Vater bezahlen ließ. Privilegierte Studenten lernten und feierten auf dem Campus, ohne dort wohnen zu müssen.

»Ich bin mir nicht sicher«, gab Jennifer zu, während sie mit Michaels Brustwarze spielte. Sie beugte sich vor und saugte daran, bevor sie mit seinem süßen Geschmack im Mund weitersprach. »Das ist schon öfter vorgekommen. Wahrscheinlich hat sie einen neuen Schub.«

»Und deine Schwester?«

Jennifer zuckte mit den schmalen Schultern. »Na ja, du kennst sie. Wahrscheinlich wird sie wieder mal gemobbt und hat deshalb das Handy aus.«

»Willst du die Polizei rufen? Jemand könnte nach dem Rechten sehen.« Das war typisch Michael: Trocken, sachlich und lösungsorientiert. Wenn die Hälfte der Menschheit aus Michaels bestünde, hätte die Welt keine Probleme.

»Ich glaube nicht, dass das nötig ist«, meinte Jennifer nach kurzer Überlegung. Ihre Zungenspitze kribbelte und war ganz scharf darauf, sich weiter mit den süßen harten Nippeln ihres Freundes zu beschäftigen. »Die Situation ist, wie gesagt, nicht neu.«

»Kennst du sonst jemanden, der nachsehen könnte? Nachbarn oder so?«

Jennifer schüttelte den Kopf. »Meine Familie hatte nie nennenswerte Kontakte. Es gibt nicht mal Verwandte, außer Grandma, die wir im Pflegeheim besuchen wollen, wenn wir in Florida sind. Hast du schon mal von einer Familie ohne Verwandtschaft gehört?«

»Das gibt es öfter als du denkst«, erklärte Michael ernst. »Vereinsamung ist die Krux der modernen Gesellschaft.«

Allmählich fühlte Jennifer sich wie im Hörsaal. Sie packte ihren Freund am Hals und biss in seine Brustwarze, um ihn auf andere Gedanken zu bringen. Bisher war ihr das noch immer gelungen.

***

Am Sonntagmorgen schlugen Natalie und Sam zur exakt selben Zeit die Augen auf, ohne es je zu erfahren. Ihre ersten Gedanken galten dem jeweils anderen und für einen Moment schlugen ihre Herzen – beinahe – im selben Takt. Was sie verband, waren die Hoffnung auf einen erfolgreichen Tag und die Angst vor dem Scheitern. Natalie hatte wie ein Stein geschlafen, Sam war auf der vergeblichen Suche nach einer bequemen Position oft wach geworden, einen trockenen Mund und Gliederschmerzen hatten sie beide.

Natalie stieg stöhnend aus dem Bett, streckte sich und watschelte ins Badezimmer. Sam streckte sich ebenfalls – soweit es möglich war – und griff nach seiner letzten Wasserflasche. Er fragte sich, ob es zu früh war, Natalie anzufunken. Wahrscheinlich schlief sie noch. Sollte er darauf Rücksicht nehmen?

Natalie stand unter der Dusche und ließ kühles Wasser über ihren steifen Körper laufen, wobei sie die letzten Blutreste des gestrigen Tages wegspülte, ohne es zu merken. Sie drückte etwas Duschgel heraus, ließ die Hände über ihren Körper gleiten und stellte sich vor, es wären *seine*. Ihr Atem wurde schneller, als sie ihre Brüste mit den harten Nippeln massierte und schließlich die Hand in ihren feuchtwarmen Schritt presste. Mit geschlossenen Augen rieb sie ihren Kitzler, bis sich das vertraute, heiße Kribbeln von ihrem Schoß bis in ihre Eingeweide ausbreitete. Bis vor Kurzem hatte sie sich imaginär von Corey Taylor ficken lassen, jetzt spürte sie Sam McIntoshs prallen Schwanz in ihrer Muschi und zwischen den Pobacken. Ein Typ wie er würde sich nicht mit Blümchensex zufriedengeben. Natalie stöhnte, während sie sich die vom Duschgel glitschigen Finger der linken Hand in die Scheide und die der rechten gleichzeitig in den Po schob. Süßer, böser Schmerz! Natalie grub die Fingernägel in die empfindliche Haut ihres Rektums, bis ihr die Tränen kamen.

Ich bin bereit, Sam. So bereit!

Nachdem er sie ordentlich durchgefickt hatte, würde sie bereitwillig auf die Knie gehen, um ihm den restlichen Samen wie Schokoladenfüllung herauszusaugen. So wie die Frauen in den Hardcore-Pornos es taten, die sie sich gern ansah.

Als ihr Orgasmus sie wie eine Herde Elefanten überrannte, schrie Natalie ihre Lust hemmungslos heraus. Es war ja niemand hier, der sie hören konnte.

***

Sam hatte nur selten masturbiert, seit er in den Schacht gestürzt war. Es war ihm zu schade um die kostbare Energie. Ein paarmal tat er es, um Aggressionen abzubauen und ein paarmal, um sich zu überzeugen, dass da unten noch nicht alles tot war und dass *er* noch nicht tot war.

Heute Morgen ging es darum, sich abzulenken und die Zeit totzuschlagen, bis Natalie – endlich und hoffentlich – mit diesem verfluchten Seil auftauchte. Außerdem war da dieses Gefühl …

Sam konnte es nicht richtig beschreiben. Es fühlte sich an, als hätte jemand in seinem Kopf eine Lampe angeknipst und gleichzeitig nach seinem Schwanz gegriffen. Er konnte sich nicht erinnern, wann er das letzte Mal so geil gewesen war. Was Besseres gab es ohnehin nicht zu tun, weshalb er sich seinen Emotionen voll hingab und dabei seit Langem wieder bewusst an sein letztes Mal mit Alice dachte. Das letzte Mal, dass er mit einer Frau geschlafen hatte. Die vierzehn Jahre, die seither vergangen waren, hätten auch ein unerträglich langer Albtraum sein können.

Während sein Atem schwerer und die Bewegungen schneller wurden, driftete Sam tief in die Erinnerungen an jene Halloweennacht ab, die er mit einer Frau verbracht hatte, die am nächsten Tag tot gewesen war.

***

Im hintersten Winkel ihres Schrankes fand Natalie ein T-Shirt, das nicht schwarz, sondern weiß war. Immerhin. Es war gerade geschnitten und von schlichter Aufmachung mit einer kleinen aufgestickten Kirsche über der linken Brust. Von ihrer Mutter ›lieh‹ sie sich roten Lippenstift und weißen Lidschatten und benutzte ihren Lockenstab für mehr Volumen. Die Veränderungen waren minimal, aber weltbewegend. Fremd und wunderschön sah die junge Frau im Spiegel aus. Natalie formte einen Kussmund und besah sich von allen Seiten. Sie trug hautenge Bluejeans, ein weißes T-Shirt und Sneakers; die offenen, welligen Haare und das veränderte Make-up machten einen neuen Menschen aus ihr. Sie hätte nicht gedacht, dass eine Typveränderung eine dermaßen radikale Wirkung haben könnte. Die Frau im Spiegel war eine stolze amerikanische Ureinwohnerin, kein verängstigtes Mädchen, das sein Gesicht unter schwarzer Schminke verstecken und sich in Traumwelten flüchten musste. Natalie fühlte sich nicht nur verändert, sondern wiedergeboren. Sie überlegte, ob sie auf dem Weg zum Einkaufszentrum Musik hören sollte und entschied sich dagegen, weil sie nur Heavy Metal auf der Playlist hatte, was ihr auf einmal unpassend erschien. Sam würde sich wohl kaum für diese Art von Musik begeistern. Für ihn würde sie lieber eine von Moms alten Platten auflegen. Sie hatte die Stones, David Bowie und Madonna. Wem das nicht *normal* genug war, dem war nicht zu helfen.

Natalie warf einen letzten zufriedenen Blick in den Spiegel, bevor sie sich ihre Handtasche umwarf und ihr Zimmer verließ.

Als sie an Helens geschlossener Schlafzimmertür vorbeiging, schnappte sie den Hauch eines Geruchs auf, der hier nicht sein sollte, was sie jedoch nicht davon abhielt, den Weg in die Küche fortzusetzen, wo sie ihre letzten

Ersparnisse zusammensuchen wollte. Zum Glück hatte Helen die Angewohnheit, ihr monatliches Geld direkt vom Konto abzuheben und in bar aufzubewahren. Damit habe sie bessere Kontrolle über ihre Finanzen.

Natalie dachte unentwegt an Sam und fragte sich, wie er auf ihren neuen Look reagieren würde. Typen wie er standen auf richtige Frauen, nicht auf kleine Mädchen in unförmigen T-Shirts. Ein Teil von ihr fragte sich, warum sie sich ihm nicht schon früher so präsentiert hatte, obwohl das jetzt unwichtig war. Der Knoten war geplatzt, das war alles, was zählte.

Dass sie sich zunehmend in ihrer Traumwelt verlor, war Natalie Cooper nicht bewusst. Stattdessen bildete sie sich ein, endlich in der Realität angekommen zu sein und würde bis zum Schluss an dem Wahnsinn festhalten, aus dem diese bestand.

***

Der Tag versprach, heiß und feucht zu werden und Sam musste sich das letzte Wasser gut einteilen, wenn er nicht wieder Pisse trinken wollte. Er konnte und durfte sich nicht darauf verlassen, dass das Mädchen wirklich mit einem Seil auftauchen würde. Um nicht unnötig ins Schwitzen zu geraten, beschloss er, heute auf seine Übungen zu verzichten, so schwer es ihm fiel. Stattdessen widmete er sich einer Autozeitschrift, die er bereits ein paar Dutzend Male durchgeblättert hatte. Lesen war zu mühsam, weshalb er es gar nicht erst versuchte und sich mit den Bildern begnügte. Als er über eine Werbeanzeige für Luftgewehre stolperte, fiel ihm sein Revolver ein. Wie lange hatte er nicht an ihn gedacht? Das letzte Mal war er wütend auf die Schlampe gewesen und hatte überlegt, ob es möglich war, ihr von hier unten die Fresse wegzuballern. *Theoretisch ja, aber ich habe nur diese eine Chance, und wenn ich sie verpatze, wars das.*

Die Option, die in jedem Fall blieb, war Suizid. Sam endete lieber mit einer selbst abgefeuerten Kugel im Kopf als elendig in diesem Loch zu verrecken oder zurück in den Knast zu gehen. Allerdings war diese Entscheidung zu endgültig, um aus einer Laune heraus getroffen zu werden, weshalb Selbstmord das allerletzte Mittel der Wahl blieb. Schließlich war er nicht lebensmüde, im Gegenteil! Er wollte endlich frei sein und all das im Leben tun, was man ihm so lange verweigert hatte. Und er hasste Natalie dafür, dass sie ihm dabei im Weg stand. Noch war er sich nicht sicher, was er mit ihr machen würde, wenn er sich wieder an der Erdoberfläche befand. Falls sie seine Flucht gefährdete – wovon er ausging –, würde er allerdings nicht zögern, sie aus dem Weg zu räumen.

Ihr Leben wäre nicht das erste, das er auslöschte.

***

Es war das erste Mal, dass Natalie Blicke auf sich zog, die weder abwertend noch spottend waren. Oder bildete sie sich das nur ein? So anders sah sie doch gar nicht aus, oder?

Vielleicht liegt es nicht an meinem Aussehen, sondern an meiner Ausstrahlung, ging es ihr durch den Kopf, während sie durch die Auslage eines Modegeschäfts schlenderte. Aufgrund der Mund-Nasen-Bedeckung, die sie vor dem

Gesicht trug, weil das in jedem Laden Pflicht war, war eigentlich nur ihre neue Frisur zu sehen, dennoch fühlte Natalie sich viel attraktiver als vorher und schien dieses neue Lebensgefühl auch auszustrahlen. Zumindest hatte sie den Eindruck, in viele lachende Augenpaare zu blicken, was auch daran liegen konnte, dass sie die Menschen zum ersten Mal richtig ansah.

Mit klopfendem Herzen ließ sie ihre Hand über die luftigen Stoffe bunter Sommerkleider gleiten und fragte sich bei jedem, ob es Sam gefallen würde. Leider hatte sie keine Ahnung von seinem Geschmack. Sie konnte sich nur immer wieder Alice Kruegers Foto vor Augen führen, eine Schönheit vom Land mit Zahnpastalächeln und seidigen Haaren.

Welches Kleid würde sie anziehen, wenn sie Alice wäre?

»Kann ich Ihnen helfen?«

Erschrocken – oder ertappt? – fuhr Natalie herum und blickte in die freundlich blitzenden Augen einer jungen Verkäuferin, die ein figurbetontes Sommerkleid mit Blumenmuster trug und darin sehr hübsch aussah.

»Ich … äh … nein … ich schau mich nur um.« Plötzlich war die stolze Sioux-Indianerin verschwunden und sie war wieder das verunsicherte, unbeliebte Mädchen mit der hässlichen Schminke im Gesicht.

»Gern. Ich bin in der Nähe, falls Sie mich brauchen«, sagte die Verkäuferin freundlich, ohne dass ihre Augen etwas von ihrem Strahlen einbüßten.

Natalie fühlte sich klein, dumm und schuldig, ohne den Grund zu wissen. Die Verkäuferin befand sich bereits auf dem Rückzug, als Natalie ihr plötzlich – und bestimmt viel zu laut – hinterherrief: »Ich mag Ihr Kleid!«

Die junge Frau drehte sich um und sah noch immer freundlich aus. *Wie macht sie das bloß?*

»Danke. Ich habe es von hier.« Sie machte eine vage Handbewegung in den hinteren Bereich des Ladens. »Soll ich es Ihnen zeigen?«

Unbedingt! Natalie nickte. Sie stellte sich vor, wie sie Sam in diesem Kleid gegenübertrat, das vielleicht kaputt gehen würde, wenn er es ihr vom Leib riss.

Die Vorstellung war so erregend, dass ihr ganz heiß wurde und sie das Gefühl hatte, keine Luft mehr unter ihrer Maske zu bekommen.

***

Was die Verkäuferin tatsächlich dachte, würde Natalie nie erfahren. Sie war professionell genug, um sich nichts anmerken zu lassen, doch sie würde bald an das seltsame Mädchen mit dem unheimlich leeren Blick und dem Blut an den Schuhen – oder war es Farbe? – erinnert werden, welches ein buntes Sommerkleid in ihrem Laden gekauft hatte.

Ihr eigenes Kleid, welches dem Mädchen als Inspiration gedient hatte, würde sie bald darauf in den hintersten Winkel ihres Schrankes stopfen, um es nicht mehr ansehen zu müssen. Davon träumen würde sie trotzdem.

***

Als sie wieder zu Hause war, legte Natalie eine Rolling-Stones-Platte auf und breitete ihre Einkäufe auf dem Esstisch aus. Musik zu hören, die einem nicht direkt in die schwarze Seele schoss, fühlte sich merkwürdig an. Versuchen wollte sie es trotzdem. Ein romantisches Dinner mit Heavy-Metal-Untermalung war sogar für sie unvorstellbar. Andererseits musste man es auch nicht gleich übertreiben. So schnulziger Scheiß wie Céline Dion kam jedenfalls nicht infrage. Beim Auspacken versuchte Natalie nicht daran zu denken, dass sie fast ihr ganzes Geld ausgegeben hatte, um Sam den ersten Abend in Freiheit zu versüßen. Vermutlich wäre es ihm lieber gewesen, wenn sie mehr für die Flucht aufgehoben hätte, doch sie hatte sich nicht zurückhalten können. Das meiste war für das Kleid und ihre neue Unterwäsche draufgegangen, die aus schwarzer Spitze bestand und jedes Kleidungsstück, das sie je besessen hatte, wie einen alten Putzlappen wirken ließ. Natalie hatte sich außerdem mit neuer Schminke und Nagellack eingedeckt und ein paar schicke Sachen für Sam besorgt, der unmöglich so schmutzig und zerrissen herumlaufen konnte wie im Moment. Dafür hatte sie an anderer Stelle sparen müssen. Die billigen Steaks aus dem Supermarkt konnte man ordentlich würzen und das günstige Kletterseil musste reichen.

Sam könnte anderer Meinung sein, überlegte sie, während sie das Seil durch ihre Finger gleiten ließ und sich fragte, ob sie daran aus einem Brunnenschacht klettern könnte. *Vielleicht hätte ich mich besser nach einer Strickleiter umgesehen*, fiel ihr ein, obwohl sie nicht wusste, ob es die überhaupt in der benötigten Länge gab. Jetzt hatte sie eh kein Geld mehr – für zehn Dollar bekam man weder Seile noch Leitern.

»Feel like a ghost, living in a ghost town«, sang Mick Jagger und Natalie wusste genau, was er meinte. Sie hatte ihr

ganzes Leben als Geist verbracht. Auch weniger aggressive Texte konnten es auf den Punkt bringen. Außerdem: Wer brauchte schon Fantasien über einen fiktiven Corey Taylor, wenn er den realen Sam McIntosh haben konnte? Der Gedanke brachte Natalie zum Grinsen. Im nächsten Song erklärten ihr die Stones, dass sie nicht immer haben könne, was sie wolle. Dafür bekäme sie, was sie brauche.

»Heute bekomme ich beides«, sagte sie zu ihrem Spiegelbild.

Mick Jaggers Stimme erfüllte das Haus, während Natalie neben der Garderobe im Flur stand und die junge Frau im Spiegel bewunderte, die in ihren neuen Dessous wie eine Sexgöttin aussah. Ihre roten Lippen formten einen verführerischen Kussmund und der Augenaufschlag würde perfekt sein, sobald sie die künstlichen Wimpern aufgeklebt hatte.

Sie war ein neuer Mensch. Unglaublich, aber wahr.

Natalie zog das Kleid an, das an ihr viel besser aussah als an der Verkäuferin. Als Tribut an ihre schwarze Seele hatte sie dasselbe Modell in einer dunkleren Farbe gewählt, auf dem die Blumen so blutrot wie ihre Lippen waren. Dazu hatte sie schwarze Lack-Pumps gekauft, die ihre Beine doppelt so lang wirken ließen. Mit denen würde sie natürlich nicht in den Wald gehen können, aber sie wollte sie anziehen, sobald sie zurück im Haus waren.

Nachdem sie fertig geschminkt war, posierte sie erneut vor dem Spiegel und machte Fotos mit ihrem Handy, die sie später in den sozialen Medien veröffentlichen wollte. Dabei stellte sie sich vor, wie cool es wäre, zusammen mit Sam auf einem Foto zu sein. Sie hoffte, dass seine Klamotten die richtige Größe hatten. In dem schwarzen

Hemd, der Lederhose und den Schnürstiefeln würde er mindestens so gut wie Corey aussehen. Natalie war sich sicher, dass sie eine gute Auswahl getroffen hatte. Sogar an Socken und Unterwäsche hatte sie gedacht. Und an einen Rasierer natürlich. Wenn Sam fertig war, würden sie optisch perfekt harmonieren. Da Natalie mit Moms Wagen ins Einkaufszentrum gefahren war – Helen hatte ihr die Benutzung des Autos nur selten erlaubt – hatte sie auch Getränke besorgen können, ohne sich beim Schleppen den Rücken kaputt zu machen. Ihr Vorrat an Bier und Wein würde ein paar Tage reichen, falls Sam sich noch ein Weilchen ausruhen wollte, bevor sie von hier verschwanden. Vielleicht fiel ihnen bis dahin ja eine Möglichkeit ein, an weiteres Geld zu kommen. Natalie hatte an diesem Vormittag mehrere Hundert Dollar im Einkaufszentrum gelassen, ohne sich deswegen schlecht zu fühlen. Für sie waren es notwendige Ausgaben. Ein neues Leben gab es eben nicht umsonst. Sam würde das erst mal nicht gefallen, doch nachdem er sie in ihren neuen Dessous gesehen hatte, überlegte er es sich bestimmt anders. Natalie wollte ihm sagen, dass sie ganz ihm gehöre und er alles mit ihr machen könne. Welcher Mann hörte das nicht gern? Vor allem, nachdem er über zehn Jahre im Gefängnis verbracht hatte? Sie konnte noch gar nicht richtig glauben, dass er seinen ersten Tag in Freiheit mit ihr verbringen würde!

Kochen würde sie später. Sie konnte die Zeit nutzen, die er im Bad verbrachte, um alles vorzubereiten. Wichtig war, dass das Haus sauber und ordentlich war. Natalie zog ihr Kleid aus, um es nicht voll zu schwitzen, und widmete sich dann der Hausarbeit, ohne den fauligen Geruch zu bemerken, der sich allmählich ausbreitete.

So jung und frei hatte sie sich noch nie gefühlt. Bei all der Freude verwechselte sie die zuckenden Maden in ihrem schwarzen Herzen mit tanzenden Schmetterlingen.

***

Als Natalie sich meldete, um ihm mitzuteilen, dass sie gleich losgehen würde, machte Sams Magen einen aufgeregten Purzelbaum. In den letzten Stunden hatte er sie ein paarmal angefunkt, ohne eine Antwort zu bekommen und war sich bei einbrechender Dunkelheit immer sicherer geworden, dass sie nicht auftauchen würde. Nicht heute und nicht morgen. Und falls sie doch zurückkam, würde sie kein Seil dabeihaben, sondern nur ihr fieses kleines Grinsen und die Dunkelheit in ihren Augen. Er hatte Tränen der Wut und Enttäuschung vergossen, während er den Revolver in den Händen hielt und sich fragte, ob der letzte Knall ihm in die Hölle folgen würde. Wie kurz davor er tatsächlich gewesen war, sich eine Kugel in den Schädel zu jagen, realisierte er erst, als er seinen verkrampften Zeigefinger nur mit großer Anstrengung vom Abzug lösen konnte.

»Spiel nicht mit mir, Natalie. Over.« Er zog den Rotz hoch und schmeckte Salz in seinem Rachen.

»Das mach ich nicht.« Sie klang noch immer heiser.

Sam konnte nicht beurteilen, ob sie die Wahrheit sagte, aber er wusste, dass er sterben würde, wenn sie es nicht tat.

»Keine Sorge, du bist bald frei. Es ist alles vorbereitet. Over.«

Sam hatte keine Ahnung, was die Schlampe von ihm oder dieser Sache erwartete.

Du dummes kleines Mädchen hast dich leider überschätzt, dachte er, bevor ihm einfiel, dass man nicht mit Steinen werfen sollte, wenn man selbst im Glashaus saß. Oder im Brunnenloch.

***

»Die werden ziemlich überrascht sein, wenn wir auftauchen«, sagte Jennifer, nachdem sie eine Stunde schweigend in die vorbeirauschende Landschaft gestarrt hatte. Felder wechselten sich mit Wäldern ab, recht viel mehr gab es nicht zu sehen.

»Wenn du dir Sorgen machst, können wir immer noch das Sheriff-Büro anrufen«, meinte Michael, der lässig am Steuer saß und ziemlich erwachsen aussah in seinem weißen Polohemd. Vielleicht ein bisschen zu erwachsen für einen Neunzehnjährigen, der in seinem Leben noch mehr als genug Zeit haben würde, um den spießigen Yuppie zu mimen. Natürlich wollte Jennifer es nicht anders, aber manchmal traf sie die Realität mit einem besonders harten Schlag und das Leben, das auf sie wartete, machte sie schwindlig im Kopf. Als wäre das alles nur ein Traum, dessen abruptes Ende sie den Verstand kosten würde.

»Ich will nicht unnötig Staub aufwirbeln«, sagte sie kopfschüttelnd. »Dass die beiden Probleme haben, hat sich bestimmt herumgesprochen. Eigentlich darf ich mich nicht wundern. Nur weil Mom ein paar klare

Momente hatte, heißt das nicht, dass es ihr nicht wieder schlechter gehen kann. Und Natalie …« Sie zuckte mit den Schultern.

»Deine Schwester ist wohl ein Kapitel für sich«, meinte Michael abschätzig.

Jennifer nickte. Mehr gab es eigentlich nicht zu sagen. Natürlich musste man bei Verrückten auf Überraschungen gefasst sein. Falls ihr das nicht schon vorher klar gewesen war, hatte letztes Weihnachten ihr gezeigt, dass Mom und Natalie sich auf dem Zug des Wahnsinns befanden. Manchmal raste der so irre, dass er beinahe aus den Gleisen sprang, und manchmal bremste er auf eine nahezu normale Geschwindigkeit ab. Wenn das passierte, hatte man das Gefühl, selbst aufsteigen zu können, doch es war besser, die Verrückten allein reisen zu lassen, wenn man nicht eine von ihnen werden wollte. Für ein beruhigtes Gewissen reichten gelegentliche Telefongespräche und der eine oder andere Besuch an den Feiertagen.

»Ich hab ein bisschen Angst, dass es ähnlich wie an Weihnachten sein könnte«, gab Jennifer zu, obwohl sie ihren Freund ungern mit ihren Problemen belastete. Je weniger er in ihr Familiendrama involviert war, desto besser. Manchmal ging es nur leider nicht anders, denn ohne ihn wäre sie gar nicht dorthin gefahren. Er war ihre Stütze der Vernunft in diesem Haus des Wahnsinns, das einst ihr Zuhause gewesen war. An seiner Seite ließ sich der Irrsinn leichter ertragen – und zur Not auch völlig ausblenden. Und falls nun wirklich etwas nicht stimmte, würde er sich darum kümmern, ohne dass sie einen Finger krumm machen musste. Jennifer dachte dabei an eine eventuelle Unterbringung ihrer Mutter in einer psychiatrischen Klinik. Das könnte eine Erleichterung für alle Beteiligten sein, sogar für Natalie, auch wenn die es bestimmt nicht zugeben würde. Schließlich war sie noch jung genug, um ihr Leben zu ändern und einen von den düsteren Schatten ihrer kranken Mutter unbehelligten Weg zu finden. Obwohl Jennifer ihre kleine Schwester nicht besonders mochte, würde es sich gut anfühlen, sie zu retten, ganz zu schweigen von dem Einfluss, den eine solche Tat auf das Karma hatte.

Falls sie die beiden also tatsächlich in einem sehr schlechten Zustand vorfinden sollten – angenommen, es wäre schlimmer als letztes Weihnachten – wäre es wahrscheinlich an der Zeit, über weitere Schritte nachzudenken. Sie hatte mit Michael darüber gesprochen und er hielt eine Entmündigung für ratsam. Da Jennifer zu jung war, um ihre Mutter gesetzlich zu vertreten, hatte sein Vater sich bereit erklärt, diesen Part im Notfall zu übernehmen. Sie konnte sich glücklich schätzen, dass diese hoch angesehene Familie sie wie eine Tochter aufgenommen hatte. Michael hatte ihr vom Anfang ihrer Beziehung an klargemacht, dass ihre Probleme nun auch die seinen waren und dass sie in gleichem Maße auf die Unterstützung seiner Familie zählen konnte wie er selbst. Womit sie so viel Glück verdient hatte, konnte sie sich nicht erklären, doch sie würde alles tun, um es festzuhalten und Michael die Frau zu sein, die er verdient hatte.

Wenn das bedeutete, eine schwerwiegende Entscheidung bezüglich ihrer Familie treffen zu müssen, war sie dazu bereit, denn die Erkrankung ihrer Mutter durfte nicht dazu führen, dass sie selbst in einem schlechten

Licht dastand. Je schneller man sie unter Kontrolle brachte, desto besser.

»Was machen wir, wenn es ihnen schlecht geht?«, wollte sie von ihrem Verlobten wissen.

Michaels Blick war energisch, seine Haltung strahlte Zuversicht und Weltvertrauen aus. Wenn man ihn ansah, vergaß man alle Probleme. »Wenn es nötig ist, rufe ich meinen Dad an. Der wird alles in die Wege leiten.«

»Was passiert dann mit Natalie? Sie ist zu jung, um allein für sich zu sorgen.«

»Die finden was für deine Schwester, mach dir keine Sorgen.«

»Okay.« Jennifer wollte nicht weiter darüber nachdenken. Es gab nichts Befreienderes als die eigenen Probleme in die Hände anderer zu geben.

»Dad weiß Bescheid und er liebt dich wie eine Tochter, das weißt du, oder?«

Jennifer spürte die Hitze in ihren Wangen. Dieser Satz machte sie stolz und verlegen. Sie nickte nur.

»Du bist ein Teil unserer Familie, Süße, bitte vergiss das nicht. Das mit deiner Mom ist eine schlimme Sache, aber wir können dafür sorgen, dass es ihr besser geht und sie keine Gefahr mehr für sich und ihre Umwelt darstellt …«

»Sie ist keine Gefahr für irgendjemanden!«, fiel Jennifer ihm ins Wort, obwohl sie sich da nicht sicher war, schließlich wusste sie, wozu Menschen mit paranoider Schizophrenie fähig waren. Und falls Mom im Wahn jemanden verletzte, würde das auch Auswirkungen auf ihre Töchter haben. Eine Mutter in der Psychiatrie war immer noch besser als eine im Todestrakt.

»Bisher nicht, aber das kann sich ändern, Schatz, das weißt du doch. Vor allem für deine Schwester könnte es gefährlich werden. Wie gesagt: Wir müssen da nicht allein reingehen, wir können den Sheriff informieren oder …«

»Ich will erst mal selbst nach dem Rechten sehen, Schatz, okay? Dass ich niemanden am Telefon erreicht habe, muss nichts heißen. Mom hat bei unserem letzten Gespräch wirklich einen guten Eindruck gemacht.«

Er seufzte. »Na schön, wir versuchen unser Glück, aber bevor die Situation eskaliert, holen wir Hilfe, das musst du mir versprechen.«

»Natürlich«, versicherte Jennifer ihrem Freund, ohne zu ahnen, dass die Eskalation bereits in vollem Gange war.

***

Im Licht der Taschenlampe fiel ihm auf, dass etwas mit ihrem Gesicht passiert war. Der düstere Blick war geblieben, aber die Augen wirkten größer. Außerdem hatte sie roten Lippenstift aufgetragen und ihre Haare waren zum ersten Mal nicht zu einem Pferdeschwanz gebunden. Sie wirkte älter, attraktiver und ein klein wenig verrucht. Die Betonung ihrer hohen Wangenknochen und der exotisch angehauchten Gesichtszüge verliehen ihrer Weiblichkeit eine Anmut, die vorher nicht da gewesen war.

Bisher hatte Sam nicht über Natalies Aussehen nachgedacht. Für ihn war sie ein Durchschnittstyp gewesen. Niemand, nach dem man sich auf der Straße umdrehte. Er hatte sie nicht mal als richtige Frau gesehen, sondern nur als nerventötende Göre mit fragwürdigem Musikgeschmack und zu viel Schwarz im Gesicht. Erst jetzt erkannte er, dass sie eine wunderschöne Frau mit tollen Haaren und aufregenden indianischen Zügen war. Auch ihre Beine fielen ihm zum ersten Mal auf, da sie unter ihrer Jacke einen kurzen Rock trug. Oder war es ein Kleid? Es sah in jedem Fall heiß aus und machte ihm auf schmerzliche Art bewusst, wie lang er keine hübsche Frau mehr vor sich gehabt hatte. Ein paar der Wärterinnen hatten nicht schlecht ausgesehen, doch das war kein Vergleich zu dem Anblick, den Natalie an diesem Abend bot. Trotz seiner misslichen Lage verspürte Sam plötzlich ein heftiges Verlangen nach menschlicher Nähe und – um es auf den Punkt zu bringen – Sex.

Jetzt mach mal halblang, Mann, du sitzt immer noch in diesem Scheißloch und sie steht da oben und macht einen auf Topmodel, aber ein Seil hast du nicht gesehen, oder? Das Miststück spielt mit dir! Egal, wie gut die Schlampe aussieht, wenn sie nicht vorhat, dich hier rauszuholen, wird sie sich eine Kugel einfangen!

Mit zitternder Hand berührte er den Revolver unter seinem Sweatshirt. Wenn er auf sie schießen wollte, musste er schnell sein. Leider war sein Reaktionsvermögen schon besser gewesen.

»Hey!«, begrüßte sie ihn fröhlich. Und dann hob sie die Hand und er sah es! Das verfluchte Seil! Gott und allen Engeln sei Dank!

Sams Herz rutschte ihm im wahrsten Sinne des Wortes in die Hose. Er musste die Arschbacken zusammenkneifen, um nicht spontan einzukacken.

Natalie grinste breit. Es war, als könnte sie seine Gedanken lesen. »Alles klar bei dir?«

Sam stieß einen zittrigen Seufzer aus. »Ja. Ich hatte nur Schiss, dass du nicht kommst.«

Sie schüttelte den Kopf, lächelte, sah atemberaubend aus. »Ich habs doch versprochen.«

Er nickte, lächelte zurück, entspannte seinen Schließmuskel und ließ vorsichtig etwas Luft ab. Der unangenehme Druck ließ nach, was blieb, war das Kribbeln in seinen Eingeweiden. »Du siehst gut aus. Echt heiß«, rutschte es ihm heraus, obwohl es vielleicht etwas früh für derartige Bekundungen war.

Natalies Lächeln wurde noch breiter. »Danke. Ich hab gehofft, dass dir mein neuer Look gefällt.«

»Auf jeden Fall!«

»Cool. Und, bist du bereit?«

Das war eine sehr gute Frage. »Ich hoffe.« Mühsam kam Sam auf die Beine, die sich wie Gummi anfühlten. Seine Knie schlotterten mit seinen Händen um die Wette. *Das ist die Aufregung. Du musst dich beruhigen! Weil du weißt, dass du es kannst!*

War er sich sicher?

Sam trat auf der Stelle und knetete seine Finger, um die Muskeln aufzuwärmen. Natalie beobachtete ihn wie ein Tier im Zoo, von dem ganz besondere Kunststücke erwartet wurden. »Ich mach das Seil fest!«, rief sie fröhlich.

»Du brauchst einen guten Knoten!«, rief Sam zurück.

»Weiß ich!« Mit diesen Worten verschwand sie aus seinem Blickfeld.

Sam lauschte ihren, sich entfernenden Schritten, und fragte sich, was er tun würde, wenn sie ihn verarschte. Die Antwort lag auf der Hand. Scheinbar musste er sich aber keine Sorgen machen, denn ein paar Minuten später tauchte ihr Gesicht erneut im Schein seiner Taschenlampe auf.

»Erledigt!« Das Seil hing über ihrem Arm. Es war dünner als Sam es sich vorgestellt hatte. Hoffentlich war es zum Klettern geeignet. Auf den ersten Blick hätte es auch das Schaukelseil eines Kleinkindes sein können. Natalie warf es ihm zu und er fing es geschickt auf. Leider wirkte es nicht stabiler, als man es in der Hand hielt.

»Bist du sicher, dass mich das Seil aushält?«

Ihre Antwort war ein Schulterzucken.

»Hast du dich informiert?«

Ihr Gesichtsausdruck verriet, dass sie sich eventuell mehr über Mode und Make-up informiert hatte.

»Verdammte Scheiße, Mädchen, ich könnte mir den Hals brechen! Du solltest doch ein Teures nehmen!«

»Ich hatte nicht genug Geld!«, startete sie einen zaghaften Verteidigungsversuch, den ihr neuer Look Lügen strafte.

»Das ist keine Modenschau, verflucht noch mal! Ich dachte, du wärst hier, um mir den Arsch zu retten und nicht um mit deinem zu wackeln!«

»Du hast gesagt, dass es dir gefällt!«

Na toll, jetzt ist sie beleidigt. Musste das sein?

»Das tut es auch. Du siehst toll aus, aber wenn ich mir gleich den Hals breche, hab ich nicht viel davon.«

»Das Seil wird halten, keine Sorge.«

Dein Wort in Gottes Ohr, du kleine verrückte Bitch! Seufzend vergewisserte Sam sich ein letztes Mal, dass der Revolver an Ort und Stelle war, dann zerrte er mit aller Kraft an seinem Ende des Seils. »Schau mal nach, ob es hält!«, forderte er Natalie auf.

»Wollen wir nicht erst die Sachen rausholen?«, fragte sie. »Ich will nicht, dass mein Zeug da unten bleibt.«

»Das machen wir als Nächstes.«

»Okay.«

Sie verschwand, um – hoffentlich – den Halt des Seils zu überprüfen, während Sam erneut mit aller Kraft daran ruckelte.

»Hält bombenfest!«, hörte er sie rufen. *Noch häng ich nicht dran, Süße*, dachte Sam, doch fürs Erste war er erleichtert. Er stopfte alle Dinge, die ihm das Leben in den letzten Wochen erleichtert hatten, in Natalies Tasche. Die mit Urin gefüllten Plastikflaschen legte er in den Toiletteneimer, den Natalie nach oben zog. Sam wollte ihn nachher vergraben, um keine DNS-Spuren zu hinterlassen. Das alte Polster konnte seinetwegen da unten verrotten, Natalie würde es bestimmt nicht mehr brauchen. Als der Eimer oben war, band Sam die vollgestopfte Tasche an das neue Seil und sah zu, wie Natalie sie aus dem Loch befreite. Er wünschte, dass sein Aufstieg genauso einfach sein würde. Ein letztes Mal dehnte er seine müden Muskeln und machte ein paar halbherzige Aufwärmübungen. Er war zu nervös, um seine Kräfte realistisch einzuschätzen. Vor vier Wochen hätte er diese kleine Kletterpartie ohne Probleme absolviert, doch da war er auch zehnmal fitter gewesen. Wenigstens war sein Fuß wieder in Ordnung und die Schmerzen in den Rippen hatten deutlich nachgelassen. Wenn er ehrlich war, hätte er den Aufstieg vor ein paar Wochen wahrscheinlich gar nicht bewältigen können. Es gab also keinen echten Grund, wütend auf Natalie zu sein.

»Alles klar?«, wollte die wissen. Sie klang nervös. Dabei musste sie nichts weiter tun als dort oben zu stehen und die Taschenlampe zu halten.

Sam zwang sich zu einem Lächeln. »Ich komm jetzt rauf. Aber sei gewarnt! Ich stinke wie ein Iltis!«

Das brachte sie zum Lachen. »Keine Sorge, wenn wir zu Hause sind, steck ich dich gleich in die Badewanne.«

Wenn wir zu Hause sind … Die Worte klangen fantastisch und unfassbar. Sam konnte sich nicht erinnern, wann er zuletzt ein Zuhause gehabt hatte. Wenn ihm jetzt eins angeboten wurde, konnte er schlecht Nein sagen.

***

Sam konzentrierte sich nur aufs Klettern und blendete alles andere aus. Es war anstrengender als gehofft und trotzdem leichter als befürchtet. Er rutschte ein paarmal ab, konnte sich aber halten. Seine Hände brannten und er verfluchte sich dafür, dass er Natalie keine Handschuhe hatte besorgen lassen. Stück für schmerzhaftes Stück ließ er sein Gefängnis hinter sich und näherte sich dem hübschen Mädchengesicht mit den indigenen Zügen. Als er fast oben war, zitternd und keuchend, kniete sie sich hin, legte die Taschenlampe auf den Boden und reichte ihm die Hand. Sam griff danach – wie klein und weich sie war! – und bewältigte die letzten Zentimeter mit Natalies Hilfe.

Und dann hatte er es geschafft! Kühles Gras unter und den Sternenhimmel über ihm. Sam keuchte und hustete, seine Lunge brannte wie Feuer, die Handflächen bluteten, sein Rücken brachte ihn beinahe um, aber egal, alles egal, denn er war draußen! Frei! Mit tränennassen Augen starrte er in den Nachthimmel, der ihm noch nie so weit erschienen war, in den vergangenen Jahren hatte er immer nur einen kleinen Teil davon gesehen. Jetzt waren da blinkende Sterne und ein Stück des Mondes, der hinter einer Wolke hervorlugte. Die Luft war klar und frisch, kein Moder, keine Fäkalien, das Einzige, was hier stank, war sein ungewaschener Körper. Sam lachte, weinte und streckte die Arme aus, um den Himmel zu umarmen. Beinahe hätte er Natalie vergessen, obwohl sie so dicht neben ihm saß, dass ihre Körper sich berührten. Er drehte den Kopf und sah sie an. »Danke.«

Sie antwortete mit einem Lächeln.

»Lass mich kurz Luft holen, dann vergraben wir den Scheißeimer und verschwinden von hier.«

»Das hört sich gut an.« Sie lächelte und fuhr sich durch die Haare. Wie hatte sich das hässliche Entlein so schnell in diesen schönen Schwan verwandeln können? Nicht dass sie Sam nun weniger suspekt oder gar sympathisch erschien, aber einen Fick war sie allemal wert.

***

Als sie das Haus betraten, erlebte Natalie einen schwindelerregenden Moment der Unwirklichkeit. Alles sah aus wie immer, obwohl ihre Mutter nicht mehr hier war und es sich bei dem Mann an ihrer Seite um einen gesuchten Schwerverbrecher handelte. Seit Sam nicht mehr im Schacht gefangen war, sondern sich als Mensch aus Fleisch und Blut auf demselben Boden wie sie selbst bewegte, hatte Natalie erst begriffen, dass es ihn wirklich gab. Er war kein Tagtraum, keine fixe Idee, kein imaginärer Doppelgänger eines Rockmusikers, sondern ein echter Mann. Und wenn *er* echt war, dann war es das

Verbrechen, dessen er bezichtigt wurde auch, und dieses Mädchen namens Alice Krueger war keine Roman- oder Filmfigur, sondern ein richtiger Mensch, der viel zu jung gestorben war. Falls Sam dafür verantwortlich war, hatte sie jetzt einen Mörder im Haus.

Und er ist nicht der einzige, erkannte Natalie schaudernd.

Sam roch so übel, dass er der verfaulenden Helen durchaus Konkurrenz machte.

»Soll ich dir ein Bad einlassen?«, fragte sie daher, bevor er Anstalten machte, sich auf der Couch niederzulassen.

Sam nickte, während er sich in dem kleinen Haus umschaute, das Natalie in den letzten Stunden auf Hochglanz poliert hatte. Wenn nur der unterschwellige Verwesungsgeruch nicht gewesen wäre, den sie, nachdem sie ein Weilchen weggewesen war, nun in doppelter Intensität wahrnahm. Natalie holte eine Bierdose aus dem Kühlschrank und drückte sie ihm in die schmutzige Hand. »Ist gleich so weit.«

»Okay.« Er rollte die kalte Dose in den Händen und drückte sie an seine Stirn, bevor er sie öffnete.

Natalie schaltete den Plattenspieler ein, bevor sie in das Bad ihrer Mutter eilte – in ihrem eigenen Badezimmer gab es keine Wanne. Sie fühlte sich seltsam. Als wäre das alles ein Traum, aus dem sie nicht erwachen konnte. Ihre Mutter war tot und ein mutmaßlicher Mörder stand in ihrer Küche und trank Bier, das sie für ein Phantom gekauft hatte.

Während warmes Wasser in die Badewanne lief, starrte Natalie in den Spiegel und fragte sich, wer sie war und was sie getan hatte. Leider war es zu spät, um jemand anderes zu sein oder es wiedergutzumachen.

***

Was riecht da so?

Wahrscheinlich stand irgendwo eine offene Mülltüte herum. Sam nahm auf der Couch Platz, obwohl seine Klamotten schmutzig waren. Sollte Natalie es doch sauber machen. Schließlich war sie nicht ganz unschuldig an seiner Aufmachung. Dass im Hintergrund eine Schallplatte lief – die Stones gaben soeben ihr berühmtes *Angie* zum Besten – hielt ihn nicht davon ab, den Fernseher einzuschalten. Wann hatte er zum letzten Mal eine Fernbedienung in der Hand gehabt? Sam nippte an seinem Bier und glaubte nicht, je etwas Besseres geschmeckt zu haben. Er hatte ewig keinen Alkohol getrunken und seine Eingeweide begrüßten die ungewohnte Wärme.

Jetzt noch eine Kippe und ich bin im Himmel.

Leider waren keine Zigaretten in Sicht. Er würde Natalie fragen, wenn sie zurückkam. Für den Moment war er zufrieden mit seinem Bier, der weichen Couch und der sanften Berieselung durch den Fernseher, wo eine Real-Crime-Doku über Kopfgeldjäger lief. Die armen Schweine, die da gejagt wurden, hatten nicht so viel Glück wie er …

Aber konnte man es wirklich Glück nennen, wenn man in einen Brunnenschacht fiel und von einer durchtriebenen Schlampe befreit wurde? Das neue Styling machte keinen anderen Menschen aus ihr. Trotzdem konnte er froh sein, dass Natalie ihn aufgenommen hatte, denn es würden ein, zwei Tage vergehen, bevor er bereit zur Flucht war. Sie sagte, ihre Mutter sei über die

Frühlingsferien mit dem Bus nach Maryland gefahren, um ihre ältere Schwester zu besuchen. Sam wusste keinen Grund, weshalb er ihr nicht glauben sollte. Es machte Sinn, dass sie diesen Zeitpunkt gewählt hatte, um ihn freizulassen.

Jetzt, wo er endlich frei war, merkte Sam erst, wie groß seine Angst vor der ungewissen Zukunft war. Sobald er wieder unterwegs war, bestand die Gefahr, gesehen und erkannt zu werden, die Jagd würde von vorn beginnen. Bis Mexiko war es ein weiter Weg. Zumindest würde er, dank Natalie, einen fahrbaren Untersatz haben, der nicht als gestohlen gemeldet war. Wenn alles gut ging, würde er in ein paar Tagen die Grenze überqueren.

Wenn …

Sam beschloss, erst mal nicht darüber nachzudenken. In einem erschöpften Körper funktionierte auch kein Gehirn. Er leerte sein Bier, rülpste und lehnte sich zurück. Bleierne Müdigkeit kam über ihn, ließ seine schweren Lider zufallen und stürzte sein Bewusstsein in einen Abgrund, der tiefer war als alle Brunnenschächte der Welt.

***

Auch in dieser surrealen Version ihres neuen Lebens wollte Natalie gut aussehen. Während die Wanne volllief, vertrieb sie sich die Zeit mit der Schminke ihrer verschiedenen Mutter. Sie trug frischen Puder und Rouge auf, malte ihre Lippen nach, bis sie rot wie Blut waren, erneuerte Lidschatten und Wimperntusche und kämmte sich die Haare. Zu guter Letzt zog sie die Jacke aus und schlüpfte in ihre neuen Pumps. Während sie auf der

Toilette beim Pinkeln saß, schnüffelte sie an ihrem Slip und entschied, dass sie unten herum noch frisch genug war. Sie hatte eh gelesen, dass die meisten Männer ein starkes weibliches Aroma bevorzugten, und Sam hatte vierzehn Jahre an keiner Muschi geschnuppert. Wenn er halbwegs normal war, würde ihr Duft ihn verrückt machen.

Als der Schaum über den Wannenrand trat, drehte sie das Wasser ab und holte die Klamotten, die sie für ihn gekauft hatte, aus ihrem Zimmer. Liebevoll drapierte sie sie zusammen mit einem Handtuch auf dem Klodeckel und legte auch den Rasierer dazu. Sam würde ein neuer Mensch sein, wenn er dieses Bad verließ. Sie konnte es kaum erwarten, sein Gesicht wiederzusehen, das sich derzeit unter dem Gestrüpp seines rotstichigen Bartes verbarg.

Bevor sie zu ihm ging, verharrte sie einen Moment vor dem Spiegel und bestaunte erneut die Schönheit, die sich all die Jahre hinter der Fassade der frustrierten Rocker-Göre versteckt hatte. Sam hatte ihr die richtigen Blicke zukommen lassen, als er noch im Brunnenschacht saß. Seit er frei war, fühlte sie sich allerdings vernachlässigt. Kaum dass er sich wieder an der Erdoberfläche befand, verschwendete er seine Zeit mit dem Verwischen von Spuren, anstatt sich seiner Retterin zu widmen. Langsam fragte Natalie sich, ob er sich überhaupt bedanken würde. Seit er aus dem Loch geklettert war, hatte er sie kaum eines Blickes gewürdigt, geschweige denn mit ihr gesprochen. Das hatte sie sich irgendwie anders vorgestellt. In ihrer Fantasie hätte er sie gleich an Ort und Stelle küssen und ordentlich befummeln sollen. Der Sex sollte allerdings erst stattfinden, wenn er gebadet hatte. Allmählich war Natalie sich nicht mehr sicher, ob er wirklich auf sie stand, auch wenn ihm ihre Aufmachung zu gefallen schien. Lag es daran, dass er immer noch wütend auf sie war? Immerhin hatte sie sich mit seiner Befreiung ganz schön Zeit gelassen und zu allem Überfluss auch noch das billigste Seil gekauft. Das Ding hatte zwar gehalten, doch sie hatte in Sams Augen gesehen, dass er ihr genauso wenig vertraute wie diesem Billigprodukt aus China. Nun hoffte sie, es mit einem guten Essen – und ihrem Körper – wiedergutmachen zu können.

Leider wusste sie nicht, wie sie seinen Gemütszustand einschätzen sollte. Eigentlich müsste er heilfroh sein, endlich frei zu sein, so richtig euphorisch wirkte er aber nicht. Vielleicht lag es an der Erschöpfung. Beim Vergraben des Toiletteneimers mit bloßen blutigen Händen hatte er ihre Hilfe dennoch abgelehnt. Seine Ausscheidungen waren ihm wahrscheinlich peinlich, obwohl es sich dabei um die natürlichste Sache der Welt handelte, worauf sie ihn hingewiesen hatte, ohne mehr als ein müdes Schulterzucken zu ernten.

Auf dem Weg zum Haus war er schweigend hinter ihr hergelaufen. Natalie hatte seinen Atem gehört und sich gefragt, ob er ihr wenigstens auf den Arsch glotzte. Als sie sich umdrehte, waren seine Blicke überall, nur nicht da, wo sie sein sollten.

Sam hatte sich die Kapuze seines Sweaters tief ins Gesicht gezogen und wirkte nervös. Erst im Haus schien er sich etwas zu entspannen. Natalie gab ihm ein Bier und hoffte, dass ihm der süßliche Fäulnisgeruch entging, der ihr selbst in der Nase lag. Wie konnte das nur so stinken?

Sie hatte die Leiche doch luftdicht verpackt … Na ja, mehr oder weniger.

Sam sah sich mit wenig Interesse um, und Natalie beschloss, ihn in Ruhe zu lassen, bis sein Bad fertig war.

Nun war es so weit, doch sie zögerte.

Was mache ich, wenn ich ihm doch nicht gefalle? Vielleicht hasst er mich, weil ich ihm erst so spät geholfen habe. Dann wird er mich nicht mitnehmen wollen …

Sie wusste nicht, was sie machen sollte, wenn er sie zurückließ. Ihr Elternhaus würde sich in den nächsten Wochen in ein fauliges Grab verwandeln. Hierzubleiben war keine Option. Früher oder später würde Helens Abwesenheit jemandem auffallen. Man würde sie finden und Natalie an einen Ort jenseits ihrer Vorstellungskraft bringen. Sam musste sie einfach mitnehmen! Ohne ihn war sie verloren.

Soll ich ihm das sagen?, fragte sie ihr Spiegelbild. *Natürlich nicht! Bist du verrückt?*

Während Natalie sich selbst in die Augen starrte, wurden sie schwarz und die Welt verschwamm. Sie hielt sich am Waschbecken fest und atmete tief durch, bis die Konturen zurückkehrten. *Alles wird gut. Er muss nur baden und ein bisschen schlafen, dann wird er sich bestimmt für dich interessieren. Er ist schließlich ein Mann.*

»Das muss er«, sagte Natalie mit ihrem triefend roten Mund. »Er muss es einfach!«

Die neue schöne Frau im Spiegel nickte und schleuderte Blitze aus ihren dunklen Augen. Wer nicht einsehen wollte, dass man dieses Wesen lieben musste, hatte keine Freiheit verdient.

***

Sam zuckte zusammen, als jemand seine Schulter berührte. Im ersten Moment glaubte er, noch im Gefängnis zu sein, dann rieb er sich die müden Augen und sah den Fernseher, das fremde Wohnzimmer, Natalie. Er atmete innerlich auf, während sein Herz noch immer raste.

»Dein Bad ist fertig.«

Sam konnte sich nicht erinnern, darum gebeten zu haben, eine Dusche hätte ihm gereicht, schaden würde es trotzdem nicht. »Okay.« Als er sich erhob, überkam ihn ein kurzer, aber heftiger Schwindel, der ihn ins Taumeln brachte. Sofort war Natalie zur Stelle und umklammerte seinen Arm. Die plötzliche Nähe war neu und ungewohnt. Mit einem Mal wurde Sam bewusst, wie schön sie war und wie gut sie roch, während er wahrscheinlich wie eine Müllhalde stank. Dieses verdammte Bad war mehr als nötig. »Ups«, machte er und grinste.

Natalie lächelte und hielt weiter seinen Arm. Ihre Lippen waren tiefrot und viel voller, als er sie in Erinnerung hatte. Außerdem schien sie gewachsen zu sein. Er senkte den Blick auf ihre Füße.

Was für Hacken, großer Gott!

Plötzlich sah er sie splitternackt vor sich, nur mit diesen Stöckelschuhen. Die durfte sie gern anbehalten, während er sie fickte. Ein warmes Kribbeln breitete sich in Sams Unterleib aus, als der kleine schmutzige Kerl in seiner Hose aus dem Winterschlaf erwachte. Gleich würde er ihn auf Hochglanz polieren und dann mal gucken, ob er noch gut genug funktionierte, um dieser Schlampe ordentlich einzuheizen. Wenn er mit ihr fertig war, würde sie Probleme beim Sitzen und Gehen haben und mit Sicherheit nie wieder auf die Idee kommen, irgendjemandem die Freiheit zu stehlen.

»Alles okay?«, fragte sie mit aufgesetzter Unschuldsmiene.

Sam nickte. »Na klar. Ich freu mich aufs Baden.«

»Cool. Dann komm mit.«

***

Das warme Wasser umschloss Sams Körper wie eine alte Liebhaberin. So warm und geborgen hatte er sich zuletzt als Kind bei seiner Großmutter gefühlt. Er war kurz davor einzunicken, als es an der Tür klopfte. Sam öffnete die Augen und sah, dass sich das schaumige Wasser braun verfärbt hatte. Ihm war nicht klar gewesen, wie schmutzig er tatsächlich war.

Es klopfte erneut.

»Ja?«

»Willst du ein Bier?«

Kleine süße Natalie. Warum nicht gleich so? Wir hätten uns so viel Ärger erspart …

»Immer her damit!«

Die Tür ging auf und sie stolzierte herein. *Klick klack.* Sam sah nur Haare, Brüste und Stöckelschuhe, was den kleinen, inzwischen sauberen und aus der Hose befreiten Kerl sofort auf den Plan rief. Nur ein bisschen Schaum verbarg ihn vor Natalies Blick. Die reichte Sam eine eiskalte Bierdose, die bereits geöffnet war. Während er trank, wanderten seine Augen über ihren Körper. »Willst du auch rein?«

Sie lachte schüchtern. »Bäh, das ist mir zu schmutzig!«

»Ach, echt?« Er zwinkerte ihr zu, trank und starrte sie an. »Komm her!«

Sie gehorchte und kam so nah, dass er nach ihrem Arm greifen und ihre Hand ins Wasser ziehen konnte.

Als sie auf den kleinen Kerl traf, der in den letzten Sekunden ordentlich gewachsen war, gab Natalie ein überraschtes Seufzen von sich und machte Anstalten, sich zurückzuziehen, doch Sam hielt sie fest und schließlich gab sie nach und ihre Finger schlossen sich um seine Erektion.

»Hast du das schon mal gemacht?«, wollte er wissen, während er ihre Hand sanft an seinem Schaft auf und ab bewegte.

Sie schüttelte den Kopf, die Lippen leicht geöffnet, Speichel auf der Zunge. Je erregter er wurde, desto fester packte er ihr schmales Handgelenk. Er wusste, dass er ihr wehtat, sah es in ihrem Gesicht und kümmerte sich einen Scheiß darum. Trotz ihrer Schmerzen versuchte sie ihm zu gefallen und ihm alles recht zu machen.

Sam zwang ihre Hand zu immer schnelleren Bewegungen, sein Unterleib zuckte und Wasser spritzte aus der Wanne. Es dauerte nicht lange, bis er stöhnend und zuckend abspritzte. Er ließ Natalie los und lachte, als er sah, wie nass sie geworden war. Der dünne Stoff ihres Kleides war an manchen Stellen so durchsichtig, dass ihre Unterwäsche durchblitzte.

»Zieh dich aus, wenn du willst, dass ich dich ficke.«

Ihre Augen waren so dunkel, dass sie schwarz wirkten. Eine Emotion suchte man in diesem Blick vergebens, doch als sie das Kleid über den Kopf zog, war das Antwort genug.

***

Als sie in Reizwäsche und Pumps vor ihm stand, erhob Sam sich und stieg aus der Wanne. An seinem tropfnassen Körper klebten Reste von Schaum und Schmutz. Die bläulich schimmernden Tätowierungen auf seinem Oberkörper und den Armen hatten nichts mit den Tattoos gemeinsam, die Leute sich in irgendwelchen Studios stechen ließen. Sie ließen ihn wild und gefährlich wirken, was seine Anziehungskraft erhöhte. Sein halb erigierter Penis in dem rötlichen Schamhaar war größer als Natalie gedacht hatte. Dass sie ihn bereits berührt und zum Orgasmus gebracht hatte, löste ein Gefühl von Zufriedenheit und Stolz in ihr aus. Da waren auch ein paar rötliche Haare auf seinem Oberkörper, sie umschlossen seine Brustwarzen und führten in einer schmalen Linie von der Scham bis zum Bauchnabel. Natalie dachte daran, ihnen mit der Zunge zu folgen, falls Sam sie ließ. Sie würde alles tun, was er wollte, um zu beweisen, dass sie es wert war, an seiner Seite zu sein. Er sollte wissen, dass sie bereit war, die Macht, die sie im Schacht über ihn gehabt hatte, abzugeben.

Als er vor ihr stand, war er noch immer breitschultrig und kräftig, auch wenn er in den letzten Wochen sicher ein paar Muskeln eingebüßt hatte. Mit ihren eins achtundsiebzig war Natalie groß für ein Mädchen, die High Heels verwandelten sie in eine Riesin, die sich mit Sam auf Augenhöhe befand und trotzdem viel kleiner fühlte.

»Zieh alles aus. Bis auf die Schuhe!«

Natalie wurde klar, wie sehr sie sich nach dieser befehlsgewaltigen Stimme gesehnt hatte. Es tat gut, sich keine Gedanken machen zu müssen und einfach loszulassen. Obwohl sie das Machtgefühl genossen hatte, als Sam ihr ausgeliefert gewesen war, empfand sie nun den starken Wunsch, von ihm dominiert zu werden. Sie öffnete ihren BH und stieg aus dem Höschen. Plötzlich spürte sie überdeutlich, wie stark das Gewicht ihrer großen Brüste diese nach unten zog und wie nackt ihre rasierte Scham war. Gleich würde Sam sie überall anfassen und sich ihren Körper auf jede erdenkliche Weise untertan machen.

Sie konnte es kaum erwarten.

***

Der Rollentausch war längst überfällig. Als Natalie nackt, nur in Pumps, vor ihm stand, sich ihm darbot und sich nicht vor seinen gierigen Blicken scheute, wurde Sam von einem Glücksgefühl überschwemmt, das seine Hormone überkochen ließ.

Er packte die schweren Brüste, bohrte seine Finger in das zarte Fleisch und verdrehte die steifen Nippel, bis Natalie vor Schmerz stöhnte, jedoch kein bisschen zurückwich. Ihr Busen war mit roten Striemen und Flecken übersät, als er sie schließlich umdrehte und zu Boden drückte.

Sie kauerte vor ihm und er stand für einen Moment nur da und genoss den Anblick ihres Arsches und der glänzenden High Heels, die darunter hervorragten. Die Körper der jungen Männer, die er im Gefängnis missbraucht hatte, hatten ihn nie sexuell interessiert. Was ihn dabei erregt hatte, war das Gefühl von Macht und Überlegenheit. Nun endlich hatte er auch Macht über die Schlampe, doch die Erregung, die er empfand, ging weit über das hinaus, was er im Knast erfahren hatte. Stattdessen rief sie einst verdrängte, längst vergessene Emotionen hervor, denen er das letzte Mal in einer mondhellen Halloweennacht auf einem abgeernteten Süßkartoffelfeld begegnet war.

Zwischen der verstorbenen Alice und Natalie gab es mehr Parallelen, als letztere glaubte. Plötzlich erinnerte Sam sich wieder ganz genau an jene Nacht und jedes einzelne verdrängte Detail. Während er mit pochendem Ständer über der unterwürfigen Frau stand, die vor Kurzem noch der Grund für all seine Ängste gewesen war, musste Sam an Alice denken, die ihm ebenfalls schlaflose Nächte bereitet hatte. Er war ihrer Spielchen und Sticheleien so überdrüssig gewesen. Er war es so leid gewesen, nach ihrer Pfeife zu tanzen und sich ihren Launen unterzuordnen. Damals hatte er es für Liebe gehalten, doch heute wusste er, dass Alice seine Droge gewesen war, Gift in seinen Venen und Säure in seinem Herzen. Es hatte ihr Spaß bereitet, ihn herumzuschubsen und auszunutzen. An manchen Tagen war sie sein süßer Engel, an anderen eine fauchende Bestie, an den schlimmsten alles in einem. Was hatte sie ihn belogen und leere Versprechungen gemacht? Mal wollte sie ihn heiraten und alles ihrem Vater beichten. Weil Liebe stärker war als Konventionen. Zur Not wollte sie mit ihm durchbrennen, weit weg, egal wohin, Hauptsache, sie waren zusammen. Sie wollte Kinder und eine Verbindung, die nur der Tod trennen konnte. Am nächsten Tag – manchmal auch im nächsten

Moment – war dann alles vergessen, was sie je gesagt hatte. »*Warum glotzt du so blöd? Du glaubst doch nicht wirklich, dass du gut genug bist, um mein Freund zu sein? Meine Familie würde dich niemals akzeptieren. Du bist nur ein schmutziger Arbeiter, ein minderbemittelter Tropf, mit dem ich meine Langeweile vertreibe. Oder hast du echt geglaubt, ich würde dich heiraten? Das ist irgendwie süß. Komm her und gib mir einen Kuss. Du verstehst bestimmt, dass wir nicht zusammen sein können, oder? Du kannst nicht mal richtig schreiben und ich werde Medizin studieren. Wie soll das passen? Ist ja ganz lustig mit dir, aber jetzt mal ehrlich: Siehst du nicht selbst, dass ich ein paar Nummern zu groß für dich bin? Du kannst froh sein, dass ich dich an meine Muschi lasse. Das ist ein echtes Privileg. Die Mexikaner dürfen das nicht, obwohl sie sich auf einem Niveau mit dir befinden. Ihr seid dazu geboren, hart für einen Hungerlohn zu schuften, für den Menschen wie ich nicht mal den kleinen Finger krumm machen würden. Ach, Sammy, guck doch nicht so! Süß bist du, hab ich das nicht erwähnt? Also komm her und mach es mir, bevor ich mir doch einen Mexikaner suche …*«

Vierzehn Jahre hatte Sam diese Stimme aus seinem Kopf verbannt. Heute wusste er nicht mehr, wie lange das so gegangen war. Ein paar Monate waren es auf jeden Fall gewesen, da es bald nach seiner Ankunft auf der Süßkartoffelfarm der Kruegers angefangen hatte. Als Alice ihm das erste Mal zugewinkt hatte, hatte er es für Zufall gehalten. Vielleicht meinte sie gar nicht ihn. Doch dann hatte sie es wieder getan und eines Tages war sie plötzlich hinter dem Schuppen aufgetaucht, als er gerade ein paar Werkzeuge aufräumte. Der Sex war so atemberaubend gewesen, dass Sam nicht genug davon bekam. Die Gefahr, entdeckt zu werden, machte das Ganze umso aufregender, und gleichzeitig fühlte der Kontakt mit Alice sich so vertraut an wie die Treffen mit einer alten Kindheitsfreundin. Leider dauerte es nicht lange, bis sie ihn zum ersten Mal beschimpfte und ihm zeigte, was sie wirklich von ihm dachte. Aus unerklärlichen Gründen hielt ihre Abschätzung sie allerdings niemals davon ab, mit ihm zu schlafen. Sam war wie im Rausch, er verstand die Welt nicht mehr. Wie konnte eine Sache sich wundervoll und schrecklich zugleich anfühlen? Was trieb Alice dazu, sich ihm an den Hals zu werfen und ihn im selben Moment als schmutzig und minderwertig zu bezeichnen? Liebte sie ihn doch und kam nur nicht mit den schwierigen Umständen klar?

Sam konnte es sich nicht anders erklären. Er glaubte nicht, dass eine Frau freiwillig Sex mit einem Mann haben würde, den sie verachtete. Das passte nicht in sein Weltbild und ergab keinerlei Sinn. Also machte er weiter und spielte mit, hoffend, bangend und jeden Tag ein Stück verzweifelter. Er wollte Alice mit seiner Liebe die Augen öffnen und sie auf den rechten Weg bringen. In seinen Tagträumen überzeugte er nicht nur sie, sondern auch ihre Familie – und den Rest der Welt – von dieser Liebe und sah sich vor dem Altar stehen, während Alice in einem wunderschönen weißen Kleid auf ihn zuging und etwas mit seinem Herz geschah, das er für einen Herzinfarkt gehalten hätte, wenn es sich nicht so fantastisch angefühlt hätte. Als Mitglied der Familie Krueger würde er nicht nur die schönste aller Frauen an seiner Seite haben, sondern sich auch keine Sorgen um seine finanzielle Zukunft machen müssen, denn irgendwann würden die Felder, auf denen er sich derzeit noch die Hände wund arbeitete, ihm gehören. Es war ein wundervolles Leben.

Alles, was er je gewollt hatte und mehr, als er sich zu wünschen wagte.

Doch jedes Treffen mit der toxischen Alice ließ ihn mehr an diesem Traum zweifeln, während es seine Besessenheit mit neuem Stoff fütterte. Wenn sie nett zu ihm war, schwebte er im siebten Himmel und tanzte mit den Engeln, sobald sie jedoch etwas Böses sagte, stürzte er in Sekundenbruchteilen Hunderte Meter in die Hölle, wo ihn die Handlanger des Teufels bereits mit ihren Folterwerkzeugen erwarteten. Und es tat weh. O ja. Es übertraf jeden Schmerz, den er bisher gekannt hatte.

Wie typisch Alices heiß-kaltes Verhalten für ein toxisches Beziehungsmuster war, erkannte Sam erst Jahre später, als ein Mithäftling von seiner an Besessenheit grenzenden Liebe zu einer Frau erzählte, die ihre Spielchen ebenfalls mit dem Leben bezahlt hatte. Wenn man das Ganze von außen betrachtete, kristallisierte sich ein Muster heraus, bei dem man sich fragte, warum man das Ganze nicht durchschaut hatte, bevor einen die Toxizität zum Killer machte. Leider bestand die Natur der Sache darin, einen blind zu machen, solange man emotional involviert war. Sams Mithäftling hatte dazu ein einprägsames Bild gehabt: *»Stell dir vor, du bist ohnmächtig – weil du zu viel gesoffen hast oder dir einer übergebraten wurde – und dann bringt man dich in den Zoo und steckt deinen Kopf in einen Elefantenarsch. Du wachst auf, alles ist dunkel und stinkt bestialisch, du hast keine Ahnung, wo du bist oder wie du da hingekommen bist. Würdest du jemals auf die Idee kommen, in einer Dickhaut zu stecken, wenn du nicht mal weißt, dass du im Zoo bist? Nein, niemals? Richtig, Mann, genau das ist es! Ohne irgendeinen Bezug zu diesem Vieh oder dem Zoo, in den man dich ohne dein Wissen* *geschleppt hat, kannst du unmöglich ahnen, dass du in seinem Arsch steckst. Du wirst mit der Zeit schon checken, dass es sich um irgendein Rektum handelt, aber welches es tatsächlich ist, erkennst du erst, wenn du wieder draußen bist und mit deinem stinkenden, scheißebeschmierten Kopf direkt vor dem Riesenarschloch stehst. Dir war klar, dass es was Großes sein muss, aber es hätte genauso gut ein Nilpferd oder ein Wal sein können, weißt du, was ich meine?«*

Dies war eine weitere Stimme in Sams Kopf, die er jahrelang verdrängt hatte. Sogar den Namen des Mithäftlings, der kurz darauf in eine andere Haftanstalt verlegt worden war, hatte er vergessen. Wer wollte schon immer wieder daran erinnert werden, dass er den Rest seines Lebens hinter Gittern verbringen musste, weil er auf ein toxisches Miststück hereingefallen war? Das Leben war unfair und bescheuert. Warum konnten die Dinge nicht einfach das sein, wonach sie aussahen?

Und warum muss mir der ganze Scheiß ausgerechnet jetzt einfallen? Hatte ich in den letzten Wochen nicht genug Zeit, um über den alten Mist nachzudenken?

Sam senkte den Blick auf seine Erektion, die schon stabiler gewesen war und dann auf Natalie, die erwartungsvoll auf dem Fliesenboden kauerte. Bisher hatte sie ihn überhaupt nicht an Alice erinnert, doch plötzlich musste er aufpassen, dass die beiden Frauen in seinem Kopf nicht zu einer verschmolzen. Auf gewisse Weise war Natalies Verhalten ebenso widersprüchlich wie das von Alice. Auch sie übte eine ungesunde Art von Macht aus. Selbst in Momenten wie diesem, in denen Sam am Steuer war, fühlte es sich so an, als würde ihn eine dritte Hand unauffällig, aber beständig vom Kurs abbringen.

Du kannst zum ersten Mal seit vierzehn Jahren eine Frau ficken, Mann! Vielleicht ist es an der Zeit, sich zusammenzureißen!

Auch ein Argument. Sam schüttelte den Kopf, als würde die Geste alle unerwünschten Bilder und Stimmen vertreiben. Er ging hinter Natalie auf die Knie, streichelte ihren runden Hintern und fingerte die feuchte Muschi, bis sein kleiner traumatisierter Kerl wieder in Bestform war.

Die Schlampe seufzte und stöhnte, als er von hinten in sie eindrang und so fest zustieß, dass das Klatschen von Haut auf Haut alle anderen Geräusche übertönte. Dabei grub er die Fingernägel in die straffe Haut ihrer Arschbacken, bis es blutete und sie vor Schmerz heulte. So fühlte sich das an, wenn ein Machtverhältnis zurechtgerückt wurde.

***

Trotz aller Fantasien war es Natalies erstes Mal und sie hatte nicht damit gerechnet, dass es so schmerzhaft sein würde. War das normal oder wollte Sam sie bestrafen? Womöglich war das seine Art, sich an ihr abzureagieren und vielleicht würde er ihr danach verzeihen. Sie musste nur durchhalten, ein kleines bisschen noch.

Im ersten Moment hatte es sich gut angefühlt, als er in sie eindrang, der Widerstand war nur gering gewesen und Natalie hatte dasselbe Kribbeln verspürt, das sie vom Masturbieren kannte. Inzwischen war da nur noch Schmerz. Natalie war sich nicht sicher, was Sam mit ihrem Arsch anstellte, der wie Feuer brannte. Immer wieder grub er die Fingernägel in ihr Fleisch und schlug mit der flachen Hand auf die Wunden. Manchmal traf er auch ihren Rücken, der inzwischen genauso wund war wie ihre Brüste. Ohne Unterlass rammte er seinen Penis mit brutaler Wucht in ihre geschundene Vagina. Natalie wünschte sich, er würde damit aufhören, war aber gleichzeitig froh, ihm geben zu können, wonach es ihn verlangte. Der Gedanke, bestraft zu werden, brachte ein emotionales Gemisch aus Verunsicherung, Genugtuung und Lust über sie. Sie litt Schmerzen, hatte Angst und verspürte gleichzeitig eine Erregung, die mehr geistiger als körperlicher Natur war. Ihr Körper war nicht in der Lage, echte Lust zu empfinden, solange er mit den Schmerzen beschäftigt war. Natalie fragte sich, ob man das irgendwie lernen konnte. Als sie zum ersten Mal von BDSM gehört hatte, war sie sowohl erschrocken als auch aufgeregt gewesen, da dieses Spiel aus Dominanz und Unterwerfung irgendwie ihr Ding zu sein schien. Die Frage war, in welcher Rolle sie sich wohler fühlte. In vielerlei Hinsicht hatte ihre Macht über Sam sich geiler angefühlt als die jetzige Unterwerfung. Nichtsdestotrotz war Natalie klar, dass er die Show durchziehen musste, um sich besser zu fühlen, und sie war bereit, an der Rolle des unterwürfigen Frauchens festzuhalten, sofern das nötig war, um ihn an sich zu binden.

Als er diesmal den Höhepunkt erreichte, spritzte er seinen Saft auf ihren Rücken, bevor er sich mit seinem ganzen Gewicht auf sie legte. Natalies Busen und Gesicht wurden auf den Fliesen platt gedrückt, doch sie verhielt sich ruhig und ertrug die Schmerzen, bis Sam sich endlich zur Seite rollte und schwer atmend neben ihr lag. Nach einer Weile wandte sie sich ihm zu und er legte die Hand auf ihr verschwitztes Gesicht. »Mein Baby«, flüsterte er mit flackernden Augen.

Natalie schwieg und lag still, obwohl sie dringend pinkeln musste. Alles tat weh und alles war gut. Sie hatte ihn genau da, wo sie ihn haben wollte.

Vereint?

Nach dem Sex sieht er sie an und weiß, was als Nächstes kommt. Das Engelsgesicht weicht der Teufelsfratze und es ist wie immer seine Schuld. Zumindest wird sie dafür sorgen, dass es sich so anfühlt.

»Wir sollten uns nicht wiedersehen«, erklärt sie, während sie sich in Seelenruhe anzieht.

Sam kann sie nur anstarren. Eben hat er noch an ihren Nippeln gesaugt und seinen Samen in ihren warmen Schoß gepumpt – sie sagt, dass sie die Pille nimmt, deshalb ist das in Ordnung –, da wirft sie ihm schon den nächsten Knüppel zwischen die Beine.

»Spinnst du?«, fragt er.

»Spinnst *du*?«, kontert sie mit giftiger Zunge. »Sieh dich doch an!«

Automatisch blickt Sam an seinem nackten Körper herab. Er ist jung und gut in Form, sein feuchter Penis glänzt im bleichen Mondlicht und scheint einer zweiten Runde nicht abgeneigt. Das Problem ist, dass Alice wohl keine zweite Runde möchte.

»Du bist ein primitiver Feldarbeiter! Was werden meine Eltern sagen?«

Sam weiß nicht, was er antworten soll. Er würde ihr gern sagen, dass es auf das Innere eines Menschen ankommt und auf die Liebe, die man füreinander empfindet, doch Alice lässt ihm keine Gelegenheit. Plötzlich packt sie sein Hemd, das er ausgezogen hat, damit sie darauf liegen kann, und schleudert es ihm ins Gesicht. »Du bist ekelhaft! Wenn jemand vorbeikommt, wird er denken, dass du mich vergewaltigen willst! Zieh dich endlich an!«

Sam fällt nichts anderes ein, als genau das zu tun. Hektisch zieht er seine Jeans an, schlüpft in seine Turnschuhe und wirft sich das Hemd über.

»Du siehst immer noch primitiv aus«, bemerkt Alice mit boshaftem Unterton. »Und stinken tust du auch. Ich würde niemals mit dir ficken, wenn du mich nicht zwingen würdest.«

Sam ist so perplex, dass er kein Wort herausbekommt.

»Tja, so ist das!« Ihr Lachen klingt wie tausend Fingernägel auf einer Schiefertafel. »Falls das mal Thema sein sollte, hast du mich vergewaltigt. Mit einem wie dir würde ich niemals freiwillig was anfangen.«

»Aber …« Die Worte bleiben Sam im Hals stecken wie spitze Gräten.

»Was denkst du, wem die Leute glauben? Dir oder mir?«, fragt sie mit abschätzig hochgezogenen Augenbrauen.

Natürlich würde man ihr glauben, das wissen sie beide. »Warum bist du so?« Sam kann nichts anderes sagen, an nichts anderes denken. Er versteht keine Welt, in der Frauen wie Alice Männer so behandeln dürfen, ohne eine Konsequenz zu fürchten.

»Wenn du willst, wecke ich meinen Vater und erzähl ihm, was passiert ist. Die Mexikaner werden ihm bei der Suche nach dir helfen.« Sie zuckt mit den Schultern. »Vielleicht hast du ja Glück und jemand ruft die Polizei, solange du noch lebst.«

Sam spürt die Tränen auf seinem Gesicht. Sie ist oft gemein, erniedrigt und beschimpft ihn, aber diese Drohungen sind neu. Meint sie das wirklich ernst?

In dem Moment ist Sams Angst größer als seine Verliebtheit, denn er will sich nicht vorstellen, was Mr. Krueger mit dem vermeintlichen Vergewaltiger seiner Tochter anstellen würde.

»Okay, dann sehen wir uns nicht wieder«, sagt er zögerlich.

Alices Reaktion erschreckt ihn. Ihre Augen werden so groß, dass sie aus den Höhlen treten und sie lacht wie eine Hexe. »Bildest du dir wirklich ein, dass das deine Entscheidung ist?«

»Nein, aber du hast doch gesagt …«

»Wenn ich Daddy sagen will, dass du mir wehgetan hast, dann werde ich das tun. Du kannst mich nicht davon abhalten.«

»Aber das wirst du nicht sagen, oder? Bitte tu mir das nicht an, Alice!« Er ist jetzt verzweifelt, in Tränen aufgelöst, panisch.

»Wir werden sehen«, erklärt sie herablassend. Dann dreht sie sich um und läuft ohne Vorwarnung los.

Sam steht da und fragt sich, was sie will. Ist das ein Spiel? Soll er hinterherrennen? Will sie gefangen werden? Oder ist es ein Trick, mit dem sie ihn dazu bringen will, sie zu verfolgen, um ihn später dafür zu verurteilen?

Er beschließt, es nicht zu tun. Bestimmt will sie ihm nur Angst machen. So fies wie ihre Spielchen inzwischen sind, fragt er sich, wie er dazu kommt, diese Frau zu lieben. Doch das tut er, von ganzem Herzen. Dass er mit dem Kopf in einem Elefantenarsch steckt, wird er erst Jahre später begreifen. Für den Moment bleibt er allein im Wald zurück, raucht eine Zigarette nach der anderen und betet zum Mond. Er glaubt nicht daran, dass Alice ihn der Vergewaltigung bezichtigen wird. Das ist nur eins ihrer vielen Spielchen, die längst nicht mehr so harmlos sind, wie sie vor ein paar Monaten angefangen haben.

Ich muss das beenden, bevor es mich kaputtmacht. Am besten, ich kündige gleich morgen, überlegt er, während er im Halbdunkel auf einem Baumstumpf sitzt und Zigaretten raucht, die ihm nicht schmecken. Ein schriller Schrei, gefolgt von lautem Gelächter, reißt ihn aus seinen Gedanken.

Sam lässt die Zigarette fallen und springt auf. Noch ein Schrei. Ist das Alice?

Er rennt auf den Waldrand zu, vor ihm breitet sich das brache Feld im bleichen Mondlicht aus. Was die schwarzen Gestalten tun und wie viele es sind, kann er aus der Entfernung nicht erkennen, doch nun übernehmen seine Instinkte die Führung und Sam rennt auf das dunkle Menschenknäuel zu. Der auffrischende Wind trägt die Stimmen lachender Männer und einer weinenden Frau zu ihm. Alice bekommt womöglich gerade, was sie verdient hat, aber das kann er nicht zulassen, weil es nicht deren Sache ist, ihr eine Lektion zu erteilen.

Als die Männer ihn bemerken, löst das Knäuel sich auf. Sam zählt drei Personen, die weglaufen und eine, die am Boden sitzt. Er rennt, schreit und keucht. Die Flüchtenden sind nur noch als winzige Punkte am anderen Ende des Ackers auszumachen, als er die schluchzende Alice erreicht. Sie haben ihr die Klamotten vom Leib gerissen und schmutzige Abdrücke auf ihrer hellen Haut hinterlassen, ihr zerfetzter Slip hängt an ihrem Fußknöchel. Hektisch fährt sie sich mit einer Hand über den Mund und presst die andere zwischen die Beine.

»Er hat mir seinen stinkenden Schwanz in den Mund gesteckt!«, schreit sie und Sam denkt im ersten Moment, sie würde ihn meinen.

Dann begreift er, dass er Alice soeben vor einer Gruppenvergewaltigung bewahrt hat. Er kniet sich neben sie und legt die Arme um ihren bebenden Körper, doch sie kreischt und stößt ihn weg. »Fass mich nicht an, du Schwein! Ihr seid alle gleich! Mein Vater sorgt dafür, dass ihr bestraft werdet!«

Völlig baff weicht er zurück und zuckt zusammen, als er mit dem Hintern auf einem großen Stein landet. »Bist du verrückt, Alice? Ich hab dich gerettet! Wegen mir sind die Kerle abgehauen!«

Sie schüttelt den Kopf und verschmiert den Rotz, der ihr aus der Nase läuft, in ihrem Gesicht. »Ihr steckt alle unter einer Decke!«

Meint sie das ernst? Nachdem ich ihre verfickten Vergewaltiger in die Flucht geschlagen habe?

Plötzlich löst der Anblick der hilflosen Frau kein Mitleid mehr aus, sondern nur Wut. Sam versinkt im Rausch des angestauten Adrenalins. Blind greift er hinter sich, erwischt den Stein und schmettert ihn in Alices Gesicht. Sie fällt auf den Rücken und macht wimmernde Geräusche. Der Stein wird sie zum Schweigen bringen! Sam schlägt zu, bis ihre Knochen Brei sind und sie ein Loch anstelle eines Gesichtes hat. Die Augen sind verschwunden, dafür sind überall Zähne. Sie sprenkeln die blutige Fleischmasse wie grobkörniges Salz.

Es ist angerichtet, denkt Sam und will lachen, weinen, weglaufen, alles auf einmal!

Er erhebt sich und blickt auf einen Körper, der immer noch erotisch ist. Dreck und Blut kann man abwaschen. Den Mund, in dem der fremde Schwanz steckte, hat er bereits gesäubert.

»Du weißt, dass das deine Schuld ist«, erklärt er der Leiche auf dem Feld und fragt sich, ob es sich so anfühlt, wenn man den Verstand verliert.

Alice kann nicht antworten, weil sie plötzlich keinen Mund mehr hat. Irgendwie logisch.

»Sie ist tot, du Arschloch!« Er weiß nicht, dass er laut gesprochen hat. Nun muss er etwas tun. Am besten den Stein verschwinden lassen und abhauen. Die Mexikaner werden ihn wahrscheinlich nicht verraten, sein Sperma aber schon. Dummerweise hatten sie nicht die Gelegenheit, ihren Saft am Tatort zu hinterlassen.

Warum habe ich sie ihnen nicht überlassen? Dann hätte ich mir die Hände nicht schmutzig machen müssen.

Leider kommt diese Erkenntnis zu spät. Sam bewegt sich wie in Trance, als er sein Hemd auszieht, um den blutigen Stein darin einzuwickeln. Wenn er will, kann er sich einreden, dass die Mexikaner das getan haben. Warum auch nicht? Sie waren in der Überzahl und hatten böse Absichten. Bestimmt hätten sie Alice nicht mit dem Leben davonkommen lassen, nachdem sie sie auf jede anatomisch mögliche Art und Weise geschändet hatten.

So gesehen hat er ihr einen Gefallen getan.

***

Obwohl sie es sich fest vorgenommen hatte, kam Natalie in dieser Nacht nicht zum Kochen. Sams Freiheitsmenü musste warten. Stattdessen gab es ein paar Sandwiches mit Schinken und Gurke, die er stehend an der Küchentheke verzehrte, während er rauchte und Bier trank. Natalie würde nie verstehen, warum Menschen beim Essen rauchten, doch es war ihm vergönnt. Vielleicht hatte man das Gefühl, alles auf einmal machen zu müssen, wenn man so lange eingesperrt gewesen war. Nach dem Sex im Badezimmer hatte sie den Morgenmantel ihrer Mutter angezogen. Sam trug eine der Unterhosen, die sie ihm besorgt hatte, was sie irgendwie stolz machte, obwohl ihm, streng gesehen, nichts anderes übrig blieb. Als sie seine schmutzigen Klamotten aufsammeln wollte, reagierte er aggressiv und schubste sie weg. »Lass die Sachen liegen! Das mach ich selbst.«

Natalie gehorchte schulterzuckend. Sollte er mit dem Zeug machen, was er wollte, das war eh nur noch Müll.

Sie ging in die Küche, wo sie sich um die Sandwiches kümmerte, während Sam mit nacktem Oberkörper vor dem Fernseher saß. Seit sie ihm die Zigaretten gegeben hatte, rauchte er eine nach der anderen. Natalie hoffte, dass der Qualm den Gestank aus dem Schlafzimmer übertünchte.

Als die Sandwiches fertig waren, rief sie ihn und sah dann zu, wie er das liebevoll zubereitete Essen wortlos in sich hineinstopfte. Sie versuchte, nicht daran zu denken, wie anders sie sich ihre erste Begegnung in Freiheit vorgestellt hatte. Im Moment befriedigten sie nur die Schmerzen zwischen ihren Beinen, die sie daran erinnerten, dass sie endlich keine Jungfrau mehr war. Den Umstand, dass der Rest ihres Körpers ebenso schmerzte, nahm sie billigend in Kauf. Der einzige Wermutstropfen war, dass sie keinen Orgasmus gehabt hatte, doch beim ersten Mal war das eher die Regel als eine Ausnahme. Je länger sie Sam beim Essen zusah, desto weniger Hunger hatte sie, stattdessen breitete sich eine lähmende Müdigkeit aus. Es war fünf Uhr morgens und sie hatte ewig nicht geschlafen.

Wo ist die Zeit hingekommen?

Ihr Besuch im Einkaufszentrum schien ihr so fern, dass er auch in einer anderen Zeitzone stattgefunden haben könnte. Natalie hatte sich noch nie so seltsam gefühlt. Sie war gleichzeitig erschöpft und aufgekratzt, verzweifelt und euphorisch, traurig und glücklich. Fakt war, dass sie ein paar Stunden schlafen musste, wenn sie nicht völlig abdrehen wollte.

»Gehen wir nachher ins Bett?«, fragte sie den fremden Mann in ihrer Küche, der ihr eben noch die Scheiße herausgefickt hatte. Inzwischen war er rasiert und hatte nur etwas Bart am Kinn und um den Mund stehen lassen. Es sah richtig aus und fühlte sich falsch an. Machte das Sinn? Natalie konnte dieses Gefühl zwischen extremer Anziehung und totaler Abscheu nicht beschreiben. Zum einen fragte sie sich, ob Sam überhaupt der Richtige war, zum anderen hörte sie schon die Hochzeitsglocken läuten. Es war verrückt und verwirrend und sie konnte nur hoffen, dass ihr der Schlaf ein Stück Klarheit zurückbrachte.

»Willst du schlafen oder bumsen?«, fragte Sam mit vollem Mund.

Natalie spürte einen nervösen Stich in der Magengrube. Der Gedanke an weiteren Sex war ebenso verlockend wie abstoßend. *Reiß dich zusammen, Mädchen!*

»Erst mal schlafen«, erwiderte sie mit laszivem Augenaufschlag.

»Hm, ja, ich bin dabei.« Inzwischen klang der Alkohol in seiner Stimme mit. Er grapschte Natalie an den Hintern und schmierte sie mit Mayonnaise voll. »Wer hätte gedacht, dass sich hinter dem ganzen schwarzen Scheiß so ein heißes Miststück versteckt?«

Sie lächelte gezwungen. *So sind Männer eben*, versuchte sie sich zu beruhigen. *Daran muss ich mich gewöhnen.*

Und Sam war nicht nur ein Mann, sondern auch ein Fremder, den sie erst richtig kennenlernen musste. Die Gefühle, die sich aufgebaut hatten, als er noch im Schacht festsaß, hatten nichts mit der Realität zu tun. Trotzdem stand für sie fest, dass sie ihn faszinierend, aufregend und sexy fand – wenn er nicht gerade wie ein Schwein fraß – und mit ihm von hier weggehen wollte.

»Kommst du nach? Ich lass die Tür zu meinem Zimmer offen.«

»Okay.« Er beugte sich nach vorn und küsste sie mit seinen fettigen Lippen auf den Mund. Für eine Sekunde war Natalie einfach nur angewidert, doch dann gab sie sich einen Ruck und erwiderte den Kuss, der nach Rauch, Mayonnaise und ganz viel Bier schmeckte. Dafür waren Sams Lippen angenehm fest und er hatte eine geschickte Zunge. Natalie schloss die Augen und ließ sich fallen.

***

Der Sex in der Küche fiel genauso grob und lieblos aus wie der im Badezimmer. Nachdem er sie geküsst hatte, zerrte Sam Natalies Morgenmantel herunter und schubste sie auf den Küchentisch, um von hinten in sie einzudringen. Er stieß eine Zeit lang zu und hörte dann abrupt auf. Wahrscheinlich war er zu betrunken, um zum Schuss zu kommen. Wortlos wankte er davon und ließ sich mit einem Seufzen auf die Couch fallen. Natalie verharrte noch einen Moment in ihrer unbequemen Haltung, bevor sie sich aufraffte.

Auch sie sprach kein Wort, als sie den Wohnbereich verließ, um in ihr Zimmer zu gehen.

Innerlich fragte sie sich, was aus ihrem Leben geworden war und was sie sich dabei gedacht hatte, die eigene Mutter zu töten, um mit einem Mann zusammen zu sein, der sich scheinbar einen Dreck um sie scherte.

Bevor sie sich ins Bett legte, schloss sie die Tür.

***

Sam erwachte in gleißendem Licht. Es war eine Ewigkeit her, seit er das letzte Mal so viel von der Sonne gesehen hatte. Leider hätte der Zeitpunkt nicht falscher sein können. Stöhnend rappelte er sich auf und rieb sich die brennenden Augen, während er versuchte, so etwas wie Ordnung in seinen brummenden Schädel zu bringen und sich in der fremden Umgebung zu orientieren. Er war nackt und von leeren Bierdosen umgeben. Da hatte es wohl jemand übertrieben letzte Nacht. Doch wer seine ersten Stunden in Freiheit nicht mit Sex und Alkohol verbrachte, machte was falsch. Wankend kam Sam auf die Füße, ignorierte den plärrenden Fernseher und tappte durch das Wohnzimmer, um die Jalousien zuzuziehen und den strahlend schönen Tag auszusperren, der eigentlich zu schade war, um ihn in einer Bruchbude wie dieser zu verbringen. Er ging zum Kühlschrank, um eine Erfrischung für seine ausgedörrte Kehle zu suchen, da traf ihn der Gestank wie ein Hammerschlag.

Ist das wirklich nur Müll?

Sam vergaß, dass er eigentlich etwas trinken wollte, und folgte stattdessen der Spur der voranschreitenden Fäulnis von was auch immer hier am Vergammeln war. Dabei hielt er eine Hand vor seine Nase und verzog das Gesicht wie ein Kind, das zum Spinatessen gezwungen wurde. Am intensivsten war der Gestank im Flur. Vor einer der Türen krochen Fliegen herum. Als Sam sie öffnen wollte, stellte er fest, dass sie verschlossen war, kein Schlüssel in Sicht. Er versuchte, durch das Schlüsselloch zu linsen, konnte aber nichts erkennen. Dafür hörte er etwas. Ein tiefes, beständiges Brummen, das ihn an seine Zeit als Farmershilfe zurückdenken ließ. So klang das, wenn viele Insekten, vor allem Fliegen, zusammenkamen, um eine kleine Party zu feiern.

Was versteckt die Schlampe da drin?

Der Verwesungsgeruch war unverkennbar. So roch kein Müll, wenn man nicht gerade ein paar tote Schweine entsorgt hatte. Oder einen toten Menschen.

Traust du ihr das zu?

Sam wusste nicht, wie er diese Frage beantworten sollte. Fest stand, dass Natalie kein normaler Teenager war. Wie sie ihn behandelt hatte, als er noch im Brunnen saß, und wie sie sich jetzt gebärdete – das war alles sehr ungewöhnlich.

Natürlich musste man bedenken, dass sie es aufgrund ihrer indigenen Abstammung sicher nicht leicht gehabt hatte. Indianische Kinder wurden von Gleichaltrigen oft schlecht behandelt, das wusste Sam aus seiner eigenen Kindheit. Auch im Knast hatte er Indigene meist als Außenseiter erlebt. Diejenigen, die bei ihren Stämmen in den Reservaten lebten – dort gab es sogar Gefängnisse – hatten bestimmt auch kein leichtes Leben, aber wenigstens waren sie unter sich und mussten sich nicht ständig gegen die weiße Überzahl behaupten.

Puh, für jemanden, der so verkatert war wie Sam, war das ganz schön viel Kopfarbeit. Was auch immer nicht mit Natalie stimmte, war ihre Sache. Er hatte nicht vor, sich mehr als nötig damit zu befassen, doch was den Gestank anging, würde etwas passieren müssen, wenn er hier auch nur einen Tag länger bleiben wollte – was in Anbetracht seines Zustands durchaus ratsam war.

Sam beschloss, erst mal pissen zu gehen und etwas gegen die Wüste in seiner Kehle zu unternehmen, bevor er sich weiter den Kopf zerbrach. Im besten Fall half er damit auch seinem vertrockneten Gehirn auf die Sprünge.

***

Als sie die Augen öffnete, stand er nackt vor dem Bett, und Natalie fragte sich, wie lange er schon hier war. Sie hatte immer noch Schmerzen, weshalb sie überlegte, ob sie seine Erektion erfreuen sollte oder nicht. Verschlafen blinzelte sie ihn an.

»Wir müssen reden«, erklärte Sam. »Aber erst kümmern wir uns um meine Morgenlatte.«

Natalie konnte und wollte sich nicht gegen seine dominante Art wehren, weshalb sie nickte und die Decke hob, um ihm ihren warmen, nackten Körper zu präsentieren.

Diesmal nahm er sie in der klassischen Missionarsstellung und spritzte seinen Samen auf ihre Brüste. Das Ganze dauerte höchstens fünf Minuten.

Als er schwer atmend neben ihr lag, inhalierte Natalie seinen herben Körpergeruch und spürte die Hitze, die ihm entströmte. Im Tageslicht zeigte sich, wie alt und verlaufen die meisten seiner Tattoos waren. Sie wirkten wie dunkle Male auf seiner blassen, sommersprossigen Haut. Natalie sah Totenköpfe und Pin-up-Girls, Würfel und ein Pikass. Zögernd streckte sie die Hand nach dem grinsenden Totenkopf aus, der sich neben einem sichelförmigen Muttermal auf Sams Brust befand.

Es war das erste Mal, dass sie einen anderen Menschen auf diese Art berührte und die Wirkung auf ihr schwarzes Herz war stärker als jeder Sex.

Vielleicht verliebe ich mich jetzt in den echten Sam.

In betrunkenem Zustand hatte er sie grob und rücksichtslos behandelt, nun schien sie seine weiche Seite kennenzulernen.

Als er ihr das Gesicht zuwandte, streichelte sie ihn weiter, doch als er zu sprechen begann, erstarrte sie mitten in der Bewegung.

»Wer ist hier gestorben?«

***

Als sie gegen neun Uhr morgens in Maryland losgefahren waren, hatte das Navi eine geschätzte Fahrzeit von vier

Stunden und zwanzig Minuten angezeigt. Tatsächlich erreichten sie ihre Heimatstadt sogar ein paar Minuten früher. Jennifer fühlte sich ausgelaugt, obwohl sie in den letzten vier Stunden nicht viel mehr getan hatte, als durch das Beifahrerfenster auf die scheinbar endlose Ansammlung von Kiefern und Laubbäumen am Rand der Interstate zu blicken und sich ab und zu mit Michael zu unterhalten. Sie hatte noch ein paarmal am Festnetz und auf Moms und Natalies Handys angerufen, ohne jemanden zu erreichen.

Wie groß ihre Verunsicherung tatsächlich war, brauchte Michael nicht zu wissen. Anfangs hatte sie sich nichts dabei gedacht, doch inzwischen herrschten in ihrem Verstand die Bilder diverser Schreckensszenarien vor. In einem dieser Szenarien hatte Moms Zustand sich so rapide verschlechtert, dass sie im Wahn auf Natalie losgegangen war, bevor sie sich selbst richtete. Im Geiste sah Jennifer das Blut der in der Hitze brütenden Leichen ihrer Familie. Warum konnte sie den Vorschlag ihres Freundes nicht annehmen und die Polizei rufen? Dann würden sie das Haus wenigstens nicht allein betreten müssen. Es könnte natürlich auch alles in bester Ordnung sein und eine plausible Erklärung für die unbeantworteten Anrufe geben. In diesem Fall würde die hysterische Jennifer sich bis auf die Knochen blamieren und Mom wäre stinksauer, weil sie ihr die Bullen auf den Hals gehetzt hatte.

Falls uns irgendwas seltsam vorkommt, können wir immer noch die Polizei verständigen, versuchte Jennifer sich zu beruhigen, während Michael sich auf Parkplatzsuche im Stadtzentrum befand. Er wollte noch einen Happen essen, bevor sie zu ihr nach Hause fuhren.

Jennifer hatte zwar keinen Hunger, beschloss aber, sich zusammenzureißen und wenigstens einen Salat hinunterzuwürgen, damit Michael nicht merkte, wie schlecht es ihr ging. Allmählich war sie sich nicht mehr sicher, ob sie an berechtigter Panik litt oder vielleicht doch die psychische Krankheit ihrer Mutter geerbt hatte.

***

Natalie setzte sich auf. Plötzlich war ihr Bett zu klein und Sam viel zu nah. »Was meinst du?«

Er verschränkte die Hände hinter dem Kopf und sah sie fest an. »Das weißt du ganz genau. Oder willst du mir erzählen, dass du den Scheiß nicht riechst?«

»Ich … Es … Es ist warm und da steht Müll. Irgendwo.«

»Wessen Zimmer ist das hinter der verschlossenen Tür?«

»Welche Tür?«

»Willst du mich verarschen, Natalie? Oder verarschst du dich gerade selbst?«

Natalie stieg aus dem Bett und wich bis vor das offene Fenster zurück. Wenn man hier stand, konnte man nur den Frühling riechen und es war leicht, den Tod zu ignorieren.

»Wo ist der Schlüssel?«

Sie schüttelte den Kopf. »Keine Ahnung, hab ich vergessen. Ich will die Tür eh nicht aufmachen.«

»Ich weiß. Du musst aber. Also, wo ist er?«

»Ich weiß es wirklich nicht.« Und das war nicht mal gelogen, denn Natalie konnte sich tatsächlich nicht erinnern, was sie mit dem Schlüssel gemacht hatte.

»Ich kann das Ding auch eintreten, wenn dir das lieber ist.«

»Was soll ich machen, wenn ich es nicht weiß, verdammte Scheiße?! Und warum mischst du dich in meine Angelegenheiten?!«

Für einen Moment sah Sam verletzt aus. Da war so ein Schimmer in seinen Augen. Dann richtete er sich auf und zuckte mit den Schultern. »Gute Frage. Vielleicht weil ich der Typ bin, der dich aus deinem Scheißleben rausholen soll?«

»Ohne mich wärst du längst tot! Oder im Knast! Dann hätte ich die Belohnung kassiert, auf die ich dir zuliebe verzichtet habe. Also hör auf, dich wie der verfickte Prinz auf dem weißen Ross aufzuführen!«

»Du hast *mir* zuliebe auf die Belohnung verzichtet? Der war gut, Natalie, echt. Du kannst die Bullen gern rufen, dann können sie sich hier mal ein bisschen umschauen, aber nur, wenn sie Gasmasken dabeihaben. Vergiss nicht, das zu erwähnen.«

»Du bist so ein Arschloch!«, platzte es aus ihr heraus. »Wer weiß, was wirklich mit deiner Freundin passiert ist. Ich glaube nicht an deine Unschuld.«

»Jetzt geht es aber nicht um mich, sondern um den Verwesungsgestank in deinem Haus. Ist deine Mom wirklich nach Maryland gefahren, Natalie? Oder hat sie sich vielleicht hinter dieser verfluchten Tür schlafen gelegt und das Atmen vergessen?«

Auf einmal ging Natalies eigener Atem so hektisch, dass ihr schwarz vor Augen wurde. Sie taumelte gegen das Fensterbrett und sank kraftlos zu Boden. Im Augenwinkel sah sie den nackten Sam aus dem Bett springen. Er fiel neben ihr auf die Knie und legte die Arme um ihren bebenden Körper.

»Ruhig, Kleine. Atme ruhig. Alles wird gut.«

Natalie klammerte sich an ihn. Seine kompromisslose Nähe half ihr dabei, sich zu beruhigen. Plötzlich verwandelte ihre Wut sich in verzweifelte Zuneigung. Sie hatte nur noch ihn und durfte das auf keinen Fall versauen. Und er hatte recht: Wenn sie von ihm gerettet werden wollte, musste sie ihm vertrauen. Sobald sie ihren Atem wieder unter Kontrolle hatte, kamen die Tränen. Sie liefen über Natalies heiße Wangen und benetzten Sams warme Haut. Aus irgendeinem Grund fühlte es sich richtig an, diesen Moment mit ihm zu teilen. Er war zwar nicht der Traummann, den sie sich ausgemalt hatte, dafür war sie aber auch nicht die Art von Frau, die sich irgendjemand backen würde.

»Es tut mir leid«, sagte sie mit bebender Stimme. »Bitte halt mich fest.«

Und das tat er. Für ein Weilchen.

***

Die Idee mit dem Salat stellte sich als Reinfall heraus. Jennifer hatte das Gefühl, als würde sich das verfluchte Grünzeug beim Essen vermehren.

»Willst du nicht lieber was Richtiges?«, fragte Michael, der einen doppelten Cheeseburger mit Pommes vor sich hatte.

Jennifer schüttelte den Kopf. Wenigstens hatte sie die paar Putenstreifen geschafft, mit denen der Salat garniert gewesen war. Sie nippte an ihrem Eistee und zwang sich zu einem Lächeln. »Ich hab einfach keinen Hunger.«

»Du kannst ein paar Pommes von mir haben.«

»Nein danke.«

Michael legte die Stirn in Falten. »Bist du sicher, dass es dir gut geht?«, fragte er mit vollem Mund. Jennifer konnte sich nicht erinnern, dass die Essgeräusche eines anderen Menschen ihr je so auf die Nerven gegangen waren. Am liebsten wäre sie über den Tisch gesprungen und hätte ihrem Freund den Burger aus der Hand gerissen.

»Ist es wegen deiner Familie? Du machst dir mehr Sorgen als du zugeben willst, stimmts?«

Im Moment ist deine Fresserei meine Hauptsorge. Mach so weiter und wir haben einen Trennungsgrund, dachte Jennifer und war über ihre eigene Kaltschnäuzigkeit erschrocken. Das war also damit gemeint, wenn Leute von blank liegenden Nerven sprachen.

»Ein bisschen besorgt bin ich schon, aber ich will nicht die Pferde verrückt machen, verstehst du? Es wird schon alles in Ordnung sein. Ich bin nur froh, dass ich dort nicht allein auftauchen muss.«

»Warum hast du nichts gesagt? Wir hätten auch danach essen können.«

»Ich wollte keinen Stress machen.«

Michael legte den Burger weg und griff über den Tisch nach ihrer Hand. Jennifer fühlte sich wie die schlechteste

Freundin aller Zeiten, weil sie so negativ über ihn gedacht hatte, während er sich alle Mühe der Welt gab. Das Einzige, was sie ihm vorwerfen konnte, war, dass er keine Gedanken lesen konnte. »Du machst keinen Stress, Baby. Es tut mir leid, dass ich deine Sorgen nicht ernst genommen habe.«

Du hast hier einen echten Traummann, Mädchen, das darfst du nie vergessen, dachte Jennifer mit einem Lächeln. Im Gegensatz zu ihrer kleinen Schwester hatte sie wirklich das ganz große Los gezogen. Natürlich war es nie zu spät für ein bisschen Glück, aber ihr Gefühl sagte ihr, dass sich Natalies Leben auf der Schattenseite fortsetzen würde.

Obwohl er noch nicht aufgegessen hatte, winkte Michael der Kellnerin. »Die Rechnung, bitte!«

»Was ist mit deinem Burger, Schatz?« Jetzt hatte sie ein schlechtes Gewissen.

»Schon gut. Wir holen uns was, wenn du wieder Appetit hast.«

»Aber …«

»Allein essen macht keinen Spaß, Baby. Vielleicht können wir nachher alle zusammen ins Restaurant gehen.«

»Okay«, sagte Jennifer und versuchte, den Übelkeit erregenden Kloß in ihrem Hals wegzulächeln, der ihr das Gefühl gab, nie wieder essen zu wollen.

***

»Finde ich da drin, was ich denke?« Sam trug eine Unterhose und Sneakers. Letztere würde er brauchen, um die Tür aufzutreten.

»Ich glaub schon«, antwortete Natalie gepresst. In der Eile hatte sie nur Slip und T-Shirt angezogen. Als Sam »Manson ist cool« sagte, brauchte sie einen Moment, um zu begreifen, dass er ihr Shirt meinte, auf dem das weißgeschminkte Gesicht des Sängers mit roten Augen und Lippen zu sehen war. Dass Sam Marilyn Manson mochte, hätte sie in jeder anderen Situation erfreut, doch jetzt konnte sie nur an den Albtraum denken, der hinter Helens Schlafzimmertür wartete.

»Lässt du das, wenn ich dir alles erzähle?«, startete sie einen letzten Versuch, Sam von seinem Vorhaben abzuhalten. Der hatte bereits den Fuß gehoben und schien sie nicht zu hören oder tat zumindest so.

Natalie hatte die Hände wie zum Gebet gefaltet, als er anfing, auf die Tür einzutreten. Als diese aufsprang, erhob sich eine brummende Wolke aus tiefstem Schwarz vom Boden und verteilte sich im Raum.

Natalie merkte nicht, dass sie laut schrie, bis Sams Hand in ihr Gesicht klatschte.

***

Man sah auf den ersten Blick, dass der Zustand des Grundstücks sich weiter verschlechtert hatte. Das kniehohe Gras musste dringend gemäht werden und auf der Veranda stapelte sich mehr Unrat als beim letzten Mal. Jennifer stieg zögerlich aus dem Wagen und betrachtete eine umgefallene Mülltonne, die ihren Inhalt über den Kies gekotzt hatte. Moms verstaubter Buick stand in der Einfahrt und erweckte den Eindruck, länger nicht bewegt worden zu sein. Alles war wie immer und irgendwie doch anders. Auch Michael war ausgestiegen und warf Jennifer einen skeptischen Blick über das Autodach zu. Inzwischen unterschied sich das Grundstück ihres Elternhauses kaum mehr von denen der leer stehenden Nachbarhäuser. Die steinige Zufahrt endete in einer Sackgasse und die letzten bewohnten Häuser befanden sich hinter einer Biegung und waren von hier aus nicht zu sehen. Wo Jennifer Cooper aufgewachsen war, hatte es seinerzeit gepflegte Vorgärten und freundliche Nachbarn gegeben. Der dichte Wald hinter dem Haus war der perfekte Spielplatz für abenteuerlustige Kinder gewesen. Heute war die Gegend schmutzig und zog die falschen Menschen an. Jennifer hätte wetten können, dass im Schutt der leeren Häuser benutzte Spritzen und zersplitterte Flaschen herumlagen. Wenn es so weiterging, würde auch ihr Elternhaus bald ein Unterschlupf für Junkies sein. Unkraut wucherte vor den niedrigen Fenstern, Müll verschandelte die Veranda und die Witterung hatte ihre Spuren an der grauen Holzfassade hinterlassen. Jennifer konnte sich kaum erinnern, wie es gewesen war, hier aufzuwachsen. Sie wusste noch, dass sie damals zu einer kleinen Gang gehört hatte. Und keiner ihrer Freunde hatte Lust auf Natalie gehabt. Die kleine, seltsame Natalie, der das Leben an der Seite ihrer verrückten Mutter nun womöglich den Rest gegeben hatte.

Plötzlich war Jennifer sich sicher, dass sie tot waren. An einem Ort wie diesem konnte es kein Leben geben.

»Alles okay?« Michael trat neben sie und nahm ihre Hand.

Jennifer wollte ihm sagen, dass er wieder ins Auto steigen sollte. Je schneller sie von hier verschwanden, desto besser. Für manche Dinge gab es keine Heilung. Das Einzige, was man tun konnte, war, die Beine in die Hand zu nehmen und zu rennen, als gäbe es kein Morgen. Sie wollte plötzlich nicht mehr wissen, wie es ihrer Mom und Schwester ging, sondern nur abhauen, bevor sie das böse Karma erwischte. Doch Michael war bereits auf dem Weg zur Veranda und zog sie hinter sich her.

»Ich hab ein ungutes Gefühl«, sagte Natalie, als sie vor der Tür standen, die einen frischen Anstrich nötig hatte.

Michael drückte ihre Hand. »Ich bin bei dir.«

Als er an die Tür klopfte, rutschte Jennifers Herz eine Etage tiefer.

***

Natalie klammerte sich an den Türrahmen, um sich auf den wackeligen Beinen zu halten, während Sam ein paar Schritte auf den in Müllsäcke gewickelten Körper zuging. An Alltagsgegenständen wie Müllbeuteln hatte Helen gern gespart – und das hatte sie nun davon. Ihr aufgeblähter Körper hatte das Plastik an einigen Stellen zum Reißen gebracht, bräunliche Leichenflüssigkeit war herausgelaufen und in den dicken Florteppich gesickert. Ein paar mutige Schmeißfliegen krochen noch darin und auf der Leiche herum, der aufgeregt brummende Rest hatte sich im Raum verteilt und verschandelte Wände und Möbel mit hässlichen schwarzen Flecken. Die Tierchen waren fleißig gewesen und hatten überall ihren fetten, zuckenden Nachwuchs hinterlassen. Nun gab es in Helens Schlafzimmer einen zweiten Teppich, der aus weißen Maden bestand und sich stetig ausbreitete.

»So eine Sauerei!« Sams Stimme wurde von seinem Arm gedämpft, den er sich vors Gesicht hielt. Kurz bevor seine Schuhe die braune Soße mit den sich windenden weißen Leibern berühren würden, blieb er stehen und drehte sich zu Natalie um, die geistesabwesend auf das gekippte Schlafzimmerfenster starrte und sich fragte, ob sie diesen Horror hätte vermeiden können, wenn sie daran gedacht hätte, es zu schließen. Und als ihr Blick zu dem Ding in den geplatzten Müllsäcken wanderte, drängte sich eine weitere Frage in ihren Verstand: *Ist das wirklich meine Mom?*

»Natalie?!«

Wie oft hatte er ihren Namen gerufen? Natalie musste sich durch den dicken Nebel ihres Schocks kämpfen, damit ihre Sinne wieder funktionierten. Alles schien in Zeitlupe abzulaufen. Einen Menschen zu töten war eine Sache, mit dessen sterblichen Überresten konfrontiert zu werden, eine ganz andere. Warum musste dieser Prozess so grausam und ekelhaft sein? *Ich hätte sie nicht im Haus lassen dürfen. Tote werden nicht ohne Grund bestattet.*

»Natalie!« Plötzlich stand er vor ihr und packte sie an den Schultern.

Natalie versuchte, ihn anzusehen, doch ihre Augen schienen an der verdammten Leiche festzukleben, die in einem anderen Leben ihre Mutter gewesen war. Erst als Sam sie erneut ohrfeigte, gelang es ihr, den Fokus auf ihn zu richten. Sie blickte in ein Gesicht mit großen Augen und hektischen roten Flecken auf den Wangen. »Da ist jemand an der Tür!«

Natalies Lippen formten sich zu einem verdutzten O. »Warum hast du das nicht gesagt?«, fragte sie dümmlich, dabei hatte er das sicher getan, seine Worte waren nur nicht stark genug gewesen, um den Sumpf ihres Schocks zu durchdringen.

»Hörst du das Klopfen nicht?«

O doch, sie hörte es. Jetzt hörte sie alles.

»Wer kann das sein?«

»Keine Ahnung«, flüsterte Natalie. Sie hatte solche Angst.

»Wer immer es ist, du musst aufmachen und das irgendwie regeln. Die dürfen weder mich noch die Leiche finden! Verstehst du das?« Er schüttelte sie und Natalie fühlte sich wie eine Puppe. *Seine* Puppe. Hatte sie das nicht gewollt?

Ohne auf eine weitere Reaktion ihrerseits zu warten, schubste Sam sie in den Flur und knallte die Tür hinter sich zu. »Diese Scheißfliegen!«, fluchte er und wedelte mit der Hand.

Ein Teil der Schmeißfliegen war in den Flur gelangt und würde sich von dort im ganzen Haus ausbreiten. Bei der Vorstellung wurde Natalie übel, doch nun war keine Zeit für einen flauen Magen. Sam packte sie schon wieder an den Schultern.

»Du musst dafür sorgen, dass niemand ins Haus kommt! Verstehst du? Die dürfen mich nicht finden!«

Natalie spürte seinen Speichel auf der Haut. Die Angst hatte sein Gesicht in eine Fratze verwandelt. Ob sie auch so aussah?

Falls wir auffliegen, kann ich immer noch sagen, dass er Mom getötet und mich als Geisel genommen hat, schoss es ihr durch den Kopf. Einen Versuch war es allemal wert, aber natürlich durfte es gar nicht erst so weit kommen. Sie würde zur Tür gehen und die Angelegenheit regeln. Klar, warum auch nicht? Schließlich wohnte sie hier und alles war in bester Ordnung. Wenn da nicht diese Ungezieferplage wäre … Vielleicht war irgendwo in der Nähe ein größeres Tier verendet. Bei dem heißen Wetter setzte der Verwesungsprozess ziemlich schnell ein.

»Okay, ich mach das. Und jetzt lass mich los!«

Sam tat wie ihm geheißen. »Ich verstecke mich im Bad.«

Natalie nickte, ohne richtig hingehört zu haben. Wieder klopfte es. Sie musste jetzt stark sein, an die Tür gehen und so tun, als bestünde ihr Leben aus Zuckerwatte. Falls sie versagte, konnte sie sich die gemeinsame Zukunft mit Sam abschminken, das sollte Motivation genug sein, denn sie hatte keinen Schimmer, wie sie allein in dieser Welt bestehen sollte. Es gab keinen Plan B. Das war auch Sam bewusst, der ihr einen letzten panischen Blick zuwarf, bevor er in Richtung Badezimmer verschwand: *Jetzt hängt es an dir.*

***

Innerlich wappnete Natalie sich gegen das Schlimmste, bevor sie die Tür öffnete. Sie rechnete mit der Polizei, den Nachbarn, dem Jugendamt, verlor allerdings keinen Gedanken an ihre Schwester, bis sie vor ihr stand und sie mit tellergroßen Augen musterte. Natürlich war Jennifer nicht allein gekommen. Ihr Freund Michael war bei ihr. Beide überschütteten Natalie mit besorgten Blicken, die anklagender wurden, je länger sie sie begafften. »Hi, Jenny. Michael. Mit euch hab ich echt nicht gerechnet.«

»Ich hab angerufen«, bemerkte Jennifer mit vorwurfsvollem Unterton. Sie stellte sich auf die Zehenspitzen und versuchte, über Natalies Schultern zu linsen, die sich absichtlich so vor der Tür aufgebaut hatte, dass man kaum hineinsehen konnte.

»Ungefähr hundert Mal«, fügte Jennifer hinzu.

Natalie zuckte mit den Schultern. »Hab ich nicht mitbekommen.«

»Ach, nein? Wo ist Mom?« Jennifer fing an, sich an ihrer Schwester vorbei ins Haus zu schieben. Michael half ihr, Natalie zurückzudrängen, der nichts anderes übrig blieb, als die beiden hereinzulassen.

»Was ist los?« Jennifer blickte sich mit gerümpfter Nase um. »Was stinkt da so? Mom? Bist du hier?«

»Wo kommen die ganzen Fliegen her?«, wollte Michael wissen.

»Mom?!« Jennifer wurde immer unruhiger. »Wo ist sie?«, fuhr sie Natalie an.

»Sie ist nicht zu Hause.«

»Ihr Auto ist hier«, mischte Michael sich ein, während er sich verunsichert nach den Fliegen umsah.

»Das stinkt wirklich ekelhaft!«, rief Jennifer.

»Das ist der Müll«, erklärte Natalie. »Ich hab vergessen, ihn rauszubringen.«

»Wo ist Mom?«

»Einkaufen.«

»Ohne Auto?«, hakte Michael nach.

»Sie wollte zu Fuß gehen.«

»Das ist doch Quatsch!«, motzte Jennifer. »Was ist hier los?«

»Antworte deiner Schwester!«

Zu zweit kamen sie auf Natalie zu und drängten sie in die Küche zurück, bis sie mit dem Rücken gegen den Backofen stieß. »Was soll der Scheiß?«

»Warum lügst du? Was ist mit Mom?«

»Ich lüge nicht!«

Michael packte ihren Arm. »Sag uns, was hier los ist, Natalie!«

»Du tust mir weh!«

Michaels Griff wurde noch härter. »Wenn du redest, lass ich dich los!«

Verzweifelt versuchte Natalie sich loszureißen. »Nichts ist los! Mom macht nur ein bisschen Urlaub.«

»Ich dachte, sie wäre einkaufen?«, giftete Jennifer.

»Nein, sie macht Urlaub und kommt erst in einer Woche zurück. Ihr könnt euch also verpissen!«

»Was glaubst du eigentlich, wer du bist?!«, brüllte Michael, während seine Fingernägel sich schmerzhaft in Natalies Fleisch bohrten. »Jennifer hat ein Recht darauf zu wissen, wo ihre Mutter ist!«

»Was kann ich dafür, dass Mom ihr nicht Bescheid gesagt hat?«

»Das hätte sie auf jeden Fall gemacht!«, kreischte Jennifer.

Michaels Griff wurde indessen so schmerzhaft, dass es Natalie die Tränen in die Augen trieb. Sie wollte ihn gerade erneut auffordern, von ihr abzulassen, als plötzlich Sams Stimme durch den Raum hallte: »Hey, ihr Wichser!«

***

Sams schmutzige Klamotten waren auf dem Boden neben der Toilette, wo er sie am Vortag abgelegt hatte, bevor er in die Badewanne gestiegen war. Er hatte Natalie befohlen, die Finger davon zu lassen, weil er erst ein Versteck für seinen Revolver brauchte, den er genauso in sein dreckstarrendes Sweatshirt eingewickelt hatte wie einst den Stein, der Alice den Tod gebracht hatte. Jetzt zog er die Waffe hervor und vergewisserte sich, dass sie geladen war. Seine neuen Klamotten befanden sich in dem an Natalies Zimmer angrenzenden Bad und in Unterhosen fühlte er sich irgendwie schutzlos, weshalb er kurzerhand in seine alten Sachen schlüpfte, ohne sich an dem strengen Geruch zu stören.

Als er angezogen war und die geladene Waffe im Anschlag hatte, betrachtete Sam sein Spiegelbild. Bis auf den gestutzten Bart war er derselbe Mann wie der, der die letzten Wochen in einem muffigen Brunnenschacht verbracht hatte und der, der vierzehn Jahre im Knast gesessen hatte. Ein flüchtiger Krimineller. Das würde er auch immer sein, egal wie er sich anzog oder was er mit seiner Gesichtsbehaarung anstellte. Die Verschlagenheit in seinem unsteten Blick war nicht zu übersehen. Er war nicht unschuldig und nie zu Unrecht eingesperrt gewesen, obwohl er sich das gern einredete. Weder Natalie noch irgendeine andere Frau würde je mit ihm glücklich sein, weil er etwas in sich hatte, was immer alles kaputt machen würde. Für ihn selbst und jeden anderen in seiner Umgebung. Trotzdem wollte er frei sein und ein Stück von dem Kuchen haben, der ihm so lange verwehrt gewesen war. Er wollte es versuchen, irgendwie und irgendwo, und ohne mit der Wimper zu zucken, jeden aus dem Weg räumen, der ihm dabei in die Quere kam.

Natalie war Mittel zum Zweck, nicht mehr und nicht weniger. Sam war nicht auf Rache oder kindische Vergeltung aus, sondern auf das bestmögliche Leben, das er haben konnte.

Leider schien Natalie das Problem nicht selbst regeln zu können. Laute, aufgeregte Stimmen drangen an Sams Ohr. Wie viele waren es? Er hörte einen Mann und eine andere Frau. Sie klangen genauso aufgeregt wie Natalie und schienen sich gegenseitig hochzuschaukeln.

So wird das nichts, erklärte Sam seinem Spiegelbild. Er hatte gehofft, auf weiteres Blutvergießen verzichten zu können, aber manchmal hatte man eben keine Wahl.

***

Der Mann war groß und hatte breite Schultern. In seinem glatt gebügelten Hemd und der Stoffhose wirkte er wie ein Vertreter auf Abwegen. Die junge Frau war ebenfalls groß und sehr schlank. In ihrer kurzärmeligen Bluse und den Bermudashorts erinnerte sie an eine elegantere Version von Natalie. Obwohl ihre Haare eine Nuance heller und sie etwas kleiner war, war die Verwandtschaft offensichtlich, wenngleich Natalies indigener Einschlag weitaus deutlicher ausgeprägt war.

Beide ließen von der in die Enge Getriebenen ab und drehten sich um, als Sams Stimme ertönte. Nun klebten ihre Augen auf seiner Waffe.

»Danke für die Aufmerksamkeit«, sagte er grinsend.

»Wer sind *Sie*?« Die junge Frau ließ sich ihre Verachtung, trotz der Waffe, die auf sie gerichtet wurde, deutlich anmerken. *Respekt, Süße*, dachte Sam amüsiert. *Man merkt, dass ihr Schwestern seid.*

»Mein Name ist Sam und ich bin ein Freund von Natalie.«

»Ein Freund?« Sie zog abschätzig die Augenbrauen hoch. »Sind Sie dafür nicht ein bisschen zu alt?«

Sam fasste sich mit gespielter Betroffenheit an die Brust. »Autsch!«

»Was machen Sie hier?«, schaltete sich Mr. Saubermann ein, der mit seiner runden Brille an einen in die Jahre gekommenen Harry Potter denken ließ.

Sam hatte selten einen so geraden Scheitel gesehen. Die Haare des Typen wirkten wie mit dem Millimetermaß gestutzt.

»Wie schon gesagt, bin ich Natalies *alter* Freund Sam und ich werde euch nur einmal bitten, sie in Ruhe zu lassen.« Er hob die Waffe und zielte direkt auf die breite Stirn des Saubermanns. *Peng und aus.* Es konnte so schnell gehen.

»Hören Sie zu, Mann«, setzte der Typ an, als ein ohrenbetäubender Knall ihn verstummen ließ. Sam hatte direkt neben ihm in den Boden geschossen.

Natalie und ihre Schwester, die beide nah genug standen, um ein paar Holzsplitter abzubekommen, stießen einen kurzen, beinahe identischen Schrei aus, der sie endgültig als Blutsverwandte entlarvte.

»Ihr hört jetzt zu, kapiert?«

Sonderlich glücklich sahen die beiden nicht aus, aber sie hatten endlich genug Schiss, um gehorsam zu nicken.

»Kommt her!« Sam bedeutete ihnen, dass sie auf ihn zulaufen sollten, was sie zögerlich taten, während Natalie schwer atmend in der Küche zurückblieb und ihnen ausdruckslos hinterherstarrte.

»Sir, können wir bitte miteinander sprechen?«, setzte der Witzbold an. Erfreulicherweise war er schon nah genug, um ihm den Pistolenlauf in die Fresse zu stoßen. Mr. Saubermann taumelte zurück und presste die Hände auf den Mund. Erstaunlicherweise blieb seine Brille an Ort und Stelle, als wäre sie mit seiner Nase verwachsen oder so. Mit bluttriefender Schnauze bellte es sich nicht mehr so gut. Natalies Schwester verfiel in schrilles Kreischen, verstummte aber, als Sam einen bedrohlichen Schritt auf sie zumachte.

»Jetzt hast du Angst um deine eigene Fresse, stimmts? Und das solltest du auch, Süße, ich bin nämlich ziemlich am Ende mit meiner Geduld.«

Endlich hatten sie es kapiert. Als Sam sie in Richtung Flur bis vor die Schlafzimmertür der verstorbenen Mrs. Cooper dirigierte, war nur ihr hektischer Atem zu hören. Das änderte sich, als er die Tür aufstieß. Während Natalies Schwester nur trocken würgte, spuckte ihr Freund eine ekelhafte Mischung aus Kotze und Blut auf sein Hemd.

»Großer Gott, was ist hier passiert? Ist das …«, stammelte die junge Frau.

Sam stellte sich vor, wie es in ihrem Kopf ratterte. Wenn sie nicht ganz blöd war, konnte sie sich die Frage selbst beantworten.

»Rein mit euch!«, befahl Sam wirsch.

Der Saubermann setzte sich in Bewegung und blieb erst stehen, als er den Madenteppich erreicht hatte. Er hielt den Kopf gesenkt und drehte sich nicht um. Offensichtlich hatte er bereits mehr begriffen als seine kleine Freundin. Die stand wie festgewachsen im Türrahmen und sah Sam mit großen flehenden Augen an. »Bitte! Sie müssen das nicht tun! Wir können wegfahren und später sagen, dass wir nie hier waren. Ich verspreche, dass wir nichts unternehmen werden. Ich verspreche, dass ...«

Sam versetzte ihr einen kräftigen Stoß, der sie in den Raum und gegen ihren Freund schleuderte. Der Saubermann verlor das Gleichgewicht, landete mitten im Madenteppich und war plötzlich gar nicht mehr sauber. Schluchzend verharrte er auf allen vieren in der stinkenden Leichenflüssigkeit, ohne seine Freundin anzusehen, die neben ihm auf dem Hosenboden gelandet war und wie am Spieß kreischte.

Sams Schuss blies ihre Schädeldecke weg und verteilte blutige Gehirnmasse auf Helens weißer Bettwäsche.

Der Saubermann würdigte seine tote Freundin keines Blickes, zitternd kauerte er auf dem besudelten Teppich und wandte Sam die Kehrseite zu. Wahrscheinlich stand er unter Schock, doch bestimmt war ihm klar, dass dies der letzte Besuch bei seiner Schwiegermutter in spe gewesen war.

»Worauf wartest du?« Sam sah zur Seite und erblickte eine überraschend gefasste Natalie. Dass er soeben ihre Schwester erschossen hatte, schien sie nicht zu stören. Im Gegenteil. Ihr Blick drückte Ungeduld und Vorfreude aus.

»Auf nichts«, entgegnete Sam. Er trat neben den schlotternden Saubermann und drückte den Lauf in seinen Nacken.

***

Michaels Tod war weniger spektakulär als der seiner Freundin. Der gezielte Nackenschuss streckte ihn wie ein Vieh auf der Schlachtbank nieder. Er kippte erst nach vorn und dann zur Seite. Dabei gab es keine herumspritzende Gehirnmasse und relativ wenig Blut. Er starb einfach und verlor dabei nicht mal seine Brille.

Nun lagen drei Leichen in dem kleinen Raum. Auf Schmeißfliegen und Maden kam ein ordentlicher Batzen Arbeit zu. Obwohl ihn der Gestank im Moment nicht störte, wollte Sam nicht daran denken, wie es hier morgen und in den nächsten Tagen riechen würde. Es hatte nie einen besseren Grund gegeben, einen Ort zu verlassen.

Er ließ den noch qualmenden Revolver sinken und wandte sich von dem Schlamassel ab, in das Natalies Familie sich verwandelt hatte.

Sie stand mit unergründlicher Miene im Türrahmen. War sie traurig oder erleichtert? Angeekelt oder fasziniert? Auch sie schien den Leichengeruch derzeit nicht wahrzunehmen, doch das würde sich ändern. Mit der Zeit, der Hitze und Millionen weiterer Aasfresser.

»Jetzt sind alle tot«, sagte sie tonlos, als Sam sich an ihr vorbei in den Flur schob. Er berührte ihren Arm. »Mach die Tür zu.«

Nach kurzem Zögern tat Natalie wie ihr geheißen. Nun standen sie sich im düsteren Flur gegenüber, umschwärmt von Schmeißfliegen, er in seinen schmutzigen Fluchtklamotten, sie im Marilyn-Manson-Shirt, und starrten sich an.

»Wenn du mich nicht mitnehmen willst, kannst du mich auch gleich erschießen und zu den anderen legen«, meinte sie nach einer Weile.

Sam, der tatsächlich mit dem Gedanken gespielt hatte, schüttelte den Kopf. »Sei nicht so dramatisch, Kleine. Zieh dir lieber was an und pack ein paar Sachen. Geld wäre nicht schlecht. Und dann verschwinden wir von hier.«

Bei diesen Worten hellte sich ihr Gesicht auf und sie schenkte ihm das süßeste Lächeln, das ein Mann von einer Frau bekommen konnte. »Ich werde immer alles tun, was du willst, wenn ich bei dir bleiben kann.«

Sam lachte. »Du wirst die Schnauze bald vollhaben, aber okay, lass es uns versuchen.« Was in ihn gefahren war, wusste er nicht, aber plötzlich schien es eine gute Idee zu sein, erst mal zusammenzubleiben. Diese Schlampe war tougher – und durchgeknallter – als gedacht und würde sich vielleicht doch als nützlich erweisen.

Bonnie, Clyde und Jacy

Während Sam sich wusch und umzog – er hatte ziemlich viel Blut abbekommen – nahm Natalie ihren Rucksack und eine Reisetasche und stopfte, mehr oder weniger wahllos, Klamotten und Hygieneartikel hinein.

Als das erledigt war, schlüpfte sie in die neue Unterwäsche und das Blumenkleid, machte sich die Haare und legte Make-up auf. Sie überlegte, ob sie Turnschuhe oder High Heels anziehen sollte und entschied sich für Letzteres, weil sie für ihren Schatz sexy sein wollte. Während des Schminkens fragte sie sich, ob Sam und sie jetzt ein Paar waren. Sie hatten mehr durchgemacht als die meisten und waren in der kurzen Zeit enger zusammengewachsen als andere es in Jahren taten. Wenn sie an die Zukunft dachte, schnürte sich ihre Kehle zu, während es in ihrem Magen kribbelte. Panik und freudige Erregung kämpften um die Oberhand. Ob sie es schaffen würden, stand in den Sternen, aber manchmal war der Weg das Ziel und es war besser, nicht zu weit in die Zukunft zu denken. Jennifer hatte bestimmt auch nicht damit gerechnet, dass ihre Beziehung – und ihr Leben – so enden würden. Die Unwissenheit hatte ihr Leben zu einem guten gemacht, denn wenn sie geahnt hätte, was ihr bevorstand, hätte sie keine Sekunde davon genießen können.

Genießen. Genau das wollte Natalie tun, solange sie konnte. Das erste Mal im Leben hatte sie jemanden an ihrer Seite, der ihr Blut in Wallung brachte und das erste Mal sah sie einen Sinn in allem, was sie tat und was sie umgab. Alles – oder das meiste – fühlte sich richtig an und keine Minute schien verschwendet zu sein. Für dieses kostbare Gefühl hätte sie zu jeder Gelegenheit alles gegeben, auch wenn es nicht ewig anhalten würde. Nichts war für die Ewigkeit. Das Einzige, was man mit Glück tun konnte, war es anzunehmen und zu feiern, solange es einem gegönnt war.

Sam jagte seiner Freiheit noch nach, während sie ihre längst gefunden hatte. Sie konnte jederzeit von hier verschwinden, ohne etwas zurückzulassen, das von Bedeutung war. Dass Mom und Jennifer dafür hatten sterben müssen, war bedauerlich, aber notwendig. Die Möglichkeiten der Zukunft waren viel zu aufregend, um sie von den Nachwehen der Vergangenheit schmälern zu lassen.

Als Natalie mit ihrem Gepäck in die Küche stöckelte – und dabei von schwarzen Brummern umschwirrt wurde – war Sam bereits draußen im Hof. Die Nachmittagssonne schien und es hätte ein gewöhnlicher Tag in einem normalen Leben sein können, den Natalie mit ihrem neuen Freund verbrachte, wenn der nicht gerade zwei Menschen erschossen hätte.

»Die Karre hat 'ne Klimaanlage.« Er klopfte auf die Motorhaube des silbernen Toyota, mit dem Michael und Jennifer gekommen waren. »Und Geld hab ich auch gefunden.«

»Wie viel?«

»Genug.« Er grinste. »Schmeiß dein Zeug in den Kofferraum. Die Sachen von denen können wir mitnehmen oder rauswerfen. Was meinst du? Sollen wir auch mal einen auf Mrs. und Mr. Oberspießer machen?«

Natalie zuckte mit den Schultern. Der Gedanke, sich Michaels und Jennifers Sachen unter den Nagel zu reißen, bereitete ihr aus irgendeinem Grund mehr

Bauchschmerzen als sie bei deren Ermordung gehabt hatte. »Mir wärs lieber, wenn wir den Wagen meiner Mom nehmen.«

»Warum sollten wir? Die Karre fällt fast auseinander und hier haben wir ein nagelneues Auto mit allen Annehmlichkeiten.«

»Wird man dieses Auto nicht schneller suchen?«

»Das glaub ich nicht. Die Fahndung wird eingeleitet, sobald man die Leichen entdeckt.«

»Sollten wir das Haus anzünden? Um Spuren zu vernichten oder so?«

»Das ist keine gute Idee«, meinte Sam kopfschüttelnd. »Im Falle eines Brandes wimmelt es hier in Nullkommanix vor Bullen.«

Das hatte Natalie nicht bedacht. Sie schalt sich eine Idiotin und beschloss, ab jetzt nur noch auf ihn zu hören. »Ja, stimmt, du hast recht.«

»Na klar, du sexy Häschen. Und jetzt hüpf in den Wagen, ich will endlich raus aus diesem Scheißkaff!«

Da war er nicht der Einzige.

***

Sam fuhr los und Natalie sah im Rückspiegel zu, wie ihr Elternhaus kleiner wurde. Im Moment verspürte sie weder Reue noch Traurigkeit und kein bisschen Nostalgie. Jacy Cree war zu lange tot, um ihn noch mit diesem Ort in Verbindung zu bringen und die anderen interessierten sie nicht. Außerdem war ihr Dad hier ebenfalls nicht glücklich gewesen. Dass ihre Familie tot war, fühlte sich trotz allem unwirklich an. Natalie fragte sich, warum es ihr nicht leidtat. Der Anblick von Moms Leiche hatte ihr durchaus zugesetzt, doch der Körper in den Müllsäcken hätte ein x-beliebiger sein können. Statt Trauer und schlechtem Gewissen hatten Ekel und Abscheu im Vordergrund gestanden. Sie war froh, diesen Ort endlich verlassen zu können und glaubte nicht, dass sie Mom und Jennifer vermissen würde. Die eine hatte ihr nur Ärger gemacht und die andere hatte sich einen Scheiß für sie interessiert. Beide hätten niemals verstanden, warum sie mit Sam zusammen sein wollte.

Als das Haus nicht mehr zu sehen war, wandte Natalie sich nach vorn und betrachtete ihren Freund von der Seite. Er hatte ein tolles, markantes Profil. Erneut überlegte sie, ob sie nun ein Paar waren und ob es schlau wäre, ihn danach zu fragen. Am Ende beschloss sie, den Mund zu halten und den Augenblick zu genießen. In einer von Moms Frauenzeitschriften hatte sie gelesen, dass man bei Männern nur auf Taten achten sollte, nicht auf Worte, denn die waren substanzlos, alles Schall und Rauch. Reden konnte schließlich jeder. Und Sams Taten sprachen für sich. Er hatte für sie getötet und jetzt waren sie gemeinsam auf der Flucht, einen größeren Liebesbeweis gab es nicht.

Wir sind wirklich wie Bonnie und Clyde. Nur mit Happy End, dachte Natalie. *Hoffentlich.*

Hoffentlich.

***

Nachdem er über acht Stunden ohne Pause gefahren war, konnte Sam die Augen kaum mehr offen halten. Nach all den Jahren war die Routine schneller zurückgekehrt, als er es für möglich gehalten hätte, und das Fahren fiel ihm nicht nur leicht, sondern machte auch Spaß, trotzdem durfte er sich nicht überschätzen. Nicht auszudenken, was passieren würde, falls sie in einen Unfall gerieten. Aus diesem Grund wollte er Natalie nicht früher als nötig ans Steuer lassen, da sie zwar einen Führerschein, aber kaum Fahrpraxis besaß. Es machte ihn nervös genug, dass sie die Fahrt über die Grenze übernehmen musste, da sie, im Gegensatz zu ihm, eine gültige Fahrerlaubnis und Ausweispapiere besaß. Er würde sich in der Zwischenzeit unter der Sitzbank verstecken und das Beste hoffen – nicht im Kofferraum, weil sie da zuerst nachschauen würden. Die Fahrzeugpapiere hatte er bereits gecheckt und mit Natalie die Story besprochen, die sie bei Fragen an der Grenze zum Besten geben sollte. Der Wagen gehöre ihrem Freund Michael Stevenson – auf den war er logischerweise zugelassen – und er habe ihr das Fahrzeug geliehen, um Freunde in Mexiko zu treffen, mit denen sie Urlaub am Golf von Mexiko machen und ein paar entspannte Tage am Strand verbringen wolle. Michael sei nicht mitgekommen, da er sich spontan um einen kranken Verwandten kümmern müsse. Die Glaubhaftigkeit der Geschichte hielt sich in Grenzen, doch Sam wollte wetten, dass ein paar Hundert Dollar ausreichten, um ein amerikanisches Märchen in mexikanische Tatsachen zu verwandeln. Zum Glück hatte Mr. Saubermann genug Cash im Gepäck, um die Korruptheit der Grenzpolizei auf die Probe zu stellen.

Wenn alles gut ging, würden sie schon morgen Abend den Rio Grande überqueren, der das texanische Laredo mit seiner mexikanischen Schwesterstadt Nuevo Laredo verband. Und falls dieser Plan aus irgendeinem Grund scheitern sollte, hatte Sam noch eine B-Variante im Ärmel, denn Texas und Mexiko verbanden an dieser Stelle nicht nur vier Straßenbrücken, sondern auch eine Eisenbahnstrecke. Zur Not würden sie eben mit dem Zug reisen.

Für heute war es allerdings genug. Sam warf einen Blick auf seine Beifahrerin, die schlafend im Sitz zusammengesunken war. In dem geblümten Kleid wirkte sie harmlos und süß, einfach zum Anbeißen. Inzwischen hatten sie die Staatsmitte von Alabama erreicht und durchquerten soeben die Hauptstadt Montgomery, als ihm am Straßenrand ein großes blaues Schild mit dem Hinweis auf eine Hotelkette auffiel. Um dorthin zu gelangen, müsse man die nächste Ausfahrt nehmen, was Sam für eine ziemlich gute Idee hielt. Er sehnte sich nach einer Dusche und einem weichen Bett.

Er lenkte den Wagen auf einen spärlich beleuchteten Parkplatz, der kaum besetzt war. Als er den Motor ausschaltete, setzte sich Natalie auf und blinzelte ihn verschlafen an. »Es ist ja schon dunkel.«

»Ja, ist spät geworden.«

»Wo sind wir?«

»In Montgomery. Alabama. Ich dachte, dass wir uns für die Nacht ein Zimmer nehmen und morgen Früh weiterfahren.«

Sie rieb sich die Augen und gähnte herzhaft. »Wie weit ist es noch?«

»Michaels Navi sagt, dass wir in etwa vierzehn Stunden in Laredo sind. Dann können wir in der Nacht die Grenze überqueren.«

»Und wie gehts dann weiter?«

»Wir suchen uns ein lauschiges Plätzchen und machen ein bisschen Siesta.« Er grinste.

Natalie lächelte matt. »Klingt gut. Aber ist es nicht zu riskant, ins Hotel zu gehen, solange wir noch in den USA sind? Wir könnten im Auto schlafen.«

»Nein, wir müssen ausgeruht sein. Dafür brauchen wir eine Dusche und ein richtiges Bett. Wenn du reingehst und bar bezahlst, dürfte es kein Problem sein. Ich warte so lange im Auto.«

»Noch sucht uns keiner, oder?«

Sam schüttelte den Kopf. »Im Radio war nichts. Ich steh zwar auf der Fahndungsliste, aber der Ausbruch ist zu lange her. Den hat keiner mehr auf dem Schirm.«

Sie seufzte. »Hoffentlich.«

Sam beugte sich zu ihr hinüber und küsste sie auf den Mund. Die Berührung ihrer feuchten Lippen löste einen angenehmen Schauer aus.

»Sei tapfer, Süße, alles wird gut.« Er zog ein Bündel Dollarscheine aus seiner Hosentasche und gab ihr zwei Hunderter. »Das müsste reichen.«

»Die hatten ganz schön viel Geld dabei, oder?«

Sam zuckte mit den Schultern. »Wahrscheinlich wollten sie Urlaub machen und Michael war zum Glück Bargeldfan. Also los, besorg uns ein hübsches Zimmer. So schlecht sieht der Laden gar nicht aus.«

»Okay«, erwiderte Natalie zögerlich. Sie nahm das Geld und stieg aus dem Wagen. Sam sah zu, wie sie in diesen absurd hohen Stöckelschuhen auf den Hoteleingang zusteuerte und stellte sich vor, wie er sie heute Nacht ficken würde. Die Nutten-Schuhe konnte sie gern anbehalten.

***

Drei Stunden später lag Natalie neben dem schnarchenden Sam und versuchte, die Schmerzen in ihrem Unterleib auszublenden.

Erst hatte er sie zum Essenholen in das gegenüberliegende Fast-Food-Restaurant geschickt, während er duschte, dann hatten sie sich mit Fett, Salz und Zucker vollgestopft, bis Natalie Bauchschmerzen bekam und zur Toilette musste. Sie nutzte den Besuch im Bad, um ebenfalls zu duschen. Als sie wieder ins Zimmer kam, saß er nackt auf dem Bett und aß die übrig gebliebenen Pommes. Natalie ließ das Handtuch fallen und genoss Sams gierige Blicke auf ihrem Körper. Schließlich zog er sie ins Bett und nahm sie erst von hinten, dann von vorn und erneut von hinten. Er drang auch rektal in sie ein, nachdem er ihren Schließmuskel mit Speichel und Mayonnaise geschmeidig gemacht hatte. Schmerzhaft war es trotzdem, doch Natalie beschwerte sich nicht. Sein Verlangen tat manchmal weh, was okay war, denn alles, was *sie* je gewollt hatte, war jemand, der sie mit aller Inbrunst begehrte. Sie taten es nicht unter der Dusche – wovon sie einst geträumt hatte –, hinterließen dafür aber mit Körperflüssigkeiten getränkte Laken und einen wüsten Kriegsschauplatz aus verschütteter Cola und zerquetschten Pommes frites.

Danach rauchte Sam eine Zigarette und schlief ein. *Typisch Mann*, dachte Natalie, die viel zu aufgedreht war, um zu schlafen. Sie fühlte sich hellwach. Also ging sie pinkeln, duschte noch einmal und versuchte, das Bett von den Fast-Food-Resten zu säubern. Sam bekam nichts davon mit. Als sie sich schließlich hinlegte und das Licht löschte, raste ihr Herz wie verrückt. Es war ein irres Gefühl, hier mit ihm zu sein und auf die Welt da draußen zu scheißen. Natalie fühlte sich frei und losgelöst, niemand konnte ihr etwas anhaben, solange Sam an ihrer Seite war.

Nicht wahr?

***

Als Natalie am nächsten Morgen von einem Kuss geweckt wurde, war es noch dunkel. Sie fühlte sich wie Dornröschen, das von ihrem Prinzen wach geküsst wurde, nur dass es in ihrem Fall nicht hundert Jahre, sondern höchstens vier Stunden Schlaf gewesen waren. Sie stützte sich auf die Ellenbogen, um Sams Kuss zu erwidern, doch der hatte sich schon wieder abgewandt. Seine nassen Haare verrieten, dass er gerade aus der Dusche kam. Das Licht im Bad brannte. »Du hast eine halbe Stunde«, erklärte er barsch.

»Okay«, erwiderte Natalie schlaftrunken. Wenn sie sich ordentlich zurechtmachen wollte, musste sie sich beeilen. Sie warf die Bettdecke zurück und war ein bisschen enttäuscht, als Sam ihren nackten Körper keines Blickes würdigte. Er saß auf der Bettkante und starrte in den Fernseher, wo soeben die Morgennachrichten liefen. Eine junge Reporterin gab die neusten Erkenntnisse zu Covid-19 zum Besten, während weitere Meldungen aus aller Welt in Druckschrift über den unteren Bildschirmrand glitten.

»Alles okay?«, fragte Natalie.

»Na klar. Aber wir müssen uns beeilen«, antwortete Sam.

»Dann spring ich schnell unter die Dusche.«

Er nickte, ohne den Blick vom Fernseher zu nehmen. An seine Launen würde Natalie sich noch gewöhnen müssen. Gerade war es aber zu früh, um sich den Kopf zu zerbrechen. Gähnend tapste sie ins Badezimmer.

Es war fünf Uhr drei.

***

Nach ein paar Meilen besorgten sie sich ein üppiges Frühstück am Drive-in-Schalter eines Fast-Food-Restaurants und fuhren zum Essen auf einen Supermarktparkplatz. Inzwischen war die Sonne aufgegangen und der babyblaue Himmel mit nur wenigen versprengten Quellwolken versprach einen schönen Frühlingstag. Obwohl sie kein richtiges Hungergefühl hatte, machte Natalie sich mit gesundem Appetit über Rührei, Waffeln und Orangensaft her. Die Art, wie Sam auf Ei und Würstchen herumkaute, wirkte mechanisch, der Kaffee schien nur zum Hinunterspülen zu dienen.

»Bist du nervös?«, erkundigte sich Natalie, während sie seine rhythmisch malmenden Kaumuskeln betrachtete.

»Ein bisschen«, gestand Sam mit vollem Mund. »Ich hab Schiss vor der Grenze.«

Sie legte eine Hand auf seinen Arm und lächelte. »Wir schaffen das, Schatz.«

Als er sie küsste, schmeckte sein warmer Mund nach Kaffee und Ei. *Ich liebe dich*, dachte Natalie.

Es war sieben Uhr siebenunddreißig.

***

Natalie genoss ihren Roadtrip und jede Minute mit Sam. Sie war noch nie außerhalb von North Carolina gewesen, weshalb die neuen Landschaften fremdartig und aufregend wirkten. Je tiefer sie in den Süden vordrangen, desto mehr veränderte sich die Vegetation. Während diese in Alabama vor allem aus Bäumen und Feldern bestanden hatte, herrschten in Mississippi und Louisiana Laubwälder und Sumpfgebiete vor. Der Himmel war weit und schien an manchen Stellen bis zur Erde zu reichen. Mit der Zeit verlor die Landschaft sich jedoch in trister Eintönigkeit. Stundenlang erblickte man nichts als Bäume, weite Ebenen und Sümpfe, diesen unendlichen Himmel, der sich bis zum Ende der Welt zu erstrecken schien, und grauen Asphalt. Etwas mehr gab es zu sehen, als sie Houston erreichten. Natalie kannte Großstädte nur aus dem Fernsehen und war angesichts des starken Verkehrsaufkommens froh, nicht hinterm Steuer zu sitzen. Auch Sam schien keinen Stadtverkehr gewohnt zu sein. Er wirkte angestrengt und hatte, trotz Klimaanlage, Schweißperlen auf der Stirn. Am späten Nachmittag holten sie an einem Drive-in am Rande eines Industriegebietes ein paar Burger und Getränke und speisten auf einem tristen Parkplatz, wo sie unbeobachtet aussteigen und sich die Füße vertreten konnten. Natalie ließ die High Heels im Auto und lief barfuß über den heißen Asphalt.

Hier unten fühlte der Frühling sich wie Sommer an. Während sie Cola aus einem Ein-Liter-Becher trank, ließ sie den Blick schweifen und betrachtete die Palmen, die sie bisher ebenfalls nur aus dem Fernsehen kannte. Hier ragten sie an jeder Ecke empor und reckten ihre zerzausten Wedel wie zerrupftes Vogelgefieder in den Himmel.

»Wir sind gut in der Zeit«, bemerkte Sam, der einen Jumbo-Cola-Becher in der Hand hielt.

»Und niemand folgt uns«, meinte Natalie.

Er schüttelte den Kopf. »Sieht nicht so aus.«

Sie blickte zu dem Straßengewirr hinüber, von dem sie gerade abgefahren waren. Ohne Navigationsgerät wären sie hier verloren. Gott sei Dank hatte Sam darauf bestanden, Michaels Wagen zu nehmen. In Helens Auto fehlte nicht nur die Klimaanlage, sondern auch das Navi.

»Noch fünf Stunden bis Laredo«, sagte Sam. Er hatte sein Hemd ausgezogen und trug eins der weißen Unterhemden, das Natalie gekauft hatte, weil sie ein ähnliches an Corey Taylor gesehen hatte. Wenn sie in Mexiko waren, würde er neue Klamotten brauchen. Michaels Sachen im Kofferraum waren zwar ungefähr seine Größe, passten aber genauso wenig zu ihm wie Jennifers Klamotten zu Natalie. Noch ging kein Geruch von den Flecken unter seinen Achseln aus. Davon abgesehen mochte Natalie das Aroma seines Schweißes. »Kannst du noch fahren oder soll ich dich ablösen?«, fragte sie aus Höflichkeit, obwohl sie hoffte, dass Sam dies verneinen würde. Seit sie den Führerschein hatte, war sie nie weiter als bis zum Einkaufszentrum um die Ecke gefahren – und auch das nicht oft. Hinter dem Steuer fehlte ihr nicht nur die Erfahrung, sondern auch das Selbstvertrauen. Wenn sie erst mal in

Sicherheit waren, wollte sie unbedingt daran arbeiten. Vielleicht würde Sam mit ihr üben.

»Nein, ich kann fahren, das ist kein Problem. Die Stadt haben wir bald hinter uns.«

Bevor sie zurück ins Auto stiegen, rauchten sie und küssten sich. Sam schmeckte nach Cola und Zigaretten und Natalie kam es vor, als würde sie ihn mit jeder Stunde mehr lieben.

Es war sechzehn Uhr zwanzig.

***

Sam fragte sich, wie Natalies Verwandlung von der rotzigen Göre in die attraktive Sexbombe so schnell vonstattengehen konnte. Oder war er derjenige, der sich verändert hatte? Vielleicht lag es auch an den Umständen und der Verlagerung des Machtgefälles. Als er im Schacht gesessen hatte, war sie die Verkörperung seines Feindbildes gewesen, weil sie sich geweigert hatte, seinem Wort Folge zu leisten. Sie war das letzte Hindernis gewesen, das er überwinden musste, um endlich frei zu sein, doch anstatt ihm seinen größten Traum zu erfüllen, triezte und quälte sie ihn mit seiner Hilflosigkeit. Das Gefühl, diesem Mädchen auf Gedeih und Verderb ausgeliefert zu sein, hatte Sams Wut zum Überschäumen gebracht. Doch als er wieder an der Erdoberfläche war, hatte der Wind sich augenblicklich gedreht. Endlich konnte er der Göre zeigen, wo der Hammer hing. Und sie ließ es zu, schien es sogar zu genießen, obwohl er alles andere als zimperlich mit ihr umsprang. Aus der zickigen Göre war ein devotes Frauchen geworden. Ein Frauchen, das den Teufel im Leib hatte. Sam wusste immer noch nicht, wer sie war, jedoch stand fest, dass sie ihm gehören wollte, womit er durchaus leben konnte. Sie hatte bewiesen, dass sie nützlich sein konnte. Natürlich spielte auch der Umstand eine Rolle, dass Sam sexuell total ausgehungert war. Nun versuchte er, all die verlorenen Jahre in ein paar wilden Stunden zurückzuholen und – das war das Verrückte daran – hatte tatsächlich den Eindruck, dass es funktionierte. Er war jedenfalls froh, Natalie nicht abgeknallt oder im Schlaf zurückgelassen zu haben. Letzteres war der ursprüngliche Plan gewesen, der von der Leiche im Schlafzimmer und dem überraschenden Familienbesuch durchkreuzt worden war. Im Nachhinein war alles so gekommen, wie es sollte, zumindest hoffte Sam das. Wenn sie es erst mal über die Grenze geschafft hatten, würde ein neuer Lebensabschnitt beginnen. Noch war er sich nicht sicher, ob er die Kleine nicht doch irgendwann zum Teufel jagen würde, aber er wollte ihr eine faire Chance geben, ihre Loyalität unter Beweis zu stellen, und zwar nicht nur im Bett. Falls Natalie sie sicher nach Mexiko brachte, war er bereit, ihr einen kleinen Teil seines Herzens zu schenken, inklusive realistischer Aussichten auf den Rest.

Sam wurde nicht nur von anstrengenden Gedankenschleifen geplagt, sondern auch von Schmerzen in Schultern und Rücken, da er das lange Autofahren nicht gewöhnt war. Als sie Houston hinter sich ließen, atmete er auf und entspannte sich etwas. Auf dem Highway Richtung Süden war wenig Verkehr und die inzwischen vertraute Eintönigkeit wirkte seltsam beruhigend. Nun spannte sich der tiefe Himmel über einer trockenen Prärielandschaft, in der vereinzelt verkrüppelte Büsche und niedrige Bäume wuchsen. So weit südlich war Sam noch nie gewesen. Er legte die Hand auf Natalies warmen Oberschenkel, die mit einem Lächeln auf die Geste reagierte. *Fuck, ich glaube, ich verliebe mich in dich*, dachte er, während er ihr Bein streichelte.

Es war siebzehn Uhr neunundvierzig.

***

»Wir müssen tanken«, sagte Sam, als sie Laredo erreicht hatten, welches, im Gegensatz zu dem uramerikanischen Houston, ein ausgeprägt mexikanisches Flair besaß und aus unzähligen breit auseinandergezogenen Wohnvierteln bestand. Wie neugierige Touristen durchquerten sie das belebte Zentrum, wo schlicht gekleidete Latinos das Straßenbild dominierten. Trotz der nach wie vor wütenden Corona-Pandemie schienen die meisten Läden und Restaurants geöffnet zu haben und es herrschte eine für milde Abende typische Geschäftigkeit.

»Soll ich mit dem Navi nach Tankstellen suchen?«, fragte Natalie, die müde aussah, obwohl sie sich den ganzen Tag ausgeruht hatte.

Sam war selbst so platt, dass er sich am liebsten sofort schlafen gelegt hätte. Allmählich war er sich nicht mehr sicher, ob sie die Grenze noch heute Abend oder doch lieber morgen anpeilen sollten. Wenn er ehrlich war, war er nicht mal sicher, ob Laredo überhaupt der richtige Ort dafür war. Vielleicht täten sie besser daran, es den illegalen Einwanderern nachzumachen, indem sie sich bei Nacht und Nebel irgendwo durchs Unterholz schlugen. Andererseits sollte der Grenzübertritt nach Mexiko für

Amerikaner kein größeres Problem darstellen. Schwierig wurde es, wenn man von dort in die USA wollte und keine weiße Hautfarbe hatte. Natalie war zwar keine Weiße, dafür aber amerikanische Staatsbürgerin mit ordnungsgemäßen Ausweispapieren. Dennoch machte Sam sich Sorgen wegen des Wagens, der nicht auf sie zugelassen war. Und was sollten sie tun, falls die Grenzbeamten doch genauer hinschauten und ihn in seinem Versteck entdeckten? War das besser, als ohne Ausweispapiere zu reisen?

Wir müssen es versuchen. Uns bleibt nichts anderes übrig.

Plötzlich wusste Sam nicht mehr, was falsch oder richtig, riskant oder sicher war. Er wollte keine kalten Füße bekommen, konnte das flaue Gefühl in seinem Magen aber nicht länger ignorieren. Vielleicht war es am besten, noch eine Nacht darüber zu schlafen. Allerdings würden sie trotzdem tanken müssen, da sie bereits auf Reserve waren.

»Bestimmt kommen Tankstellen, sobald wir aus dem Zentrum raus sind. Ich würde eh vorschlagen, dass wir uns noch mal ein Hotel suchen.«

»Hier? Ich meine, auf der amerikanischen Seite?«

»Ja. Ich will in Ruhe über unsere Taktik nachdenken, bevor wir zur Grenze fahren.«

»Machst du dir Sorgen?«, fragte sie mit gerunzelter Stirn.

Sam zuckte mit den Schultern. »Nur ein bisschen. Schau dir noch mal die Nachrichten auf deinem Handy an, okay? Ich hab ein ungutes Gefühl, weil wir schon seit über einer Stunde kein Radio gehört haben.« Der Empfang war gerade grottenschlecht und in dem einzigen

Sender, den sie einigermaßen störungsfrei hereinbekamen, schien ausnahmslos spanisch gesprochen zu werden.

Natalie kramte ihr Smartphone aus der Mittelkonsole. »Kein Empfang.«

»*Fuck!*«

»Aber wir haben doch heute Nachmittag alle Nachrichten gecheckt. Ich glaube nicht, dass sich seitdem was geändert hat.«

»Glauben ist nicht wissen, Natalie. Irgendwann müssen sie die Leichen ja finden.«

»Bis dahin sind wir in Mexiko, mach dir keinen Kopf.«

Sam seufzte. Der Kontrollverlust, den es bedeutete, keine Nachrichten verfolgen zu können, ging mit einer unangenehmen Vorahnung einher. Und das ausgerechnet jetzt, so kurz vor dem Ziel.

»Versuch es weiter. Wir brauchen Gewissheit, bevor wir uns für ein Hotel entscheiden.«

»Okay«, sagte sie und schenkte ihm ein Lächeln, das er nicht erwidern konnte. Seine Übelkeit war einfach zu stark.

Es war einundzwanzig Uhr zweiundvierzig.

***

Sie verließen das Zentrum und gelangten in eine Art Gewerbegebiet, wo die nächste Tankstelle nicht lange auf sich warten ließ. Sam setzte den Blinker und fuhr über den hell beleuchteten Platz neben eine der vier Zapfsäulen. Es waren weder andere Fahrzeuge noch Menschen zu sehen.

»Soll ich aussteigen?«, bot Natalie an.

Sam schüttelte den Kopf. »Bleib lieber am Handy. Vielleicht funktioniert es hier. Ich beeil mich.«

Tatsächlich tauchten in diesem Moment zwei Empfangsbalken am linken oberen Bildschirmrand von Natalies Smartphone auf. »Es geht wieder!«, rief sie, doch Sam war schon ausgestiegen. Auch gut. Natalie rief eine Seite mit aktuellen Nachrichtenmeldungen auf und scrollte nach unten, bis sie in ihr eigenes Gesicht starrte und ihre Wahrnehmung in einem Meer aus zerlaufenen Farben versank. In diesem Moment blieb die Welt stehen und ihre Eingeweide verwandelten sich in heiße Lava. Natalies Hände zitterten wie die einer schweren Alkoholikerin auf Entzug. Sie schien sich außerhalb ihres Körpers zu befinden, als sie auf den Artikel tippte, der mit einem ihrer Highschool-Fotos und einer Aufnahme Sams in Sträflingskluft garniert war. Mit pulsierenden Augäpfeln überflog sie die Zeilen, die über den Gefängnisausbruch vor über einem Monat und die Toten in ihrem Elternhaus berichteten. Wenn sie es richtig verstand, war die Fahndung weiterhin nur auf Sam ausgerichtet, während sie selbst als vermisst galt und dem flüchtigen Mörder vermutlich als Geisel diente. Die Meldung war keine zwei Stunden alt, war seitdem jedoch durch sämtliche Medien gegangen. Auf einen Schlag war Natalies Mund so trocken wie die Sahara. Sie war im Begriff, die Beifahrertür zu öffnen, um Sam zu warnen, als sie realisierte, dass er sich bereits auf dem Weg in die Tankstelle befand. Es war zu spät, um ihn aufzuhalten. Zum Glück war niemand außer ihnen hier.

Das wird gut gehen, versuchte sie sich zu beruhigen. *Gleich ist er zurück und wir können gemeinsam über die nächsten Schritte nachdenken. Auf jeden Fall müssen wir das Auto loswerden.* Nach Michaels Wagen wurde gefahndet, das stand ebenfalls in dem Artikel. *Scheiße*, dachte Natalie, während sie darauf wartete, dass Sam aus der Tankstelle kam. *Warum dauert das so lang? Er ist doch der einzige Kunde …*

Gingen die tatsächlich davon aus, dass er die Morde allein begangen und sie entführt hatte? Natalie wäre nie auf die Idee gekommen, dass man sie für unschuldig halten könnte, nun wusste sie nicht, was sie davon halten sollte. War das gut oder schlecht?

Egal. Hauptsache, er kommt schnell zurück, damit wir verschwinden können!

Über alles andere konnten sie sich später Gedanken machen.

Wo bleibst du, Sam? Warum dauert das so lange? In dem Moment platzte ein lauter Knall in ihre Gedanken. Gefolgt von einem zweiten.

Vor Schreck setzte Natalies Herzschlag einen Takt aus.

Es war einundzwanzig Uhr fünfzig.

***

Der junge Mexikaner hinter der Kasse beäugte Sam misstrauisch. Der Junge war noch keine zwanzig und litt an einer hartnäckigen Form von Akne, die nicht nur sein Gesicht, sondern auch Teile seines Halses befallen hatte. Da sich der Kassenbereich hinter Plexiglas befand, trug er keine Mund-Nasen-Bedeckung, obwohl das seiner Optik gutgetan hätte.

Sam hatte eine medizinische Maske aufgesetzt, die er in Michaels Wagen gefunden hatte. Ein unleugbarer Vorteil des Corona-Wahnsinns für gesuchte Verbrecher war die allgemeine Maskenpflicht in der Öffentlichkeit. Damit war man stets inkognito unterwegs, ohne verdächtig rüberzukommen.

Sam trat vor die Glasscheibe. »Die Nummer drei bitte. Und eine Packung Marlboro.«

Statt ihn anzusehen, was irgendwie höflich gewesen wäre, glotzte der Junge aus dem Fenster.

»Hallo?«

Der Kopf des Tankstellenmitarbeiters fuhr herum. Kurz sahen sie sich in die Augen, dann glitt der Blick des jungen Mexikaners Richtung Decke und Sam bemerkte – zu spät – das kleine Fernsehgerät, das dort hing. Und da waren sie, seine Nachrichten. Die Schlagzeile, von der er auf die Schnelle nur die Hälfte entziffern konnte, lautete: *›Grausamer Dreifachmord in North Carolina! Entflohener Sträfling mit junger Geisel auf der Flucht!‹*

Das darf nicht sein, dachte Sam, der sich wie im Traum fühlte. Mit Maske war er wahrscheinlich nicht zweifelsfrei als der Gesuchte auf den Fahndungsfotos zu erkennen, doch von Michaels gestohlenem Toyota mit den Kennzeichen aus Maryland wurden ebenfalls Bilder gezeigt. Wie viele solcher Karren fuhren wohl gerade in Laredo herum?

Fuck! Mehr gab es da wohl nicht zu sagen. Sam war eh nicht nach Reden. Seine rechte Hand griff nach hinten, um den Revolver aus seinem Hosenbund zu ziehen, an den er zum Glück gedacht hatte, auch wenn er nicht wirklich davon ausgegangen war, Gebrauch davon machen zu müssen. Er würde diesem pickeligen Trottel ordentlich Angst einjagen und ihn zur Not abknallen. Als Nächstes mussten sie Michaels Wagen loswerden und die Sache mit der gemütlichen Nacht im Hotel hatte sich natürlich erledigt. Warum hatte er nicht abgewartet, bis Natalie die Nachrichten abrufen konnte? Das war dumm und leichtsinnig gewesen. Lag es an der Erschöpfung oder hatte er sich einfach zu sicher gefühlt? War das Überheblichkeit oder Blödheit? All das ging Sam in Sekundenbruchteilen durch den Kopf. Seine Finger berührten gerade den Griff des Revolvers, als der Junge hinter der Scheibe eine doppelläufige Flinte an sich riss, die vermutlich unter dem Tresen versteckt gewesen war.

Fuck, fuck, fuck!, dachte Sam, zog seine Waffe und drückte ab. Was dem Jungen durch den Kopf ging, bevor er durch die Scheibe schoss, würde er mit ins Grab nehmen, auf jeden Fall war er verdammt schnell. Es knallte zweimal kurz hintereinander. Sam sah, wie eine rote Fontäne aus dem zerfetzten Hals des jungen Mexikaners spritzte und bemerkte im gleichen Moment einen heißen Druck in seinem Bauch. Er stolperte, fiel nach hinten, ließ seine Waffe fallen. Der blutüberströmte Tankstellenmitarbeiter brach ebenfalls zusammen. Keuchend quälte Sam sich auf Hände und Knie, griff mit einer Hand nach der heruntergefallenen Waffe und presste die andere in seinen heißen, nassen Bauch. Er versuchte aufzustehen und rutschte ein paarmal in seinem eigenen schleimigen Blut aus, bevor es ihm gelang. Der beige Boden sah aus, als hätte jemand ein Schwein geschlachtet, doch das Schwein war er selbst. Wie hatte er nur so verdammt leichtsinnig sein können? Hatte er wirklich geglaubt, als gesuchter Schwerverbrecher im Auto eines Ermordeten wie ein verdammter Tourist durchs Land cruisen zu können?

Lähmender Schwindel überkam Sam und zwang ihn beinahe erneut zu Boden. Ein Teil von ihm wollte sich einfach hinlegen und warten, bis es vorbei war, doch da war etwas anderes in ihm, das ihn zum Kämpfen trieb. Irgendwie gelang es ihm, sich auf den Beinen zu halten und Richtung Auto zu schleppen, wo ihn eine totenbleiche Natalie erwartete und ihm schluchzend auf den Beifahrersitz half.

»Fahr weg!«, glaubte Sam zu schreien, während er in Wahrheit nur ein kraftloses Flüstern zustande brachte. »Wir … müssen … weg.«

Inzwischen waren weitere Fahrzeuge vor der Tankstelle aufgetaucht. Entsetzte Menschen starrten auf die Blutspur, die Sams Weg zum Auto säumte.

Gleich würde jemand hineingehen und den angeschossenen Jungen finden …

Sie mussten von hier verschwinden! Sam hoffte, dass Natalie keinen Unfall bauen würde, so aufgeregt wie sie war. Sie jammerte und schluchzte, heulte Rotz und Wasser. Für ihn klang alles seltsam gedämpft. Er schloss die Augen – nur für einen Moment – und versuchte, zu Atem zu kommen, aber die Luft wurde nicht mehr, sondern weniger.

Sterbe ich jetzt?, fragte Sam sich und tat genau das.

Es war zweiundzwanzig Uhr zwei.

***

Natalie vermochte nicht zu sagen, wie viel Zeit verging, bis Sam schwer verletzt aus der Tankstelle stolperte. Obwohl ihre Glieder sich steif und seltsam fremd anfühlten, schaffte sie es, auszusteigen und ein paar Schritte auf ihn zuzugehen. Er krümmte sich wie ein kranker alter Mann und presste eine Hand in seinen blutenden Bauch. Seine Hosenbeine waren genauso rot wie die dicke Spur, die er hinter sich herzog. Als er Natalie sah, klammerte er sich verzweifelt an sie und riss sie mit seinem Gewicht beinahe zu Boden, doch sie blieb standhaft, mobilisierte all ihre Kraft und half ihm in den Wagen.

Als Sam auf dem Beifahrersitz saß, knallte Natalie die Tür zu und hetzte um das Auto herum, ohne auf die Leute zu achten, die sich vor der Tankstelle versammelt hatten. Sie hatte keine Ahnung, was da drin passiert war, hoffte aber, dass es dem anderen mindestens genauso schlecht ging wie Sam. Nachdem sie sich vergewissert hatte, dass der Schlüssel steckte, startete sie den Motor. In diesem Moment ertönten die ersten Sirenen.

Sie kommen! Aber dich halten sie für eine Geisel! Vergiss das nicht!

Natalie warf einen Blick auf den zusammengesackten Sam. Sie hatte noch nie so viel Blut gesehen. Von dem Eisengeruch wurde ihr übel. Sams Gesicht war kalkweiß, sogar die Lippen wirkten farblos. An einem Ohr hing noch Michaels Maske.

»Fahr weg«, krächzte er. »Wir … müssen … weg.« Es hörte sich so an, als würde ihm die Luft ausgehen. Dann schloss er die Augen.

»Sam?«

Er reagierte nicht und Natalie hatte keine Zeit, sich um ihn zu kümmern, das Sirenengeheul kam näher. Sie drückte aufs Gas und der Toyota schoss auf die Straße.

Es war zweiundzwanzig Uhr drei.

***

Natalie Cooper raste wie der Teufel. Die Welt glitt an ihr vorüber. Menschen, Autos, Straßenschilder. Da waren auch Häuser und jede Menge Lichter. Sie fuhr, ohne nachzudenken oder auf irgendetwas zu achten, weil jetzt alles egal war. Sam lebte nicht mehr, das stand fest. Niemand überlebte einen solchen Blutverlust. Inzwischen hatte sich eine Pfütze unter dem Sitz gebildet, in der seine Füße verschwanden.

Jetzt sind wir doch wie Bonnie und Clyde, dachte sie und lächelte durch ihre Tränen. Sie wusste, dass sie eine reale Chance gehabt hätte, wenn sie nicht geflüchtet wäre. Als Sams Geisel hätte sie auf das Mitleid der Nation zählen können, doch Natalie wollte kein Opfer sein. Sie war Sams Geliebte, seine Komplizin und Freundin. Ohne ihn hätte ihr Leben nicht mal für diese paar Wochen Sinn gehabt. Jeder sollte erfahren, wie glücklich er sie gemacht hatte und dass das zwischen ihnen echte Liebe gewesen war. Die mussten verstehen, dass sie alles füreinander waren. Bis zum bitteren Ende und vielleicht – sie hoffte es so sehr – sogar darüber hinaus.

Natalie fuhr weiter, bis der Fluss auftauchte, auf dessen anderer Seite sie vielleicht ihr Glück gefunden hätten. Die Sirenen der Polizeifahrzeuge dröhnten in ihren Ohren. Sie sah Warnschilder und blinkende Lichter, durchbrach

Absperrungen und Leitplanken, ohne den Fuß vom Gas zu nehmen. Plötzlich hörte die Straße auf und der Toyota bretterte über die Uferböschung. In dem dunklen Wasser spiegelten sich bunte Lichter. Natalie musste an Jacy Cree denken, ihren geliebten Daddy, dessen Schicksal nun ihres war. Kurz vor dem Aufprall packte sie Sams Hand und schloss die Augen. *Gleich haben wir's geschafft.*

Als der Fluss sie verschluckte, spürte sie keine Schmerzen, Traurigkeit oder Angst, sondern nur Sams Wärme und den allumfassenden Trost des tiefsten Schwarzes.

Nachwort

Liebe Leser/innen, vielleicht habt ihr euch bei der vorangegangenen Lektüre manchmal gefragt, wie ihr selbst an Natalies Stelle gehandelt hättet, und die meisten können diese Frage bestimmt schnell und einfach beantworten: Ihr hättet die Polizei gerufen. Natürlich. Klar. Was sonst?

Wenn ich aber an das Mädchen denke, das ich mit siebzehn war, kann ich Natalie ein bisschen verstehen. Auch ich habe mich falsch in der Welt gefühlt und viel Zeit mit Tagträumen verbracht. Ersteres ist inzwischen seltener geworden, aus Letzterem besteht mein täglich Brot, indem ich mir Geschichten wie diese ausdenke. Bestimmt hätte ich am Ende trotzdem die Polizei verständigt oder meinen Eltern davon erzählt, aber ich hätte es auch verdammt aufregend gefunden, einen Mann, der obendrein meinem Schwarm ähnelt, in einem alten Brunnenschacht zu entdecken, und vielleicht hätte ich meine Schüchternheit überwunden, sobald mir klar geworden wäre, dass er da ohne mich nicht rauskommt. Ausgenutzt hätte ich die Situation wahrscheinlich nicht, ausgekostet aber schon. Obwohl ich mich oft als Außenseiterin gefühlt habe, hatte ich trotzdem eine Freundin und Eltern, denen ich vertrauen konnte. Im Gegensatz zu Natalie wusste ich, dass mich jemand auffängt, wenn ich falle, weshalb ich in der Lage war und bin, mich in prekären Situationen moralisch und menschlich richtig zu verhalten, was sicher auf die meisten von uns zutrifft. Es gibt jedoch Menschen, die ihr Leben ohne Sicherheitsnetz bestreiten müssen und denen sowohl das Gewissen als auch die innere Stimme der Vernunft fehlen, um sich moralisch, menschlich und gesellschaftlich angemessen zu verhalten. Sie haben es nicht anders gelernt oder schlichtweg keine Lust dazu. Wenn so eine Person auf eine andere trifft, die ähnlich gepolt ist und/oder sich entsprechende Gelegenheiten bieten, kann das Kettenreaktionen auslösen, die mitunter in Katastrophen enden. Wie einst bei Natalies großen Vorbildern Bonnie und Clyde und einer Vielzahl anderer berühmt-berüchtigter Verbrecher.

Ich beschäftige mich viel mit echten Kriminalfällen und versuche, mich abwechselnd in Täter und Opfer hineinzuversetzen, wobei ich mich stets frage, was hätte schiefgehen müssen, damit ich mich in Richtung eines Täters entwickle, beziehungsweise wie ich mich als Opfer verhalten würde. Beim Lesen meiner Bücher geht es euch wahrscheinlich ähnlich.

Es sind Fragen wie »Was wäre wenn?« und »Was würde ich tun?«, die solche Fälle und Geschichten erst richtig spannend machen.

Zu welchem Ergebnis seid ihr diesmal gekommen? Konntet ihr einen Blick auf die eigene Schwärze werfen? Wie tief ist der Abgrund in euch selbst? Und die wichtigste Frage: Was würdet ihr tun?

Ich bedanke mich von Herzen, dass ihr euch diesen Fragen erneut gestellt und mit mir in die Tiefe geblickt habt und würde mich freuen, euch auch beim nächsten Mal an meiner Seite zu wissen.

Simone Trojahn im Juli 2021

VERLAGSPROGRAMM

www.redrum.de

01 Candygirl: *Michael Merhi*
02 Lilith Töchter, Adams Söhne: *Georg Adamah*
03 Höllengeschichten: *Wolfgang Brunner*
04 Roadkill: *Alex Miller, Joe De Beer*
05 Bad Toys: *Anthologie*
06 Gone Mad: *A.C. Hurts*
07 Mindfucker: *Joe De Beer*
08 All Beauty Must Die: *A.C. Hurts*
09 Runaways: *Alexander Kühl*
10 Love Of My Life: *A.C. Hurts*
11 Klipp Klapp … und du bist tot!: *Mari März*
12 Carnivore: *A.C. Hurts*
13 Lyrica: *Jane Breslin*
14 Der Feigling: *Andreas März*
15 Kinderspiele: *Wolfgang Brunner*
16 Victima: *Sam Bennet*
17 Blutbrüder: *Simone Trojahn*
18 Fuck You All: *Inhonorus*
19 Cannibal Holidays: *Ralph D. Chains*
20 Kellerspiele: *Simone Trojahn*
21 Der Leichenficker: *Ethan Kink*
22 Lyrica – Exodus: *Jane Breslin*
23 Gone Mad 2: *A.C. Hurts*
24 Der Leichenkünstler: *Moe Teratos*
25 Wutrauschen: *Simone Trojahn*
26 Dort unten stirbst du: *Moe Teratos*
27 Fida: *Stefanie Maucher*
28 Die Sodom Lotterie: *Ralph D. Chains*
29 Streets Of Love: *Ralph D. Chains*
30 Er ist böse!: *Moe Teratos*
31 Franka: *Moe Teratos*
32 Melvins Blutcamp: *Dagny S. Dombois*
33 Frosttod: *Moe Teratos*
34 Franklin: *Stefanie Maucher*
36 Hexentribunal: *Gerwalt Richardson*
38 Voyeur: *Kati Winter*

87 Das Leben nach dem Sterben: *Simone Trojahn*
88 Paraphil: *Jacqueline Pawlowski*
89 Schicksalshäppchen 2 – Dark Menu: *Simone Trojahn*
90 Schicksalshäppchen 1: *Simone Trojahn*
91 Pro-Gen: *Wolfgang Brunner*
92 Selina´s Way 2: *Simone Trojahn*
93 Tunguska: *U.L. Brich*
95 Ausgeliefert an das Böse: *A.C. Hurts*
96 Hof Gutenberg: *Andreas Laufhütte*
97 Bad Toys 2: *Anthologie*
98 Sam – Band 1 Die Jagd: *Gerwalt Richardson*
99 Sam – Band 2 Die Lust: *Gerwalt Richardson*
100 Geständnis 1: *Moe Teratos*
101 Geständnis 2: *Moe Teratos*
102 Moonshine Games: *Jutta Wölk*
103 Cannibal Holidays 2 - Reborn: *Ralph D. Chains*
104 Martyrium: *Baukowski*
105 Schaffenskrise: *Simone Trojahn*
106 Dschinn: *André Wegmann*
107 DOGS: *Andreas Laufhütte*
108 Vertusa: *Moe Teratos*
109 Der Teufelsmaler: *Gerwalt Richardson*
110 Cannibal Love: *Ralf Kor*
111 Leiser Tod: *Moe Teratos*
112 Der Kehlenschneider: *Moe Teratos*
113 Weltenbruch: *Moe Teratos*
114 Deep Space Dead: *Murray Blanchat*
115 Sam – Band 3 Der Preis: *Gerwalt Richardson*
116 Bull: *M.H. Steinmetz*
117 Giftiges Erbe: *Simone Trojahn*
118 Sinnfinsternis 2 – Diener des Chaos: *Reyk Jorden*
119 Leid und Schmerz: *Michael Merhi*
120 Die Sonne über dem südlichen Wendekreis: *Georg Adamah*
121 Die Anstalt der Toten: *Moe Teratos*
122 Pott-Mortem 1– Oktoberblut: *Andi Maas*
123 Snuff.net: *Jean Rises / Elli Wintersun*
124 Das Vermächtnis des Jeremiah Cross: *Andreas Laufhütte*
125 Insanes: *Gerwalt Richardson*
126 Alvaro: *A.C. Hurts*
127 Macimanito: *Ralf Kor*
128 Jelenas Schmerz: *Moe Teratos*

129 Once upon a Time in … Baukowski and Friends
130 Pott-Mortem 2 – Die Blutgruppe: *Andi Maas*
131 Hof Gutenberg 2: *Andreas Laufhütte*
132 Mutterfleisch: *Simone Trojahn*
133 Bärenblut: *U.L. Brich*
134 Spirituosa Sancta: *Baukowski*
135 Der Teufelsmaler 2: *Gerwalt Richardson*
136 House Of Pain: *Marco Maniac*
137 Engel des Todes: *Marc Prescher*
138 Schwarze Sau: *J. Mertens*
139 Drecksmutter: *Anais C. Miller*
140 Der Zwischenraum: *Stefanie Maucher*
141 Mordhaus: *Moe Teratos*
142 Mordsucht: *Moe Teratos*
143 Das Mordgesindel: *Moe Teratos*
144 Mordversprechen: *Moe Teratos*
145 Blutige Ketten: *Moe Teratos*
146 Blutiger Augenblick: *Moe Teratos*
147 Blutige Bestien: *Moe Teratos*
148 Blutiges Finale: *Moe Teratos*
149 Tage der Vergeltung: *Simone Trojahn*
150 Straße Der Gerechtigkeit: *Simone Trojahn*
151 Am Ende Der Hoffnung: *Simone Trojahn*
152 Hof Gutenberg 3: *Andreas Laufhütte*
153 Snuff Theater: *Pjotr X*
154 Die Hölle von Bossenborn: *Anais C. Miller*
155 Opus Eins: *Simon Lokarno*
156 Abrechnung mit dem Universum: *J.Mertens*
157 Sadistic Forest: Ralph D. Chains
158 Sam – Band 4 Das Ziel: *Gerwalt Richardson*
159 Teufelssommer: *Andi Maas*
160 USA 2084: *Pjotr X*
161 Home Invasion: *J.Mertens*
162 Carnivore 2: *A.C. Hurts*
163 Schwarzer Herbst: *Dagny S. Dombois*
164 Ardennen: *André Wegmann*
165 Cannibal Love 2: *Ralf Kor*
166 Der verschwundene See: *Andreas Laufhütte*
167 Eaten: *Moe Teratos*
168 Eiland: *U.L. Brich*
169 Todestreu – Band 1: *Jörg Piesker*

170 TodesLiebe – Band 2: *Jörg Piesker*
171 TodesAffäre – Band 3: *Jörg Piesker*
172 TodesBote – Band 4: *Jörg Piesker*
173 Die Heimsuchung der Ivy Good – Band 1: *M.H. Steinmetz*
174 Der Exorzismus der Ivy Good – Band 2: *M.H. Steinmetz*
175 Rotten – Verdorbene Früchte: *Marcel Hartlage*
176 Tödlicher Trip: *Marc WernerSon*
177 Hof Gutenberg 4: *Andreas Laufhütte*
178 Bunny Man: *Tom Ehrenberger*
179 Dead Romance: *J.Mertens*
180 Sweet Pestilence: *Ralph D. Chains*
181 Das tiefste Schwarz: *Simone Trojahn*

REDRUM CUTS

1. Bizarr: *Baukowski*
2. 50 Pieces for Grey: *A.M. Arimont*
3. Koma: *Kati Winter*
4. Rum und Ähre: *Baukowski*
5. Hexensaft: *Simone Trojahn*
6. Still Morbid: *Inhonorus*
7. Fuck You All - Novelle: *Inhonorus*
8. Das Flüstern des Teufels: *A.M. Arimont*
9. Kutná Hora: *André Wegmann*
10. Die Rotte: *U.L. Brich*
11. Blutwahn: *André Wegmann*
12. Helter Skelter Redux: *A.M. Arimont*
13. Badass Fiction: *Anthologie*
14. Bloody Pain: *Elli Wintersun*
15. In Flammen: *Stefanie Maucher*
16. Denn zum Fressen sind sie da: *A.C. Hurts*
17. Die Chronik der Weltenfresser: *Marvin Buchecker*
18. Psychoid: *Loni Littgenstein*
19. Geisteskrank: *Marc Prescher*
20. Sweet Little Bastard: *Emelie Pain*
21. Süchtig nach Sperma: *Marco Maniac*
22. Badass Fiction 2019: *Anthologie*
23. Human Monster: *Stephanie Bachmann*
24. Wut: *Alexander Wolf*
25. Perfect Match: *A.C. Hurts*
26. Harlekin: *Loni Littgenstein*

27. Nachts, wenn die Lämmer schreien: *Anais C. Miller*
28. Hexenwerk – Die 13: *Moe Teratos*
29. Badass Fiction 3
30. Nur ein Stich: *Andrea Storm*
31. Leisetot: *Anais C. Miller*
32. Außenseiter: *Baukowski*
33. Nathalie: *Stephanie Bachmann*

Limited Edition

01 Toter Schmetterling: *Simone Trojahn*
02 This is Madness: *Michael Merhi*
03 Eine Verhängnisvolle Mutprobe: *Andreas Laufhütte*
04 Hexensaft: *Simone Trojahn*
05 Blowhead & Shreadhead: *Baukowski, Rewelk*
06 Selinas Way 3: *Simone Trojahn*
07 Glasgow Smile: *Michael Merhi*

SIMONE
TROJAHN
THRILLER
AM ENDE DER
HOFFNUNG
REDRUM

SIMONE TROJAHN
KELLERSPIELE
REDRUM
Hardcore Psychothriller

REDRUM
SIMONE TROJAHN
GIFTIGES ERBE
Das Blut unserer Väter
THRILLER

SIMONE
TROJAHN
TOTER
SCHMETTER
LING
REDRUM

REDRUM loves you!

REDRUM liebt dich!